文学鲁军新锐文丛

柏祥伟 卷
# 水煮水

山东省作家协会 编

山东文艺出版社

# "文学鲁军新锐文丛"编辑委员会

主 任：刘为民
副主任：张 炜 杨学锋
委 员（以姓氏笔画为序）：

    王兆山 　王耕夫 　刘 强 　刘海栖 　许 晨
    李 军 　李广鼐 　李掖平 　苗长水 　杨文学
    杨发运 　张丽娜 　陈文东 　武学海 　罗寿宪
    房义经 　赵德发 　谭好哲 　葛长伟

# 总　序

孙守刚

　　文学事业是文化建设的重要组成部分，是各种艺术创作和发展的重要基础，担负着满足人民精神文化需求、推动文化大发展大繁荣的光荣使命。山东作为文化大省，具有源远流长的文学根脉，齐风鲁韵影响深远，众多文学大家名作构成了齐鲁文化的壮丽画卷，为山东文化建设提供了丰厚的滋养。在近现代文学史上，山东作家写下了浓墨重彩的篇章，山东文学在中国文坛居有重要地位。特别是新时期以来，山东省委省政府高度重视发展文学事业，把繁荣文学创作作为加快文化强省建设的重要任务，采取一系列政策措施加以推进。山东文学创作呈现出繁荣发展的良好局面，涌现出一大批优秀青年作家，推出了一大批优秀文学作品，在丰富群众精神文化生活、推进经济社会发展方面发挥了不可替代的重要作用。

　　山东作家队伍人才济济，新人佳作层出不穷，一批作品荣获全国重要文学奖项，在全国产生重要影响，引起广泛关注，"文学鲁军"成为新时期中国文学界的一支重要力量。为发现文学新人、扶持青年作家，山东省作家协会于2001年组织编选出版了《文学鲁军新锐文丛》第一辑，整体展示了10位山东青年作家的创作成就，有力促进了青年作家队伍的成长壮大。近年来，山东一批又一批文学新人脱颖而出，一批中青年作家崭露头角，以勤奋的创造性劳动和出色的创作成果，为文学事业发展注入了勃勃生机，山东作家群展现出薪火相传的兴旺景象和持续发展的巨大潜力。

为集中展示山东青年作家的新气象和新阵容，促进山东文学事业繁荣发展，省作家协会组织了《文学鲁军新锐文丛》第二辑的编辑出版，在面向全省征集的基础上，遴选了10位青年作家的精品力作。他们都是近年我省最为活跃的文学新人的优秀代表，是山东创作队伍的生力军，他们的作品代表了山东青年作家的创作水准，为山东文学事业增添了青春力量。

　　"文章合为时而著，歌诗合为事而作。"一切优秀的文化创造，一切传世的精品力作，都是时代的产物。我国正处在中国特色社会主义事业蓬勃发展阶段，山东正处在由大到强战略性转变的关键时期，我省文艺事业发展面临着难得的历史机遇。党的十七届六中全会提出了推动社会主义文化大发展大繁荣、建设社会主义文化强国的战略任务，省委九届十三次全体会议对加快建设文化强省作出新的部署，这为我省文学发展创造了更加有利的环境，为作家施展才华提供了更为广阔的舞台。真诚希望青年作家们继承发扬齐鲁文学的优良传统，以繁荣文学创作为己任，始终坚持正确方向，坚持以人为本，坚持锐意创新，坚持德艺双馨，自觉贴近实际、贴近生活、贴近群众，积极投身到讴歌时代和人民的文学创作活动之中，以充沛的激情、生动的笔触、优美的旋律、感人的形象，创作出更多思想性艺术性俱佳的优秀文学作品。牢固树立精品意识，发扬十年磨一剑的精神，甘于寂寞，心无旁骛，潜心创作，精益求精，不断挖掘作品的深刻主题，不断丰富作品的表现形式，不断提升作品的艺术境界，努力打造叫得响、传得开、留得住、富有齐鲁风格、山东气派的精品力作。

　　人才辈出是文学繁荣的基本条件和重要标志。近年来，省作协充分发挥桥梁和纽带作用，积极履行"联络、协调、服务"职能，创新文学人才选拔、培养、激励和服务机制，以培养文学新人为重点，切实加强文学人才队伍建设,为文学新人脱颖而出创造了良好环境条件。希望省作家协会认真总结经验,把"文丛"编选工作制度化、常态化,作为培养推介文学新人的重要措施,充分发挥丛书的影响力和带动力,努力打造成一个响亮的文化品牌,让一批批"鲁军新锐"从这里出发,走向全国,走向世界,再创"文学鲁军"新辉煌。

"等闲识得东风面,万紫千红总是春。"在加快建设经济文化强省、谱写山东人民美好生活新篇章的伟大进程中,山东文学的百花园一定会更加枝繁叶茂、硕果累累,山东文学事业一定会有更加美好的明天。

# 目 录

羊的事　　　　　　　001
水煮水　　　　　　　016
奶奶和她的大头鹅　　032
裸行　　　　　　　　048
大鱼　　　　　　　　059
不老　　　　　　　　074
去珊瑚岛找一个女人　086
爱情鞋　　　　　　　096
世代相传的粮食　　　106
石榴花开六瓣头　　　119
乡村里的集市　　　　134
矫揉造作的死亡　　　148
驴年　　　　　　　　173
去宋镇　　　　　　　211
仇人　　　　　　　　238

| 后记 | 267 |
| 附录一 | 271 |
| 附录二 | 272 |

# 羊 的 事

一

七月里，谷子快熟了。麻雀满天飞，争着与人分吃谷粒。村里人看在眼里，疼在心里，只能每天守在地头轰麻雀。一连好几天，刘庆柱都在绕着地头敲铜锣。他这个办法还不错，不用像别人一样扯着嗓子喊，只是累坏了手和脚，一天的铜锣敲下来，浑身都塌了架。昨天夜里，刘庆柱做了一个梦，他梦见那些麻雀把谷穗都给啄掉了，麻雀们叽叽喳喳地讥笑他，轰也不走，反倒成群结队围在他的头顶上，劈头盖脸地落了他满脸鸟屎。刘庆柱被这个梦气醒以后，抹了一把脸，心急火燎地穿衣起床，提着铜锣出了家门。

他走到村外的大路上，东边的太阳才刚泛红，大路上有些薄雾，影影绰绰里，刘庆柱听到身后一阵摩托车响，突突的叫声越来越近，刘庆柱躲到路旁。骑摩托车的人戴着头盔，穿着黄大衣，后座上绑着一只山羊。那只羊被捆了四肢，仰面朝天，咩咩的叫声让刘庆柱仰天打了一个喷嚏。他抹了一把鼻子，发现摩托车在前面不远停下来。骑摩托车的人骗腿下车，摘掉头盔对刘庆柱咧嘴笑。这个三十多岁的男子，冲刘庆柱眯起眼，鼻子和嘴巴笑到了一块儿，嘴唇上浓黑的胡子抖动着，就像被风吹动的野草。男子笑着撑住摩托车，笑着朝刘庆柱走过来，他的笑是无声的，刘庆柱被他笑得有些迷糊了。刘庆柱想不起这人是谁。说不上面熟，想不起在哪儿见过。男子走到刘庆柱跟前，看着他手里的铜锣说，大哥，这么早就下地啊？

男子说着伸进裤兜里，掏出一支烟递给刘庆柱。还没等刘庆柱反应过来，男子又把打火机递过来。

男子说，大哥，你不认得我了？我是夏庄的老三啊，你忘了？我姓赵。

刘庆柱吸着男子的烟，听他一句一个大哥叫着，觉得很受用。刘庆柱在家族里排行老二，最忌讳别人喊他二哥。十里八乡的风俗里，这二哥不能随便喊，众所周知，"二哥"暗指男人双腿间的那团小东西，二哥就是骂人的话。

怪不得这么面熟呢，夏庄就在河西，只有五里路，村子里好几个闺女都嫁到夏庄。既然赵三主动下了摩托车，打招呼，又给烟吸了，客气几句还是应该的嘛，刘庆柱喷出一口烟，又开腿说，噢，赵三啊，这么早，干吗去？

赵三侧身指着摩托车说，孩子等着交学费，我到集上把这只羊卖了。

刘庆柱说，去我家喝碗茶吗？

赵三说，不喝了，我赶紧去集上，早去卖个好价钱。

刘庆柱随口嗯嗯着，不料赵三转身走了几步，又扭头回来了。

赵三说，大哥，说实话，这只羊怀上羔三个多月了，卖了真可惜。

刘庆柱张了张嘴巴，他瞄了一眼捆在摩托车后座上的山羊，不知道该说什么好。

赵三说，大哥，这要卖给咱老百姓还好，要是卖给羊贩子，给一刀开了膛，我可就作孽了。

刘庆柱咽了一口唾沫说，老三，你挺有意思啊，羊嘛，终究就是一盘菜。

赵三叹气转身，又扭头跺脚说，大哥，你看这样行不，这只羊凭值也得二百多块钱，我不去集上卖了，你给我一百块钱，你看行不行？

赵三说一百块钱的时候，刘庆柱下意识地摸了摸裤兜。昨天晚上，他是装了一百块钱，准备中午让去镇上的客车捎回一袋化肥。刘庆柱没养过羊，不过赵三说这只羊值二百多块钱，这话却是凭良心说出来，就算三岁的小孩，也得承认赵三没说谎话。刘庆柱这么想着，手就插进了裤兜里，他摸到了那一百块钱。

刘庆柱说，你看你这话说得，我不成了爱占便宜的小人了吗？

赵三逼近刘庆柱说，大哥，咱俩你别客气，就算咱俩积德了。等这只羊产了小羊羔，我去你家抱一个！

刘庆柱哈哈笑起来，手也跟着从裤兜里掏出来了，他把钱拍到赵三手上，大声说，到时你尽管来，羊羔你抱着，我再管你一顿酒！

在这个薄雾荡漾的清晨，刘庆柱和赵三的这笔交易，三言两语就算完成了。赵三解开捆着山羊的绳子，把羊抱下来，说，大哥，我先去给孩子交学费了，抽空咱们再聊。

没等刘庆柱跟他客气几句呢，这个叫赵三的男人抬腿蹬起摩托车，一股烟蹿进雾里，转眼就看不见了。刘庆柱牵着拴羊的绳子，觉得头晕乎乎的，日怪！这大清早的，怎么就买了这么一只羊呢？他扳着羊头，伸手摸了一把山羊鼓胀的肚子，摸到一股浓重的膻味。

## 二

刘庆柱从来不喜欢饲养牛羊，家里连一只狗也没养过。他只喜欢种地，他把种地当作了一门手艺，他只想在这门手艺上精益求精。这几年，村里年轻一些的男女都出去打工了，撂下好端端的地没人种，刘庆柱干脆承包了邻居们的七八亩地，在地里种上所有能叫上名字来的五谷杂粮。看着这些庄稼悄悄发芽，拔节，刘庆柱觉得自己的骨头都酥了。种地多好啊，地是刮金板，年年刮，年年有。刘庆柱活了五十二岁，愈发认准了这个道理。

太阳已经出来了，薄雾霎时散开，天地之间显出豁然开朗的清爽。村里的大喇叭也跟着响了起来。村主任嘶哑的嗓门在耳边时断时续，刘庆柱听不清村主任在说什么。他低头牵着这只羊走了一段路，又折身回来了。他给自己算了一笔账，他用买一袋化肥的钱买了这只羊，如果他把这只羊卖掉，这个早上，也就是动动嘴唇的功夫，他就会得到能够买两袋化肥的钱。他想回村子找到常年放羊的相广林，他知道，相广林会毫不犹豫地买下这只怀着羊羔的山羊。嗯，赵三说得没错，总比卖给羊贩子，给一刀祸害了好嘛。

刘庆柱牵着山羊刚走到村口，就看见四五个人影从村街的老槐树下晃过来。他眯眼细看，为首的正是相广林，后面跟着他老婆，还有几个村委会的人。山东人真邪性，想谁谁就来了。刘庆柱招呼相广林，身后的山羊也跟着咩咩叫了两声，猛地蹿出来，把他拽了一个趔趄。这声羊叫像一声喝止，相广林一伙人登时站住了。稍微愣怔的工夫，他们很快就奔了过来，把刘庆柱围成一个圈，这些人都盯着山羊。刘庆柱听到相广林长出了一口气。

相广林一手叉在腰间，伸出另一只手来，指点着羊，他的手指哆嗦着，嘴唇也跟着哆嗦，老大会儿说不出话来。刘庆柱打量着众人，说，怎么啦？你们这一大早干吗呢？

没有谁回答刘庆柱的问话，都把眼神转到相广林身上，相广林的嘴巴哆嗦得更厉害了，他憋得满脸通红，终于费劲地说出话来。

庆柱，你、你从哪里弄来的这只羊？

刚才赵三卖给我的。刘庆柱转脸看着众人，又看看相广林，我正想找你，让你喂着这只羊呢……

这、这是我家的羊！相广林扯着脖子对天喊出了这句话。

昨天夜里，俺家的羊圈被小偷扒开了。相广林的老婆眼巴巴地看着山羊说。

庆柱，你刚才没听见广播吗？咱村里遭贼了！村委会的几个男子交换着眼神，语气里透着小心。

刘庆柱的声音跟着大起来，我听见大喇叭广播了，可我没听清说什么啊。那时候我刚买完这只羊。

你这是销赃！说严重点，你这是和小偷搭伙偷羊！相广林靠近山羊，一把就把山羊拎起来，低头看看山羊的肚皮说，没错，这就是我家的羊！

刘庆柱说，谁撒谎遭雷劈！我刚花一百块钱买的这只羊！刘庆柱话音未落，村委会的几个人笑起来。

庆柱，你傻啊？还是卖羊的人傻？一百块钱就能买这么大只羊？

夏庄的赵三，有名有姓的人，有家有户，你们不信，我去找他来作证！刘庆柱被他们笑得头发蒙，偏着头说，赵三还说，过几天来抱个小羊羔呢。

你先别去找赵三了，咱们还是先去村委会说说这事吧。相广林一把夺过刘庆柱牵羊的绳子。

那几个村委会的人也跟着过来拍着刘庆柱的肩膀说，庆柱，这事还真得说清楚，农村治安工作常抓不懈，咱们不冤枉一个好人，但也绝不放过一个坏人。刘庆柱说，瞧你们这话说得，好像我做什么坏事了。去就去！

刘庆柱说着挣开了他们，抓起木槌，恶狠狠地敲了一下铜锣。当的一声脆响，众人惊了一跳。相广林扭头哼了一声说，庆柱，你别不服气，敲吧，好戏就要开场了。

## 三

在这个平淡如昨的早上，葫芦村的人还没吃早饭，就先后知道村子里发生了两件事：相广林家的羊被偷了；刘庆柱从小偷手里买了相广林家的羊。刘庆柱被村委会的几个人拉扯着到了村委会办公室以后，村委主任恶声恶气地让他蹲在墙角里，让刘庆柱端正态度，认识到问题的严重性。

村主任闷着嗓子提出两个问题，让刘庆柱选择：一是让刘庆柱承认他的确是从小偷手里买了这只羊，前提是刘庆柱不知道这是相广林家的羊。并且相广林也主动提出，如果刘庆柱还给他这只羊，他愿意掏出一百块钱给刘庆柱，这样刘庆柱的脸面不至于太难看。再就是刘庆柱有权利拒不承认他从小偷手里买了这只羊，那就去找卖给他羊的那个赵三，让赵三来作证，这只羊是他自己喂养的，便宜卖给了刘庆柱。

村主任说，甭管怎么着，都是乡里乡亲，低头不见抬头见，本来也不算什么大事。咱就低调处理，小事化了，一了百了，这事就不惊动派出所了。

刘庆柱窝在墙角里蹲得腿发麻，本来就窝了一肚子火气，没等村主任说完，就起身说，对天发誓，我花一百块钱买了这只羊，再说我不能白要广林的一百块钱，我还是去夏庄找赵三来，把这事说清楚吧。那个说话笑眯眯的一口一个大哥的赵三怎么会是小偷呢？再说，哪个小偷这么笨，不偷冰箱电视，不偷电动车摩托车，非得去偷一只咩咩乱叫的山羊？刘庆柱说什么也不愿意相信，他会和一个小偷相遇。

刘庆柱从村委会门口摸起一辆自行车，夏庄不过五里多路，十几分钟以后，气喘吁吁的刘庆柱进入了夏庄，他看见人就问，赵三的家在哪里？

赵姓在夏庄是一个人丁兴旺的家族，被问的人反过来问刘庆柱，哪个赵三？

刘庆柱被问愣了，只得说，说话笑眯眯的，留着小胡子。

夏庄的人想了想，摇头说，俺村里有四五个叫赵三的呢。

刘庆柱说，这个赵三三十多岁，骑着摩托车。

夏庄的人很快又摇头，你说的那个赵三可能去济南打工了。

怎么会出去打工呢？难道早上见到的赵三是鬼变的不成？刘庆柱当然不相信，缠着夏庄的人带他去赵三的家。被他缠住的人没办法，带着他去了两家叫赵三的人家，果然都紧闭着大门。

刘庆柱不死心，临走的时候，又叮嘱夏庄的人，你见到赵三告诉他，葫芦村的刘庆柱有事找他。

回村的路上，刘庆柱双腿发软，头昏脑涨，自行车像瘪了气似的蹬不动。现在，只有赵三一个人能证明他没有错，可是，相广林却能让全村的人证明他现在已经犯了错。走到村子南坡的小河边，刘庆柱扔掉自行车，蹲在小河边洗了一把脸。太阳已经升在头顶上，阳光落在河面上，就像一片白花花的银子，晃得人眼花缭乱。刘庆柱朝河水里啐了一口痰，骂一声，操！就算老子丢了一百块钱吧！

刘庆柱没再去找村委会的人解释这件事，也没有再去找相广林要那一百块钱。他想用沉默来化解这件事，沉默不代表自己承认买了小偷的羊，只能代表自己的宽宏大度。刘庆柱是这么想的，也是这么做的。那天下午，趁着天快黑时，他悄悄把那辆自行车推到村委大院里，再悄悄返回家里，他是贴着墙根回来的，他缩着头，步子细碎而又急促，内心充满了屈辱，仿佛自己真做了一件见不得人的事。

刘庆柱以为，这件事就这么完了，他以为他说完就完了呢。仔细想想，我这也算是贪小便宜吃大亏了吧。可是自己实在没想贪这个小便宜啊，我刘庆柱活了多半辈子，哪天动过贪便宜的心思啊？我实在是听从了赵三的话，我实在是相信了赵三的话，确切地说，我实在是像赵三一样，心疼这只怀了羊羔的羊被人宰了太可惜嘛。那么，现在我一百块钱都不要了，我宁愿做个吃亏的哑巴，还有什么不可以的呢？

但是后来发生的事情，犹如当头一棒，让刘庆柱终于明白，这件事还没有完，换句话说，这件事不是他刘庆柱说完就完的事，这事啊，麻烦大了，正如相广林所说，好戏才开始呢。

收完地里的谷子，村里人才能闲住手脚，睡个踏实觉。那天早上，刘庆柱还没起床，就听到村主任嘶哑的嗓门又在大喇叭里响起来。村主任讲话的时候爱激动，一激动就咳嗽得厉害，这次村主任咳嗽得特别厉害，带着劣质香烟和廉价白酒的味道,吭吭地钻进刘庆柱的耳朵里。刘庆柱听到村主任第一声讲话的时候,蜷曲在被窝里的双腿抽搐了一下,村主任第二遍讲话的时候,刘庆柱就一个骨碌爬起来了。他从村主任的咳嗽里听到了自己的名字。

村主任喊,刘庆柱,村西头的刘庆柱注意啦!马上来村委会一趟,有重要的事找你。

刘庆柱下床穿衣,胡乱洗了两把脸,就匆匆出了家门。

村委会的木门半敞着,刘庆柱故意在门口使劲跺了跺脚,村主任在里面说,庆柱来啦?进来吧!

办公室里光线有些暗,刘庆柱眯眼打量了一圈,才看到办公桌旁坐着村主任,他粗糙的脸庞被喷出的烟雾笼罩着,里面沙发上坐着两个穿警服的年轻人,一高一矮。刘庆柱认出了他俩是镇上派出所的刘所长和协警小宋。小宋一手端着一个笔记本,另一只手把玩着一支钢笔。他们的表情有些模糊,只是朝刘庆柱点点头。村主任伸出捏着烟卷的手,指指墙角的一张椅子说,庆柱,坐。

刘庆柱的屁股刚挨着椅子的边沿,就觉得自己的心忽然跳得厉害了,咚咚地撞击着胸膛,脸上也跟着热燥燥的,好像有汗从额前的头发上渗出来。

刘所长的眼睛一直盯着刘庆柱,刘所长抽了抽嘴角,轻声说,别紧张,没什么事,找你随便聊聊。他说这话的时候,扭头对协警小宋点点头。小宋打开笔记本,取下钢笔帽,抬头问刘庆柱。

你叫刘庆柱?

刘庆柱有些愣怔,这不是废话吗?你们不是让我刘庆柱来的吗?他偏头看看村主任,村主任没看他,只是低头盯着办公桌说,庆柱,警察同志问你什么,你就照实说什么,这是做笔录必需的程序。

刘庆柱只轻声说,嗯。

小宋说,别说嗯,你叫刘庆柱,就直接说,我叫刘庆柱。

刘庆柱吞了一口唾沫说,嗯,我叫刘庆柱。

小宋:年龄?家住哪里?

刘庆柱:四十八岁,家住安居镇葫芦村。

小宋:好,刘庆柱,现在我来问你,你一定要如实回答。

刘庆柱擦了擦额头上的汗水,点点头。

小宋：你昨天晚上都在做什么？从头说起。

刘庆柱：昨天下午耕地呢，准备播种小麦，一直到了傍黑才回家吃饭。吃完饭以后，就看了两集《乡村爱情》电视剧。

小宋：一直在看电视剧？

刘庆柱：是啊，一直在看。停顿了一会，刘庆柱又补充说，看电视的时候，我觉得耳朵痒痒，让我老婆给我掏了耳屎，后来就洗脚睡觉了。

小宋：一直在睡觉？

刘庆柱愣了愣，才对小宋挤出一丝笑，白天干了一天农活，累个半死，还能做什么呢。

小宋也跟着笑了笑，我不是那个意思。我是说，你一直在睡觉，就没出去？

刘庆柱：没出去，我家的尿罐就在床底下。

小宋有些失望，停顿了片刻说，实话实说啊。

刘庆柱忽然叉开手指对小宋说，要有半句谎言，我就是地上爬的王八。

小宋扣上钢笔帽，有些不耐烦地摔了一下笔记本，摸出一盒圆形印泥，说，没让你发誓，来，你过来摁个手印吧。

刘庆柱说：为什么要我摁手印啊？

这时刘所长插话说，让你摁，你就摁。

刘庆柱说，我一摁手印就害怕，出什么事啦？

刘所长说，昨天夜里，你们村西的电缆让人给割了。

## 四

刘庆柱听到刘所长的这句话，觉得整个脑袋一下子就炸开了，好像整个脑子里的汤汤水水都淌了出来。他坐在椅子上，努力控制着自己不要站起来，不要说话。他只觉得腿在发抖，止不住的颤抖顺着双腿向上蹿，整个身子跟着抖动起来。他不知道是怎么走出了村委会的办公室，他只记得村主任对他摆了摆手，说，你忙你的去吧，有事再找你。村主任的话轻描淡写，表情也显得模糊不清，村主任的脸庞一直被烟雾遮掩着，看不出他真实的模样。

刘庆柱贴着村街的墙脚回到家里。他垂着双手，围着屋里转了一圈，然后一屁股坐在门前的台阶上，缩着脖子发愣。太阳不温不火地落在他身上，羽毛一样钻进了他的鼻孔里。刘庆柱仰天眯眼对着太阳，鼻孔里的麻痒像一股小旋风在转圈，刘庆柱张大嘴巴，终于打出了一个响亮的喷嚏。他揉了一把鼻子，蹿起身子，就往村街上跑，他颠动着双腿，路面漂浮起来，蛇一样在他眼皮下延伸。他听到村街上的人在喊他，他的眼前飘过村人对他的笑脸。刘庆柱没回头，他一口气蹿到了村委会的大院，在办公室门前的台阶前刹住了脚步。

村主任正在拿一把锁扣在门板上，他扭头看着刘庆柱。风搅和着阳光，一起扑在村主任的脸上，刘庆柱看清了村主任糙黑疲惫的脸。

怎么又回来啦？村主任说。

你必须向我道歉！刘庆柱恶狠狠地说。

操！村主任咧嘴笑了笑，你毛病还不少哩！我给你道什么歉？

你说，咱全村这么多人，你凭什么只让警察找我？

找你又怎么啦？为什么不找别人，你心里应该比谁都明白！村主任的口气跟着大起来。

我明白什么？你们把我当什么人啦？把我当咱村的家贼来防备吗？

这话是你自己说的，我可没说你是家贼啊。村主任边说边绕过刘庆柱，朝大院门口走。刘庆柱蹿过去，一把揪住了村主任的胳膊。

我必须要找到那个偷羊的赵三，我要为自己洗清冤屈！刘庆柱说。

村主任说，那是你自己的事，不用跟我说，你自己的腿你当家。村主任挣开了刘庆柱的手。

我必须要找到赵三，我要证明我不是家贼！刘庆柱蹿到村主任身旁，探手夺过了他的自行车，瞪着通红的眼珠，逼近了村主任的脸说，我告诉你，我不是家贼！刘庆柱夺上村主任的自行车，朝着镇上的方向蹬过去，经过相广林的家门口，他下了车子，冲着相广林的家门口喊，我要去找赵三了，我要证明我没有合伙偷你的羊！

刘庆柱的话像一口痰落地没有声息，相广林家里没人应声，只有一群羊咩咩地叫了起来。刘庆柱愤愤地跺了跺脚，骑上车子冲向村口的大桥。

半个小时后，刘庆柱来到了镇上的派出所里，他刚进了派出所大院，迎头遇见刘所长。刘所长眯眼看着他，冲他招手，这么快就来啦？想通啦？

还有什么要交代的，你去找小宋做笔录吧。

气喘吁吁的刘庆柱站在刘所长面前，领导，我不是家贼。

刘所长皱起眉头说，没人说你是家贼啊。

我想请你帮我找到那个叫赵三的人，我找到他，就能证明我不是家贼！刘庆柱带着哭声说，我要找夏庄的赵三，那个说话笑眯眯的嘴巴上长着一层胡子的赵三，是他害苦了我，我买了赵三的羊，然后村里人都怀疑他偷了相广林的羊……

刘所长说，赵三是他的名字吗？

刘庆柱说，他告诉我他是夏庄的赵三。

刘所长打量着满脸汗水的刘庆柱。忽然嘿嘿地笑起来，我说你笨啊还是傻呢？哪个贼能告诉你真实姓名啊？

刘庆柱说，赵三不像是小偷，他说话实在，长相忠厚，他……

刘所长挥手打断了刘庆柱的话，不耐烦地说，什么赵三李四的，你回去打听这个人的真实名字，我再帮你查吧！刘所长说着钻进了面包车，转着圈开出了派出所大院。刘庆柱垂着双手愣在原地，那一刻，他觉得自己的双臂快要掉下来了。

## 五

那天下午，刘庆柱垂头丧气地回到村子时，看到相广林靠在村口那株老槐树下低头吸烟。他牵着一只羊，白色的羊和他黑色的衣服显得格外显眼。那时候刘庆柱还不知道，会有更大的意外等着他。刘庆柱本来想拐弯绕过相广林，他这会儿身心俱疲，实在不想再和相广林说话。再说，刘庆柱看见他的羊，心里就犯堵。

可是刘庆柱躲不开了，相广林半张着嘴巴盯着刘庆柱，他看到刘庆柱快要拐弯，马上就扔掉烟头跑过来了。他步子迈得宽阔，那只羊被他牵扯得咩咩乱叫。相广林几步奔过来，拦住了刘庆柱的去路。

相广林偏头打量着刘庆柱，说，庆柱，你找到那个赵三了吗？

刘庆柱不看相广林，只顾摇头。

相广林说，赶快找到那个该死的赵三，我要活剥了他的皮！

刘庆柱听着这话，觉得心里扎刺刺的，不就是一只羊嘛！你有什么权利活剥了他？

刘庆柱的沉默显然刺激了相广林，他吭哧了一声，跟着声音大起来，庆柱，你找不到赵三，这事就没完！

刘庆柱抬头看着相广林，说，广林，杀人不过头点地，我已经把羊还给你了，你还想怎么着？

相广林扭身把那只羊拽到刘庆柱跟前，指着羊说，你看吧，就是这只羊，我操他姥姥的赵三，这只羊被赵三给吓出毛病来啦！它不吃不喝，整天咩咩叫，咩咩叫！愁死我啦！

刘庆柱说，你的羊叫关我什么事？

相广林说，这只羊是我从你手里找回来的，是你虐待了这只羊？你告诉我，你踢过它没有？你拿鞭子抽打过它没有？

刘庆柱说，我什么都没做，我只知道我花一百块钱买了这只羊。

相广林说，那我打算把这只羊再卖给你，它不吃不喝，我不能眼看着它等死。

刘庆柱说，广林，做人要厚道，要讲天理，没你这么欺负人的！

相广林说，你花一百块钱买别人的羊，怎么就不能买我的羊？再说同样是这一只羊，怎么能说我欺负你呢？

刘庆柱气得脸色涨红，哆嗦着嘴巴说不出话。

相广林继续说，实话告诉你，庆柱，我不怕你，我就是要和邪恶势力作斗争！

相广林把牵羊的绳子塞进刘庆柱手里，厉声说，一百块钱，拿来！

刘庆柱再次花一百块钱买下了那只山羊。

# 六

相广林没有对刘庆柱撒谎，那果然是一只咩咩乱叫的羊。刘庆柱把那只羊牵回家以后，它就不停地叫，跟在刘庆柱身后，叫得凄厉孱弱、哀伤欲绝，好像是抗议刘庆柱把它带回家里。它不理会刘庆柱捧给它磕碎的玉米粒，也不搭理刘庆柱给它用小米熬的稀粥。它低头顶翻了刘庆柱端在它面前的饭碗,用更加愤怒的腔调对刘庆柱示威。它的举动让刘庆柱沮丧不已,一连三天三夜,那只羊的哀叫就没有停止过。它像是要用这样的方式来自虐,就这么叫到身疲力竭。一个星期以后,滴水未进的羊已经没有了站立的力气,它趴在地上,气若游丝,用浊黄的眼珠瞪着刘庆柱。刘庆柱被它愁坏了,他认为这只羊要用绝食的方式来抗议辗转波折的命运。他以为这只羊快要死了。

那个日暮西山的黄昏,刘庆柱实在不能忍受再看这只快要死去的羊。他以为这只羊撑不过今夜,就会悄无声息地死去,他不想让这只羊就这么死在他手里。他决定去镇上找兽医救活这只羊。

刘庆柱把那只山羊绑在自行车后座上,推着车子出了村子。天慢慢黑了下来。刘庆柱和那只羊走在了通往镇上的大路上,夜风像展开了翅膀的大鸟,穿行在路旁的树林里,哗啦乱响。又圆又大的月亮碾过厚重的云彩,在他的头顶上滚动,把刘庆柱的身影碾得像一张纸一样单薄。那时候的刘庆柱越来越觉得,相广林强迫卖给他这只羊对他是有好处的,或许他只有买下了这只快要病死的羊,才有找到赵三的可能,只有找到赵三,才能证明自己不是村子里外勾结的家贼。

一拐过一段上坡路,刘庆柱推着自行车累出了一身汗,那只羊像是睡着了似的一声不吭。他听到背后传来了突突的马达声,就像一阵急促的脚步声向他逼近。突突的马达声越来越近,在他身边停下了。刘庆柱听到一阵踢踏的脚步声,他扭过头,觉得一只强劲的大手搭在了他背上。

刘庆柱站起身,摸了一把眼泪,模糊不清的月光里,他看到几个瘦高个子的人围住了他,他们的眼神直勾勾地盯着刘庆柱,嘴巴里喷出团团浓重的酒气。路边一辆破旧的三轮车没有熄火,突突的马达声敲击着空旷无人的月夜。

咱们打个赌,你说,我敢不敢把你这只羊扔在我们的三轮车里?靠近刘庆柱的一个长发青年把手搭在刘庆柱肩膀上,刘庆柱看到他摇晃着身子,对他打了一个响亮的饱嗝。

刘庆柱的嘴巴哆嗦着,他听到这几个年轻人哈哈地笑起来。那个长发青年折身抓起刘庆柱车后座的羊,他的力气那么大,就像扔一只死鸡那样把那只羊扔进了三轮车厢里。刘庆柱的嘴巴哆嗦着,他听到这几个年轻人哈哈地笑起来。

长发青年拍打了一下手，他手上的肌肉随着月光滚动着，让刘庆柱的心跟着蹿到嗓子眼边。

　　把他的自行车也一起扔到车上吧。那几个年轻人笑得弯腰捧腹，大声对刘庆柱喊，老实点，别让爷们动怒啊！

　　刘庆柱终于叫出了声，我操你姥姥！

　　刘庆柱的话音未落，一只坚硬的拳头打在他的胸口上。刘庆柱疼得弯腰捧住胸口，一只脚准确地踢在他的裤裆里。刘庆柱滚在地上，拳头和脚雨点般落在他身上。刘庆柱低叫了一声，一只拳头打在他的鼻子上，他闻到一股干爽的烟草味的同时，就觉得一股热流从鼻孔里涌出来。那几个年轻人笑着骂着踢他，他们像追逐一个足球一样，争先恐后地把刘庆柱踢进了路边的壕沟里。

　　刘庆柱翻滚到生满枯草的壕沟里，一阵呛人的尘土盖住了他的脸。听着几个年轻人爬上了三轮车时，有人大叫了一声，赵三，你还愣着干吗？快走啊！

　　没错，赵三。刘庆柱分明听到了赵三这两个字，就像一块石子一样打在他的耳朵里。

　　赵三啊赵三，那个说话笑眯眯的，留着小胡子的赵三，那个一口一个大哥的赵三，那个狗日的赵三！

　　刘庆柱的嘴巴哆嗦着，他一遍又一遍地喊着赵三，可是他的声音太小了，完全被三轮车突突的马达声遮掩了。他分不清自己到底喊出声没有，他只觉得自己的心里正在一遍又一遍地重复着赵三这两个字。他努力撑住壕沟的陡坡想爬起来，他的双腿蹬了几下，剧烈的疼痛蹿遍全身，刘庆柱再次趴在枯草里，干硬的草茎堵住了他的嘴巴。刘庆柱听着路上的三轮车突突地叫声高亢起来，像一只硕大的蝙蝠一样钻进了月光里，转瞬就看不见了。刘庆柱吭哧了一下，终于听到了自己的哭声。

## 七

　　刘庆柱在壕沟里躺了整整一夜。后半夜里，他擦干了鼻血，舒展了疼痛的身子，瞪大眼睛对着夜空发呆，天上的星星真多啊，就像谷子地里的麻雀一样数也数不清。这个世界上数不清的东西太多了，就像刘庆柱不知道这个世界上到底有多少叫赵三的人一样。一想到赵三，刘庆柱就觉得头发蒙，长吁短叹的，想骂娘。一直到天快亮的时候，派出所的刘所长和小宋才把刘庆柱拉出了壕沟。

刘所长说，你那只羊死了吧？你被抢劫了吧？你怎么不报案呢？你怎么这么傻啊？刘所长啰唆了老大一会儿，才说，我们已经逮住这伙人了，你跟我到派出所去一趟吧。刘庆柱揉着鼻子，他咬着那根草茎一直没吱声，他甚至没正眼看刘所长，一直到他坐进面包车里，刘所长恼怒地扭头冲刘庆柱喊，把你嘴里的草茎吐掉！

在派出所里，刘庆柱见到了昨天晚上抢劫他自行车的那伙人，他们蹲在墙角里，神色黯淡地盯着地面。刘庆柱没理会刘所长的问话，刘庆柱走到那个长发青年身旁，把他的长发捋起来，长发青年翻起眼皮看着他，他的眼神空洞无力，就像那只奄奄一息的山羊。

刘庆柱说，告诉我，赵三呢？

长发青年皱了一下眉头，低声说，我就叫赵三。

刘庆柱大声说，你不是赵三，你说谎，你绝对不是赵三！

长发青年说，我没骗你，我就是夏庄的赵三。

你怎么能是赵三呢？你撒谎，你根本就不叫赵三！刘庆柱蹲下去，偏头看着长发青年的脸，低声说，我求你了，你实话告诉我，赵三到哪里去了？

长发青年的脸色比刘庆柱还沮丧，我就叫赵三啊，你出门打听打听，我从小就叫赵三。再说，当着警察的面，我敢对你撒谎吗？

刘所长奔过来拽起刘庆柱说，我们都审问完了，他就叫赵三，他们对这事供认不讳。就是这个小团伙，偷了你们村相广林家的羊，他们割了你们村的电缆，昨天晚上，他们抢了你的自行车和三十块钱。刘庆柱不理会刘所长的话，他摊开双手，对着蹲在地上的人说，我求求你们啦，你们行行好，告诉我赵三在哪里？

屋子里没有人再回答刘庆柱的话。

刘所长有些不耐烦地说，这个小团伙的人被我们一网打尽，没有你要找的那个赵三。

刘庆柱看了看刘所长，对着满屋子里的人转了一圈，才带着哭声说，那我还是去找赵三吧，那我只能继续去找赵三了。

## 八

那天上午，刘庆柱推着他的自行车走出派出所的大院，自行车后座上绑着那只已经死去的山羊。镇子里的大街上人来人往，阳光随着车流横穿飞跑。刘庆柱经过旅馆，医院，理发店，超市，网吧，农贸市场……他目不斜视，自行车的车轮在他脚下沙沙作响。他经过一处饭店时，听到有人喊，喂，卖羊吗？刘庆柱没抬头，他听到那个声音继续喊，喂，说你呢，卖羊吗？

刘庆柱扭头朝饭店门口看了看，对他吆喝的是一个系着围裙的胖子，他正靠在门框上，冲刘庆柱友好地招手，他的脸上堆着模糊不清的笑。

胖子提高嗓门对刘庆柱喊，你那羊都死了，还不卖它干吗？给你一百块钱，卖不卖？

刘庆柱对胖子摇摇头，抬头对着头顶上的太阳，眯眼打了一个喷嚏，他揉着鼻子自言自语似的，说，羊死了，赵三还活着呢。

(原载《文学界》2010年第11期，《小说选刊》2010年第12期、《新华文摘》2011年第3期转载；收入《2010中国年度短篇小说选》)

# 水 煮 水

## 一

有一天早上,我还没起床,杜梅的丈夫打电话来问我,你是不是还保存着杜梅的两根头发丝儿?这句话就像油爆辣椒的味道,一下子就噎住了我。我说,我忘了,可能没有这件事吧?杜梅的丈夫说,这种事你能忘了?你好好想想,必须找出来还我!

他的语气里透着咄咄逼人的气势,好像我已经和杜梅做了什么事,被他捉住把柄一样。

我放下电话后,对着窗外的阳光发呆。这是一个凉爽的初秋,到处弥漫着饱满成熟的气息,这种气息可以让人兴奋到发疯。我靠在床头上,揉着发痒的耳朵,开始试着操纵我的记忆思维。

我想起四年以前,我和杜梅最后一次接触,是在泗河路上看那场黑白电影。当时电影院里很黑,我和杜梅进去以后,在最后一排坐下。那是一部年代久远的黑白色的外国电影,画面斑驳闪烁,给人一直在下雨的感觉。

我们看了一会儿,杜梅就把手伸过来了,杜梅的手指在我手心里挠了一下,还对我无声地笑了笑。停了一会儿,杜梅的头就靠在我肩上。她靠得我很近,我觉得她的眼睫毛在我左脸上就像一对翅膀轻盈拂动。我低头衔住了杜梅的嘴唇,杜梅似乎挣扎了一下,便张开嘴巴迎接了我。她的舌尖在我嘴边触碰了一下,就像一条灵活的鱼一样钻进我的嘴巴里,翻卷出阵阵鲜腥的气息。

后来杜梅抹着嘴巴低声对我说,小白,你碰我了,以后你要记得对我好。

就在那个幽暗的电影院里,杜梅把她的初吻给了我,然后我鬼使神差地揪下了她的两根头发,塞进了我的钱夹里。

看完那场电影以后的两个月,我就和杜梅分手了。现在想来,杜梅嫁给了这个现任丈夫,最直接的原因就是因为她丈夫的老爹是个副处级干部,能直截了当地给她招手即来的荣华富贵。杜梅结婚的时候,我去参加了她的喜宴,她的马尾辫被人盘成了高高的发髻,脸上涂抹了浓重的脂粉。她的丈夫个头很高,有些瘦,目光炯炯,谈吐举止,像是前途似锦的模样。他给我敬酒时说,哥们,多喝点,喜酒不醉人。

回去的路上,我吐得一塌糊涂。在此后的很长一段时间里,杜梅被人盘起的发髻一直让我不能释怀。一直到两年以后,我结婚的时候,我才把那两根头发夹在书柜里的一本书里。

那本夹有杜梅头发的书挤在书橱里,和每天经历的日子一样沉默着,看不出有什么细致的区别。日子就像桌子上的台历,一张又一张,掀过去,撕掉就扔了。这四年多里,我不记得是否主动想起过杜梅,我不知道杜梅现在过得好不好。

想到这儿,我打了个哈欠,起床走到书房里,面对一排排版本不同的书,现在我很少主动去整理它们。我翻腾了整个书柜,也没有找到杜梅的头发。

我坐在沙发上,揉着太阳穴继续回忆。仔细想想,当初和我臭味相投喜欢看书的人,当数我的同学叫王文。他和我一样,迷恋过一阵子文学。早在几年前,王文离开我们这个小城,进入省城的房地开发产业,据说现在混得很不错。我拨通他的电话后,王文就虚伪地说,小白啊,哥们想死你了。

我说,我也想死你了。

不等他再废话,我接着说,你还记得吗?很久以前,你借过我一本叫作《丧钟为谁而鸣》的小说。现在我着急看那本书。你找找给我吧。

王文听起来很不乐意,说,大清早的,什么丧钟而鸣?你晦气不晦气?这样吧,等我这几天回去,给你买一套精装本吧,现在我正忙着,先挂了啊。

这个本来平淡如昨的早上,因为过去的杜梅,因为杜梅的两根头发,显得有了一些意义。有时候,很多有意义的事情,也许就是从无聊之中翻腾出来的。事情过去了这么些年，杜梅的丈夫怎么突然给我打了这么一个气势汹汹的电话，是不是杜梅把过去我和她的交往都告诉了他？这个女人竟然被生活折腾得到了如此弱智的地步吗？如果她的丈夫知道当初我不仅拽过杜梅的头发，如果他知道杜梅还和我接吻过，知道我和杜梅的两片舌头曾经如胶似漆地搅拌在一起，杜梅曾经怎样用含情脉脉的眼神期待过我，我想，这个男人肯定会提着菜刀来找我。

## 二

临近上午时，我又给王文发了一条信息，我说，王文，最近我约了一些同学，准备搞个同学聚会，你一定回来！

没多大会儿，王文回复：明天回。

我想王文能帮助我处理杜梅的头发这件事，有两个最直接的原因，他和杜梅、我都是高中的同班同学，当初王文还是我们的班长，具有一定的话语权。最重要的是，现在的王文，据说有权有势，手眼通天。杜梅和她的丈夫应该有所耳闻，如果让王文出面调解这件事，恩威并施，也许会好处理一些。我只希望大事化小，小事化了。

第二天上午，王文给我打来电话，说他正在下高速的路口上撒尿。再有半个小时就进城。放下电话后，我抓紧联系酒店，又给几个中学时和王文比较要好的同学打电话。我们这些同学，除了王文混得比较出息，其他人都事业无成，按照王文的话说，真是笨贼一箩筐。几个同学听说要喝酒，并且王文要来，大多连声应许。

我给其中一个绰号叫瘦猴的同学打电话时，故作轻松地说，你顺便通知一下杜梅吧，叫她一块来参加聚会，这是王文特意叮嘱的。

瘦猴那边愣了愣，就嘿嘿笑着说，好好，你放心，我一定通知她！

聚会定在中午十二点，半个小时以后，我和同学们到达济河路上的怡香园酒店门口，等候王文。那个叫瘦猴的同学把我拽到一边，抓耳挠腮地说，我联系不上杜梅，她的手机停机了，不会是换号码了吧？

我听着头发蒙，该来的不来，不该来的来了。我对瘦猴说，你真是笨蛋，这下王总经理怕要失望了。瘦猴和我正在叹气时，看见一辆挂着省城车牌号的黑色车子缓缓停在酒店门口。车门打开，戴着墨镜、肥头大耳的王文左手夹着公文包，右手挥起来，冲我们喊：同志们辛苦啦！我想死你们啦！

几个同学争相奔过去和王文握手。等王文走到我跟前，抬手擂了我一拳，掏出一本裹着薄膜的书说，喏，给你，正版的海明威！

我哭笑不得，只得接过来，带着他们进了酒店的单间。坐定之后，王文甩出两盒烟，指着我说，闲话少说，喝酒吃菜，咱们边吃边聊。

既然直奔主题，当然就很快了。服务员鱼贯而入，很快端了满满一桌子菜，白酒、啤酒同时撬开，倒满杯子。三杯酒下肚，耳红舌热，就有人开始大谈赚钱和女人。陆续有人和王文碰杯，说着恭维的话，王文听得左顾右盼，满面春风。这些年，王文在商场里摸爬滚打，肯定练就了一副酒肉肚肠，轮到我和他碰杯时，王文打了一个饱嗝，放下酒杯说，我告诉你吧，我这几天遇上一个不大不小的麻烦，挺棘手。

我说，你有什么麻烦啊？

王文偏着头对我说，小白，你看，我的耳朵被人咬了。

我惊得连忙起身，王文也跟着探身让我看。王文左耳后边果真有着一片干结了的血痂，满桌的同学们也都跟着起身看。酒桌静下来，一时没人再吵吵着喝酒了。

看见了没？王文眨巴着眼皮问我。

我点头说，怎么回事啊？还有人敢咬你？

王文说，咬了一个星期了，现在还疼呢。

# 三

据王文说，咬他左耳的是一个叫张化良的民工。张化良在王文总公司下属的建筑公司里，和大多数民工一样，做的是最低级的活儿，在工地上搬砖，挥锹锄土，搅拌水泥和沙子。如果他没有机会咬了王文的耳朵，也许他还不知道王文就是他们公司的总经理。

事情发生在上个星期。那几天省城接连下了几场特大暴雨，王文作为工程承包商，深知延迟工期要受到重罚。他决定亲自去施工现场，给工人们讲话，鼓舞士气，尽快赶上延误的工程进度。

那是一个雨过天晴的早上。王文从市中心的公司总部大楼里出来,带领一班部下浩浩荡荡开进了施工现场。当时工地上人声沸腾,机器轰鸣,一派热火朝天的景象。王文穿着一尘不染的白衬衫,头发梳理得油光可鉴。他戴着一副墨镜,双手叉腰,对着那些面色糙黑、满头大汗的民工们挥手致意,昂首高呼:同志们好!同志们辛苦啦!

王文亲切的慰问没有得到多少热烈的回应,只有附近的民工们抬手擦汗时,对王文挤出一个拘谨而又疲惫的笑脸。

当时王文兴致未减,戴上安全帽,继续向工地内部进入。他拐过一片楼群时,扭身看见附近一片沙堆上那几个正在蹲着吸烟的民工,他们近乎放肆的大笑声引起了王文的注意。在这争分夺秒追赶工程进度的紧要关口,居然还有人在这里偷懒耍滑?

王文没怎么多想,他走到沙堆旁,那几个民工止住了说笑。其中一个四十多岁的民工手里捏着一张报纸,眯眼对着王文似笑非笑,浊黄的汗水挂在肮脏的额头上。

王文摘掉墨镜,问他,现在工程进度这么紧张,你们还有闲情在这儿看报纸?王文说着靠近了张化良,伸手拽住了他手里的那张报纸。当时王文只想看看那张报纸里,究竟什么内容吸引了这几个民工。

王文的手刚拽住了报纸的一角,张化良就侧身向后躲。

王文逼近张化良,一把拽住了报纸,大声说,松手!

这声断喝加剧了张化良的挣扎。他再次撤身的时候,王文猛地一拽报纸,哧啦一声,那张报纸撕开了。

张化良捏着手里的大半张报纸,慌慌地扫了一眼,就冲王文喊:浑蛋!你赔我的报纸!

随从们逼近张化良,指着张化良说,你竟敢辱骂王总,快点向王总道歉!

我不管他是谁!我要我的报纸!张化良双手捧着那半张报纸,哆嗦着嘴巴说。你们赔我的报纸!

随从们对张化良的愤怒有些迷惑了,不就是一张报纸吗,竟然惹得这个民工这样冒犯公司领导。环顾他身旁的那几个民工,等他们七嘴八舌地解释完,王文终于听清了,那张报纸上刊登了张化良儿子的照片。他儿子今年高考成绩在他们当地家乡属于文科状元。当地报纸作为特大新闻,采访了张化良的儿子，照片就是他儿子接过某名牌大学录取通知书时的镜头特写——儿子拿着通知书，开心地对着镜头笑着。

张化良的儿子给他写了一封长信，并把这张报纸一并寄到这个建筑工地上。张化良为这个喜讯激动得发疯，拿着这张登有儿子照片的报纸，四处向来自家乡的工友们炫耀，让工友们分享他的幸福和快乐。

王文端起那半张报纸看了看，他刚才恰巧从张化良儿子的照片上撕开了，王文手里的那张报纸，只露出张化良儿子的一只耳朵，左边的耳朵。

王文想不到会是这样一种局面，思忖了片刻，还是过去弯腰拍了拍张化良的肩膀，说，对不起，我一定会帮你找到这份报纸。

张化良似乎没有理会王文的话，低头把撕开的那张报纸拼合着，兀自带着哭声说，我儿子的耳朵没了，我儿子的耳朵被人撕掉了。

那天中午，因为发生了这张报纸的意外事件，王文和他的随从们提早结束了在工地现场的视察，乘车离开了工地。王文离开张化良老远的时候，扭头看了看还蹲在沙堆上的张化良，像一堆破旧的衣服，低头对着那张残缺的报纸发呆。

上午发生的这场小小的意外，谁也没有多想什么，对于一个底层民工来说，比起那些长期恶意拖欠民工工资的事件来说，一张报纸算什么呢？

王文和他的随从们离开工地没多大会儿，就开始在车里嘻哈着聊天了。经过一家刚开业的酒店时，有人提议去这家酒店吃饭，理由是这家酒店有几道拿手菜，味道很好，让人入口难忘。

王文和随从们很快进入酒店，点了一桌酒菜，有心计的人为了给王文压惊，还不动声色地叫了一个衣着暴露的歌女，在包间里为王文唱歌助兴。歌女的歌喉优美，犹如黄鹂鸟般婉转动听，包间里的酒气、人气，夹杂着歌声，歌舞升平的景色让人不饮自醉。那时谁也没想到，包间里的门迟疑着开了，一个头发蓬松的脑袋探进包间里。他弓着腰，双手贴在胯间，汗水虫子一样爬在脸上。王文看清了，这个衣着肮脏、表情猥琐的男子，正是刚才在工地上遭遇到的民工张化良。

你赔我的报纸！包间里所有的人都听清了张化良的这句话：你赔我的报纸！

酒桌上的男女们愣怔了一下，其中一个高个男子指着张化良大喝，滚！他妈的，这里是你这种人来的地方吗？快给我滚出去！

我，我只想要我的那张报纸。张化良倒退着说，那张报纸上有我儿子的照片。

高个男子蹿到张化良跟前，伸手抓住了张化良的衣领，把张化良拽到楼梯间，张化良趔趄着叫嚷的时候，几个手持电棍的年轻保卫蹿上楼梯，拽住张化良的衣领拖出了楼道。

## 四

王文说到这儿，抬手摸了摸左耳，吞下一大口啤酒，接着对我说，我没想到这个民工会这么固执。当时满酒桌的人都恶狠狠地咒骂着张化良，甚至有人建议马上通知张化良所在的施工队负责人，把这个家伙开除了。

那时，我们已经没有心情再继续喝酒，随即走出包间。走到饭店门口，我快要上车时，突然发现一条人影从路边的法桐树旁晃过来，我还没反应过来，就被黑影冲撞倒在地上。黑影压在我身上，我从众人的惊呼中拨开他的手，才看清了张化良的嘴巴晃在我眼前，他像个凶兽一样呜呜怪叫着靠近了我的耳朵。

我说，放开我！你疯啦！

张化良喊，耳朵！我儿子的耳朵！

他的胡子扫过我的脸，张嘴咬住了我的左耳。疼痛瞬间传遍我的脑袋。众人围过来，拽住张化良，伸手撬开他的嘴，有人踢他的腰，踹他的头，张化良承受着众人对他的拳打脚踢。后来他松开嘴，喘着粗气对我说，你记住，我儿子的耳朵被你撕掉啦！

王文说着，摸了一把左耳没再吱声，我和同学们都被王文的叙述吓呆了，愣怔了片刻，那个叫瘦猴的同学问王文，讲完啦？

王文点点头说，后来众人开车拉我到附近的医院止血包扎，还打了一支破伤风针。张化良从我身上爬起来之后，又被众人拦住狠揍了一顿，他在拳脚中一声没吭。后来众人揍累了，让他滚，他才瘸着腿走了。从那天以后，我再也没有见到他。直到现在，我也没有找到那份刊登张化良儿子照片的报纸。

你还找什么报纸啊？你撕掉了他儿子的照片，他咬了你的耳朵，也算扯平啦！瘦猴跟着说，如果你觉得不尽意，再给他点钱就行了。

张化良会要我的钱吗？王文说。

谁和钱有仇啊？他几次三番闹腾你，就想讹诈你点钱罢了。

他一直没提钱的事。王文说，这好像和钱没关系。

你放心，你只要给他钱，他一准伸手接过去。谁不喜欢钱啊？一张报纸算什么呢？

同学们跟着嘿嘿一阵乱笑，都说，过去的事啦，别再提这些郁闷的事了。有人开始吆喝着继续喝酒，王文跟着举起酒杯，酒桌上的气氛又恢复了高潮，开始轮番碰杯。人出人进，桌子上杯盘狼藉，整个包间就像一锅沸腾的开水，乱糟糟的，让人头晕。我的肚子里灌满了啤酒，鼓胀胀的，想吐出来，我去洗手间对着马桶吐了一通，转身趴到水池边洗手时，听到衣兜里的手机响了。我接通手机，听到杜梅丈夫低沉的声音，喂，小白，你找到杜梅的头发了吗？

## 五

这句话就像刀子一样瞬间扎破了我的血管，我觉得全身的血都涌上了脑门。我对着手机喊，哥们，你除了找女人的头发，你还会干什么？作为一个男人，你真是无聊透顶了！

我刚要挂掉手机，听到杜梅的丈夫叹了一声说，小白，你喝酒了吧？我闻出你嘴里的酒气了，我不介意你对我发火，我希望你能听我说说杜梅，我现在必须要说出来，不然，我会被这些话憋死的。我告诉你吧。我也喝酒了，我一人喝了半瓶白酒呢。我现在正躺在我家的地板上和你打电话，你来过我家吗？我家的地板像足球场一样宽阔，我可以随心所欲地在地板上打滚撒泼，嬉笑哭闹，没有人管我。

杜梅丈夫的声音听起来有些恶意的快活，我把手机贴在耳边，边听他自言自语，边向餐厅的包间走。经过酒店大厅的吧台边，我一屁股坐在专供客人小憩的沙发上。我架起二郎腿，对着杜梅的丈夫说，好吧，哥们，有话你就说出来，只要你不再提杜梅的头发，我乐意听你说。

杜梅丈夫吭哧了一声说，那我就从头给你说，我现在把你当作一堵墙，一棵树，或者就是一根电线杆子。反正我说完了，你也别记在心里。你和杜梅谈了两年多的恋爱，你应该还记得，杜梅那一头披肩长发曾经让多少男人着迷。不瞒你说，当时我也是被杜梅摇曳的长发迷乱了眼，我发誓无论付出什么样的代价，我都要娶杜梅为妻。当然，我很幸运，并没有费多大心思就得到了我和杜梅的婚姻。

当初杜梅离开你，飞蛾扑火般地投入我的怀抱，这的确出乎我的意料，也让我暗自窃喜。嗯，我现在对你说起这些，你肯定有些难受吧？对不起，我不是想刺激你，我知道你还爱着杜梅，但是这已经是不容改变的事实，你必须正确面对，生活是残酷的，生活就是弱肉强食，大鱼吃小鱼，小鱼吃虾米，虾米吃什么呢？虾米只能吃泥巴。噢，我是不是有些啰唆，我把话题扯远了？其实我想对你说的，还是杜梅的头发，你知道，杜梅结婚以后，还是保持着那一头披肩长发，摇曳至腰间，使得杜梅风姿绰约，风情万种，回眸一笑百媚生。

这么些年来，让我感到生活无限美好的，就是杜梅的长发，我一看见杜梅的头发，就激动得想打喷嚏，我告诉你，我和杜梅做爱时，杜梅的长发就像无数个嘴唇咬着我，吸附着我的皮肤，那种感觉真好。噢，又扯远了，对不起，我不是故意的，我一说起杜梅的头发就会喋喋不休，这是个很不好的习惯。我直入正题，我告诉你这事，你肯定也会像我一样难过，就在前天，杜梅没有经过我和你的同意，嗯，这样说也不错，她没有经过我和你们这些热爱杜梅的男人们的同意，擅自把长发剪掉了。

这件事发生在她和她单位里的部分同事外出学习回来以后。那天傍晚，她刚到家，我正在书房里上网，听得门锁一响，咚咚的脚步声进了客厅，还没等我开门出去，杜梅就已经进卫生间洗澡了。她的行李放在沙发附近的地板上。卫生间里哗哗的流水声掩盖了她的手机声，她的手机放在背包里，像蛐蛐一样微弱地鸣叫。

当时就是这种声音吸引了我，我掏出她的手机，看到一条短信息，只有两句话：想念你身上的味道，想念你的头发在手指间缠绕。这两句话从我眼前跳出来，像飞起的石头一样撞得我头晕眼花。这条信息来自她单位的刘副处长，我知道这个人，他长得皮肤白皙，戴着眼镜，不苟言笑，说话一副娘娘腔，没错，他的手指细长，足够可以缠绕女人的头发。

我把杜梅的手机放进包里，直接就去了刘处长家。他的家和我家不太远，只是相隔几栋楼，我在他楼下给他打电话。他下楼后，看见我就挥手致意，他在举手投足之间，模仿着某些领导的举止，他对我说，你好！

我说，你好，我刚看到你发给我老婆的信息了。

刘处长推了推眼镜说，对不起，我发错了。我把杜梅的号码当成我爱人的了。

我说，这么巧啊？

刘处长说，是啊，真巧。他说这话的时候，靠近我一步，抬手拍了拍我的肩。我立刻被他这个动作惹恼了。我拨开他细长的手指，一拳打在他脸上，接着抬腿踹在他的裤裆里，刘处长趔趄着捂住下身，他哎哟着蹲在地上，紧绷着嘴唇，脑门上涸出了汗珠。

我说，王八蛋，快把杜梅的头发还给我！

刘处长抬起脸，可怜巴巴地看着我说，当时我和杜梅并排坐在大巴车里，一路颠簸，杜梅闭着眼，来回晃荡着，孤立无助的样子，最后就靠在我肩上睡着了。她的头发披散在我身上，散发着薄荷的清香，我喜欢这种味道，我没移动身子，我想让杜梅就这么睡一会吧。杜梅睡了不大会儿，猛然睁开眼，怔怔地看着我，轻声说，真好。杜梅说这种感觉真好，她说完这话就低头笑了。她的笑是无声的，露出细碎的牙齿，让我想起羞答答的花朵。

天哪，花朵一样羞答答的笑容？这个浑蛋刘处长的比喻简直让我发疯！我和杜梅在一起这么些年，我还从来没有见过杜梅那样的笑，我不知道杜梅还会对男人做出花朵一样羞答答的笑容！我朝刘处长脸上啐了一口痰，折身向我家楼上狂奔，我的脚步如飞，眼前一直摇曳着杜梅花朵一样的笑，晃得我头晕眼花。我推开房门，杜梅披着浴巾坐在沙发上，她手里握着她的手机，她的头发湿漉漉地披在肩上，晶亮的水珠在她身上簌簌抖动。

杜梅咬着嘴唇，盯着我说，你刚才去找刘处长啦？

我点点头。

杜梅说，你不该这么做，你应该尊重我。

杜梅说着掉泪了，她的眼泪让我更加发疯。我说，尊重是相互的，我尊重你，可你尊重我了吗？你为什么让刘处长摸你的头发，你还说真好，你还对刘处长做出花朵一样羞答答的笑容。现在，你再做一个羞答答的笑容我看看，我是你丈夫，你应该对我那么笑。

我说着蹲在杜梅身旁，抓住杜梅赤裸的肩膀，狠狠地摇晃着她。我说，你笑啊，你笑一个我看看！

杜梅哭出了声，她说，我笑不出来，真的，我笑不出来。

杜梅说，我错了，我不该那么说。

杜梅的哭声不止，眼泪哗哗地淌在脸上，她哭得酣畅淋漓，好像要把这么多年来的泪水都哭出来。她雨打梨花的模样让我心烦意乱，我舍不得再对杜梅发火，可是也没心思再劝她不要哭。我想，就让她哭一场吧，也许她需要有这么一场大哭。

我摔上书房的门，躺在小床上发愣。过了很长时间，我听到客厅里没有了杜梅的哭声，我侧耳倾听，客厅里很安静，只能听到钟表嗒嗒的摆动声。杜梅不知道去哪里了。天渐渐黑下来，我拨打过一次杜梅的手机，没人接听，直到晚上八点多的时候，杜梅才回来，那时候，杜梅已经把她的长发剪掉了。她剪得很短，几乎比男人的发型还要短，完全变了一个人，就像被人虐待过的一只秃尾巴鸟一样难看。

我说，你为谁剪掉了头发？除了我，还有谁能值得让你这么做？

杜梅说，剪不断，理还乱，惹是生非的东西，你不希望我剪掉吗？

杜梅的话就像一把尖刀扎在我心里。

我想知道杜梅在哪里剪掉了她的头发，我想找回杜梅的头发，哪怕是几根也好。可是杜梅只字不提这件事，我问过她三次，最后那次，我几乎是哀求杜梅，告诉我在哪个理发店剪掉了头发？杜梅说，你有完没完？我已经忘了，难道你还要永远追着这件事不放吗？如果你还爱我，就原谅我这一次吧。

我承认，我爱杜梅。可是我更爱原来那长发披肩的杜梅。

杜梅的丈夫说到这儿，声音越来越小，像是睡着了似的，没有了声音，我侧耳听了一会儿，忍不住对着手机喊，喂，哥们，你怎么啦？说话啊？然后呢？然后杜梅怎么啦？

杜梅丈夫那边喘出一口粗气，像是费了老大劲儿才缓醒过来，他说，刚才，我和杜梅再次因为她的头发，大吵了一场。杜梅摔上门走了，我没拦她，我不知道她去哪里了。小白，我知道你那里还有杜梅的头发，我本来不想对你提这件事，我知道你和我一样爱杜梅，至少你曾经像我一样爱过杜梅。我想能有更多男人爱杜梅，其实是杜梅很幸福的事儿。可是现在我却觉得难受了，我就想让你把杜梅的头发还给我，我告诉你，你一定要找到杜梅的那两根头发……

杜梅丈夫说着再次停下来，没有了声息，我觉得头轰轰作响，蜂群一样在我脑子里盘旋。我起身对着手机喊，哥们，行啦！我不想再听你满嘴胡言乱语啦！我从来没有杜梅的头发，我正忙着喝酒呢，这件事比杜梅的头发有意思，请你不要再骚扰我！

我说着关掉手机，摇晃着在酒店大厅朝包间走，幽暗的楼道里灯光迷离，我一路跌跌撞撞，忽然觉得大哭一场才痛快。

## 六

我回到餐厅时，看到王文还在和同学们喝酒，他们每个人的脸色都像充足了血似的泛着紫红色的光亮。王文看见我，就竖起手指，指着我的位置让我坐下，他已经有些咬舌了，说我不仗义，喝酒跑出去耍滑头，一定是跟马桶亲嘴去了吧。我说我出去接了一个电话，如果你没喝足的话，我再陪你继续喝几杯。

王文摆着手说，我才不管你接谁的电话呢，老俗话说得好，自作自受，你就走着瞧吧。

我不知道该怎么回答他，坐在椅子上，听他们说了几句话，才知道他们正在玩一种变着法儿喝酒的游戏。这种游戏的规则是，按照饭桌上顺时针的排坐次序，每人讲一个故事，如果讲的故事不精彩，得不到众人的鼓掌，那就要罚酒一杯。前面几个同学已经讲完了，引得同学们拍掌大笑，接下来正要轮到坐在我身旁的瘦猴开始讲故事，限时三秒钟之内开始，不然就自罚一杯酒。

瘦猴揉揉鼻子，看了我一眼说，好吧，那我就讲讲我刚才来这家饭店路上经历的一件事吧。今天上午，我接到小白电话的时候，正在家里看电视剧。小白让我在十一点半之前赶到这家饭店。我看看表，时间还算宽裕，就想着坐3路公交车来这里吧，我家住在城西，离这儿足有十几站路的距离。我在3路车站牌下等车时，中途需要换乘26路公交车，才能到这家饭店。

坐出租车太贵了，你们知道，我这人是比较会节俭的。

瘦猴说到这儿看了看王文，王文摔着筷子说，少啰唆，有屁快放，直入正题，谁稀罕听你怎么坐车来的这些破事儿！

瘦猴嘿嘿笑了笑说，你别急，其实我讲的这个故事，就发生在我刚才乘坐的3路公交车上，所以我有必要交代清楚这一点。你们都知道，今天的气温很高，应该有30多度吧，我在3路车站牌下等车，脑门上都冒汗了。我等了不到五分钟，三路车就过来了。我上车后，发现车上人很多，已经没有了空座，我只得抓着车厢里的塑料抓手，站在车后门的位置上。

车里没开空调，有些闷热，等3路车到了第二中学那个站牌时，上来一个三十多岁的中年男人，他走过来，靠在我身边，像我一样抓着塑料把手，公交车的车速缓慢，那个中年男子和我摇摆不定，他的肩膀不时碰着我的胳膊。我侧身避开他的触碰时，打量了他一眼，他的个头比我高一些，穿着白色的衬衫、灰色的长裤，脸膛白皙，蓄着三七分开的发型，戴着一副茶色的眼镜。我琢磨着他的职业应该是公务员或者中学教师。

有那么一瞬间，他的眼神和我碰在一起，我们就马上避开了各自的视线。我抖动手腕看手表的时候，无意中瞥见那个中年男子手里端着一件黑色毛衣。那件毛衣折叠得很宽松，看起来颇有棱角，随着他的身体微微颤动。这么热的天气，在这闷热的车厢里，他端着这件毛衣做什么呢？

我脑子里冒出这个问号，猛然想起去年我老婆乘坐这趟公交车的时候，曾经被人掏走了她的钱夹。事后她回忆整个丢失钱夹的过程，只记得当时一个手捧毛衣的男人靠在她身边，一直挨着她走了两站路。除此之外，她丢掉钱夹之前，没有人那么近距离地接触在她身边。

我想到这件事，觉得浑身都紧张起来。3路车时走时停，经过几处站牌时，又陆续上来五六个男女，看穿着打扮很像郊区的农民。车厢里显得更加拥挤。男子试着离开我，朝刚上来的那群男女中移动，他的步子很慢，就像捕蝉的螳螂一样缓慢移动着。

等我发现我和他之间的空隙时，他已经靠在那几个大声说笑的男女中间。他盯着车窗外，像是正在浏览大街上的景色，可是他的胳膊已经抬起来，把那件毛衣搭在了一个中年女人的皮包上。那一刻，我的头轰的一下蒙住了。我不知道我是怎么走到了那个男子身边，我靠近了他，我甚至感觉我的膝盖碰在了他腿上。

男人慢慢扭过头来，漫不经心似的瞄了我一眼。我迎接了男人的目光，其实我不是一个善于掩饰自己表情的人，我从那个男人眼神里，感觉到我的眼神给他发出了什么样的信号。男人轻轻触动了一下嘴唇，就又扭头转向窗外，男子收回搭着毛衣的胳膊，离开了中年女人的皮包。

就在那时候，车厢里自动语音提示下一站到了老槐树路口，我才想起，我应该在那个路口下车，然后换乘26路车。我低头瞥了一眼男子的皮鞋，转身到后门下车，我刚走到路边的站牌下，扭身发现那个男人竟然就站在我身后。

当时我愣住了，我分明觉得我的脸哆嗦了一下，那个男人靠我很近，几乎就贴在我背后，用一种直勾勾的眼神盯着我。他那件黑色毛衣已经揉成一团，揣在他的腰间。我还没反应过来，他忽然把毛衣搭在肩上，搭手从裤兜里掏出半盒烟，很利落地捏出一支烟，撅起下巴对我说，哥们，借个火。

我不知道该怎么回答他，只是下意识地拍了拍衣兜，从裤兜里掏出打火机递给他，他一把抓过了我的打火机，点着了烟，就在我愣怔着看他点烟的一系列动作时，恰巧一辆公交车停过来，男子忽然冲我噗地吐出一口烟，扭身钻进了那辆公交车。等公交车关上门，缓缓驶出老远，我才愣过神来，那个男人把我的打火机拿走了！他为什么要拿走我的火机呢？我凭什么要让他拿走我的打火机啊！

我四处张望着大街，越想这件事越觉得气愤，是啊，我凭什么要让他拿走我的打火机？当时我满脑子里都是我的打火机，我被这个想法驱使着，挥手招停了一辆出租车，我对司机说，快，帮我追上前面那辆公交车！

我钻进出租车里时，司机还问我，怎么？把包丢在车里了？

我说，少废话，让你追你就追！

出租车司机加足油门，很快超过了那辆公交车，在下一站停下来。我给了出租车司机十二块钱的车费之后，等公交车缓缓驶过来时，我快步登上公交车，一眼就看到挤在人群中间的那个男人。他站在车后门附近，搭着毛衣的胳膊微微颤动着，我钻过去，拍了一下他的肩膀，我说，哥们，把我的打火机还给我。那个男人张了张嘴巴，把毛衣搭在肩上，掏出了我的火机。

## 七

瘦猴说到这儿，揉着鼻子不说了，包间里一片寂静，等瘦猴嘿嘿笑了两声，我们才缓过神来，酒桌上响起一阵长吁短叹。

讲完啦？王文说。

瘦猴点点头，嗯，讲完啦！很没意思是吧？

你花十二块钱坐出租车，要回来那个五毛钱的打火机，这不是劳民伤财吗！王文像个孩子一样冲我们挤挤眼说，你们说，是不是该罚瘦猴喝酒？

瘦猴瞅着我，争辩说，好好，我讲的这个故事不好听，那你们让小白讲一个，如果他讲的故事比我的好听，那我就甘愿自罚一杯酒。

王文哈哈笑起来，指着我说，嗯，小白，你讲一个吧，你能编小说，讲个故事还不是很容易吗！

我还能讲什么呢，看来瘦猴这家伙是拿定主意罚我喝酒了。我挠挠头皮对王文说，其实你和瘦猴讲的故事都很无聊，你是因为一张报纸被人咬了耳朵；瘦猴花了十二块钱坐出租车，去跟人索要一个五毛钱的打火机，都是很琐碎的小物件。那么，我给你们讲讲关于两根头发的故事吧。

几年前，一个男人，因为喜欢一个女人的一头披肩长发，和那个女人结婚了。他们结婚后，男人却对女人的初恋男友耿耿于怀，因为女人的初恋男友还保存着女人的两根头发，男人一想起来这件事来就觉得难受，他就想把女人的那两根头发要回来。你们想啊，事情已经过了好几年，那两根头发早就不知丢到哪儿了。他对那个男人解释这件事，可是那个男人怎么也不相信他会把初恋女人的头发弄丢了。男人整天打电话要那两根头发，这两根头发几乎成了一笔难以还清的债。

后来男人对女人的初恋男友恶语相加，不再只是因为那两根头发。男人责问他，你怎么就能把心爱的女人送你的东西给弄丢了呢？而且这是当初女人作为青春少女最美好的头发啊。你说丢就丢了，证明你从来就没爱过你的初恋女人，说明你后来忘了你的初恋女人。可女人的初恋男友怎么能向这个固执的男人解释呢？如果他对男人说，他还时刻惦记着他老婆，那个男人能愿意吗？

我刚讲到这儿，听到衣兜里手机再次响起来，我掏出手机，看到还是杜梅丈夫打来的电话，我摁下拒绝接听键，继续对满桌的同学们说，他只能说丢了，其实他越这么解释，男人就觉得他是撒谎，于是更加态度蛮横地向他要头发，男人说，现在已经不是两根头发的事情，而是他们两个男人之间需要解决的事了。他已经被那个男人逼进死胡同里，无路可走了，他快要被逼疯啦！

　　我长出了一口气，刚想接着讲下去，衣兜里的手机再次响起来。我掏出手机，摁下关机键，就在我把手机塞进衣兜里的时候，转脸看到楼下窗外的大街上，杜梅的丈夫正从车里钻出来，大步朝饭店的方向走过来。他看上去还是那么瘦，午后的阳光落在他脸上，模糊了他的鼻子和嘴巴。

　　我扭过头对王文和同学们说，好，这个故事马上就要进入高潮了，听我慢慢讲下去吧。

　　（原载《山东文学》2010年第8期）

# 奶奶和她的大头鹅
——谨以此文献给我从未谋面的奶奶

## 一

在我二叔跳水自杀以前,我奶奶没有养过鹅。我记得很清楚,那时我还和父母生活在城里的筒子楼里。那年春天的一个中午,我母亲正张罗着给我过六岁的生日。她一大早从菜市场买回来一只鸡,准备给我做一顿粉皮炖鸡。窗外的天气很好,薄薄的阳光落在我家的饭桌上,显出一股暖融融的味道。母亲挥着菜刀剁得菜板当当作响,以致我和母亲都没有听到父亲上楼的脚步声。父亲宽厚的身子堵在门口时,我才看到了父亲凝重的脸色。他瞥了我一眼,转身走到厨房里,然后我听到母亲啊的一声惊叫。

父亲招呼我穿衣下楼的时候,我看到父亲单位里的那辆绿色吉普车停在楼下,安静得像一块布满苔藓的石头。

我和父母赶回老家的时候,我二叔已经躺在院子里的一张席子上。他赤裸着上身,下身只穿着一件灰白色的裤衩。他闭着眼,有些漫不经心地对着明晃晃的阳光。他身上很干净,看不到一点水痕,粗壮的胳膊上粘着一片麦秸皮儿,几只不知名的蝇虫在他脚趾上跳跃飞舞。

满院子里人影晃动,却听不到脚步声。我父母站在二叔身前,静静地看了他一会儿。我听到我父亲压抑的哭声,接着我母亲也哭起来,呜呜的哭声好像一股看不见的风刮在院子里。没有人过去劝阻我父母的哭泣。母亲哭着拉着我的手,朝屋子里走去。迈过门槛,我看到了坐在西墙边大床上的奶奶。她袖着手,低头盯着床沿下的一双鞋。那是我二叔穿过的一双黄色球鞋。

父亲靠近奶奶,哭着说,到底怎么回事啊?老二怎么这么想不开呢?

奶奶没抬头,盯着黄球鞋说,老二这个孬熊,丢死人!

奶奶说完这句话,就没再出声。母亲悄悄把我推到奶奶身旁,奶奶伸手把我揽在怀里。我觉得她干硬的胳膊一直在颤抖,就像一根正在燃烧的干柴。我不知道奶奶为什么一直没有哭,一直到把我二叔埋到村南的丘陵上,也没有人看见她掉下一滴泪。我听见很多人悄悄说,这个老妈子骂死了自己的儿子,还不疼得慌,心真够硬的。

我不相信奶奶会骂死二叔,一张嘴怎么能骂死一个活蹦乱跳的大活人呢?可是事实确实这样,很多人都说,我二叔就是被我奶奶骂死的。

前几天,我二叔去堐庄村赶集。当时他在一个炸油条的摊位前转悠了一圈。他只是抽动了两下鼻子,卖油条的胖男人问,你买不买?我二叔没吱声,扭头刚要离开,胖男人拽住了我二叔的胳膊,大声说我二叔偷吃了他的一根油条。我二叔跟着他大叫起来,说我没偷吃你的油条。胖男人说,你就是偷吃了。胖男人对围过来的人群大声说,他偷吃了我的油条还不承认呢!

胖男人说着用油腻的大手拧了一下我二叔的嘴。我二叔推了胖男人一把,胖男人歪倒的时候,顺手拽掉了我二叔的裤子,嘿嘿笑起来,用粗短的手指头指着我二叔的胯下,说我二叔把他的油条藏到裤裆里了。我二叔的腰带被胖男人拽断了,他满脸涨红,提着裤子在人群的哄笑中逃离了集市。

那天中午,关于我二叔偷吃油条的消息,比我二叔的脚步先到了我老家里。我二叔还没回到家,我奶奶就站在街头等我二叔。我奶奶倒背双手站在我家房子后面的大街上,指点着我二叔的裤裆怒声说,你竟然偷吃人家的油条,我这张老脸真让你给丢尽了!

我二叔说,我没偷吃,我只是咽了一口唾沫。

我奶奶说,你还犟嘴呢,你先别进家,你去南边河塘里把身上的脏油给我洗干净了!

我二叔看着下身说,娘,连你也不相信我吗?我没偷吃,我真没偷吃。

我奶奶弯腰摸起一块石子，朝我二叔扔过去。说，你想气死我是不？人穷志不短，你这个冤孽！

我二叔躲开了我奶奶扔过来的石子，提着裤子转身朝村南的河塘方向走去。那时候村子里的槐花已经开了，村子上空回响着蜜蜂采蜜的嗡嗡声。明亮的阳光透过槐花的花叶，落在我二叔身上，斑斑驳驳地刺眼。

不到一顿饭的工夫，几个在河塘边洗衣服的女人跌撞着跑到大街上。那时候，我二叔的身体已经漂浮在河塘的水面上。那几个洗衣服的女人喘着粗气，挥着湿漉漉的手对大街上的人们说，没错，就是老二！看来是没救了！

## 二

我二叔死的那年只有十七岁。按照老家村里的风俗，未成家的男女死去，只能算是夭折的短命鬼，不能厚葬，也不能埋在祖坟里。父亲和几个本家的叔伯找了一张高粱秸秆编织的席子，拿绳子裹了我二叔的尸体，埋在了靠近我家祖坟不远的一个低洼处。

埋完二叔以后，父亲和母亲在老家住了三天。临走的那天，他们把我拽到僻静处，用不容我分辩的语气说，小白，你先别回城里了，现在家里就剩下你奶奶了，在家里陪你奶奶吧，反正你又不到上学的年龄。我说我不想在这里，我害怕。父亲看了看母亲说，你怕什么啊？听话，老实在家陪你奶奶，就算你孝顺奶奶一回吧。母亲也说，我们是怕你奶奶想不开，再闹出个好歹来。你在家看着她，过一阵子我就来接你回去。

一个六岁的孩子怎么能看护一个快七十岁的老人呢？我实在不明白父母把我留在老家到底是出于什么动机。父亲和母亲临钻进绿色吉普车的时候，我看到母亲抬手擦了一下眼角。

我以为母亲会在很短的时间里接我回城里，可是我却想不到，我会在乡下老家住上两年的时间。一直到我上小学的时候，我才算正经离开了我老家的村子。

我父亲和母亲走的时候，奶奶从床上起来了，她靠在门框上，看着吉普车扬起一阵尘烟，对我招手让我到她身边。她像是没理会邻居们送我父母亲上车的情景，牵着我的手转身进了院子里。我刚迈进门槛，就闻到一股清爽的味道，地上像是刚洒了水，桌椅擦得干净发亮，我抬脸看了看奶奶，她换上了一身干净的衣服，散发着一股淡淡的肥皂味。

## 三

　　自从那天起，奶奶又开始活动了起来。她挪动着尖瘦的脚到井台上打水，去菜园里摘菜，蹲在灶台旁烧火做饭，端着木筐去河边洗衣服。有时候，我和奶奶吃过饭后，她还会牵着我的手去街头站上一会儿。不过她始终不和那些在街头闲聊的人主动搭话，她倒背着双手，努力直起驼弯的腰，面对人群疑惑的眼神，就像面对头顶上的天空一样坦然。在她没把那几只小鹅捧回家里时，她像是也不太愿意和我说话。大多时候，她总是跟在我身后，用忽长忽短的视线牵扯着我，每天她只对我说两句话，小白，洗洗手吃饭！小白，脱衣服睡觉，盖好被子！

　　除此之外，奶奶很少对我说什么话，没事可做的时候，她老是坐在门前的台阶上，绷着脸对天空发呆。有一天早上，屋后的村街上响起一阵吆喝，有着歌声一样悠扬的腔调。奶奶偏头愣怔了一会儿，直起腰朝大门口奔出去，那一刻她的脚步看起来轻快极了。我跟着奶奶走出去，奶奶已经朝着桥头上的那一堆人围过去。她挤进人群，我听到了一阵阵叽叽吱吱的叫声。奶奶在人群里挤了一会儿，转身出来的时候，她兜起的大襟褂子里躁动着叽叽吱吱的响声。她弯腰对我说，小白，咱们养鹅吧，鹅能看家，也能下蛋给你吃。

　　那是我回家以后，第一次看到奶奶的笑脸。她脸上的皱纹挤在一块，笑得眼睛眯成了一条线。奶奶把那几只小鹅放到院子里，笑容就一直没断过。那几只小鹅有着嫩黄的绒毛，黄灿灿的扁嘴巴像被人涂了颜色。

　　那几只小鹅的确给奶奶带来了快乐，她好像把全部精力都放在了养鹅这件事上。春天里万物生长。奶奶一大早起床，洗刷之后，我和奶奶提着篮子，拿着铁铲，顺着暖风荡漾的大街去田野里挖野菜。奶奶回家以后，把野菜洗干净，拿菜刀剁成手指长短，抓上一把浸泡了一夜的小米，搅拌在一个泥巴做的盆子里。奶奶噘起干瘪的嘴巴，发出小鹅一样的吱吱声。

那些小鹅就从笼子里钻出来,摇摆着围在泥盆上啄吃野菜和米粒。

奶奶挖野菜的时候,她不去我家祖坟附近,她甚至不朝埋葬我爷爷和二叔的坟墓方向看一眼。经过村南的河塘时,我奶奶的脚步迈得很轻,连一口大气都不敢喘的样子,让我觉得奇怪。

两个月以后,母亲回来了,她看着我晒黑的脸庞,有些责备地看看奶奶,提出让我回城里住上一段时间。奶奶抹了抹嘴巴,没说什么。

我回到城里以后没几天,左边的脸颊就肿得像个发酵的面团。大声说话吸气时,都会疼痛难忍。医生把一个乌黑的木片伸到我嘴里,让我张嘴啊啊大叫,然后诊断我得了腮腺炎。一连半个月,打针吃药并不见效,我不敢大声说话,黏稠的口水耷拉在下巴上。我整天哼哼唧唧地哭叫不停。母亲不知从哪儿听说的偏方,说把仙人掌捣碎之后,加上明矾搅拌,涂在脸上能起到清热败火的作用。有病乱投医。我们那个筒子楼里没有足够的仙人掌供我的脸颊使用,母亲想到老家,就又把我送回奶奶家。

## 四

我回到老家里,看到奶奶哀伤的眼神。奶奶告诉我,只剩下一只小鹅了,另外几只都死了。我捂着肿胀的嘴巴说,怎么能死了呢?奶奶说,瘟死了,一连三天,它们蹬蹬腿就死了。奶奶看着我瞪大眼四处张望,让我进了老屋,我看到她从铁笼里抱出一只个头大了一些的鹅,说,你瞧,就剩下这只鹅了。

那只鹅在奶奶怀里挣扎着,振动着翅膀发出嘎嘎的叫声,一股浓重的腥味扑在我脸上。这只鹅已经长大了,已经完全长得像一只鹅的模样,它的脖子比我的胳膊还要长,扁阔的喙很有力量地摆动着,额头上突出了一个土豆大小的肉包。鹅头比我的拳头还要大。奶奶把鹅放在地上,鹅就摇摆着蹿到了我身边,伸喙啄着我的裤子。这只鹅的个头和我的腰一般高了。

奶奶说,这只鹅已经长成大头鹅了,它还没下过水呢,明天咱们让它学游泳去吧。

母亲走后的第二天早上,奶奶给我捣碎了仙人掌,用一块巴掌大的布贴在我脸上。让我撵着大头鹅去村南的河塘里学游泳。

河塘里水面清澈,绿波荡漾。几个妇人在远处的河塘边洗衣服。自从我二叔淹死在这个河塘里，奶奶从来没有在河塘边上停过脚，她也不让我在这里玩耍。奶奶把大头鹅放在河塘岸边，挥着手让它下水。大头鹅摆着身子张望着水面，它刚进入水里，就展开了蹼趾，摆动着双腿朝水里游去了。它很惬意似的摇头摆尾，用喙啄着水面，扭头梳理着身上的羽毛。那一刻，奶奶停止了动作，双手还朝背后伸着，像是要去和鹅一起游泳的样子。她的嘴巴半张着，眼神僵住似的，几缕灰白的头发耷拉在耳朵下，随着阳光和风轻轻摆动着。过了老大一会儿，奶奶才对我说，小白，你瞧，咱家的鹅会游泳了。

远处那几个洗衣服的妇人也踮起脚尖，朝我们这边张望着。她们不是看我家的鹅游泳，而是奇怪地打量着奶奶。

## 五

自从大头鹅会游泳以后，它好像就喜欢上了村南的河塘。每天早上，只要奶奶一打开笼子，大头鹅就迫不及待地钻出来，旋风似的朝大门口跑，对着紧闭的门板振动着翅膀，扭头对奶奶嘎嘎大叫。它挺着长长的脖子，高昂着扁阔的喙，一副趾高气扬的模样。

刚开始那几天，奶奶看到它用翅膀拍打门板，就忙不迭地去给它开门，任凭它去河塘里游泳，和别人家的鹅群嬉闹。可是大头鹅只要出了家门，一整天都不会再进家。每次要到天快黑以后，奶奶颠着小脚去河塘里撵它回来。回家的路上，大头鹅一副不情愿的样子，七绕八拐，左右迂回。每次奶奶和我把大头鹅连哄带吓撵回家以后，都会累出一身汗。奶奶对我说，这只鹅真他奶奶的疯！也不知道什么时候才会下蛋呢。奶奶说这话的语气听起来幸福又烦躁，她擦着脸上的汗水，满眼期待地盯着大头鹅啄吃泥盆里的米粒和菜叶。

直到一个下雨天，大头鹅再次用翅膀拍打着紧闭的大门，扭头对奶奶嘎嘎大叫个不停时，奶奶开口骂了它。

当时奶奶站在屋门前的门槛里，隔着院子里哗哗的雨水朝大头鹅喊，叫唤什么啊？下雨天还要出去疯吗？说着抓起门前的扫帚，朝院子里挥动着说，再叫唤就撵走你！不让你进这个门了！

我没想到，这时大头鹅不叫了，它摆过身子，伸长了脖子，贴着地面，以低空飞翔的样子朝奶奶蹿过来。它蹿上门槛，伸着宽阔的喙，靠近奶奶的裤子，拧了一下奶奶的大腿。奶奶尖叫起来，歪斜着躲避大头鹅的喙。大头鹅似乎不依不饶的样子，追逐着奶奶接连拧着她的裤子。奶奶挥动着扫帚，手忙脚乱地拍打着大头鹅，对我喊，小白，快帮我揍它！揍死它！

我被鹅近乎疯狂的动作和奶奶的大喊吓得大哭起来。后来奶奶歪倒在地上，哭着说，我把它养活这么大，它却学会拧我了……

那个下雨天，奶奶哭得很伤心。我蹲在奶奶身旁，看她凄凄哀哀地哭个不停。我不知道该怎么哄奶奶，看着她哭的样子，我也觉得伤心极了。大头鹅拧完奶奶之后，跳出了屋子，靠在南墙下，蹲在墙根下缩着脖子，任凭哗哗的雨水浇在它身上。

# 六

大头鹅和奶奶发生那次搏斗之后，就和奶奶的关系恶化起来。奶奶关严了大门，不再让它去河塘里游泳。奶奶挥着扫帚说，我不信我一个大活人，还就治不了你这个鹅啦！

一连半个月，大头鹅游荡在我家的院子里。它对奶奶的抗争不再仅仅是用翅膀拍打着紧闭的大门，朝奶奶发出愤怒的嘎嘎声。它开始拒绝钻进铁笼子里。每天傍晚，我和奶奶都各自拿着一根木棍，站在不同的方位围攻大头鹅，试图让它进入笼子。可是大头鹅总是巧妙地绕开我和奶奶的堵截。它在躲避着我们的围攻里，张开翅膀嘎嘎叫着，一会儿钻进奶奶的胯下，一会儿绕过我挥动的木棍，却始终不肯靠近铁笼。奶奶气喘吁吁地哄它，恶狠狠地骂它，甚至把拌好菜叶和米粒的泥盆放进铁笼里，试图让它钻进去吃。但是大头鹅好像识破了奶奶的诡计，根本就不正眼看铁笼里的食物。

气急败坏的奶奶把扫帚扔在大头鹅身上，捡起石子掷到它身上。大头鹅嘎嘎尖叫着，张开翅膀，居然飞到了我家的墙头上。我和奶奶抬头看着它，它对奶奶的谩骂和恫吓不闻不问，只是扭头用喙啄着翅膀，对我们摆掉几片轻飘飘的羽毛。

奶奶蹲在地上，哭丧着脸对我说，小白，你奶奶养活了一个冤孽啊！

奶奶说得没错，这只大头鹅的确成了我家的冤孽。那天晚上，我和奶奶站在院子里，和墙头上的大头鹅对峙了大半夜。大头鹅立在墙头上，用长久的沉默回应奶奶对它的好言哀求和恶毒的咒骂。夏夜里飘浮着燥热的风，黑色的夜空里挂着星星和月亮。我听着时断时续的虫鸣昏昏欲睡。后来，奶奶打了一个伤心的哈欠，对我说，咱们睡觉去吧，别管这个大头鹅的死活了。

奶奶搂着我躺在大床上，我在奶奶的长吁短叹声里睡着了。第二天一早，我爬起来朝窗外看，墙头上的大头鹅不见了。阳光落在墙头上，只有一撮青草随风摆动着。

我以为大头鹅会藏在某个角落里。可是我和奶奶拿着木棍找遍了房前屋后，也没有看到大头鹅的影子。奶奶不再说话，扔掉木棍，蹲在灶台前，心神不定地烧火做饭，我靠在老槐树下看蚂蚁上树。太阳越升越高，晃得院子里一片黄灿灿，让人眼花。我闻到灶台上飘出的煳味时，喊了一句奶奶。我说，你想什么呢？饭都熬煳了！奶奶猛地转过头，站起身，掀开锅盖眯眼看了看，忽然转身对我喊，走，到街上找咱们的大头鹅去！说着扔掉锅盖，颠着小脚朝大街上奔去。她驼着腰，两只干瘦的胳膊朝身后摆动着，看起来和大头鹅走路的样子像极了。

早上的大街上走着一些去井台挑水的人，肩上的水桶随着身体的摆动咯吱作响。奶奶堵住路口，伸开胳膊拦住他们的去路。奶奶说，看见俺家的大头鹅了吗？挑水的人们奇怪地打量着奶奶，很快对奶奶摇头。

他们说，我们没看到你家的大头鹅。

他们说，我们怎么能看到你家的大头鹅呢。

奶奶蠕动着干瘪的嘴唇，对挑水的人说，俺家的大头鹅疯啦！我养活了这么大，它都会拧我啦！说着坐在桥头的石块上，捋起肥大的裤角，指着被大头鹅拧过的地方说，你们看，大头鹅真恶毒，它都把我的腿拧紫啦！

奶奶没说谎，她的小腿肚子上的确有两块不规则的青紫色的伤痕。奶奶对大头鹅的控诉，使得挑水的人们瞪大了眼睛。他们家养的鹅也会用喙拧人，可是从来不会无缘无故地攻击别人，更不会攻击自己的主人。

奶奶捋着裤子说，我真伤心，我伤心极了！

一些正要去挑水的人说，拧人还了得？杀了它吃肉吧！

一些已挑水回来的人说，留着也是个孽障，找个机会杀了它吧！

奶奶不再回应人们的话,她好像是对人们倾诉掉她的委屈就满足了,始终没有说要杀掉大头鹅。奶奶对所有经过石桥的人重复说着她被大头鹅拧伤大腿的事。她说了一遍又一遍,一直到大街上的人都回家吃饭,才让我把她拉起身,拍拍裤子上的尘土,招呼我回家吃饭。

## 七

我和奶奶刚回到家没多大一会儿,就从大门口传来一阵接一阵的哭闹声。奶奶还没走到大门口,就被几个愤怒的妇女堵在了院子里。她们手里牵着几个光着屁股的孩子。那几个孩子哭声哽咽,眼泪和鼻涕涂满了他们的嘴巴。一个高个子的胖妇人用高亢的嗓门对奶奶喊,你看吧!你看看吧!胖妇人叫喊着,把一个脸蛋糙黑的小男孩搡到奶奶面前,你看看你家的大头鹅,把我儿子的屁股都给拧破了!

小男孩哭得更厉害了,他把屁股撅起来对着中午的阳光。我看到小男孩的屁股上果然有一片青紫的伤痕。

胖妇人指着小男孩的屁股说,你看着办吧!

另外几个孩子也跟着把他们的屁股撅到奶奶跟前。他们的母亲一起对奶奶叫喊着,我们的孩子在河塘里玩,招谁惹谁了?你家大头鹅蹿过去就拧屁股!

奶奶哆嗦着嘴巴,伸手逐个摸着孩子们受伤的屁股说,我要杀了这只鹅!你们帮帮我,咱们一起杀了这只鹅!

奶奶说着,摆起身子奔到大门,又转身蹚进厨房里。出来的时候,手里攥着菜刀。她的手哆嗦着,那把菜刀也跟着抖动,好像随时都要从她的手里掉下来。那几个愤怒的妇女和哭啼的孩子跟在奶奶身后,他们浩浩荡荡,刚折回村街上,就被几个扛着锄头和铁锨的村人们拦住了去路。村人们怒气冲冲,热气腾腾,汗珠滴滴答答地从他们的身上滚下来。

奶奶说,让开,我要杀了我家的那只鹅!

那些人跟着叫起来,他们挥动着锄头和铁锨说,你说得对,必须要杀了那只鹅!

奶奶说,你们是来帮我杀鹅吗?

那些人说，没错，我们都被那只鹅拧伤了大腿和屁股，所以我们必须要杀了那只鹅！

最后挤进人群的是村长。他捂着屁股，一瘸一拐地拨开了人群，走到奶奶身前，气急败坏地对奶奶说，您老人家做下的好事！你家的那只大头鹅拧伤了村里所有的人，你看，它连我这个村长都不放过，这真是无法无天了！

奶奶仰起脸，可怜巴巴地看着村长。她的手哆嗦着，嘴巴也跟着哆嗦。她不说话，瞪起浊黄的眼珠挨个看着每一个愤怒的人。我听到当啷一声脆响，奶奶扔掉了菜刀，她双腿一弯，就朝人群跪下了。奶奶苍白的头发耷拉下来，盖住了那张布满皱纹的脸。

奶奶对着地面说，求求你们，放过我家的大头鹅吧。说实话，我舍不得。你们要真杀了这只鹅，我这条老命也不活了。

奶奶下跪的举动像一盆水泼在人群里，只是稍微愣怔的片刻，人群就嗡的一下散开了。

村长叹了一口气，指着奶奶说，赶快起来啊，快起来吧。

几个妇女拉着奶奶的胳膊说，您老人家怎么能下跪呢？真是奇怪了，咱们一个个的大活人，竟然让一只鹅欺负成这样了。

奶奶甩开众人对她的搀扶，依旧跪在地上不起来。她朝着地面说，我给你们赔罪了，我替那只大头鹅给你们赔罪了。都是我的错，看在我这把老骨头的情分上，你们原谅大头鹅吧。

人群里跟着响起一阵叹息，都侧开身子，拉着锄头和铁锨离开了。奶奶没抬头，还是跪在地上。中午的阳光越来越热了，针扎似的落在我身上。我看到奶奶脸上淌汗了，汗珠滴滴答答地落在地上，溅起一阵阵潮湿的泥土味。一些人蹑脚从奶奶身边走过来，又蹑脚走过去。奶奶对这些脚步声不闻不问，像一块安静的石头一样跪在地上。

## 八

太阳慢慢朝西偏去，天快黑了，奶奶跪在地上的姿势一点都没有改变。我以为奶奶睡着了，刚要伸手摸摸奶奶的额头时，听到一阵嘎嘎的声音传过来。扭头一看,我家的大头鹅竟然回来了。它是从村南河塘的方向回来的,它像往常一样高昂着头,摆动着屁股,不紧不慢的步子看起来悠闲极了。它经过奶奶身旁,好像根本就没看见奶奶跪在地上,也许它根本就不屑奶奶这种可怜巴巴的姿态。它嘎嘎地叫着,漫不经心地经过奶奶身旁,村街上所有的人都眼睁睁地看着大头鹅嘎嘎地朝我家门口走过去。

奶奶扭过头,擦着脸上的汗水,瞪着浊黄的眼珠,看着大头鹅朝我家走过去。大头鹅快要拐过我家大门墙角的时候,奶奶从地上跳了起来。村街上的人跟着惊呼起来,谁也不会想到,我七十多岁的奶奶会像兔子一样敏捷地从地上跳起来。

我想冲过去搀扶奶奶一把,刚拽到奶奶的衣袖,奶奶粗暴地甩开了我的手。

她冲我说,别拉我!你们谁都别拉我!

奶奶说着折身朝我家大门口冲过去,她尖瘦的小脚踢得石子和草叶哗啦作响。我跟着奶奶身后跑过去,人群也跟奶奶身后跑过去。奶奶的脚步超过了大头鹅,她蹿到我家大门口,双手叉开,两条腿蹬住门框,堵住了大头鹅。

大头鹅冲奶奶嘎嘎地叫着。它挪动着蹼趾,摇摆着身子,对奶奶做出抗议的动作。奶奶指着大头鹅说,你别再进这个家了。我不要你了!这个家不欢迎你!

大头鹅嘎嘎的叫声更加响亮,完全盖过了奶奶对它的驱逐。

奶奶指着大头鹅说,这个家有你没我,有我没你,我就是不容许你进这个家!

奶奶说,除非我死了,除非你从我的尸体上走过去!

奶奶叫骂引得人群爆出一阵哄笑。这样的哄笑好像惊吓了大头鹅,笑声未落,大头鹅就伸长脖子,把喙戳到了奶奶腿上。它的头剧烈地摆动着,在奶奶裤子上发出窸窸窣窣的声音。奶奶大叫了一声,跟着歪倒在地上。大头鹅腾起翅膀,踩着奶奶的身子蹿进了院子。众人围上去想追打大头鹅,大头鹅绕着院子转了一圈,振动翅膀跳在墙头上。它还是站在了昨天晚上的那个位置,收缩翅膀,低头用喙啄着自己的羽毛。

院子里的人群都看呆了。他们对大头鹅指手画脚,七嘴八舌地骂着它。奶奶瘫坐在门槛上,有气无力地说,我养活了一个冤孽啊,我没想到我老了老了还要受一只鹅的欺负啊!

奶奶反反复复地说着这几句话,她有气无力的话音里带着绝望和愤怒。大头鹅站在墙头上,对院子里的人群不闻不问。它一副事不关己的样子,让众人愤怒起来。一些人抄起木杆打在墙头上,一些人捡起石子扔到墙头上,院子里乒乓乱响,大头鹅面对扑打过来的木杆和石子,不慌不忙的样子,它只是轻轻摇摆着身子,就轻易躲过了众人的袭击。

众人喘着粗气恶骂了一会儿,过来劝阻奶奶。奶奶对众人的劝阻不闻不问,依旧嘟哝着咒骂墙头上的大头鹅。奶奶说,这是我家的私事,不用你们操心了,天太晚了,你们回家吃饭吧。

众人劝累了,失望地看看奶奶,又抬头看看墙头的鹅,打着哈欠各自回家了。

## 九

奶奶和大头鹅展开了持续的抗衡。每天早上,大头鹅天不亮就到河塘里去了。一直到傍黑时,大头鹅又嘎嘎高叫着登上我家的墙头。我和奶奶堵在大门口,眼睁睁地看着大头鹅从我们身边侧身挤进院子,慢悠悠地振动翅膀蹿上墙头歇息。奶奶的眼神里充满了绝望,她扶住门框,对我说,小白,咱们该怎么办啊?咱们怎么才能赶走这个孽障呢?

面对大头鹅的嚣张气势,奶奶实在没有了办法。

奶奶说,我不想杀它,我舍不得杀它。

奶奶不住嘴地问我,也像是反复问自己,它怎么就不死呢?它怎么就不一头撞死在墙上呢?她已经被大头鹅折磨得有些磨叨了。她开始吃不下饭,睡不好觉。她的脸色枯黄,动作迟缓,眼看着一天比一天消瘦下去。

奶奶的憔悴让我心疼,我对奶奶的软弱和大头鹅的嚣张忍受到了极点。每天晚上看着大头鹅大摇大摆地进入我家的院子,被侵犯的屈辱感让我浑身哆嗦。我决定用自己的力量赶走这只可恶的大头鹅。

那天早上,鸡叫头一遍时,我悄悄爬下了床。我蹑足打开房门时,天上还有着稀疏的星星和暗淡的月亮。大头鹅还立在南边的墙头上,一动不动,一副熟睡的模样。我摸起头一天晚上放在屋门前的木杆,弯腰朝墙头上的大头鹅走过去。我的脚步猫一样无声无息。我靠近墙头，举起了木杆，奋力朝大头鹅砸过去。可是我太紧张了，也许是我用力过猛，木杆砸在了大头鹅蹼趾下面，当啷一声响。大头鹅振动着翅膀，嘎嘎叫了两声，就以凌空直下的姿势朝我扑过来。我闻到一股凌厉的腥气扑在我脸上，还没来得及躲开，大头鹅的喙就结实地戳在我脸上，我感到脸颊被揪起来，随着大头鹅喙角的扯动，一股剧烈的疼痛让我大叫起来。

奶奶！奶奶救我！

我转身朝屋门口跑，大头鹅嘎嘎的叫声完全遮盖了我的惨叫。大头鹅的追逐使我跌倒在门槛上。我觉得鼻子撞在门槛上，一股热辣辣的疼痛蹿出了我的鼻孔。大头鹅侧开身子，嘎嘎的叫声像极了恶作剧以后的大笑。我摸了一把鼻子里流出的血，哭着喊奶奶。

奶奶奔出屋子，对着黑暗里的大头鹅破口大骂。她擦着我的鼻血说，这日子没法过了，这日子真没法过了。

面对不可改变的残酷现实，奶奶不让我把目前的困境和遭遇告诉父亲和母亲。那些日子里，父亲和母亲像把我抛弃了一样，一次也没有回来看过我，我为此伤心而又绝望。

没想冬天来临的时候，事情出现让我意想不到的转机。在一个下着小雪的夜晚，我在睡意蒙眬里听得一阵阵尖锐的嘎嘎声，这种尖锐的叫声从窗外钻进来，刀子一样剜着我的耳朵。我的身子抽搐了一下，刚要掀开被子爬起来时，就觉得一双手摁住了我。那双手也许是因为恐惧不住地哆嗦着，我看到奶奶靠近了我的脸。在黑洞洞的夜里，奶奶的眼神就像一根棍子一样僵直。

我说，奶奶，我听到咱家的大头鹅叫啦！

奶奶的双手哆嗦得更厉害了，她拉过我胸脯上的被子，使劲把我朝被窝里摁下去，我挣扎了一下，奶奶的手劲加大了，我眼睁睁地看着她把被子拽到我头上，一股酸馊的浊气钻进我鼻孔里，在我感到一阵窒息之前，我听到奶奶恶狠狠地对我说，你别管鹅叫，只要你不叫就行了！

那天晚上，我似乎闻到一股浓烈的血腥气息弥漫在我家的老屋里。我屏住呼吸，又在奶奶的喘息中睡着了。

第二天一早，我就被奶奶呜呜的哭声惊醒了。院子里的雪地上一片狼藉，红的血迹和白的雪分外刺眼，片片鹅毛散落在院子里。我家的那只大头鹅死得特别惨，它的头钻进了西墙的窟窿里，大半个身子露在雪地上。它的蹼趾还在努力蹬着雪地，好像仍要朝墙里钻进去的姿势。大头鹅脖子上的血迹已经凝固了，伤口上粘着脏兮兮的鹅毛。

邻人们被奶奶的哭声吸引了过来，他们似乎对奶奶的叫声不闻不问，几个细心的男人踩着咯吱乱叫的积雪，围着院子转了几圈，终于从雪地上那些重叠的蹄形脚印里判断出，昨天晚上，我家的大头鹅遭到了黄鼠狼的袭击。

纷纷扬扬的雪片还在飘落。黄鼠狼来无影去无踪。邻家的一个大叔靠近奶奶身旁，陪着小心说，婶，你家的大头鹅死啦。

奶奶瞪着浊黄的眼珠点点头，还是似懂非懂的神情，她扶住门框愣怔老大一会儿，才起身朝西墙走过去，她的脚步很轻，像是怕惊动了大头鹅。一直等走到墙角里，奶奶扑腾一下跌坐在雪地上。哆嗦着手抚摸着大头鹅翅膀上的落雪，哆嗦得越来越厉害，整个身子都哆嗦着，像破衣服一样缩成一团。在簌簌的落雪声里，我听到了从奶奶身体里发出的呜呜声。

## 十

那个下着小雪的中午，奶奶止不住的哭声让邻人们不知所措。他们劝阻不了奶奶，干脆就不劝，袖着手，跺着冻得发麻的脚，看奶奶伤心大哭的样子。奶奶在她的哭声里追忆着她和大头鹅相处的这些日子。她说，大头鹅啊大头鹅，你怎么说死就死了呢？你怎么这么苦命呢，你怎么死得这么惨呢……

中午时分，奶奶像是哭累了，抹着红肿的眼对着雪地里的大头鹅若有所思。邻人们才迈着疲惫的步子，离开了奶奶吭吭哧哧的哽咽声。雪片持续不断地落在我家的院子里，奶奶止住哭声，坐在门槛上发了一会呆，摸起扫帚开始打扫院子里的落雪。奶奶扫到墙根里的大头鹅时，扔掉扫帚，弯腰抓住大头鹅，使劲往怀里拉着。她招呼我过去帮忙，说，小白，使劲拉！

我和奶奶费了老大的劲儿，才把鹅头从墙窟窿里拉出来。大头鹅伤痕累累，血迹斑斑，眼珠半睁半合着，死鱼一般没有了神采。宽阔的喙耷拉在雪地上，看不出往日的坚硬。奶奶盯着大头鹅看了老大一会儿，扭头对我说，小白，你把鹅提起来。

我说，提它做什么？

奶奶说，让你提你就提呗。

我伸手抓起大头鹅的一条腿，它的翅膀收缩着，细长的脖子耷拉在地上。大头鹅真沉，我提着它觉得有些费劲。

奶奶牵着我的另一只手，走出大门，朝村南的河塘方向走去。村街被雪覆盖了，通往河塘的小路也模糊不清。我和奶奶走到河塘岸边的时候，雪越下越大。河塘里还没结冰，雪片落到水面上，霎时就融化了。

奶奶袖着手对河塘念叨着什么，我听不清。她抓过我手里的大头鹅，拽下了大头鹅翅膀上一根粗壮的翎毛。

那支翎毛在冷风里抖动着，让我想起村外干枯的野草。

奶奶挥着翎毛对我说，把大头鹅放水里吧。

我说，为什么要把它放水里呢？

奶奶说，大头鹅是在水里长大的，就像你是在城里长大的一样。各有各的去处，你把它放水里吧。

奶奶说着又挥了一下手。我只得弯下身，把大头鹅放进水里。我松开手，大头鹅就沉进水里不见了，水面上只剩下一圈圈扩散着的波纹。

奶奶说，走吧，大头鹅，咱娘俩缘分一场啊，哪里来哪里去吧。

我说，奶奶，你说什么？

奶奶不吱声，她围着翎毛跺了几脚。扭身拍打着手对我说，快过年了，你想回城里找你爸妈过年吗？

我说，想啊，我早就想回去了。

奶奶说，好吧，明天你就去镇上，给你爸爸打电话，让他来接你回城里吧。

当天下午，奶奶就收拾了几件衣服，和我一起搭乘进城的农用车去找我爸妈了。那天的天气格外冷，一路上凛冽的寒风吹乱了奶奶的发髻。农用车离开我老家的时候，我看到奶奶回头张望了一眼被大雪覆盖的村子，她眯起眼，转头把我揽在怀里。

奶奶住在城里的筒子楼里，她很少下楼，整日坐在属于她和我的大床上，双手拢在衣袖里，一副闭目养神的模样。我很奇怪爸妈为何从没问过我在老家的那些日子，他们也从未问过那只大头鹅。

很快就到了大年三十。那天，奶奶的举止才显得忙碌起来，她颠着小脚在筒子楼里忙着帮我妈妈洗菜做饭。吃年夜饭的时候，奶奶在她身旁的饭桌上摆了三只空碗，每个空碗上平摆着一双筷子。爸妈看了看那三个空碗，相互对视了一下，谁也没吱声。奶奶眼神愣怔着看了我老大一会儿，才瘪着嘴巴说，小白，过年好不好？我说，过年好。

那一刻，我才发现，我奶奶的头发全白了。

（原载《时代文学》2012年第1期）

# 裸　　行

　　十一长假的第一天早上，陈大雨就决定开始实施预谋已久的计划了。刘青草从厨房里端出两碗肉丝面的时候，陈大雨已经换上了一双半新的运动鞋。刘青草说，马上吃饭了，你换鞋干吗？陈大雨瞄了一眼饭桌说，我想自己出去走两天。

　　刘青草把两碗面条拽在饭桌上，撇嘴说，你真去啊？我敢说，你是天底下大拿级的神经病！陈大雨没接她的话茬，去洗手间洗洗手，坐下吃面条时，对着饭碗含糊不清地说了一句，我就想做一只特立独行的猪。

　　上个周末，陈大雨在把这个计划告诉刘青草以前，颇动了一些脑筋，他知道贸然说出来，如果刘青草死缠烂打不答应，他还真就去不成。那天陈大雨花费了多半天的时间，以公司老总发了红包为理由，耐着性子陪着刘青草逛遍了小城里的各大超市，出出进进了数不清的时装店。陈大雨提着大包小包在她身后强装笑脸，最大限度地满足了刘青草的购买欲以后。又咬牙让刘青草在一家川味餐馆吃了一顿肥牛火锅。

　　刘青草吃得腮红如桃，大呼过瘾。说，陈大雨，跟你结婚这些年，还真是第一次见你这么出血，莫非你做了什么见不得人的亏心事？听到这句话，陈大雨刚张的嘴又合上了，连说，哪里哪里，老婆劳苦功高，我这不是在实践咱们结婚以前的恩爱誓言吗？刘青草哼了一声，陈大雨从刘青草惊鸿一瞥的警惕眼神里，感觉到开口还欠火候。一直到晚上，陈大雨对坐在电视机前对着韩剧唉声叹气的刘青草说，老婆，洗洗睡吧。等刘青草钻进被窝，陈大雨扳过刘青草，使出浑身解数做了一番运动。看着娇喘吁吁的刘青草软成一把棉花。陈大雨才不失时机地说，感觉要老了，体力不行了。刘青草摸着陈大雨的胸膛说，还行，哪天你真不行的话，我打算红杏出墙的时候，就提前告诉你。

陈大雨故作忧患说，还是防患于未然吧。我想等十一长假里，出去走一趟。

刘青草说，走一趟？怎么走？

陈大雨说，我不带手机，不带一分钱，我想绕着市区周边来一趟裸行。在外住一夜，第二天就回来。

刘青草笑，不带一分钱？你伸手要饭吃？

陈大雨说，对，我就想做一回乞丐，我想看看我有没有勇气朝陌生人伸手要饭吃。

刘青草说，那你晚上住哪儿？

陈大雨说，地为床，天做被，多浪漫啊。

刘青草扭过身子，背对着他说，靠！你真属于没事找抽型的贱人！

陈大雨嘿嘿笑，扳着刘青草的肩膀自问自答说，你答应了啊老婆？你答应了就好。

刘青草甩开他的手说，你爱去不去，我才懒得理你呢。

现在，陈大雨扒拉一碗肉丝面，抹抹嘴巴真要出门的时候，刘青草又显出不甘心的样子问，你真走啊？

陈大雨说，走啊，这还犹豫吗？

陈大雨走到门口，快要拉门的时候，说，走了啊，还要来个拥抱吗？

刘青草说，不来，该走就走吧。

陈大雨上下拍拍衣兜说，无爱一身轻，走了啊。

刘青草在身后轻声说，臭拽什么啊，你走了我还落个清净呢。

陈大雨开门下楼，等走到楼道拐角，抬头朝上看了看，刘青草从半掩的门缝里看着他，陈大雨对她吹了一声貌似轻佻的口哨，摆手下楼了。

陈大雨出了小区大门，朝站牌下等公交车的人们扫了两眼。一些熟人朝他打招呼，陈大雨也朝他们点点头。初秋的阳光干净得无可挑剔，显出一种干爽的味道。陈大雨的眼神里洋洋自得，还带着一点他自己才能体会到的蔑视。芸芸众生，都是凡俗夫子啊。大街上这么多人，谁有勇气像我一样来一次自找苦吃的裸行呢？陈大雨这么想着，觉得连迈开的步子都轻飘了起来。

其实促使陈大雨这次赤手空拳的步行计划，不仅仅是庸常无聊的办公室生活，更主要的是陈大雨偶然在网上看过一组触目惊心的漫画。那张漫画用夸张的笔画表现了人进化的过程，第一幅是爬行的类人猿，第二幅是直立行走的原始人，第三幅是昂首挺胸的近代人，第四幅就是大腹便便的当代人，最搞笑的是第五幅人却变成了伏地爬行、肥头大耳的猪了。当时陈大雨看完这组漫画笑了一下，他摸了摸自己被酒肉撑胀起的小腹，就笑不出来了。

也就是从那时候起，陈大雨决定彻头彻尾地自虐一次，办公室和家庭两点一线的生活，他几乎成了一头衣来伸手饭来张口、被机械有序的生活顺序豢养的家畜。他想验证一下，自己身上还有没有原始野兽的血性，还有没有挑战生活的能力，这是驱使他此次裸行的最大动力。

按照陈大雨制订的计划，这看似短暂的两天步行，其实他也在心里做了周密的路线安排。陈大雨不想沿着国道走，他担心自己走累了，控制不住信心会寻求搭车。再就是陈大雨不想让熟人看见他一人独行在路上，他不愿意接受那样好奇的眼光。

陈大雨计划另辟蹊径，出城以后从国道偏向西北，绕一条乡间小道走，然后到达泗河，顺着泗河岸边向西走。两岸环境静谧，空气新鲜，可以赏心悦目。最主要的是只要顺着泗河两岸走，就不会迷失回家的方向。沿着泗河到达曲阜以后，再向北走，到达孔林，在孔林附近的村庄里找个地方睡一夜，天明就折回327国道。返回的路上，他可以沿着国道，一路不用拐弯，直接回到他所在的小区门口。这段路程足有一百公里，完全可以考验自己的身体和信心。

陈大雨出城以后，沿着327国道走了没大会儿，看见一条通往偏北方向的小道，没加犹豫就拐了进去。这是一条沙土路，不足两米宽，两旁林立着白杨树。凉风扑在脸上，不时有泛黄的树叶随风凋落。路面上的车辙弯曲交错，低洼不平。穿过一片工业开发园区，路两旁就显得空旷了许多。走过一道干涸的河沟时，陈大雨判断出，这条河沟很可能是汇入泗河的一条支流。他觉得有必要岔开小道，沿着这条河沟朝西走，这样才能走到泗河岸边。

陈大雨屈身跃起，跳到河沟对面，踩着哗啦作响的树叶朝前走，很快进入了一片望不到尽头的杨树林。树林时密时疏，光线也跟着阴晴不定。陈大雨一路走着，他被一只突然蹿出的野兔惊了一跳。野兔看到他竖起两只耳朵，然后撒腿狂奔。陈大雨朝野兔大喊两嗓子，跟着追逐野兔，无奈野兔奔跑的路线迂回不定，陈大雨根本控制不了野兔的方向。跑了不足两分钟，陈大雨就气喘吁吁了，等他发觉兔子的奔跑是在引导自己偏向泗河相反的方向，不由放慢了脚步。

眼看着兔子瞬间没有了踪影，陈大雨有些失望地倒在地上，顺势展开四肢，仰面朝天，眯眼对着树冠愣了一回神。他平定喘息，抬头打量着太阳，已经照在头顶上。估摸一下，差不多该近中午了。陈大雨合计了一下时间，刚才的行动散漫迟缓，浪费了时间。天黑以前必须走出泗河，到达孔林。尽管陈大雨对此行满怀雄心壮志，可他也不想在阴暗潮湿、人迹罕至的河岸边过夜。他宁愿守着一盏灯呆坐到天亮，那样心里会踏实一些。

陈大雨对下午剩余的时间有了强烈的紧迫感。他无心再走马观花，低头加快脚步。沿着泗河岸边朝前走。一路上蚊虫缭绕，不时有青蛙从草丛里仓皇跳出，跌撞着跳进河水里，一些不知名的花草对着陈大雨搔首弄姿。陈大雨没有闲情逗留于这些意外景致，闷头走着，却又不时回头看，连他也不知道自己回头张望什么。期间他曾冒出折身返回的念头，不过想想自己的挑战，又咬牙走下去。经过两座横在河面上的大桥。陈大雨在面前突然出现的一条十字路口停止了脚步。

正前方是一片村庄，袅袅的烟火味飘过来，陈大雨这才听到肚子发出鸽子一样的咕咕声，觉得腿一下子也跟着软下来，又渴又饿的感觉蚂蚁一样爬遍了全身。陈大雨抽动着鼻子朝村庄的方向走过去，他想，我得伸手要饭吃了。

陈大雨折身朝拱形大桥走过去。他走在桥面上，看到了桥下不远的豆子地旁，坐着一个十岁左右的男孩子。男孩子双手托腮，对着大片泛黄的豆子地发呆。陈大雨的脚步声显然惊动了他。男孩扭头看了看他。陈大雨的脚步迟疑着停下来，刚想和男孩打招呼，男孩就起身站了起来，犹豫着叫了陈大雨一声叔叔。

男孩上身穿着暗红色的格子衬衫，下身穿着有些洗白了的牛仔裤。圆墩墩的脸庞衬托得小平头也没有了棱角。他的嘴巴紧绷着，让陈大雨想起青涩的苹果。陈大雨靠近他,轻声喊了他一声小朋友,问他,你叫什么名字?你在这里干什么?

男孩咬着嘴唇说,他叫王小化,家住在城里的新世纪花园小区。

王小化说城里的时候,抬起手绕着大片的豆子地转了一圈,对陈大雨有些羞涩地笑了笑。他低下头说,我本来要去北京的,没想到迷路了。陈大雨心生疑惑,去北京应该顺着大路走啊,怎么会跑到这里来呢?再说这么一个十几岁的孩子,怎么能独自一人去北京呢?

陈大雨说,你自己一人去北京?

王小化点点头,又扭头朝豆子地里张望着。他的眼神游移不定,指着豆子地说,我本来是顺着大路去北京的,后来我在大路旁边的豆子地里听到了一阵蝈蝈声。本来我已经看到那个绿色蝈蝈了,我都快要捉到它了,没想我伸手捉它的时候,它一跳飞走了。其实它飞得不远,我发现了它落脚的豆子秧,追上去,没想它又跳起来飞跑了。它飞一段,停一段,还吱吱地叫着吸引我。其实每次都是我快要捉到它的时候,它就跳起来飞了,就这么着,我被那只绿色蝈蝈给引到这里来了,我才发现我迷路了……

陈大雨听着王小化一口气说完这些,被他说话的神情惹笑了。陈大雨第一次见到语言表达能力这么好的孩子。王小化鞋子上粘满泥巴,看得出这孩子一路追逐蝈蝈,费了不少力气,说不定还摔了几个跟头。

陈大雨说,你非得捉住那只蝈蝈不可吗?

王小化说,我听老师说过,蝈蝈发声不是用嘴巴,是用翅膀相互摩擦,我就想看看蝈蝈怎么发声的。

陈大雨点点头,对王小化说,你老师说得对,蝈蝈的翅膀前面长着发音器。

王小化的眼睛亮了一下,说,叔叔,你帮我逮住那只蝈蝈好吗?我要带着它去北京,如果一路上有蝈蝈做伴,我就不觉得孤单了。

陈大雨又被王小化说"孤单"两个字时郑重其事的模样惹笑了。陈大雨担心这孩子是讨厌学习瞒着父母偷偷跑出来的,便指着豆子地说,我帮你捉蝈蝈可以,不过你要告诉我,你为什么独自一人去北京呢?

王小化愣怔了一下,说,本来我不想一个人去北京,可是我爸爸非要让我去不可。这是他交给我的任务,他说这是我必须完成的假期作业。

王小化说着点点头,又拍了拍裤兜说,我爸爸给我一百块钱,让我坐火车去北京，再让我五天之内想办法回来。

陈大雨愣住了，他知道，从兖州火车站去北京的单程车票，差不多就是一百块钱。这分明是为难一个十几岁的孩子啊，王小化的爸爸怎么能这么做呢？陈大雨偏头看着王小化笑了，你爸爸挺逗的啊，他让你带着一百块钱去北京，你妈妈也愿意？

王小化说，我妈妈可能还不知道这事，她不和我爸爸一块生活。王小化瞥了一眼陈大雨，顿了顿又说，他们去年就离婚了。

陈大雨看着王小化暗淡下来的脸色，只得岔开话题说，来，咱俩一起去捉蝈蝈吧。

王小化嗯了一声，跟随陈大雨进了豆子地里。已经开始泛黄的豆秧被他俩的脚步搅得簌簌作响。陈大雨牵着王小化的手，他俩屏住呼吸，果然听到阵阵蝈蝈的叫声隐约从远处传过来。陈大雨也跟着有些兴奋。他确定了蝈蝈叫声的大体方位，压低声音招呼王小化，悄悄朝蝈蝈叫声的方向包围过去。

蝈蝈的叫声越来越近，陈大雨弯下腰，仔细搜寻着蝈蝈的具体位置。阳光落满了豆子地。豆子地里充斥着爆裂之前的沉闷。陈大雨的额头上也跟着淌汗了。蝈蝈的叫声回荡在陈大雨四周，仿佛不是陈大雨包围蝈蝈，而是蝈蝈的叫声包围了陈大雨。他蹲下身，集中眼睛和耳朵的精力，判断着身前每一株豆秧，汗水淌进他眼角的时候，陈大雨终于看清了在前方不远的豆秧上，趴着一只绿色的蝈蝈，陈大雨看清了蝈蝈背上两片透明的翅膀在相互摩擦。

那一刻，陈大雨觉得心跳蹿到了嗓子眼边。他扭头把手指竖在嘴唇上，示意身旁的王小化不要动弹。王小化的脸蛋红涨涨的，他显然也发现了那只蝈蝈，不住地朝陈大雨点头。陈大雨挪动身子，脱掉上衣，把上衣展开来，撑开双臂，弓起身子，做出撒网捕鱼的姿势，弹跳着扑过去。陈大雨把上衣盖在那株豆秧上的同时，蝈蝈的叫声停止了。陈大雨朝王小化大叫，快来！你猜，咱们捉到蝈蝈了吗？

王小化摇摇头。陈大雨说，你看着吧，叔叔马上给你变出一只蝈蝈。

陈大雨说着慢慢掀起捂在豆秧上的上衣。他先是掀开上衣的袖子，接着一点一点掀开上衣的对襟，他把整个上衣掀掉的时候，一只绿色的蝈蝈正在被压歪的豆秧底下挣扎着爬动。

王小化噢的一声大叫，蝈蝈！叔叔，你真厉害！

陈大雨伸手小心捏住蝈蝈绿色的后背，蝈蝈蹬着两条锯齿形的后腿挣扎了几下，还是被陈大雨捏了起来。陈大雨指着蝈蝈说，小心不要弄断了它的腿，要不它就活不了。

王小化把蝈蝈拢在手掌里，透过手指缝看着蝈蝈，像是看着一簇随时可能熄灭的火苗，既紧张又激动。连声说，蝈蝈啊，咱们是好朋友，你陪我去北京吧。

陈大雨穿好上衣，招呼王小化走出豆子地。他走到桥下边，扭头看见王小化还站在豆子地里。不知不觉中，太阳已经有些偏西了。陈大雨觉得饿得更厉害了。他咽了一口唾沫，想进村里找些东西吃，忽然又觉得不能这么丢下王小化。陈大雨弯腰折了一把豆秧的枝丫，大声招呼王小化，过来吧，我给你编个蝈蝈笼子，你把蝈蝈放进笼子里多好啊！

王小化双手捧在胸前，跌撞着奔过来。陈大雨坐在路边的草丛里折断了豆秧的枝丫，不大一会儿，就编了一个拳头大小的笼子。陈大雨审量了片刻，又在笼子上边打了一个结扣，找了一根手指粗的木棒挑在结扣上。他把笼子举到王小化脸前，说，饿了吧？

王小化盯着笼子里的蝈蝈，没抬头说，不饿。

陈大雨说，你不饿蝈蝈也饿了，咱们去前面村里找些东西吃吧。再说，你要赶紧回到大路上，坐火车去北京呢。

王小化抬头看着陈大雨，拍了拍裤兜说，我有钱啊，咱们买东西吃就行呗。

陈大雨说，你这钱是去北京的车票，不能随便乱花掉。

王小化的手插进裤兜里，他的手在裤兜里抓挠了几下，大叫，我的钱呢？陈大雨被他的叫声惊了一下。他看着王小化忙不迭地把裤兜翻出来，又腾出手来拍打着另外一个裤兜。坏啦！我的钱没啦！王小化把蝈蝈笼子放在地上，手忙脚乱地把身上所有的衣兜都翻出来，低头看了看四周的地上，终于哭丧着脸说，坏啦！叔叔，我的钱丢了！我爸爸给我的那一百块钱丢了！

陈大雨没想到会出现这个情况，他看着王小化瞬间急躁躁的脸庞，知道这是一个不会撒谎的孩子。他那一百块钱，肯定是上午一路追逐蝈蝈的时候丢掉了。他追逐蝈蝈的路线七绕八拐，几里地的豆子地，找薄薄一张钞票，就像大海里捞针没有希望。陈大雨后悔自己临出门没有带些钱出来。他这才意识到自己的这次裸行不仅仅是一次冒险，更会面对难以预料的尴尬和为难。

陈大雨蹲下身，对王小化说，对不起，真是巧了，我今天也没带钱，怕是要让你挨饿了。

王小化说，我知道你也没钱，一看你就是个没钱的人。

陈大雨笑，你怎么知道我没钱呢？

王小化说，有钱的人都坐火车坐飞机，最赖也要坐汽车出门，整天忙着赚钱。谁像你这样在河边溜达啊？

陈大雨笑得更厉害了，拍着王小化的脑袋说，那咱们现在就是一对苦难人，相互照顾吧。

王小化做出一副认真的模样看陈大雨，一字一句地说，苦也不要叫苦，我爸爸说，苦和难是孪生兄弟，苦难不可怕，要学会苦中作乐。

陈大雨止住了笑，王小化的这两句话让他笑不出来了。

陈大雨决定，要把这个孩子送上去北京的火车。然后他再想办法买票，一路跟踪王小化去北京。他觉得，这是他的责任，他必须这么做。否则他的内心会因此不安。

一路走着，陈大雨一直想问问王小化的家庭住址，他爸爸妈妈从事什么工作。几次话到嘴边，陈大雨还是忍住没问。陈大雨浑身大汗淋漓，汗水贴在身上，就像一层湿透了的纸密不透风。

王小化走得龇牙咧嘴，陈大雨问他怎么啦，王小化说脚疼。这么漫长的道路，王小化的脚丫肯定磨起了血泡。而对于这个十几岁的孩子来说，这一趟北京之行，不可预料的困难还在后边。

一个多小时后，陈大雨和王小化终于踏上了平坦宽阔的327国道，这时候太阳已经偏西。光线已经暗淡了许多，空气也变得凉飕飕的。应该有五点了，距离今晚最后一班开往北京的火车不到两个小时。

陈大雨问，小化，你打算怎么去北京？你已经没钱买车票了。

王小化说，我想只要沿着火车道走，就不会迷路，到了北京再想办法回来。

陈大雨说，你走这一路就不吃不喝了？

王小化说，我爸说，我可以一路乞讨。再不然就帮人干活，不要钱，管吃饱饭就行。我爸说了，天底下好人多。我爸还说，读万卷书，行万里路。古时候进京赶考的书生，很多就是沿路乞讨，风餐露宿。陈大雨被王小化一连几个"我爸说"弄得哭笑不得。王小化的爸爸骨子里肯定是诗人情怀的人，现在这样盲目乐观的男人已经不多了。

陈大雨说，我觉得你现在还是先想办法坐火车去北京，然后再步行回来。这样你能保持体力，也能在北京赚钱。能把你爸爸给你的一百块钱赚回来。王小化转着眼珠，老人会儿才说，也是啊，那我就听你的，咱们现在就去火车站想办法去北京。

两人一拍即合，他们绕过市区的周边，沿着一条小路直接朝火车站的方向走。远远能看到火车站广场大楼顶上的巨大钟表。王小化的步子轻快起来，撒欢的兔子一样奔跑，把陈大雨远远甩在身后。一直到了火车站广场，王小化坐在售票大厅门口的台阶上等着陈大雨。

陈大雨跑过去，坐在他身前大口喘着粗气。看着大厅门口出出进进的人流。时间还来得及，陈大雨想和刘青草打个电话，让她尽快想办法送钱过来，他和王小化买车票去北京。陈大雨对王小化说，你先在这儿歇一会儿，我去电话亭打个电话，马上就回来。王小化点点头，只顾盯着笼子里的蝈蝈，噘起嘴巴朝笼子里轻轻吹气。

陈大雨拐过一个广告牌，靠近广场西边的报刊亭时，听到身后一个男人的声音对他喂了一声。陈大雨扭头看见一个穿着黑色风衣的男子正朝他微笑。这是一个四十岁左右的男人，陈大雨眯眼看他，好像有点面熟，又一时想不起在哪儿见过他。他戴着一副宽边眼镜，头发有些凌乱，瘦削的下巴上生着一层茂密的胡子。

你好，我是王小化的爸爸，我叫王选。中年男子笑起来的样子和王小化的确有几分神似。陈大雨判定了自己刚才的感觉，对王选笑起来，就像是面对一个久违的朋友一样笑得开心。王选探头朝售票大厅门口看了看，王小化还坐在台阶上专心逗弄着蝈蝈。王选对陈大雨神秘一笑，握住了陈大雨的手说，谢谢你给他捉了蝈蝈。

陈大雨打量着他鞋子上的泥巴说，你一下午都在跟踪我和王小化？

王选的笑里有了几分羞涩，应该说，我一直都在跟踪王小化。我和小化就是在捉蝈蝈的时候分散的。我没想到那片豆子地会这么大，本来我想给小化捉一只蝈蝈呢，谁知转眼就找不到他了。我只得来火车站等着他。

刚才你们一进广场,我就发现了王小化。

既然王小化的爸爸出现了,心里也就没什么压力了,陈大雨笑着说,其实一下午我都在想,王小化的爸爸应该挺有意思的,很少能有人像你这么有勇气,就这么把一个懵懂无知的孩子推出门外去。本来,你要是不去北京的话,我就想跟着王小化去北京。这不,我正想打电话告诉家里人,我临时决定要去北京呢。

王选吐出一口烟,忽然剧烈地咳嗽了一声。对不起,我想核实一下,你是不是我前妻的男朋友?

陈大雨听清了这句话,愣怔了一下才说,这怎么会呢?你怎么能这么想呢,我叫陈大雨,我应该不认识你的前妻吧?

陈大雨的反问让王选也跟着笑了,我见过前妻的男朋友,你和他有几分相似。我以为是我前妻让你跟踪王小化的呢。

陈大雨听着,只能无声地笑,等你和王小化从北京回来,咱们聚聚,好好聊聊,也算朋友了,你说是吧?

王选说,是啊,相互留个电话,常联系。

陈大雨下意识地摸摸衣兜,说出了自己的手机号码。王选掏出手机记下号码的时候,陈大雨退了一步说,那先这样吧,我过去和王小化说声再见,咱们过几天见。

王选招手叫住了陈大雨,今天就不要和王小化说再见了吧?从现在起,王小化就是一个独立行走的人。我想让他尽早有勇气面对现实。只有现实才是触手可及的真实,包括分别。我之所以让王小化独自去北京,就是要让他学会生存,让他体会生活里的万般滋味。

王选说着挥手说,咱们都是需要相互温暖的人,等我从北京回来,咱俩在一起好好说话。

陈大雨抬起手,有气无力地朝王选挥了挥,探身望了望还在大厅门口等候他的王小化,朝后面倒退了几步才说,那好吧,以后有机会再见吧。祝你们父子的北京之行开心快乐!

天慢慢黑了下来。陈大雨走在了大街上,他此时才觉得浑身软得像被人抽去了筋骨一样没有了力气,饥饿也开始折磨得他心慌意乱。陈大雨强忍着张口乞求别人的欲望。他站在十字路口,辨认着出城回家的方向,半个多小时以后,陈大雨终于离开了城区,沿着327国道朝家的方向走。

一路上大小车子川流不息,陈大雨走到泗河大桥上,四五个骑摩托车的人超过他时,不约而同地回头看他。其中一辆摩托车停下来的时候,那几个摩托车也跟着熄火停下来。他们都戴着圆滚滚的头盔,看不清真实面目。陈大雨看到他们朝他走过来的时候,心里有了不安的感觉。陈大雨闻到一股混杂着酒精味道、烟草味道的体汗的味道,就像初生的牛犊的奋蹄声一样扑打着他的脸。陈大雨朝后退了一步,还是主动开口说,你们去哪儿?能捎我一段路吗?我没钱坐车了。

走在最前边的头盔男人开口说话,你的钱呢?

陈大雨说,我没带钱。

头盔男人逼近了陈大雨,你没带钱出门干什么?拿手机也行。

陈大雨说,我也没带手机。

那你有手表吗?你身上还有值钱的东西?

几个头盔男人同时围上来,他们伸开的胳膊像绳子一样捆住了陈大雨。

我也没戴手表。陈大雨举起胳膊做出投降的姿势,朝他们晃了晃胳膊,我什么都没带,单位放假了,我在家没事做,就想来一次裸行,游逛着玩呗。

陈大雨没想到,他故作轻松的调侃会惹来这几个男人的愤怒,一个粗嗓门的男人说,我靠!咱们累死拼活地赚钱,这家伙居然玩什么裸行?

另一个头盔男人跟着大声说,我最烦这种闲得蛋疼的男人了,使劲揍他!

一只拳头晃在他脸上的那一瞬间,陈大雨偏头闭上了眼,他想,这一只陌生而又蛮横的拳头,足以让自己记住今天的出行。

(原载《山东文学》2011年第8期)

# 大　鱼

## 一

　　刘二氓在自家院子里了摸到一条大鱼,这件事很快传遍了葫芦村。昨天晚上,葫芦村下了一场百年不遇的暴雨。村街成河,一泡尿的工夫,雨水就涌满了院子。

　　下过暴雨之后的那天中午,阳光暴热,刘二氓家的老屋里潮湿沉闷。当时他赤臂裸背,只穿了一件粗布裤衩,靠在老屋的门框上,对着满院子的雨水发愁。他眨巴眼皮的时候,听到院子当中那棵老槐树下的水汪里,扑哧一声,荡出一片波纹。刘二氓的心跟着揪紧了,他以为是猪圈里的老母猪跑了出来。这是他家最宝贵的财产,比人命都值钱。

　　刘二氓迈出门槛,试着把脚丫插进雨水里,歪斜着朝老槐树走过去。阳光落在水面上,闪出油一样的明亮。温热的雨水像无数细小的嘴巴咬着他的双腿,使得刘二氓放松了些许紧张。

　　刘二氓围着老槐树转了半圈,弯腰拨弄着身边的雨水,却没有发现什么异常。他刚直起腰,双腿间又翻起一阵波动,一股强劲的力量从他胯下蹿过去,他被撞了个趔趄,偏身扶住老槐树。那一瞬间,他身前的雨水被豁出一道水浪,哗啦一声,刘二氓跟着惊叫起来,鱼,大鱼!

　　没有人听到刘二氓的惊叫。刘二氓自己在这座老屋里住了二十多年了,他的父母双亡,兄弟姐妹早已各自成家生活。刘二氓抬手捂住了还没合上的嘴巴，他靠在老槐树下，转动着眼珠，打量着院子四周犬齿般交错的石墙和紧闭的大门。院墙只有一人多高，这条大鱼绝对跳不出去，就算它飞也飞不出去。刘二氓活了二十八年，还没见过会飞的鱼。

刘二氓从小不会游泳。八九岁时的夏天，跟着一群年龄相仿的伙伴在村南的河塘里玩水。村子里比他大一岁的刘向前拿他开心，悄悄把半个吃剩的西瓜扔到河塘中央，指使刘二氓去把西瓜捞出来。刘二氓嘴馋，顾不得河水深浅，忙不迭地扑进水里。岂知河塘是一片锅底形状，越往里越深，而且水底遍布淤泥，村里人都把这片河塘叫作"阎王坑"。水性不好的人，根本不敢靠近去。刘二氓觉得脚下发滑，才挥着胳膊呼救，接连呛了几口水，恍惚里看见刘向前立在岸边笑得浑身哆嗦。刘二氓知道受骗了，吓得小便直流。等被几个邻家大哥拽上岸，刘二氓边吐边哇哇大哭。自此以后，刘二氓从来没有下过一次水塘。

此时的刘二氓被突然出现的这条大鱼，激动得浑身哆嗦，上下牙齿咯咯作响，捂着嘴巴的手也跟着颤抖不止。大鱼从他胯间钻过去的感觉太奇妙了，凉飕飕的，热辣辣的，就像黑夜里他的双手握住他的下身一样，有着无法言喻的美好。

死了也值了！

刘二氓说了这么一句没头没脑的话，小时候那次溺水的情景在脑子里闪现出来，就像一只坚硬的拳头捶打着他的脑袋。当初刘向前和那几个邻家大哥把他拽上岸的时候，一只手在他胯间狠狠揪了一把。没错，就是这种粗暴的感觉，从那时候起，刘二氓就发现自己不行了。刘二氓趴在粗粝燥热的河岸上，大口吐着河水时，他就知道，因为揪了他一把的那只手，他这辈子不会是一个像模像样的男人了。

刘二氓再次迈进门槛，靠在门板上，紧握着双拳，大口喘气。这条大鱼是从哪儿来的呢？它为什么出现在我家的院子里？

刘二氓愣怔了片刻，朝门槛上啐了一口痰，折身从门后抄起一把长柄铁锨，奔到老槐树正西面的墙根下。他挥起铁锨，胡乱掘着水面，寻找出水沟的具体位置。脚下溅起的雨水浸湿了他的粗布裤衩，只是三下两下，呼噜一声，墙根下面出现了一个漩涡。雨水绕过刘二氓的双腿，欢快地钻进漩涡里，顺着水沟淌出他家的院墙。

## 二

雨水往墙外淌得太慢了，远不如一泡尿那么畅快淋漓。刘二氓回屋摸出一个木制水瓢，弯腰舀起雨水，把雨水漫过墙头泼出去。水瓢里的雨水浸泡着刘二氓家的猪粪、鸡屎，夹带着刘二氓的臭脚丫味、发酵的精液味，劈头盖脸地浇在路过墙外的村民身上。

等刘二氓听到来自墙外的怒骂，他才停止了动作，那时候院子里的雨水波澜四起，那条大鱼似乎觉察到了危险，开始在雨水里兴风作浪，翻出阵阵浑浊的水花。刘二氓的心跳一下子加速了，这条挣扎的大鱼给了他对抗墙外怒骂的勇气。

我就泼你们怎么啦？

你们瞎眼啊？看见泼水不躲躲？

刘二氓的对骂让墙外的骂声爆炸起来，乱糟糟的怒骂纠成一条鞭子，翻过墙头，结实地抽打在刘二氓身上。他听到成团的怒骂声顺着墙根向家门口滚过来，愤怒地蹚在他家的大门上。没等刘二氓大声喝止，木门就被几条腿踹开了，雨水跟着涌到门外。几个浑身湿透的村民立在他的家门口，为首的正是比他大一岁的本家刘向前。

刘向前说，二氓，你再骂一句试试？看我不揍烂你的嘴！

几张嘴巴跟着说，揍他，咱们不揍他个混蛋！刘二氓不知道阎王爷是管鬼的！

刘向前朝那几张嘴巴使了个眼色，几个人朝刘二氓冲过来，脚下的高筒雨靴踢踏着雨水，听起来气势汹汹。他们的拳头快要砸在刘二氓身上时，刘二氓捂着头喊，我院子里有一条大鱼！谁骗你们谁是王八！

几只拳头随着怒骂砸在刘二氓身上，揍他！看他再敢说胡话！

刘二氓躲避着，带着哭声说，真有一条大鱼，比门板还宽的大鱼！

刘二氓的话音未落，老槐树下的水汪里劈开一道波浪，雨水溅到刘向前的腿上，乌黑的鱼尾拍击在几个人腿上，众人同时呆住了，他们眼睁睁地看着大鱼再次潜入水里。

刘向前哆嗦着嘴巴说，我的老天爷！真是见鬼了，哪儿跑出来这么大的鱼？

刘向前说着扭身往西墙根下跑，他抓住墙头，双脚蹬在墙上，眨眼就翻到了墙头上。几个人看着刘向前从墙头跃上屋顶，他站直了身子，双手捧成喇叭状，对着村子喊，老少爷们，快来看刘二氓家里的大鱼啊！

不大一会儿，村子里的男女老少站满了刘二氓的院子。每个人脸上都带着惊恐和狂喜的表情。刘向前双手叉腰，对着满院子的众人大手一挥，挥着胳膊高呼，老少爷们，我们齐心合力逮住这条大鱼啊！

不等刘向前指挥，众人忙不迭地手拉手，站成一排排人墙，迈着整齐的步子，缓缓朝院子中间围攻。院子里的雨水越来越少了，露出了屋门前的台阶，老槐树下裸露出树根。一些被雨水浸泡的枯枝败叶、柴草根茎、羊屎蛋儿被雨水抛在地上，众人的脚步一阵踢踏之后，院子里露出了松软的淤泥，可是却没有找到那条大鱼。众人绕着刘二氓的院子转遍了，正想抬头责骂刘向前骗人呢，忽然听到屋顶上的刘向前伸手指着猪圈大声喊，快瞧啊！大鱼在猪圈里呢！

刘向前激动的腔调刺激着众人的耳朵，凌乱的脚步涌向猪圈门口。此时的刘二氓一屁股蹲在地上的淤泥里，抱头对着屋顶喊，这是我家的大鱼！我家的大鱼！

刘向前不理会刘二氓。他像是站在多年前那个夏天的河塘岸上，对着马上就要溺水而死的刘二氓一样，放肆地捧腹大笑。他笑着跳下屋顶，顺着墙头爬下来，边往猪圈门口跑，边笑得浑身哆嗦。

## 三

刘二氓家的猪圈里，果真卧着一条大鱼。就像刘二氓所说，是一条像门板一样宽厚的大鱼。如果这条大鱼没有在众人的惊呼中翻动起水波，谁也不会相信，这确实是一条活着的大鱼。它大得不像一条鱼，简直就像一头牛。黧黑的鱼背，银白的肚皮，眼珠就像孩子的屁股一样大。可是它的确是一条鱼，人们不得不承认，它长得和鱼一模一样。大鱼靠在猪圈里的浅水汪里，露出大半个身子，不时扇动着蒲扇大小的鱼鳃。

大鱼！我从来没有见过这么大的鱼！一张嘴巴说。

它不是鱼，它可能是海洋里的鲸！另一张嘴巴说。

甭管它是什么鱼，反正是鱼！刘向前使劲咽了一口唾沫，拨开众人说，我去叫村长来，让村长发话，处理这条鱼吧！

刘向前奔向门口，被蹲在地上的刘二氓抱住了他的腿，他脸上迸着雨水和泥点，看上去有些滑稽。

刘二氓说，这是我家的鱼，你不能告诉村长。

刘向前挣脱着双腿，厉声说，二氓你松开，不然我踹死你！

刘二氓说，这是我家的鱼，你这个浑蛋，你从小就欺负我！

刘向前说，我怎么欺负你啦？你从小就是个笨蛋，连个老婆都找不到！

刘向前抬腿挣脱了刘二氓的手，顺势踢在刘二氓的下巴上。刘二氓疼得松开手。刘向前跺跺脚，不慌不忙地出了院子。

刘二氓躺在泥水里，嘴巴里发出动物一般的哀鸣，含糊不清，却又不肯间断。正在猪圈旁看大鱼的众人不时回头骂刘二氓。

## 四

村长终究是来了。村长面对浑身哆嗦不止的刘向前，摆出一脸鄙夷的样子，挥挥手说，什么熊事啊？你先回去维持现场，瞧你这熊样，一看就成不了大器！

刘向前刚离开村长家，村长就撒腿飞奔过来了。只是到了刘二氓家门口，村长才止住步子，平定喘息，整理衣衫，倒剪双手，换作不紧不慢地四方步，鸭子一样一撇一撇地迈进了刘二氓家里。

村长在门口发出一声不经意似的咳嗽。这一声咳嗽使得众人纷纷离开猪圈门口，撒开一条路，一齐对村长点头哈腰。刘二氓也跟着爬起来，摸了一把脸，嗫嚅道，报告村长，这条大鱼是我家的。

村长不理会刘二氓的话，直起嗓门看着天说，什么样子的大鱼？现在咱村子里的人都会吹牛了！刚才老赵家的大儿子告诉我，他家一亩地摘了一万斤棉花。我去他家一看，吹牛！棉花垛下边都是玉米秸。刘二氓，你小子也学会骗人了！是不是想媳妇想癔症了？看我不把你的卵子踢下来！

村长边说边朝猪圈旁走，探头伸进猪圈里，愣怔了老大会儿，才缩回头。

他转身靠在老槐树上,双手摸索着上下身的衣兜。刘向前眼疾手快,一手掏出自己口袋里的烟卷,一手擦着火柴,递给村长。村长噘嘴深吸一口烟,看看众人,又看看刘二氓,伸着脖子咳嗽了一声。

村长说,这的确是一条大鱼。不是一般的大鱼,而是特别大的鱼,是史无前例的大鱼!嗯嗯,那么这条大鱼是怎么来到刘二氓家的呢?我想,我们是不是这么分析一下。大伙都吃过鱼,应该都知道,鱼胸腹上长着胸鳍,这些鳍其实是鱼的翅膀。一旦遇到大风大雨,鱼就把这些翅膀展开了,可以海阔天空随意飞。以此推理,昨天夜里,咱们村子下了这场暴雨。风雨交加,不难想象,这条大鱼就是顺着狂风暴雨飞来的。那么暴风雨是来自哪儿呢?据我所知,暴风雨起初是在海洋里生成,刚开始是旋风,慢慢旋风变成了台风,台风卷起海水,那么这条大鱼就是跟着台风刮来的!一路刮风下雨,来到咱们村子,恰巧就落在刘二氓家里了。所以我敢肯定说,这是一条海洋鱼,来自美国,也可能来自大不列颠国家。甭管这条鱼来自哪儿,反正现在落在刘二氓家里。所以我要说,刘二氓立功了,为咱们村子做了一件大好事!

这是我家的鱼!刘二氓打断了村长的话,眼珠直勾勾地盯着村长说,这条鱼把我家的老母猪都给压死了!

村长止住话头,虎起脸瞪着刘二氓,吞了一口唾沫,抬高嗓门喊,我告诉你刘二氓,以后领导讲话,你只管竖起耳朵听就行,不能打断领导的话,这是最起码的教养!当然,我不是什么领导。二氓你先别激动,现在我再来给你分析一下,这条大鱼是天上下雨下来的,对不?这场雨下到咱村子里对不?你家这个院子是在村子里对不?你是咱村的群众一员对不?所以说,这条鱼就属于咱村里的公共财产,应该属于咱村子每一位群众。所以,我认为,你应该,不,你必须发扬大公无私的风格,把这条鱼交出来。

刘二氓带着哭声说,我不要发扬风格,我只想要这条大鱼!

村长再次吞了一口唾沫说,你把这条鱼贡献出来,有功应该奖励,我让你当个小队长,我说话算话!

刘向前凑到村长跟前,猛然说,刘二氓是烂泥糊不上墙,愚蠢!

## 五

按照村长的意见，这条大鱼绝对不能趴在猪圈里。猪圈是养猪的地方，这么一条罕见的大鱼，怎么能让它卧在猪圈里呢？全村的村民，应该一起想办法，尽量把这条鱼毛发无损地弄出猪圈。

院子里出现了瞬间的寂静。这条鱼太大了，大得让人束手无策，大得让人心生恐惧。几个胆大的年轻人试着钻进猪圈，伸手拉动大鱼的尾巴，不但没有拉动大鱼，却像惹恼了大鱼。大鱼摇头摆尾，溅起人多高的雨水，迷得几个年轻人满脸泥水。众人惊呼的时候，大鱼忽然跃起身子，打了一个挺，咣的一声再次摔在猪圈里。

众人退出猪圈，各自托着下巴想办法。有人建议，不如把猪圈拆掉了，等雨水淌干了，才容易把大鱼拽出来。提出这个方案的人话音未落，村长张嘴啐了他一口唾沫。村长说，把猪圈拆掉了，万一大鱼顺着雨水跑到村街上的雨水里，很可能会顺着村街跑到村南的河塘里，那该怎么办？村长怒气冲冲，使得众人面面相觑。

刘向前拍着脑袋叫起来，说，依我看，咱们不能拆墙放水，撒网捕鱼岂不更好？

村长趴在猪圈门口，沉吟了片刻说，这个办法应该不错。

不大一会儿，刘向前抱着一包渔网回来了，跑得气喘不定。后面跟着他的老婆孙小桃。

孙小桃是村子少有的女人。细腰，宽臀，头上绾着一个饱满的发髻，抿嘴笑时面如桃花。

村长斜眼打量孙小桃，小桃，你肩不能挑，手不能提，你来做什么？

孙小桃开口说话细如蚊鸣，俺来看看，究竟是什么样的大鱼。

村长吭哧了一声，转身招呼众人钻进猪圈撒网捕鱼。猪圈空间太小，不能漫天撒网，只得把渔网套在大鱼身上。大鱼不理会刘向前的举动，依旧扇动着硕大的鱼鳃。

刘向前战战兢兢，嘴里却念念有词，没有人听懂刘向前念叨什么。那条大鱼像是被刘向前的咒语迷惑了，变得格外温顺。渔网四周的铁坠儿落进水里时,大鱼甚至还翻了翻身子,甘愿让渔网包围了它的尾巴。

等刘向前钻出猪圈,便有人忙不迭地拉开猪圈门。雨水涌出来,在众人的脚下绕了一片,顺着地势朝西墙淌过去。众人吆喝着拉紧渔网,套在渔网里的大鱼随着水流被缓缓拖出来。它刚被拖出院子里,就开始挣扎起来,砸在泥水里,发出噼里啪啦的声音。鱼头和尾巴上沾满了泥水,一些鱼鳞被渔网刮掉了,贴在渔网上,闪闪发光,足有瓦片般大小。人们的惊呼使得大鱼的挣扎更加剧烈,它的双腮不停地扇动着,嘴巴跟着一张一合,阵阵陌生的腥气扑打着众人的鼻子。

大鱼银光闪闪,通体明亮,让刘二氓想起村子上空飞过的飞机。眯眼细瞧,天上的飞机就是这个模样。但是,卧在他家猪圈里的不是飞机,而是一条能蹿会跳的大鱼。刘二氓上午心里的兴奋劲儿,此时早就被村长和刘向前折腾没了。他抬脸看看面色绯红的孙小桃,只剩下说不出的沮丧满登登地塞在心窝里。

刘二氓带着哭声说,这是我家的鱼!我想喂着这条大鱼!

刘二氓的话再次引起一阵哄笑。刘向前丢开渔网,奔到村长身旁,贴着村长的耳朵说,这条大鱼太好了,鱼头可以清炖,鱼尾适合做糖醋鱼排,鱼肚切成肉块油炸红烧,鱼骨头熬汤喝,再鲜美不过了。剩下的鱼肉,不妨做成鱼肉丸子,蘸点香菜、蒜末,哎哎,那个美味,神仙也难得吃过啊。

村长连连点头,吞了一口唾沫,抹抹嘴巴,扭头环顾周围的众人,咳嗽着说,现在呢,我突然发现,这条大鱼是老天爷送给咱葫芦村全体村民的美味,我决定杀了这条鱼!

众人一起叫好,毕竟很长时间,大伙没有吃过鱼肉了。

我都忘了鱼肉是什么滋味了。一张嘴巴说。

我想吃清炖鱼头。另一张嘴巴说。

我想吃红烧鱼块,无数张嘴巴嚷嚷起来。

村长咳嗽得更加厉害,好好,这些要求都不难办到,我们有刘向前呢,向前祖传的厨艺,在咱们村里数第一!

众人一齐叫好,朝刘向前竖起大拇指。

村长说,现在我们讨论怎么杀了这条大鱼。

我们可以用铁锹拍死它!一张嘴巴说。

我们可以烧一锅热水烫死它!另一张嘴巴说。

村长在众人的叫嚷中咳嗽得满脸通红,浑身哆嗦。

我有个好办法!刘向前举着胳膊大叫起来,我们可以用杀狗的办法杀死它!

刘向前的话音未落,孙小桃拽了拽刘向前的衣角,低声说,别作孽了,把这条大鱼放进河塘里吧。这是天上掉下来的大鱼,吃掉了怕老天怪罪啊。

村长瞪了一眼孙小桃,说,这是咱村里的大事,女人最好别插嘴!

刘向前侧开身,揉了一把孙小桃,头发长见识短的娘们!滚回家里去!

孙小桃瞄了一眼刘二氓,靠在槐树旁,红着眼圈不再吱声。

## 六

村里大多数人都杀过狗。都知道狗是最难杀死的动物,杀狗也是最让人开心的一种游戏。尤其是用杀狗的方法来杀一条从未见过的大鱼,这样激动人心的场面,使得每个人都脸色通红,摩拳擦掌。刘向前指挥几个人拿了绳子,系紧了渔网的四角。每个渔网角上站着两个人攥着绳子,听从刘向前的指挥。刘向前褪掉鞋子,朝手掌里吐了两口唾沫,奔向老槐树,双手箍住树身,爬上了老槐树的树杈。刘向前指手画脚之间,众人早已拽开渔网,分开站在各自的位置上。

想吃鱼就使劲拉,谁也别偷懒!刘向前俯身向院子里的众人喊,来,老少爷们,拽起渔网四角,咱们把大鱼捆在槐树上!

一片吆喝声,众人把渔网拉动了。大鱼在渔网的紧缩之间翻滚,挣扎。翘起鱼尾拍打着地面。众人顾不得许多了,喊起了一二三,齐心合力拉动渔网。

刘二氓在村长身旁哭出了声,这是我家的鱼,我想喂着它,我要像喂猪一样喂着它……

没有人理会刘二氓像个女人似的哭叫。渔网里的大鱼终于被拉到了槐树旁。众人领悟了刘向前站在树杈的意图,随即探手把渔网的一角递给刘向前。刘向前接住渔网,靠着树杈使劲拽起来,树下的人把渔网朝槐树后面拽。大鱼挣扎着身子,摆动着尾巴,还是被众人立起来了。众人在树后箍住了渔网,大鱼被渔网捆绑结实,鱼鳃已经不能扇动了,只有嘴巴还在剧烈地张合着，吐出团团白沫。它像个即将受刑的罪人一样贴在了槐树上，鱼背紧紧靠着树皮，银白的肚皮面对着满院子里的人。

刘向前跳下树杈，抬手把一桶水泼在大鱼身上。大鱼剧烈地挣扎着，哗哗的水从大鱼身上流下来。刘向前探身从渔网里撕下一片鱼鳞，掂在手里，一脸大功告成的样子，扭身对村长说，村长，您发话吧。

村长从台阶上站起身，说，少废话，马上杀死它！

刘向前点着头，嘿嘿笑起来，村长，我觉得应该让刘二氓来杀死这条鱼。他一直叫喊着这条鱼是他家的，那么，只有他有权利杀死这条鱼。

刘二氓抬头说，刘向前，你这个丧尽天良的浑蛋！

刘向前奔过去，抬手把那片鱼鳞贴在刘二氓嘴巴上。

刘向前说，我让你骂！

几个人应声跟过来，搋住了刘二氓的胳膊，揪住刘二氓的衣领。他们把刘二氓提起来，有人揪住了他的胳膊，有人揪住了他的头发。刘二氓被众人推搡着，一步步逼近了槐树旁的大鱼。刘二氓闻到鲜腥的气息，突出的喉结滚动着，哇的一声吐起来。

刘向前把菜刀塞到刘二氓手里，厉声说，拿好你的刀！这是你家的菜刀！

刘二氓嘴唇上沾满了吐出的秽物。他边哭边哆嗦，浑身抖如筛糠。他拒绝握住他家的那把菜刀，挣扎着丢在地上。

刘向前朝刘二氓啐了一口唾沫，我警告你二氓，我这是瞧得起你！你别敬酒不吃吃罚酒！

刘二氓挣扎着，呜呜地哭出了声。刘向前弯腰拾起菜刀，掰开刘二氓的手指，把菜刀塞进刘二氓手里，使劲搋住刘二氓的手指。

刘向前说，来吧，二氓！

刘向前抓住刘二氓握住菜刀的手，拽直了刘二氓的胳膊，逼近了大鱼的肚皮。大鱼银白的肚皮映着菜刀的光亮，菜刀摆动了几下，刺进了大鱼的肚子里。就像刺破一层布帛的声音，噗的一声闷响，一股猩红的液体溅在刘二氓手上，大团红的绿的黏稠东西喷涌出来，一股脑地泼在刘二氓身上。众人惊叫着，松手跳着离开了刘二氓。

刘二氓摇晃了一下身子，他倒在地上的时候，看到孙小桃奔过来，一把扶住了他。

## 七

那天下午，葫芦村的全体村民在刘二氓家里，举行了一场声势浩大的盛宴。整个宴会气氛热烈欢腾，众人在宴会上尽情放纵。他们敲锣打鼓，载歌载舞，像是在庆祝一场不期而遇的丰收。

刘向前把大鱼从老槐树上放倒在地上，卖力地用菜刀刮掉大鱼的鱼鳞，那些瓦片一般大的鱼鳞在阳光里上下飞舞，令人眼花缭乱。

大鱼被分解成各种不同形状的肉块，众人架起刘二氓家的黑色大锅，点火烧水。村长钻进刘二氓屋里，找来油盐酱醋、葱姜辣椒，配合刘向前对大鱼油炸、清炖、红烧。一时间，浓烈的血腥气息弥漫在刘二氓家的院子里，使得众人连连咳嗽不止。

村长围着案板转圈，嘿嘿乱笑。

村长说，向前表现真不错，我决定提拔你当小副队长行不行？

刘向前抬起沾满鱼血的手朝村长拱手行礼。

油锅里吱吱乱响，鱼肉沸腾，一股怪异的香气扑打着众人的鼻子。没等村长吩咐，众人一哄钻进刘二氓屋里，摸出他家的碗筷，围着大锅吞食鱼块。众人趴在案板上，坐在门前的台阶上，蹲在屋檐下，靠在老槐树上，每个人都吃得满嘴流油，笑脸绽开。

刘向前忙得团团乱转，还没忘记从油锅里夹出一块鱼肉给他的老婆孙小桃。

来，乖乖，吃一块天上掉下来的鱼肉！刘向前把鱼肉夹到孙小桃嘴巴前。

孙小桃捂着嘴躲开他，我不吃，作孽的人会遭报应的！

村民们吃得满嘴流油，边吃边饶有兴致地看刘向前如何讨好他老婆。

美容养颜的鱼肉，来吃一块！面对众人的哄笑，刘向前表现得更夸张了，乖小桃，吃一块给村长看看吧，不吃白不吃，咱们气死刘二氓这个憨熊！

孙小桃小声哀求，我不吃！咱们别再欺负二氓了！

刘向前抖着筷子嚷起来，你是不是心疼刘二氓了，你心疼这个穷光棍了对吧？不吃也得吃！

刘向前说着,一把揪住孙小桃的头发,用筷子撬开孙小桃的嘴巴,把鱼肉塞进她嘴里。

咽下去!你给我咽下去!刘向前暴叫着,把筷子戳进孙小桃的咽喉里,扭头对着众人说,哈哈,你们看,我老婆真乖!

那时谁也没有料到,刘二氓弓身爬起来,一头撞倒了刘向前,整个院子再次爆出一阵哄笑。孙小桃趴在地上呕吐着,听到刘二氓牛一样的呜呜哀鸣。

天黑时,众人打着饱嗝,逐渐散去。刘二氓家的院子里遍布鱼鳞,杯盘狼藉,余烟缭绕,像是遭到洗劫一般凌乱。

村长走到刘二氓面前,他捏着一根草棒,伸进嘴里捣弄一会儿,啐出一口痰说,我代表咱村的村民谢谢你的大鱼,祝贺你啊二氓,祝贺你当上小队长了。

村长的话含糊不清,听起来却是语重心长。村长说着抬脸打了一个响亮的喷嚏,揉着鼻子走出刘二氓家的大门。他的步子轻飘飘的,踩着鱼鳞,发出潮湿的涩响。

## 八

刘二氓趴在自家的院子里,浑浑噩噩睡了多半夜。第二天一早,他被村街上一阵阵凌乱无序的脚步声惊醒,那声音听起来滞闷又急促。刘二氓跌撞着奔到大门口,看见村民们肩挑水桶,手持水盆,忙不迭地朝村街的老槐树下涌去。老槐树下是村里唯一的一口水井,他们都去那干什么呢?

刘二氓跟着走出去,拐过村街的墙角,刘二氓被眼前的情景惊呆了。老槐树下挤满了村里的男女老少,他们都围在水井旁,提着水桶,端着脸盆。等打上一桶水来,众人纷纷挤过去抢水,他们争夺着水桶和脸盆的同时,不住地叫嚷和怒骂。一些抢到水的人,端起水盆一股脑地从头浇在身上,双手不住地抓挠着身体。

浑蛋刘向前!都是你惹的祸,你昨天烧鱼时到底放了多少盐?个子矮小的村长从人群里怒骂着跳出来。他已经扒光了身上的衣服,只剩下双腿间的粗布裤衩,他跳跃了一番,接着就像虫子一样滚倒在地上。

刘二氓，你滚过来！刘向前看清了立在远处发呆的刘二氓，伸出手指指点着，刘二氓，俺们被你害苦了！大鱼！有毒的大鱼！

刘二氓半张着嘴巴，接连倒退了几步。这怎么会是一条有毒的大鱼呢？他以为刘向前会招呼几个人冲过来揍他。不料刘向前骂了一声就滚在地上，像村长一样开始在地上打滚。眨巴眼皮的工夫，所有在水井旁抢水喝的人们都扔掉了水桶，不约而同地滚在了地上，哭叫哀嚎，伸胳膊蹬腿，男女的尖叫纠结在清晨的阳光里。

痒啊！痒！痒痒！痒死了！

滚在地上的人们叫嚷着，伸出手指相互抓挠着彼此的身体，有的人滚在地上磨蹭着，有的人爬到墙根下，靠砖石上磨蹭胸膛和脊背。更多的人则是抱着老槐树，不停扭动着身体。不大一会儿，这些人磨破的身体开始渗出了血水，滴滴答答地挂在他们赤裸的身体上。孙小桃的脸也磨破了，斑斑血迹掩盖了她粉嫩的脸庞，呜咽个不停。没有谁顾得上她的哭叫，所有的人都在叫嚷着抓挠自己，恨不得把自己的皮肉撕下来才好。他们的血珠滚落在地上，飞溅在阳光里，散发着令人作呕的腥臭。刘二氓呜的一声干呕，扭身朝自己家门跑去。

从那天早上开始，整个村子开始了疯狂地叫嚷，痛苦地哭喊。村街上散发着一股浓烈的腥臭味，烟雾一样弥漫在村子上空。他们的叫喊像刀片一样切割着刘二氓的耳朵，他用棉球塞住耳朵，关上大门，钻进床上拿被子捂住身体。刘二氓以为这些人要死掉了，他以为只有即将死去的人才会这样无休止地叫喊和哭叫。刘二氓被这样疯狂的叫嚷快要逼疯了，他从床上爬起来，浑身哆嗦，牙齿碰撞，不停转圈。他听到那些哭叫风一样在村子上空盘旋，围着村街不停地蹿动。

直到三天以后的傍晚时分，刘二氓听到哭叫声终于小了下来，变成了凄凄哀哀的哭泣，夹杂着对刘二氓的怨恨和诅咒，听起来是那么无助和绝望。像是一堆奄奄一息的火堆，丝丝袅袅的，却又不依不饶地钻进刘二氓的耳朵里。刘二氓蹑手蹑脚地拉开大门，这些哭声劈头扑在他脸上。刘二氓看不到一个村人的影子，他侧耳听了半天，终于确定这些哭声全部集中在了村南的河塘里。

刘二氓以为这些村民们终究要死了，他们是因为吃了那条大鱼才要死的。难道那条大鱼真的有毒吗？面对死亡，刘二氓无能为力，他伤心极了，决定去向他们作最后的告别。他走在通往河塘的村街上，看到房屋裸露着屋脊，街旁的树木已没有了树皮，露出惨白的树干，像凶恶的动物露出尖长的牙齿，整个村子像是遭到了蝗虫的吞噬一样荒凉，到处弥漫着恐怖的气息。

刘二氓战战兢兢地走近河塘时，看到村民们全都趴在河塘里，像大片的鱼群一样只露出半个脑袋，不停张合着嘴巴，大口喘息。刘二氓走近河塘岸边，哭泣和怒骂的声音随着腥气的恶臭回荡在水面上。刘向前从浑浊的河水爬起来时，刘二氓就被他的模样吓蒙了。刘向前的身体和脸上闪闪发亮，布满了鱼鳞一样的东西，他已经变成了鱼一样的人形怪物。他有气无力地挥舞着鳞皮一样的胳膊，没有了往日的嚣张和狂妄，哭丧着脸对刘二氓说，二氓，你把我们害苦了！

二氓你行行好，救救我们吧。河塘里的鱼人们发出诡异的声音，一起哭着哀求刘二氓。

我们快要饿死了，我们已经吃光了村里的鸡狗鹅鸭，吃光了村里的粮食。我们连村里的树皮都啃光了。这是村长粗哑的声音。

二氓，救救我吧，我饿，我会好好报答你的。远处水面上，一片水草似的头发随着哭泣的声音摆动着，听起来哀决无力。刘二氓听清了，这是孙小桃在哀求他。

是啊，二氓，看在小桃的面上，救救我们吧。鱼人们一齐叫着哀求刘二氓。

刘二氓觉得自己的内心哗啦一下软了下来，就像一块坚硬的冰轰然崩开了。他看着村长和刘向前围到孙小桃身前，抓住了孙小桃的胳膊，把孙小桃朝岸边推过来。河塘里的鱼人们沸腾起一阵狂躁的吱吱声，听起来欢快而又热烈。孙小桃挣扎着，她散开的头发在水面溅起片片水花，布满鱼鳞的胳膊拍击起层层波纹。

刘向前的脸上闪着兴奋的光亮，来吧，二氓，你不是喜欢我老婆吗？她有话对你说，她有句话一直想对你说。

没错，二氓，我知道，小桃是你一直喜欢的女人，她一直想对你说一句话。村长尾随在孙小桃的身后叫嚷着，他紧紧揪住了孙小桃的头发，刘向前捂住了孙小桃的嘴巴。两人把孙小桃推到了岸边。孙小桃被他们摁在在浅水里，徒劳地摆着头，嘴里发出呜呜的叫声。

刘二氓看着泪汪汪的孙小桃，莫名地疼痛起来。像是有一把旋转的刀剜进了心里，他分明觉得心在流血了。刘二氓缓缓靠近岸边的水里，这是他第一次如此近距离地靠近了孙小桃，他第一次贴近了这个他暗恋了二十多年的女人。刘二氓马上就要哭出来了，小桃啊小桃，你知道吗？你就是我心里的那条大鱼啊！

　　刘二氓蹲下身，侧耳靠近了孙小桃。

　　就在村长和刘向前松开孙小桃的同时，孙小桃挣开了身子，抬手推了一把刘二氓，大叫了一声，二氓，快跑！

　　刘二氓还没来得及站起身，刘向前跃出水面，探头一口咬住了他的耳朵。刘二氓只是挥动了两下胳膊，就被刘向前拖进了河塘里，河水淹没他的时候，河塘里响起一阵狂热的躁动，他们就像吃掉那条大鱼时一样欢呼起来。刘二氓听到村长拍打着水面说，来吧，咱们一起吃掉刘二氓吧！

　　河塘里的鱼人们一起围攻过来，他们张开了布满鳞片的嘴巴，咬住了刘二氓的头，刘二氓觉得自己的大腿和胳膊被无数张嘴巴撕扯开了，一张嘴巴准确而又凶狠地咬住了他的喉咙。他已经感觉不到疼痛，任凭鱼人们对他疯狂地撕咬，眼睁睁地看着自己的血液烟雾一样溶化到河水里。他恍如又回到了童年时那次溺水的情景，在所有的意识完全消失之前，刘二氓清晰地听到了孙小桃嘤嘤的哭泣声，从冰凉的水底里弥漫上来，断断续续的，针尖似的戳着他的耳朵。

　　　　（原载《山花》2010年第7期）

# 不　老

## 一

刘青草搬进新房的第三天，就觉得头开始痛了。这种头痛不是那种刀砍针扎的剧痛，只是没完没了的、丝丝袅袅的、蚂蚁啃骨头一般的隐痛，让她不得不全神贯注地去忍受。那天晚上吃过晚饭后，刘青草在卧室里换衣服，打算去楼下倒垃圾。她抬头朝窗外瞥了一眼，忽然觉得就像被一把锤子砸了一下似的，头痛更加厉害了。她皱着眉头奔出卧室，坐在沙发上，闭上眼，摸过一个绒毛小熊靠垫盖在脸上，差点就把刚喝完的面条吐出来。她极力掀开被子，冲正在客厅里看电视的马向阳说，快给我倒杯水喝，我头痛死了。

刘青草第一次对马向阳说头痛时，马向阳以为她是受不了刚装修完房间的那种油漆味，再不然就是这几天他们夫妻俩忙活着安置家具、收拾琐碎物件、洗刷碗筷，再加上亲朋好友来看新房子表示祝贺，迎来送往的，身体不适应，积劳成疾了。刘青草说不是，马向阳想了想又说，咱住的这才是十二楼啊，你总不会是有恐高症吧？刘青草表情厌烦地摆手说，我没有什么恐高症。也许歇几天就好了。

可是现在已经过去三天了，刘青草的头痛不但没减轻的迹象，反而大有星星之火可以燎原的势头。刘青草真的有些受不住头痛的痛苦了。不过受不了也得受，按照马向阳的话说，有些人就是受穷吃苦的命，一辈子吃糠咽菜、颠沛流离，反倒心情快乐，身体倍棒。一旦熬到锦衣玉食，住洋房，出有车食有鱼的时候，反倒全身的毛病都现出来了。刘青草说，你是不是说我命里不该住这新房子？马向阳说，我不是具体说你，我只是泛指某些人。当然，我看你真有点红颜薄命的意思。刘青草听着马向阳的戏谑，恶狠狠地打断了马向阳的话说，你这人真恶毒，不但不同情人家的头痛，怎么还巴不得自己的老婆薄命呢？马向阳看刘青草怒气满面，悄悄关了电视机，一个人进了卧室。

那天晚上，一直到了半夜，刘青草还躺在沙发上没动弹。马向阳从床上探头对刘青草说，不行你就别硬撑着了，去医院看看吧。刘青草摇摇头，双手捂住脸不吱声。马向阳说，你打算在沙发上过夜啊？刘青草翻了翻身子，不说话，背朝马向阳。马向阳忍住怒气说，你不怕感冒啊？还不赶紧上床来睡？刘青草对着沙发靠背说，我不能进卧室，我一进去头就痛得厉害。马向阳说，这真是招邪了不成？我在卧室怎么就不头痛呢？刘青草说，求你别管我，你在卧室睡吧，我说什么也不进卧室了。

刘青草在沙发上浑浑噩噩地睡了一夜。第二天一早，马向阳就过来摸她的额头，刘青草烦躁地拨开了马向阳的手。马向阳说，别犟了，今天去医院看看吧！刘青草没睁眼，摇头拒绝。夫妻快十年了，马向阳知道刘青草的脾气，她不愿意做的事，纵是天王老子也勉强不了她。马向阳不敢再坚持。中午下班回家，见刘青草果真还赖在沙发上没起来，就掏出从药店买来的两盒止痛片，端着一杯热水，逼着刘青草吃下去。刘青草说，我没病，你让我吃哪门子药啊？马向阳说，头痛不是病吗？你不看医生，再不吃药，你到底想怎么着？刘青草直起身子说，我没病，我就是不能进卧室，我一进去头就痛！马向阳说，奇怪了，卧室难道有鬼不成？刘青草说，你别说了，我反正不吃药，没病吃药会毒死我。

一连一个星期，刘青草坚持不吃药，坚持不进卧室睡觉，坚持睡在沙发上忍受着头痛的折磨。看到马向阳一个人做饭洗刷，刘青草心生内疚，强作笑颜对马向阳，可是挤出来的笑比哭还难看。她知道马向阳也在忍受着自己这种奇怪的头痛，忍受着她因为这种头痛给他们之间带来的无形压力。周末的晚上，马向阳收拾好碗筷，洗手走到沙发旁，低声对刘青草说，我都忘了，我还有专门针对你的治疗方法呢，这阵子忙得没心情，现在我给你实施治疗，看看还有效果没？刘青草听他的语气，就知道他想干什么了。

刘青草和马向阳刚结婚那阵子，两人住在老城区阴暗潮湿的筒子楼里，白手起家，过着清贫的生活。马向阳是一个懂得苦中作乐的男人，他知道怎么哄刘青草开心，这也是刘青草觉得他可爱的原因。冬天筒子楼里没有暖气，刘青草冻得展不开身子，每天吃过饭后就钻进被窝，马向阳就掀起刘青草后腰上的睡衣，接着捋起自己的衣袖，把两个手巴掌贴在一起，抖动胳膊快速搓起来，等搓得手掌发热，然后快速把手掌捂在刘青草的后腰上，烫得刘青草快活地大笑。再搓手掌，反复再捂在刘青草腰间。虽然累得他气喘吁吁，却每次都能惹得刘青草阵阵大笑。刘青草笑着拧钻身子，感觉到了真实的温暖。这些年来，刘青草遇到什么不开心的事，马向阳都会用暖手心来逗她开心起来。瞬间的温暖让刘青草感动到默然流泪。马向阳说，我暂时给不了你锦衣玉食的生活，可是我会尽力给你幸福的感觉。什么叫幸福呢？其实一个女人的幸福欲望是多么微不足道，是很容易满足的。

但是现在，马向阳刚要搓手掌时，刘青草忽然使劲朝沙发里缩了缩身子，摇头说，你别碰我，你让我一个人好好安静一会吧。马向阳伸着手愣了老大会儿，才大声朝刘青草喊起来，你说，你到底是怎么啦？刘青草盯着马向阳小声说，马向阳，你变了，你以前从来没这么对我大声说过话。我现在不舒服，你怎么能对我这么说话呢？马向阳说，是你变了，有病不看医生，也不吃药，你到底想怎么着呢？刘青草低下头，肩膀缩了一下，马向阳听到了刘青草低声哭了。刘青草哭着说，我不能住在这里了，我再住下去就要发疯了，你让我搬出去住吧。马向阳软软地蹲在刘青草身旁，伸手捧起刘青草的脸，探头对她说，我看你是真疯啦，我看你是不想要这个家了是吧？咱们刚交完首付款的房子，刚辛苦装修的房子，这还没住了一个月，你就要搬出去？姑奶奶，你想想，当初是谁哭着闹着要买房子呢？刘青草哭着摇头说，对不起，马向阳，你别拦我，我必须得搬出去住了。

## 二

刘青草没对马向阳撒谎，正如她说的那样，如果她继续在这房子里住下去，她真的就要疯了。她不能不承认，她一进卧室就觉得头痛，因为卧室里始终晃动着另外一个男人的影子，散发着另外一个男人的味道，散发着那个男人身上的烟草味道,他的唾液味道,还有那个男人味味的低笑声。刘青草曾经想试着让自己的眼神躲开这个男人的影子,可是她想躲避的时候,那个男人的影子就像一根看不见的绳子一样捆住了她,捆得她结结实实,勒在她的脖子上,勒得她头痛难忍。一个月以前,就在这间卧室里,另外一个男人突然从刘青草身后抱住了她,并且那个男人强硬地把他的舌头塞进了刘青草嘴巴里。这个男人不是她的丈夫马向阳,是她的同学陈大雨。

那是三个月以前,天气正冷,还差一个星期就要过年了。那天中午刘青草接到陈大雨的电话,说他给刘青草在世纪花园留了一套位置最好的房子,让刘青草赶紧来看一看。中学毕业十几年了,陈大雨和刘青草平时没有什么密切的联系,只是在每年的同学聚会上见一面,逢年过节时相互发个无关痛痒的祝福短信。刘青草接到电话时,一时都有点发蒙,她猜不出陈大雨是怎么知道她要买房子的打算。陈大雨三言两语之后,刘青草才知道陈大雨依靠一个财大气粗的远房表哥,去了一家房地产公司做售房公司的经理。他说的世纪花园小区位置正是新城开发区的黄金地段,地理环境无可挑剔,并且具有不可估量的升值潜力。陈大雨给刘青草报出了每平方两千元的价格,这是三年以前的楼价,几乎使刘青草怀疑自己听错了。当时刘青草只是连声致谢,没来得及告诉正在上班的马向阳,就慌忙打的去找陈大雨了。

在世纪花园小区门口见到陈大雨的时候,刘青草还笑着对陈大雨追问了一句,是不是这房子有什么说法啊?

陈大雨偏头对刘青草说,这是怎么说话呢,我还不是看在老同学的面子上,才给你通风报信嘛。就这个价格,这个位置,外人抢都抢不到,几乎是白白送钱给你了。走进电梯里,陈大雨又低声对刘青草说,这是公司内部的优惠价,本来就是捂盘以后的储备房。我知道你打算买房子,第一个想到告诉你嘛。

电梯无声息地上升,很快到了十二楼,刘青草跟着陈大雨出了电梯,等陈大雨从皮包里掏出钥匙,打开房门,看到宽敞明亮的客厅直通着落地阳台,三间布局合理的卧室,欧式的落地窗户,刘青草欢喜得心一下子蹿到嗓子眼边。随着陈大雨的介绍,刘青草的惊喜不时涌动起来,除了厨房隔壁有一个卫生间,没想到靠近西侧的大卧室旁边还有一个单独的卫生间。刘青草走进一个小卧室里,极目朝南看,果然是登高望远的辽阔,城外南方的泗河宛如一条玉带熠熠闪光。城区内的楼群一望无余，一览众山小的气势油然而生。清冷的阳光晃得刘青草有些眼花缭乱，她想眯眼寻找着自己住了十年的筒子楼时，才发现她已在瞬间失去了方向感，她找不到自己住了十年的筒子楼了。

刘青草扭头朝客厅里对陈大雨说，不好意思，我竟然找不到我现在的家在哪儿了。陈大雨嘿嘿笑着走过来，他靠近刘青草身旁，说，我帮你找啊，你先说你家在老城区哪个方位吧，附近有什么标志性建筑？

刘青草抬手慌乱地擦着窗玻璃说，我一下子说不上了，我怎么能找不到自己的家了呢？刘青草忽然一下子莫名地焦急起来，找不到家的感觉一下子让她心慌失措了。她努力踮起脚尖，朝老城区的方向看，她的身子贴在窗台上的时候，忽然觉得腰间被一股力量箍住了。

刘青草稍一愣怔，就确定是陈大雨从背后抱住了她。陈大雨的脸贴在了她的后脑上，粗重的喘息贴住了她的耳朵。此时的刘青草已经失语了，她的嘴巴徒劳地张合着，却说不出一个字来，她本能的挣扎却让陈大雨加大了手劲，生怕她脱掉似的箍紧了她的腰。陈大雨说，别动，听话，你想要的我都能给你。

这句话像一根看不见的绳子勒紧了刘青草，让她没有一丝动弹的力气。陈大雨的嘴巴贴住了她的脖子，使劲磨蹭着刘青草的脖子，边使劲吸气边混沌不清地说，真好，青草，还是青草的清香。

刘青草觉得的心里蹿动着一股说不清的热流，她极力憋着自己不出声，可是这股热流急剧流转，凝聚成一股汹涌的气流，随着陈大雨的喘息撞击着她的嗓子眼，瞬间化作一股热辣辣的泪水模糊了眼睛。

刘青草说，大雨，别这样，放开我。

陈大雨说，不。

刘青草试着再次挣扎的时候，陈大雨扭身把刘青草的身子扳过来，她还没看清陈大雨的脸，陈大雨的嘴巴就堵在了她的嘴唇上，刘青草闻到一股干爽的烟草味的时候，觉得自己的嘴巴已经被陈大雨撬开了。陈大雨的舌尖在刘青草的嘴里像一条跃上岸边的鱼一样弹跳着，针扎一样的疼痛。刘青草猛地睁开眼，使尽全力一把推开了陈大雨。

刘青草摇摇头，喘着粗气说，好了，求你放开我吧。

陈大雨说，青草，你知道，我喜欢你，一直就喜欢你。刘青草皱着眉头没吱声，陈大雨再次试着靠近刘青草的时候，刘青草抬头盯着他说，你要是再碰我一下，我就打自己的脸。刘青草的眼神坚硬，像一块冰做的刀。陈大雨摇头叹了一口气，看着刘青草拽了拽棉衣的下摆，一语不发地靠在了窗台上。

陈大雨和刘青草一起读了三年高中，刘青草记得，那时候陈大雨曾经给刘青草递过好几次纸条，抄写着普希金和汪国真的情诗。陈大雨调皮捣蛋，学习成绩一塌糊涂，鼻孔里整天淌着鼻涕水，谁稀罕他那个邋遢样子啊？情窦初开的刘青草矜持着，虽然没理会陈大雨表白的爱慕之情，内心却充满了骄傲，虽然那时的刘青草对爱情的追求懵懂无知，还是知道鲜花不能插到牛粪上这个浅显的道理。所以一直到高中毕业，刘青草也没正眼看过陈大雨。可是她怎么也想不到，十几年以后的今天，陈大雨还会用这种少年般粗鲁的行为表达对她的爱慕。

刘青草说，我们已经老了。

陈大雨说，不，你不老，这些年，你在我心里，永远都是青草，是那种绿得让人眼痛的青草。

刘青草说，我不明白，像你现在这种有地位的男人，身边还会缺女人吗？

陈大雨说，我不是流氓，青草，我爱你。陈大雨停顿了一下说，与你的青春容貌相比，我爱你这备受岁月摧残的面容。

陈大雨说着从皮包里掏出一串钥匙递给刘青草说，青草，这是房子的钥匙，你先拿着吧。金黄色的钥匙在陈大雨手里闪着温暖的光亮，刘青草整个身子关节僵住了似的，陈大雨把那钥匙塞进刘青草的手里，钥匙温凉的感觉落到刘青草手掌里的时候，陈大雨轻轻攥住了刘青草的手，低声说，乖，听话，拿着吧。

刘青草以为，她在内心里是可以接受陈大雨这种表达爱慕的方式。三十多岁的女人了，还能被某个男人惦记这么多年，能被人情真意切地叫一声青草，能被人默默地爱这么多年，怎么说也是一件幸福的事。

刘青草没想过以后要对陈大雨承诺什么。这和无功不受禄没关系。她只是想，她接受陈大雨的钥匙就像接受一个翩翩风度的绅士递给的一束花一样。当然，陈大雨的这束花的确是太昂贵了。刘青草不想平白无故地要陈大雨的这座房子，就算陈大雨真的白白送她，她也不敢要，她觉得自己没有资本要,她老了,她觉得像她这么老的女人已经没人舍得一掷千金,再说,她这个老了的女人还属于那个叫马向阳的男人。她和马向阳是一对甘苦同享、荣辱共担的患难夫妻啊。她甚至想,如果真接受不了陈大雨这种表达爱慕的方式,她就试着忘掉吧,刘青草认为,忘掉一个和自己没有亲情关系的男人是一件很容易的事。

她仅仅是接受了陈大雨对她表白的爱慕,仅此而已。

## 三

其实三年以前,刘青草真没着急买房子。那时候,她和马向阳住在老城区里的筒子楼里,像别人一样安居乐业。老城区街道狭窄,各项设施陈旧,居民的素质层次不一。大街上是闹哄哄的网吧、乱七八糟的服装店、形色暧昧的理发店。横摆着烧烤摊、小饭店。人声嘈杂,油烟刺鼻。

有时候,刘青草和马向阳吃过晚饭散步,走着走着,就不自觉地偏离了原来的散步路线,朝西城区正在建设的小区走过去。两人抬头看高耸云天的高楼,看着看着,就同时低下头来不说话,脚步也显得细碎了许多。远远离开小区时,马向阳回头啐了一口说,咱中国人干什么都是一窝蜂,没有一点自我分辨意识,这么贵的房价,谁买谁是憨熊!

当时的房价,每平方米不到一千块钱,有些高瞻远瞩的人,用商人的眼光来看这些新兴的小区,知道潜力无限,房价差距有暴利可图,便悄不作声地囤聚空房,等待升值的机会。而像马向阳这类在生活里循规蹈矩、只按套路出牌的上班一族,打死也不会想到房价会像夏天的野草一样疯长。城区的楼房越盖越高,房价也跟着楼房的高度扶摇直上。眼看着房价一路飙升到每平方米三千块钱。马向阳心里发慌,嘴还强硬,气急败坏地说,爬得越高,摔得越厉害。等着瞧吧,我敢发誓,那些囤聚空房的人,会有欲哭无泪的那一天。可是还没等马向阳发誓,那年春节过后,房价却疯了似的跳到四千块钱。好像只是一夜的时间,这么强硬的事实就像一把刀一样蛮横地架在马向阳的脖子上,让马向阳连大气都不敢喘。

一天晚上,马向阳和刘青草散步回到筒子楼的楼道里。恰巧楼道里的照明灯坏了,伸手不见五指。刘青草的脚步踢踏凌乱,拐上楼梯的时候,刘青草被放在楼道里的蜂窝煤炉子绊倒了。咣当一声闷响，刘青草趴在蜂窝煤炉子上。马向阳伸手拉刘青草，被刘青草恶狠狠地甩了一下胳膊，她拒绝了马向阳的救助，自己挣扎着爬起来，才发现脚脖崴了，禁不住疼得倒吸凉气。马向阳弯腰弓成马背，扭头说，来啊，我背你上楼吧，老夫老妻了，你还装什么淑女？刘青草哼了一声，趴在马向阳背上，任凭马向阳背着她朝楼上走。

　　马向阳登上三楼，快到门口时，刚要伸手掏腰带上的钥匙开门，忽然觉得脖子里滚进一片凉兮兮的东西。马向阳慌忙把刘青草放下，就听到刘青草嘤嘤的哭声。刚开始还是压抑着，后来就吭吭哧哧地哭出了声。马向阳忙着抬手给刘青草擦泪，边擦边问，青草，你哭什么啊？刘青草说，我想哭。马向阳说，三十好几的人了，你怎么说哭就哭了呢？刘青草大声说，马向阳，你摸着心窝问问自己，我跟你结婚快十年了，我享过一天福没？当初我也就是看你是个本科生，才答应和你结婚的。我不图吃香喝辣的，我不想荣华富贵，怎么也得保证正常生活的尊严吧？你一个大男人，你如果真心疼爱我，你舍得让我住在这狗窝一样的地方？你不问心有愧吗？

　　刘青草的嗓门高亢尖利，带着毫不掩饰的愤怒，在漆黑的楼道里一声高过一声。马向阳的心跳到嗓门，恨不得捂住刘青草的嘴，连声说，姑奶奶，左邻右舍都听着呢，给我个面子，你小声咋呼好不好？刘青草说，你还要脸啊？你还怕丢人啊？刘青草边说边跺脚。马向阳打开房门，连拉带拽，把刘青草揉进房间里。

　　他是被刘青草逼着做出这个决定的，确切地说，他是为了男人的脸面才决定去买楼的。俗话说，吃饭穿衣量家当。阴天下雨不知道，自己有多大本事自己还能不清楚吗？两人在单位里都是位卑言微的小人物。没有权势赚外快。赚钱难，花钱容易。她和马向阳的工资加起来，每月才拿到四千多块钱。平常日子就显得紧巴巴的，仅仅应付得了平常生活里的吃喝拉撒、水电费等费用，如果碰上单位同事搬家结婚、朋友同学聚会等等不得不应付的人情世故，刘青草就会觉到捉襟见肘的尴尬。可是这是躲不开的事，礼尚往来，谁也不能睁一只眼闭一只眼，明明知道这是死要面子活受罪。有时候，人活着就得打肿了自己的脸充胖子，只能咬紧牙关硬撑。

　　刘青草经常对马向阳说，吃不穷，喝不穷，算计不到就受穷。这十年的烟火生活里，刘青草积攒了不到四万块钱。拿现在的房价来看，这四万块钱只能买到一个卫生间。

## 四

那天刘青草回家以后,就把和陈大雨一起看房子的事说给了马向阳。刘青草是用漫不经心的语气说的,她说了那个房子的优越位置和房间格局,当她说到两千元每平方的价格时,马向阳一下子就打断了她的话,说,这简直就是天上掉馅饼的好事啊!马向阳惊喜的态度堵住了刘青草继续说下去的勇气。他的兴奋点一下子就集中在房子上了。他像是不关心这座房子为什么这么便宜,他只是像一个孩子想得到心仪的玩具一样毫无顾忌地说出了自己的愿望。刘青草不知道该不该再对马向阳说关于陈大雨的事。一直到他和马向阳去看房子的那天,刘青草才把新房的钥匙拿出来。当时马向阳只是说,这么快就给钥匙了?看来还是有熟人好办事啊。

马向阳看中了房子的位置,更看中了房子的价格。他跟在刘青草身后,探头探脑地围着房子转了半圈,兴奋得像个孩子,在阳台上抱住刘青草,兴奋得在她脸上咬了一口。刘青草挣脱了他,看着马向阳踮起脚尖指着老城区的方向,大声对刘青草喊,第一次这么登高望远啊,你看,我看到咱住的筒子楼了啊,刘青草远远地看着马向阳,心里忽然疼痛起来。刘青草走过去说,向阳,我个子矮,看不到咱的家,你抱着我看吧。马向阳嘿嘿笑着抱起刘青草,刘青草的脸贴到窗玻璃上,朝马向阳手指的方向看,窗外是茫茫一片楼房,哪能具体看到一座房屋呢?阳光落进刘青草的眼里,刘青草觉得眼里一痛,忍着没有掉下泪来。

为了能在春节之前搬进新房里,刘青草和马向阳加快了装修房子的进度。三万块钱装修一套 135 平方米的房子,就算按照最简单的装修设计,也显得捉襟见肘。封阳台,铺地板,改换室内门,在卧室里做了一个壁橱,看看还剩下五千多块钱,马向阳本来打算在客厅做一个影视墙,刘青草犹豫再三,还是取消了这个打算。能省则省,以后每月偿还房款是不可回避的事实。接下来买家具和家电,也是按照节俭到吝啬的地步来支出剩下的三万块钱。刘青草说,能有一个新房子住,我就已经很满足了。我也想按照五星级宾馆的标准装修,可是咱们不能打肿脸充胖子啊。马向阳听着,闷着头没吱声。

房子装修期间，马向阳曾经几次问过刘青草，找个机会请你的那个老板同学吃顿饭啊，这打着灯笼难找的好事，咱应该好好谢谢人家嘛。刘青草被马向阳催促得没办法，当着马向阳的面找出了陈大雨的手机号码，装作拨通了陈大雨的号码，把手机贴在耳朵边等了一会儿，才说，他大概忙着呢，老是不接电话。马向阳没有看出刘青草的破绽，有些失望地说，那就再等几天吧。

房子在腊月里终于装修好了。马向阳顾不得房间的油漆味，找了一个星期天，约了单位同事们，从筒子楼里搬进了十二楼的新房子。那天刘青草和马向阳忙活了多半天，在新房子里摆设新家具，擦洗地板，安窗帘，累得手脚发酸。一直忙到了晚上，马向阳吆喝同事们去饭店喝酒时，刘青草才算有了喘息的机会。她脱掉鞋子，躺在床上闭眼休息了一会儿，刚迷糊着睡着，手机振动了一下，打开一看，居然是陈大雨发来的信息，只有一句话：恭贺乔迁之喜。刘青草想了想，回复了一句谢谢。

马向阳快十点了才回来，显然喝多了酒，一进门就笑嘻嘻地叫醒了刘青草，说住这么高的楼真是不习惯，差点找不到家门了。刘青草实在是累极了，勉强睁开眼对马向阳嗯了一声。却听到马向阳叮叮当当翻起衣柜来，找出了十年以前他们的结婚照，执意要马上找钉子挂在床头的墙上。嘴里嘟囔乔迁新居算一喜，洞房花烛夜也算一喜。刘青草听马向阳喝得舌头都不会打弯了，心里想笑，却忍着没笑出声来。有心让马向阳明天换个新相框再挂照片，又怕阻扰了他的兴致，只得任凭马向阳拿锤子当当地在墙上砸钉子。

马向阳挂好了照片，去洗手间忙活了一会儿，转身回到卧室急三火四地脱衣服，掀开刘青草的被窝钻了进去，嬉笑说，娘子，我来也。刘青草打了一个哈欠，抬手摁灭了床头上的灯。马向阳握着她的乳房，说，房子有了，明年咱们就该要个孩子了，要不，这么好的奶就白瞎了。刘青草拨开了他的手说，你以为我不想要孩子吗？现在养一个孩子多少钱，你算过账没有？如果你能养得起，我就给你生一大堆。马向阳没吱声，过了老大会儿才说，我要拼命挣钱养活咱这个家。

第二天早上，刘青草睡醒睁开眼的一瞬间，一时还没反应过来自己身处何地，等看到昨天晚上马向阳挂在床头的结婚照，才觉得这是自己的新家。她对着窗台上的阳光打了一个哈欠,也就是从那一刻起,忽然觉得头开始疼了。

## 五

越来越严重的头痛逼迫得刘青草坐立不安,她越是想摆脱头痛带给她的折磨,陈大雨在卧室的影子却越来越形象,越来越具体。刘青草甚至听到了陈大雨反复叫她青草两个字时粗重的喘息,他的气息就像一阵阵看不见的风,旋转在卧室里,头痛的感觉却越来越清晰,不依不饶的。不缓不急的疼痛像一簇奄奄一息的火苗,愈加旺盛起来,火烧火燎的疼痛塞满了整个脑子。

刘青草不知道自己这是怎么了,难道陈大雨那一声青草就能摧垮我的整个意志吗?我是不是太在乎陈大雨的那些话了?三十四岁的刘青草除了和马向阳有过身体接触之外,这是第一次和别的男人如此亲密地接触过。她想不到会带来这么难以抑制的既幸福又痛苦的感觉。

2月14号情人节那天,马向阳提前下班回来,破天荒地给刘青草买了一枝玫瑰花。当他做出神秘的样子突然把玫瑰花递到刘青草面前时,刘青草说,老夫老妻了,你买什么花啊,还不如买一把芹菜实惠呢。马向阳说,别人都过情人节,咱们也得跟着浪漫一下嘛。刘青草皱着眉头看马向阳把那一枝玫瑰插到电视机旁的花瓶里,忽然生出恶心的感觉。刘青草说,快把花拿出去送人吧,我一看见就头就痛得更厉害了。马向阳还开玩笑说,我送给谁合适呢?我送给谁你能愿意呢?刘青草说,你爱送谁就谁吧,别在我跟前晃来晃去烦我了。刘青草的话音未落,马向阳就把那一枝玫瑰花拽出来丢在地上,气咻咻地说,苦中作乐都不行,这日子实在没法过了。马向阳说着抬腿一脚踩在玫瑰花上,拉开门出去了。

当天晚上,刘青草收拾了一些随身的衣物,搬回老城区的筒子楼里。刘青草走的时候,马向阳还在外边没回来。刘青草没给马向阳打招呼,也没给他留下只言片语,只是临出门时候,把那枝被马向阳踩扁的玫瑰花捡起来,插回花瓶里。她回到筒子楼里,才觉得心安了一些。那天半夜里,马向阳给刘青草打手机,得知刘青草搬回筒子楼里,马向阳说,看来你是真的不打算在新房子里住了？刘青草说是。马向阳沉默了片刻说，既然你不想住新房了，干脆就把这房子转让给别人算了。刘青草想也没想就说，怎么都行，你看着办吧。马向阳说，那好。

两个人简短的对话，听起来好像是一时意气的气话。没想马向阳当天晚上就在本地的房地产交易网上发布了一个房产转让信息。第二天一大早，马向阳的手机就被想买房子的电话塞满了。别人问，你真打算转让房子吗？马向阳说，那还能有假啊，说转让就转让呗。接完十几个电话，最后一个打进电话来的人听马向阳报完转让价格，当即就说，哥们我看你是个痛快人啊，咱就实打实的吧，你装修房子花了多少钱也算我的。我不亏了你，另外我多给你三万块钱，算作你的辛苦费，也就和市场价差不多了吧。

短短几个月就多赚了三万块钱，看似也是比较划算的事。马向阳没多加考虑。上午就去房地产公司和那人办理了转让购房合同。连同首付房款，外加那人多给的五万块钱，马向阳手里攥着十万块钱的现金。他和那人约定好搬家的日期。接着给刘青草打电话，张口就说，房子处理了，这下你放心了吧？刘青草没吱声。马向阳那边沉默了一会儿，刘青草听到马向阳又说，今天上午，我见到你那个同学陈大雨了。刘青草噢了一声，她不知道该怎么回答马向阳的话。马向阳顿了顿又说，其实我都知道，我早就看出来了。青草，很好，真的……很好。刘青草说，什么很好？马向阳说，没什么，我是说……只要你不再头痛了，至少我觉得是……这样很好。刘青草还是从马向阳平静的语气里听出了一些异常，向阳，你在哪儿啊？马向阳说，我在收拾新房里的东西，你放心吧，我待会就回家。

刘青草挂掉手机，缓缓起身走到靠近窗台的墙上，对着墙上的一面镜子呆了片刻。这面镜子是当初她和马向阳结婚时，单位领导特意送来的礼物，这次搬家的时候，他们搬出了所有的东西，唯独把这面老式镜子丢在这里。

刘青草伸手贴在镜子上，轻轻擦去镜子上的一片尘埃。刘青草对镜子里的那个女人笑了一下，她才发现，这个笑着的女人，有着淡淡的细眉、薄薄的嘴唇，因为微微上翘着的嘴角，看起来显得有些莫名的骄傲。刘青草抹了一把湿润的眼角，对镜子里的女人自言自语地说，因为你是刘青草，所以，你没错，你很好，你一点都不老。

(原载《福建文学》2011 年第 7 期)

# 去珊瑚岛找一个女人

杜梅居住的城市有一个很有意思的名字，叫作珊瑚城。我不知道版图上是不是真有这个城市。她在一家医院当护士，工作环境很好，也没什么压力。闲暇的时候，杜梅就在家洗衣、做饭、上网听歌、看帖子，偶尔也去一个叫作"城市激情"的聊天室闲聊几句。

杜梅以为，在网络里自娱自乐是不必付出什么代价的，直到她在聊天室遇上一个自称和她同城的男人。按照杜梅的话说，她和那个男人聊了三天，心就被那个男人掏空了，又聊了三天，心就被那个男人塞满了。寝食难安，幸福着，痛苦着，失魂落魄得不成人样了。

从那以后，杜梅和男人的交流，就像溃烂的伤口不可收拾。她原来看过一些小说，卡夫卡把伤口比喻成一朵盛开的花朵，她不明白，为什么会有这样怪异的句子。现在才理解，有的伤口，真就像一朵妖冶的花，美丽里带着毒气，让人不经意地触摸，都会刻骨地疼痛。杜梅和男人的浪漫邂逅，彻底打乱了她的生活，她发疯似的和那个男人在网络里交流，柔情蜜意地说梁祝，说罗密欧和朱丽叶，说山盟海誓，说花前月下，可是，他们始终没有提及对方的家庭。那是现实的事，与网络无关。

杜梅说：我希望我们能永远这样相爱下去，我需要这样干净和温暖的呵护。

男人说：嗯，好吧，情不自禁的时候，我希望我们能见一面。

杜梅说：愚蠢的人才会走出网络，那样我们就不会再相爱了。

男人沉默了片刻说：好吧，我尊重你，不见也好。

杜梅在午夜关了电脑，去浴室洗澡。她披着浴巾回到卧室，丈夫把她的手机递给她，丈夫的语气硬得像一块石头："你看，这是谁发给你的信息？"

杜梅接过手机，看到了四个字：想死你了。

杜梅的嘴角翘了翘，她把手机扔在床上，说："这样的信息你也在意，真无聊。"

丈夫冷着脸没再吱声，不甘心地继续翻看手机里储存的信息。他翻看了一会儿，就把手机塞在枕头下，刚闭上眼时，手机又振动了。杜梅触电似的摸手机，丈夫一把抢过去。手机的光亮映着丈夫冰块一样棱角分明的脸。

如果你忍心？如果你舍得？？？手机屏幕上只有这么短短两句话。

丈夫的手开始哆嗦，他按照号码打过去，手机里有歌星在唱歌，唱了一会儿，丈夫和杜梅同时听到一个男人的声音："喂，梅，是我。"

丈夫挂了手机，黑夜里一片死寂，呆了一会儿，杜梅哭了。杜梅说："你没权利翻看我的手机，这是属于我的个人隐私，你应该尊重我。"

丈夫起身下床，一拳打在杜梅脸上。

从那个夜晚，杜梅就开始了和丈夫争夺手机的战争。丈夫把手机摔了，把手机卡抠出来，剥夺了杜梅使用手机的权利。独自面对镜子，看着被打紫了的眼圈，杜梅爱恨交织。镜子里是个漂亮的女人，就是这个女人，神思恍惚着，她怎么也没办法忘掉，在这个家的外边，还有一个近神近妖的男人，让她魂牵梦绕。

丈夫值夜班的时候，杜梅就坐在电脑旁，痴呆呆地等那个男人出现。杯子里放了大把茶叶，浓茶的滋味，正如杜梅的心情，很苦，很麻，还有一股直入心肺的刺激。半夜里，男人的QQ头像亮了，对杜梅发出了一个微笑的表情。

杜梅的心抖了。

杜梅：浑蛋，你才来啊？

男人：我最近忙，你还好吧？

杜梅：我想你，想你。

男人：我能感觉到你想我。

杜梅：我想说句话。

男人：说。

杜梅：我觉得我真的爱上你了。

男人：我也是。

杜梅哭了。

三天以后，杜梅和男人在他们附近的一个城市见面了。临行前，杜梅和丈夫打电话，她说，单位要组织我去那里救援一场突发性的交通事故。杜梅说得很慢，生怕丈夫听不明白，又说了一遍。她还没说完，丈夫就说，知道了，不用啰唆了。说着就把电话挂了。

杜梅从话筒里闻到了丈夫浓重的酒气。

我曾经对杜梅说过我个人的观点，其实所谓的真爱，就是一块廉价的口香糖，嚼来嚼去，嚼得没有味道了，就想急于把它吐出来。可是这时候，麻烦就出现了，因为有一点素质的人，就不会把口香糖吐在公共场合上。往往我们会吐在手纸上，包起来，转几个地方，才能扔进垃圾筒里，这样的繁琐，远不如吃一块红烧肉惬意。

我还对杜梅说过，婚姻就像一双尺寸模糊的拖鞋，脚大一些的人能穿，脚小一点的人也能穿，只要能穿着轻松舒适，能拖拉着向前走就可以了。

杜梅对我的解释嗤之以鼻，她反驳说，不用你来教训我，我读过张爱玲，我知道红玫瑰是床前的一抹蚊子血，白玫瑰是胸襟上的一粒干饭粒。直到现在，我还是要说，在我以后的生命里，不会再出现比我哥哥更优秀的人了。

杜梅说的哥哥，就是在网络里近乎神或妖的男人。

杜梅和她那个哥哥，很快在附近的城市见了面。杜梅真诚又热烈地笑，哭，喝酒，然后就自然而然地到了床上。哥哥像个男人一样抚摸她的头发，亲吻她的嘴巴。哥哥动手解她的衣服的时候，杜梅说了一句话，哥哥就止住手不动了。

杜梅说："你和你老婆也这样做爱吗？"

哥哥吭哧了一会儿，说："嗯，也是这样做吧。"

杜梅一把推开了他，说："你离我远点，我觉得你脏。"

哥哥解释说："我和我老婆，那不叫做爱，那是生活。"

杜梅定定地看着他，过了老大会儿，杜梅说："我也想要和你老婆那样的生活，我想离婚，和你结婚。"

哥哥说:"好吧,给我一星期的时间,我回去离婚。"

杜梅和我叙述她和那个男人的故事时,是在三年以前的冬天。杜梅和我在那个聊天室遇上了。那时候,我的网名叫无糖。我不喜欢甜食,甜腻的东西让我麻木迟钝,生活也是如此。我在聊天室一般不主动发言。聊天室就像一片树林,里面有着色彩斑斓的鸟儿,唧唧笑闹着,谩骂或者吹捧。我握着鼠标向上向下反复拉,看那些标新立异的网名。我听着班得瑞的曲子,心里凉丝丝地温暖,我拉动鼠标,看到这个叫锦瑟的名字,觉得新鲜,犹豫了一下,就问了她一句好。

很快,锦瑟就回复了:你好,在忙什么?

无糖:在听歌,发呆。

锦瑟呵呵两声:没想到,这里也有人和我一样发呆。

说完这句话,锦瑟就下线了。

过了几天,无糖和锦瑟再次聊天,锦瑟开口就说,从现在开始,你别说话,只听我说,我需要倾诉,我今晚不说,我会憋死的,我说完了,从此就不会再说了。锦瑟告诉无糖,她现在是哭着打字的,手指头已经抖得摸不住键盘了。

杜梅和丈夫开始沉默,分居。离婚的消息在他们儿子的哭声里传播开来,亲戚朋友劝和,双方父母兄妹苦求,杜梅和丈夫分意已决。一个月后,他们离婚了,杜梅的丈夫只提出了一个条件,儿子是他的,他什么也不要,只要儿子。

杜梅在对我讲述她离婚的过程中,曾无意提及一个细节。他们离婚后,走在大街上,正逢十字路口,杜梅向东走,丈夫向西走,都没回头,走了几步,丈夫追上来,喊住了她,掏出家门的一串钥匙递给她,杜梅接过去,看见丈夫又掏出了一瓶胃药,说,"这是第三个疗程了吧?你记得一定要坚持吃完它。"

杜梅说:"其实,我丈夫是个不错的男人,很疼我,很宠我。"

杜梅和丈夫用了两年的时间谈恋爱,用了四年的时间过日子,用了一个多月的时间就离婚了。她离婚后的一个月里,始终被两种痛苦折磨着。丈夫领走儿子的时候,儿子回头看了她一眼,那个虎头虎脑的孩子,几乎是用一种成人的眼神审视着她。杜梅立在门口,看他父子俩下楼,儿子在楼道的拐弯处呆呆地盯着她,盯得杜梅不敢再看了。

丈夫拉着儿子走下去，噼啪的脚步声凌乱无序，杜梅掩上门，一下子就倒在地板上。滚热的泪，簌簌地淌出来，顺着眼角蜿蜒到嘴里、心里，杜梅无声地蜷曲着身子，浑身颤抖。那时候，她才知道，为了儿子，她是可以死去的。

杜梅的第二个痛苦，她不能不承认，那个男人在她的思念里，像魔鬼一样在欺负她。她一直在极度痛苦里幻想以后的生活。她想过辞职，跟着那个男人远走高飞，让那个男人疼她，她也会疼那个男人，用心去疼。哪怕去一个穷乡僻壤，吃糠咽菜，爱与被爱，杜梅别无所求。她在澎湃的恍惚里等待那个男人的信息。

然后有一天，杜梅收到一条手机信息。男人说，我不能离婚了。我老婆为了离婚的事服毒自杀了，现在医院里抢救。

杜梅霎时间就蒙了。那是个阳光明媚的中午，窗外秋风刮着树叶。杜梅没怎么思索就打过去电话，男人接了，声音嘶哑，杜梅开口就问："她死了吗？"

男人说："活过来了。"

杜梅长叹了一声，揪紧的心松开了。

男人说："我没想到，事情会这么糟糕。"

杜梅没说话，她的脑子一片空白，什么都没有了。

男人说："如果她死了，孩子怎么办？我的良心也会过不去的，你心里也会不安，我们都是善良的人，对吧？"

有时候，死是一个最有效的挡箭牌和杀手锏。没有任何解释的必要和理由。死是一个实实在在的东西。"我死给你看。"是的，这句话，只能让人无语，包括年轻的护士杜梅。当别人的死牵连到自己，无论是邪恶抑或善良，能做的，只能是软弱地妥协。

杜梅说："我知道，我错了。"

杜梅和那个男人相爱的浪漫梦想，就这样被另一个女人，以现实死亡要挟而破灭。其实在这之前，杜梅道听途说过很多版本不同结尾一样的故事。她一直坚持认为，那只是故事，现在那个男人说这样的信息，让她知道了这样的故事，其实是最真实的故事。

面对男女感情，在现实里，只有两种女人，一种像烈酒，愈搅愈烈，极端发疯；另一种女人像一杯茶，温度逐渐逝去，心凉至死。杜梅就属于后者。那天深夜，我面对苍白生硬的电脑，从杜梅断断续续打出的文字里，看到她肆意流泪的脸。

无糖：别哭了，我想说说我的看法。

锦瑟：嗯。

无糖：我觉得，那个男人，只是个流氓，是个畜生。

锦瑟：住口，不许你骂我爱的人。

无糖：呵呵。

锦瑟：有一种爱叫作放手，爱他就不要伤害与他有关的人。

无糖：可是你们已经伤害了，他伤害了他的妻子，你伤害了你的家人。

锦瑟：你知道什么叫作大爱无形吗？

无糖：呵呵，不知道，我只知道吃饱了不饿。

锦瑟那边愣了一会儿：哦，现在我才知道，听我弹琴的是一头牛。

那天晚上，我和杜梅的聊天不欢而散。我觉得她是一个单纯得像一张白纸的女人，这样的女人可爱得可怕。我关了电脑，起身回到卧室，看到妻子熟睡得像一根木头。

在此后的很长一段时间里，我没有再和杜梅聊天。大多时候，我开了QQ，都是隐身。QQ里的好友很多，我不记得我和多少素昧平生的女人聊过，有的聊几天，有的聊半个月，该说的，不该说的，都说完了，也就无话可说了，也就无疾而终了。我能感觉这些QQ好友，其实一直都隐身在线，包括杜梅。我知道，她在深夜里，还是那样恍惚地呆坐在电脑旁。她的QQ一直暗淡着，好像从来就是这样惨淡的颜色，就如我曾试着想象她是怎样明媚或者苍白的脸。

去年秋天，我因公事出差，去南方一个城市。回来的路上，因为时间宽裕的缘故，我没有选择坐火车，故意磨蹭回家的路线。我去了长途汽车站，中途转坐了很多车次，经过无数个大大小小的城市和乡镇。我在颠簸的车厢里像个无聊的妇人一样喝水，吃零食，翻阅各种版本的八卦新闻晚报。眼睛酸麻的时候，就打开车窗浏览着窗外飞驰而过的景色。

我在离家不足一百公里的一个小城再次转车时，天快黑了。已经没有开出车站的车辆，我只得找了车站附近的一家干净的宾馆住宿。

进了房间，洗刷以后，我躺在床上看电视，想等着肚子饿了再吃饭。电视的节目很无聊，我睁一只眼闭一只眼，昏昏欲睡，忽然觉得眼前一片明亮，发现自己不知怎么出了宾馆来到了大街上，无所事事地溜达着向前走，我不知道要去哪儿。

夕阳被这个城市的楼群遮掩了，大街铺着一层清淡的光亮，就像刚下过雨一样凉爽。一辆公交车从我身旁经过时，我看到车身上涂着一个影视女明星做的洗发水广告图案。女明星面容妩媚，伸出纤纤玉指冲我招手。那一刻，我忽然有了一种想追上去的冲动，我抬腿朝前跑了几步，公交车就在一个站牌下停下了，后门有人下车，前门有人上车。我在车门前稍一愣怔的时候，看到胖乎乎的公交车司机扶着方向盘冲我说："喂，最后一班车了，你还不走吗？"

我觉得我似乎对司机咧嘴笑了一下，就抬腿钻进车厢里。

车厢里灯光昏暗，只有几个看不清面目的男女，零散着坐在各自的座位上。没有人说话，只有公交车的发动机发出嘶嘶的叫声，听起来就像一团燃烧的火焰，使得车厢里有些燥热。

我坐在靠近左边窗子的位置，浏览着窗外模糊的景色，这个城市的大街和我经过的城市看不出什么细致的区别。大街上车流汹涌，自行车的车铃声和汽车的喇叭声不绝于耳。闪烁的霓虹灯色彩繁杂。

公交车一路曲折行进，我觉得索然无味，刚想着在下一站下车时，听到一阵清脆的手机铃声响起来，坐在我前面的一个女人掏出手机，附耳低语。我看不出她的实际年龄，从她的声音和发型来判断，大抵是个三十岁左右的女人。她简短地说了几句话，挂掉手机，扭头看着窗外，轻咬着嘴唇，表情近乎发呆。窗外的风刮进来，我闻到她身上的香水味道，使我想起滚在荷叶上的露珠。

公交车停靠在一片住宅小区时，车厢里的乘客都收拾东西下车了。坐在我前座的女人没动，车子再次行进时，我忽然觉得嘴巴不自觉地哆嗦起来。

"请问，下一站是什么地方？"我听到我的嘴巴在说话。

女人转过头来，我看清了她白皙清瘦的脸，她的颧骨有些高，晶亮的眼睛在黑暗里闪烁。

"珊瑚岛电影院。"女人看着我说。她的声音轻得像一股纤细的火苗。

我说："谢谢。"

她抽动了一下嘴角，忽然说："你能陪我看一场电影吗？"

我和女人到达珊瑚岛电影院的时候，电影已经开场了。从公交车上下来，我和她一直没再说话。她没问我从哪里来，到哪里去。她甚至没有再认真抬脸看过我。我记得我听到她的邀请时，心中窃喜，没加思考就点头答应了。

电影院里灯光暗淡，没有多少人。女人进去以后，就找了靠近门口的座位坐下了，她对我招招手，示意我坐在她身子的外侧。我坐下后，女人无声笑了笑，她的牙齿细白，在黑暗里闪烁。那是一部年代久远的黑白电影，我听不清画面里的配音，银幕画面效果陈旧，银幕上斑斑点点地闪动，像是一直在下雨的样子。光亮落在女人脸上，我只看清她的鼻子和嘴巴。她似乎看得很投入，眼皮也不眨。我觉得浑身燥热。

"你叫什么名字？"我忍不住问她。

女人盯着银幕说："我叫杜梅。"

"我，我认识一个女人，也叫杜梅。"

"这个名字很普通，天下叫这个名字的女人很多。"

"嗯，是啊，很多。"我低声说。

她笑着看我，轻声说："其实很早以前，我曾经和一个男人相约，在今天晚上陪我看一场电影，可惜他没来，我知道他不会来，他应该早就忘了这个约定。谢谢你能陪我啊。"

"也许那个男人记得这个约定，也许他正在来电影院的路上呢。"

我刚说完这句话，眼前猛地一黑，偌大的影院完全陷入一片漆黑里。我睁开眼，才发现我依旧躺在宾馆的床上，床前的电视机呜哩哇啦地响着，我转头看看窗外，天已经完全黑了。

我起身对着电视机愣怔了一会儿，摸起床头的电话，拨通了宾馆服务台的电话。

"请问，你们这个城市是不是叫珊瑚城？"

服务小姐的回答简短明了："是啊，很早以前是叫这个名字。"

"这个城里有个叫珊瑚岛的电影院，对吧？"我觉得心跳加速了。

"噢，珊瑚岛电影院啊？在海马西路。"服务小姐顿了顿又说，"你出门后，乘坐6路车，可以直接到达那个电影院。"

我放下电话，快速穿衣下楼，出了宾馆。天完全黑了，街上车和人不多，路灯明亮。街面上铺着一层清淡的光亮，就像刚下过雨一样凉爽。我朝前走了几步,就看见一辆公交车缓缓经过我身旁,车身上涂着一个影视女明星做的洗发水广告图案。女明星面容妩媚,伸出纤纤玉指冲我招手。我跑着追到车身门前,看到胖乎乎的公交车司机扶着方向盘冲我说:"喂,最后一班车了,你还不走?"

我觉得我似乎对司机咧嘴笑了一下,就抬腿钻进车厢里。

车厢里灯光昏暗,只有几个看不清面目的男女,零散着坐在各自的座位上。没有人说话,只有公交车的发动机发出嘶嘶的叫声,听起来就像一团燃烧的火焰,使得车厢里有些燥热。

我坐在靠近左边窗子的位置,浏览着窗外模糊的景色,这个城市的大街和我刚才梦中的景色有着让我惊讶的相似。大街上车流汹涌,自行车的车铃声和汽车的喇叭声不绝于耳。闪烁的霓虹灯色彩繁杂。

公交车一路曲折行进,每到一处站牌都要停下,陆续有人下车了。车厢里的人越来越少,最后只剩下坐在我前座的一个长发男人,他转头看窗外时,街灯从车窗外透进来,风一样掠在他脸上,显出了他略显痴呆的神情。

我闻到他身上散发一股浓重的烟草味,忽然有了想和他说话的冲动。

"请问,到珊瑚岛电影院还有几站路?"我听到我的嘴巴在说话。

男人有些迟疑地转过头,我发现他戴着一副宽大的黑边眼镜,嘴巴上生着短粗的胡须,他穿着一件黑色的粗布上衣,高高竖立的衣领遮住了他大半个下巴。

"快了,还有三站路吧。"男人的声音有些沙哑,他有些痴呆地盯着我,停了片刻又说,"咱们同路,我也去珊瑚岛电影院。"

"你也去看电影吗?"我谨慎地问他。

"不,我不去看电影。"男人侧身偏向我,他的嘴巴抽动了一下,似乎对我笑了笑,他的牙齿在黑暗里显得很白,让我想起河滩上的碎石。他轻咳了一声,说:"今晚,我前妻和一个网名叫无糖的男人,相约在珊瑚岛电影院看一场黑白电影。天快下雨了,我去给我前妻送一把雨伞。"

"你、你是怎么知道这件事的?"我觉得心一下子就蹿到嗓子眼了,男人的这几句话像带着棱角的石子砸在我脸上。

"很早以前,我偷看过他们在网上的聊天记录。这是他们很久以前定下的约会,我记得很清楚,就是今天晚上。"

"男女约会是一件很浪漫的事情,和柴米油盐的日子没有关系。"我费劲地咽下了一口唾沫说。

"你说的很对。男女约会和其他人没有关系，我只是去送一把雨伞。"男人抬手扶了一下眼镜，忽然问我，"你也去看电影吗？"

"不，我和你一样，去珊瑚岛电影院找一个女人。"我点头回答男人。

男人盯了我片刻，忽然伸过手拍了拍我的肩膀，嘿嘿笑了两声，偏身转过头，不再和我说话。我探头看看窗外，天似乎阴得很厚，城市上空，看不到一颗星星。

公交车在珊瑚岛电影院停下来，我和男人同时从后门下车，一前一后，走向电影院门前的台阶。起风了，雨点随风飘落下来，断线似的斜着打在我们脸上，针尖一样疼。男人撑起雨伞，扭身对我说，你不进电影院吗？

我指着电影院门前的台阶说："我在这儿等等吧，估计电影快散场了。"

"那好，我们一起等他们出来。"男人说着向我身边靠了靠，我和他共同挨在雨伞下。

男人掏出两支烟，递给我一支，我们相互点火吸着了烟卷。烟的味道辛辣，呛得我咳嗽了几声。我揉着呛出的眼泪，听到雨点打在伞面上，发出砰砰的声音，越来越急促，一场大雨很快就要来了。

（原载《佛山文艺》2009年第8期）

# 爱 情 鞋

## 一

　　这个故事发生的时间只是几年以前,故事的发生地点就在我居住的这个小城里,当然,你肯定不认识我,我只是一个貌不惊人、言语木讷的出租车司机。就算你曾经坐过我的车子,你也许也不会记得我了。

　　那年春天,我刚买了一辆二手车,在街上开出租,因为没有固定的乘客,活儿不多,只能黑白不停地在街上溜达着拉客人。一天下来,刨去各种费用和汽油钱,挣不了几个钱。只要有客人坐车,不敢挑剔价钱和路途,上车就走。

　　有一天晚上,已经八点多了,我正要收车回家,刚拐过泗河北路,看见一对年轻的男女站在路旁的绿化树旁冲我招手。我把车拐过去,摇下车门玻璃。那个男子就趴在我车旁,问我去不去林泉镇。我点头说去。那个男人慌忙点头对我说谢谢,边说边拉开车后门,让那个女子坐进了车后座上。男人关上车门的时候,对女人说,快去快回,我等你回来一起吃夜宵。说着男人在外面把车门关上,扭身对我做了一个再见的动作。

　　当时,天已经黑透了。那个女人坐在车后座上,一直没吱声,大街上的灯光透进车里,我从后视镜里只能看到她蓄着一头黑直的长发,面容白皙,表情平静,她扭头看着窗外,一直轻触着嘴唇。车子很快出了城,没有了路灯,除了我驾驶座上的仪表显出一团微弱的灯光,车里一片漆黑,我只能看到车后座上一团模糊的身影。

说实话，尽管我已经习惯了各种身份和性别的男女坐在车里，可是那天晚上，我和一个年轻的女人坐在车里，还是感到了一种说不出的别扭。林泉镇距离咱们这座小城，有三十多公里路。一路行人稀少，除了我的车子照射出的灯光，只能听到车轮摩擦在路面上的沙沙声，这种声音在寂静的大路上，清晰得几乎有些刺耳。

走了一段路，我忽然听到车后面的女人吭了一声，我抬头看了看后视镜，女人的身子稍微向前探着对我说，师傅，能不能放点音乐？我打开收音机，调到了一档娱乐频道。我记得，那档娱乐频道里正播放着王菲的《流年》，有些哀伤缠绵的味道弥漫在车厢里，女人的表情变得稍稍轻松一些。

过了片刻，女人问我，愿意听王菲的歌曲吗？面对所有乘客提及的话题，我只能顺着他们的观点说，这是一种尊重，也算获得乘客良好印象的一种小伎俩吧。我看着路面前方说，还可以吧，只是我觉得王菲的歌曲太苦，但是苦得有滋味，像一杯浓茶一样值得细品，让人越听越上瘾。

也许是我用的那个"苦"字得到了女人的赞同，她跟着我的回答轻声笑起来，露出细碎的牙齿，我发现她笑的时候，右边的嘴角有些往上翘，这一点我印象很深。接着我们就开始说王菲，说一些流行的和已经不流行的歌曲，说娱乐明星的八卦新闻，大多时候，都是她发表她的观点和态度，我开车不能分神，只能附和着她说话。

后来我们由明星的话题说到了现实生活里的一些事，她问我开出租车一天能挣多少钱，很辛苦吧。几乎每个彼此熟识以后的乘客都会问这个问题，我照例敷衍了事地回答几句。不过，那天晚上，那个女人似乎学识渊博，三教九流，天文地理，她都能和我谈上几句。并且还能说出鲜明的观点和见解。我对她有些好奇了，但是又不好随便问她的职业。

车子驶过泗河大桥时，我忍不住问她，这么晚了去林泉镇干什么？女人听了，有些不好意思地笑笑说，林泉镇是她的老家。明天她就要结婚了。本来按照咱们这儿的风俗，女人出嫁的前一天晚上，要住在娘家，等着新郎来迎娶。不过考虑到路途和车辆、人员等费用，就免除了这些习俗，让娘家人明天坐车来城里吃顿饭就可以了。可是就在今天下午，她的父母给她打来电话，说你老姑因为你不回来生气了，到现在不吃饭，擦眼抹泪地和女子的父母闹别扭。老姑说，好不容易养活了这么一个侄女，说嫁人就嫁人，以后就是人家的人了，她不回来看看我，真是白白疼她这么多年了。

女子说，说起我的老姑，她很不容易，七十多岁了，一直没有结婚。自从我爷爷和奶奶先后去世以后，老姑就在我家过日子。从我很小的时候，就断断续续听妈妈和邻人说过我老姑的事情。

老姑年轻的时候，爱看古装戏剧。有一年冬天，县城里的豫剧团来我们村子里演出，那时候，大概是属于政府安排的义务演出吧，那些演员们分别安排在各家各户吃住，分配在我家吃住的是一个扮演小生的男人。那个男人长相不错，在戏台上扮相招人喜欢。

村子里很多大姑娘和小媳妇都悄悄议论那个小生。都借各种理由来我家看那个卸了妆的小生，我姑也在其中，和那些大姑娘、小媳妇们找各种理由和小生说话。当时，谁也没有发觉我姑和那个小生的交往有什么异常之处，那个小生在我家住了三天，就随着剧团的演出结束到别处村子里去了。可就在剧团走的那天晚上，我姑也失踪了。我爷爷奶奶，和当时还年幼的爸爸，在附近的村子里找遍了，却终究没找到我姑。直到三天以后，我姑一人回来了。我爷爷和奶奶当然很生气，责问她去哪里了，老姑不作任何解释，气得我爷爷动手打了她一巴掌。可是老姑没作任何反应。

不过从那以后，老姑拒绝了任何人给她介绍婆家，谁也不知道她心里是怎么想的，大多时候，独自一人闷在屋里不和家人交流。就这么过了多半年，村子忽然出现了关于老姑的传言，说老姑看上了那个扮演小生的男人，那个男人许诺过她什么，更有传言说老姑被那个男人骗了，究竟骗了什么，很多人都说不出来。直到最后的传言说，老姑不嫁人的原因，其实是生理缺陷，没有生育能力。

我奶奶听到这个传言以后，曾经愤怒地去找过散布这些恶毒传言的人，就在那时候，老姑开始经常没来由地哭笑个不停，笑或哭的时候浑身哆嗦着，往往有时候，笑着笑着就哭了，哭着哭着突然就又笑了。家里人被老姑的反常闹得毛骨悚然。拉着老姑到处去看医生，后来吃过一些药，她的病情看似好了一些，不过还是时有反常。我记得我小时候，就被老姑突兀发作的哭笑吓哭过。

我上小学时，老姑已经四十多岁了，脾气暴躁，性格古怪。不过老姑很疼我，宠爱我。那时候，经常买好吃好玩的东西给我。每天不厌其烦地给我梳头发、扎辫子。一直到我去外地求学，我老姑从来没有间断过给我梳头。我印象最深的是，我大学毕业以后，去咱这小城里工作，她主动要求再次给我梳头发，那天，阳光很好，我和她靠在我家的屋檐下，她坐在我身后，我蹲下来，拿着镜子看到身后才发现老姑真的变老了，脸色失去了饱满的圆润，头发也变得干枯，没有了光泽。我转头给老姑拔去她头上的一根白头发，那时，我不知怎么惹恼了她，她猛地站起来，抬手打掉了我的手，起身进屋了。那是我老姑唯一一次对我生气。

我老姑终究没有嫁人，我爷爷去世时，握着老姑的手，哭着不松手。可是老姑一声没吭，别人背地里都说她心硬。现在她已近暮年，我爸爸和妈妈像照顾我奶奶一样照顾她。

其实我明白，老姑闹嚷着让我回来的主要原因，是因为前段时间，我和我爱人照完结婚照以后，曾经拿着结婚照回老家给父母和老姑看过。结婚照里的我像现在所有结婚的女子一样，穿着一袭白色的婚纱，裙摆曳地，上身裸露出肩胛和胳膊，脸上涂了很浓厚的妆。老姑戴着眼镜，看了老大会儿，才认出这个妩媚万种的女人就是自己的宝贝侄女。

然而老姑对我穿着的婚纱极大地不乐意，最后甚至表示了老年人少有的愤怒。她问我，难道结婚时也这么露着胳膊和胸脯？也穿着这身白得吓人的衣服？我点头说，当然啊，就得穿这身婚纱啊。

我老姑登时气得浑身哆嗦，凄凄哀哀地哭着说，谁家的闺女出嫁不穿红戴绿啊？这么喜庆的事儿，你穿着这么难看的白衣服，就不怕让老邻百舍的笑话吗？面对我的解释，老姑不闻不问，甚至说，你穿这身白色的衣服，就跟丧服似的，难道是想诅咒我早死吗？最后我只得妥协于老姑的要求，结婚那天一定要穿一双红布鞋。老姑这才破涕为笑，说要亲手为我缝制红布鞋。这些天，只顾忙着结婚的事情，直到今天晚上，才抽出时间来回家拿老姑为我缝制的红布鞋。

## 二

当时我听女子说着这些话，她学老姑生气时的语气惟妙惟肖，带着几分调皮和率性的样子，惹得我禁不住跟着她笑。就这么说着笑着，很快到了林泉镇，我按照女子指示的方向，七绕八拐，终于把车停在了她家门口，我看看表，已经九点多了。

女子很快下车，喊门回家拿双红布鞋。我拒绝了她让我进家喝杯水的邀请，叮嘱她时间已经很晚了，不要太过拖延。在车里等着她。我靠在车座上，听到夜空里响起隐约的打雷声，抬头看不到一颗星星，看来马上就要下雨了。

我刚点着了一根烟，忽然听到车外传来尖锐的哭叫声，我侧耳细听，哭声是从女子家里传出来的，并且我判断出是那个女子的哭声，我赶忙下车，走到她的家门口，想推门进去，又觉得不妥，只得在靠在门外偏头细听，我听到嘈杂的哭声，接着很多人也跟着呜咽着哭。这些哭声惹得我心烦意乱，我不知道里面发生了什么事。我几次伸手想拍门，但是又觉得我这么做有些贸然，是否妨碍里面的哭声。只能在门外徘徊。足有十几分钟的时间，院子里响起一阵脚步声，一个人影晃过来，我赶紧躲开，上车等着，人影拉开大门，径直向我的车子走过来，天黑得厉害，我分辨不出来人的年龄。

我探头迎上去，人影吭哧了一声开口说话，我才听出是个大约五十岁左右的男人，他叫了我一句师傅，说对不起，我家里出事了，我的老姐今天下午突然去世了，让你等了这么长时间，真对不起。你先回去吧。男人说着摸索着递给我一支烟，我说我不吸，男人哀叹了一声，转身歪斜着进家门了。

那天晚上，我只得先开车回城，出了这样的事，男子忘记给我车费，我也没好意思张口，只得先回去，以后再说吧……

在此以后，我没有再见到那天晚上乘车的女子，曾经有很长一段时间，我开车在街上溜达时，刻意查看路边等车的女子，始终没有那个笑起来嘴角微微上翘的女子。我不知道后来她结婚了没有，她现在是否过得开心快乐？

我以为以后再也没有机会遇见那个女子了，可是，就在去年，我开车在街上时，无意间从收音机里听到一档交通台的听众互动的热线节目，我听到一个女子给主持人打进了电话，她一开口说话，我就愣住了，她的声音和那天晚上那个女子声音相似极了。

我侧耳细听，女子说，她想通过电台寻找一辆出租车，接着她犹豫着说出了我的车牌号。我当时一听，就把车子停下来，她说了她的联系电话，自我介绍说姓林，我掏出手机，马上打通了这个号码，她的手机很快就接通了，我说，林小姐，我现在才知道你姓林，我就是你要找的那个出租车司机。女子那边声音停顿了一下，接着就大声说，去林泉镇？是你吗？

那天中午，在距离车站不远的一家茶馆里，我再次见到了那天晚上的那个女子，她微微上翘着嘴角启齿一笑，我就确定了自己的感觉。只不过林小姐看上去比那天晚上清瘦一些。林小姐请我坐在茶座对面，接着就点头说，现在才问你贵姓，不算晚吧？我就想找到你，把那天晚上的车费给你。

我看她坚持要给，只得说，我收下，今天的茶水就算我请了。

林小姐笑起来的样子看不出一点悲痛后的哀伤和疲惫，反而笑出了几分茶水一般的清澈和清爽，她说，好吧，谢谢你。稍微愣了愣，她又说，其实，你是一个很合格的听众，我想不到，那天晚上，我能对你说那么多的话。

我说，也许是职业的特性所致吧，如果你现在有心情说话，我很乐意继续听你说。

林小姐点头说，我知道你想听，又不方便问我，嗯，我应该给你说说，我觉得我们已经是朋友了。

## 三

林小姐轻舒了一口气，调整了平静的声调说，那天晚上，我从你车子里下车以后，进了家门就小声喊了一句老姑。我以为天那么晚了，老姑应该睡去了。屋子里人影绰绰，灯光明亮，我从来不记得我家的灯光有那么亮过。

我刚靠近屋门前的台阶，我爸爸就出来了，我妈妈跟在他身后，接着我两个弟弟也出来了，他们的身后跟着几个人影，我看清了他们是我家族里几个叔伯，我正奇怪这么多人在我家里，我爸爸就拦住了我，把我拽到窗台下，小声说，你姑等了你老大会儿，天太晚了，我们就让她睡去了。爸爸的声音和往常听不出什么异样，我解释了一番白天在城里忙活的琐事，爸爸打断我的话说，天太晚了，你拿了鞋子赶紧回去吧。我妈妈也跟着劝我，说反正明天就要进城参加我的婚礼了。

我犹豫了一下，还是答应了爸爸的话，妈妈转身进屋拿鞋子的时候，我分明听到了老姑屋子传来了一声咳嗽。我的心跟着跳了一下，我说，我听到老姑咳嗽了，我进去看看她。

我还没转身，爸爸就一把拽住了我的衣袖说，你老姑已经睡了，别再去乱她了。我爸爸刚说完这句话，我就听到他身后的弟弟哇的一声哭出声来。他像被什么噎住似的，呜咽了一声，接着就紧紧捂住了嘴巴。

我闯进老姑的屋子里，看到老姑躺在床上，就像往常睡着了一样表情恬然，甚至嘴角上还残留着一丝微笑。她穿着一身新鲜的衣服，脚上蹬着棉布平底布鞋，头上戴着一顶椭圆形的绒布棉帽，她的这副精心打扮，就像即将远行的样子。

老姑下午坐在屋檐下，晒着太阳给我缝制红布鞋，她本来还有说有笑的，可是没多大会儿，老姑就耷拉着头不吱声了，当时家里人都忙活着拾掇别的东西，没人注意她。后来觉得她怎么闷着头不吱声了，喊她不答应，我爸爸过去轻轻拍了拍她的肩膀，老姑就跟着朝爸爸怀里歪过来了，爸爸吓得赶紧扶着她，大声喊她，摸摸她的鼻孔，已经不喘气了。她的手还温热着，左手还捏着钢针，右手还握着那只没缝完的布鞋，谁也没想到，刚才还有说有笑的大活人，就这么说死就死了。

老姑给我纳的红布鞋放在桌子上，已经缝完最后一针，拿过来就可以穿了。我不明白，老姑为什么偏偏就在我要结婚的时候死去了？难道她用这样的方式为我的出嫁送行吗？还是老姑要用这种方式来告诉我什么？我后悔我穿着白色的婚纱来看过她，我宁愿相信是我的行为诅咒了老姑的寿命。我握着老姑的手，感到她的手已经凉透了，她从来就不善言辞，我宁愿相信，老姑一针一线纳成的红布鞋里，包含着她所有想对我说的话，凝聚着她这一辈子想说的话。

那时，我还不相信，老姑死了，我只认为她累了，睡了。我小声喊着她，我怕惊醒了她，可我又想让她睁开眼看看我，我低声哀求她，老姑没有反应，我开始摇晃着她的胳膊，大声喊姑，最最疼爱我的老姑啊，你醒醒啊！

爸爸和妈妈拉起我，说不能让我的眼泪掉到老姑身上，说人死了，身上落泪不好。我一听到死这个字眼，才开始放声大哭起来，他们拉起我，把我拽回客厅里，两个弟弟把我摁在沙发上，我让他们放开我，我哭着踢打他们，他俩躲闪着，还是不松手，只是哭着对我说，姐姐，咱老姑死了。我爸妈和叔伯们弯腰在一旁劝我，说人死不能复生，你老姑走得很利落，没有受罪，你就别太伤心了。他们越是说得轻描淡写，我越是哭得厉害。

后半夜里,我的情绪才稍稍控制了一些,我觉得我像是哭累了。趴在沙发旁抽搐着身子,胸口被阵阵止不住的呜咽震得发疼。我爸爸和妈妈围在我身边,小心翼翼地劝我。按照他们的意思,先把我老姑的死这个消息封闭起来,等我明天举行完婚礼以后,再给我老姑办丧事。选好的良辰吉日,不能轻易改动。我爸说,你老姑走了,你明天也要走了。家里一下子走了两个人,你以为我们就不伤心吗?伤心也得忍着啊。

爸爸这么一说,我忽然哭不出来了。是啊,其实我爸说得对,我和老姑明天都要离开这个家了。那天晚上,我决定,我先帮家里人办完老姑的丧事,先打发老姑走,我再走。

操办老姑丧事的那天,我没再掉泪,我奇怪,那天我的眼泪到哪里去了?老姑拉去火化的时候,我突然冒出了一个想法,让老姑穿着她给我缝制的红布鞋走吧,我想老姑一定很高兴穿着这样的鞋子离开她的家。我不顾众人的劝阻,把老姑脚上的平底黑布鞋脱下来,换上了那双红布鞋。老姑穿着那双红布鞋,不大不小,肥瘦正合适,好像那双鞋子,就是她为自己特意缝制的。

## 四

在办完老姑丧事的第三天,我举行了结婚仪式。结婚第二天,我就和我爱人去了外地旅游,我看出我爱人的用意,想着让我出去散心,排解悲伤的情绪。

我们选择了去河南省的云台山旅游。我和爱人随着旅游团到了一处叫做红石峡的风景区。那里红石遍布,悬崖峭壁,瀑布飞转。当我们走到一处叫作"千年悬石"的景点时,看到头顶上方,一块磨盘般大的石头夹在两座峭壁间,摇摇欲坠,站到下边向上望,让人感到心惊肉跳,听导游小姐介绍说,这块巨石又名"试心石",它身上还有浓重的地方民俗色彩,担负着考验真善美、惩恶扬善的重任。当地有这样一种民俗,未婚男子在向心爱的女子求婚时,女方为了考验小伙子的诚心和胆量,就让他站在这试心石下,对天发誓,与爱妻永结同心!若失言,愿葬身石下,以示惩罚。如果谁对爱人不忠,那块石头就会在喊出"我爱你"的时候落下来。

那时我对我的爱人说,你敢站在这块"试心石"下,大声喊一句"我爱你"吗?我爱人说,只要你敢,我就敢,女士优先啊,你先上去喊一声吧。我没想到我爱人会说出这么近乎刁钻的话,其实我知道,他是故意逗我,让我开心,我钻进那到石缝里,仰头对着悬崖中间一线天空里的那块悬石,鼓足力气大喊了一句"我爱你"。我的声音在山谷里回响,翅膀一样久久盘旋,那块石头没有落下来,我低头看脚下的时候,听到我爱人哈哈大笑,就在那一刻,他及时摁下了相机的快门,拍下了我当时的样子。

旅游回来,我陪爱人去冲洗相机里的照片,拿出我站在那块"试心石"下的照片,我和我爱人同时都愣住了。我记得我分明是穿着一双白色旅游鞋站在悬崖中间的,可是照片上的我,却穿着一双老式红布鞋,照片上的红布鞋鲜艳刺目,和我白色的休闲服搭配在一起,在褐色的石头上分外显眼。没错,就和我老姑给我纳的那双鞋子一模一样。

## 五

那张照片我一直没有给别人看过,包括我的父母。前些日子,我回家给我老姑上坟,我临回城里的时候,爸爸拿出一双白底黑面的布鞋给我看。他说这是整理老姑屋子时,在她的木柜里发现的。那双鞋子显然放置了很多年,散发着一股樟脑球味,我拿过鞋子仔细翻看,在鞋帮的里侧,我发现了用红丝线绣着三个字,那显然是一个人的名字,我没有把这个发现告诉家人。

后来我回到城里后,在很长一段时间里,我都想去找鞋子上绣着的那个人,我被这种冲动折磨得心神不宁,我在极力克制这种冲动的同时,还是不自觉地想法打听到了这个人的下落,找到了那个人的住址。那是在城西一片刚开发的小区里。我去的时候,已近黄昏,我在一排排的楼群里,找到了属于那个男人家的窗口。

他家的阳台上透出温暖安详的灯光,侧耳细听,能听到厨房里叮叮当当的做饭声,隐隐约约的说笑声,我站在他楼下黑暗的花丛里,静静地听着来自他家里的声音。我忽然被那种安详琐碎的生活气息感动了,觉得眼里热辣辣的,其实每个活着的人,或者死去的人,都希望保持一种安静的幸福，我想，我没有理由去打扰别人正常的生活状态。况且，这个人根本就不认识我，也许他早就忘记了过去吧，或许他根本就不知道发生过多少与他有关的往事。

　　我咬着嘴唇愣怔着对着那片窗口呆了很久，后来起风了，我转身向小区门口走的时候，觉得眼泪一下子就涌出来了，滴滴答答地溅在我手里的那双布鞋上。

　　（原载《东京文学》2010年第3期）

# 世代相传的粮食

## 一

　　天气好的时候，杨和平就溜达着下楼，去农贸市场转一圈。其实杨和平去农贸市场也没有什么东西需要采购，通常他的衣兜里不会超过十块钱，杨和平不习惯装太多的钱，如果衣兜里的钱多了，杨和平就会不时摸摸衣兜才放心，这样的动作有些机械无聊，往往还有适得其反的效果。有一次，杨和平就这么摸着摸着，居然就把一百块钱摸丢了。杨和平因此郁闷了一整天。从此以后，如果没什么大事需要花钱，杨和平就不再装大面值的钱了。
　　杨和平在市场里面溜达，习惯了思考这样一个问题，这样的思考，从每次从进了农贸市场，就开始像蛀虫一样咬着他的神经。
　　一颗种子到底有多么大的能量？
　　一粒不起眼的种子，其实真能造就这个世界，你看，一粒种子能变成一棵大白菜。一粒种子能变成一把玉米。一粒种子能变成一个大西瓜。一粒种子能变成一把黄澄澄的豆子。一粒种子变化了生活里的颜色。一粒种子产生的效应真是让杨和平吃惊，简直让他着迷，让他怀着敬畏的心情去往更深处思考这个问题了。杨和平甚至想把他的这个发现告诉别人，他觉得这个发现真的是他发现的，他有必要郑重地告诉别人。杨和平在这个问题上思考了足有半年了，现在他已经不满足这么思考，他有了想要体验埋上一粒种子的欲望，他越来越被这个欲望折磨得心神不宁了。

这个阳光明媚的中午，杨和平再次从农贸市场回到家里，坐在沙发上发呆，他从对面的镜子里看到了自己。他想，我还不算多么老，我还有力气，我该去做了。杨和平对着镜子里的自己摸了摸下巴，然后起身对正在厨房里洗碗的金铃说，我想做一粒种子，我想把我埋进土地里。

金铃听得杨和平的话，停止了动作，探头怔怔地看着杨和平。她有点纳闷，这个和她生活了十几年的男人还会背诵诗歌？金铃撩了撩头发说，有点耳熟啊？这是谁的诗来着？杨和平吭哧了一声说，我作的诗，不好吗？金铃听着，又偏头仔细看了看杨和平，忽然哧哧地笑了。杨和平瞥了一眼金铃说，我的意思是，我想回老家里种地去。

## 二

对于种地这个概念，杨和平从小就不陌生。直到现在，他的父辈们还在老家土地里刨食。从小学到高中毕业，每当杨和平调皮捣蛋的时候，父亲对杨和平惩罚的手段就是到地里耕作，让杨和平体会锄禾日当午汗滴落下土的滋味。父亲期望杨和平能通过读书跳出农门，做个体面的城里人。父亲做了一辈子的农民，父亲的祖辈们做了几辈子的农民。杨和平从父亲焦躁不安的训导里，看出来父亲对自己做农民的厌恶。父亲用他那双粗糙的巴掌打过杨和平，父亲一边打杨和平，一边控诉着他做农民的悲苦和卑微。

父亲对杨和平指出的道路只有一条——就是爬，也要爬到城里去，让我们老杨家的后代从此做城里人。杨和平从那时候起，就承担了必须改变他们这个家族地位和命运的重任。得知杨和平高考落榜的那天，父亲一人坐在自家的土地里，杨和平看见父亲的嘴巴一直在哆嗦。杨和平朝父亲跪下。父亲瞪眼盯着他，抬腿就把杨和平踢翻了。父亲的黄胶鞋踢起一片干燥的土沫，钻进杨和平的眼里。杨和平爬起来，揉着眼哭了。

那年夏天，老爹喝醉了几次酒，对着杨和平发了几通牢骚，然后拍拍屁股出了家门。三天以后的响午，老爹回来的时候就完全变了模样。杨和平记得老爹从村西的大桥上晃过村街时，他倒剪双手，左顾右盼，放肆地对着村街上的人们很响亮地吐痰，动作夸张地擤着鼻涕。杨和平朝家门口探头看了他一眼,老爹就招手对杨和平嘿嘿地笑了。老爹这样突兀的笑声让杨和平觉得几乎有些毛发倒立。老爹从兜里掏出一张巴掌大的纸片对杨和平晃着喊,儿啊,从现在起,你就是城里人了。

老爹用五千块钱给杨和平买了一个城镇户口。

杨和平摸着头皮说,爹,我还想再复读一年,我保证明年能考上大学。

老爹嘬起嘴巴,噗的一声,就把一口浓痰吐到杨和平脸上。老爹神气十足地说,狗日的,再胡说,我就揍死你!

那年夏天,杨和平拿着老爹给他的护身符进城当上了工人,有了一个貌似吃喝不愁的铁饭碗。杨和平在城里努力改变着自己,做一个标准的城里人。他学城里人走路,学城里人说话,学城里人怎样放肆或者含蓄地喜怒哀乐。杨和平接收了城里人所有的优点和缺点,可是他不能接受城里人对他有意无意流露出的蔑视。城里人和他的交流是话里有话的,是绵里藏针的。杨和平琢磨了好长时间,才发现在别人眼里,杨和平城里人的身份根不正苗不红,不是娘胎里带来的,杨和平打嗝和放屁还带着高粱花子的酸馊味呢。尽管他找了城里的女人做了老婆,后来又做了城里孩子的爹。可是在别人眼里,杨和平还是一个进了城里的农村人。有时候,杨和平和金铃因为生活里的琐事吵嘴。金铃恼羞成怒的时候,就会恶狠狠地拿杨和平的农村里种种生活陋习攻击他。杨和平愤怒过,争辩过,后来就懒得理会金铃对他的蔑视了。

杨和平说,农村人怎么啦?咱们中国人,谁家往上查三辈都是农村人!

可是,老爹不知道杨和平的工厂说垮就垮了,不知道他儿子的铁饭碗说碎就碎了。杨和平下岗后,像个觅食的麻雀一样到处找工作。这些年来在城里的尴尬处境,杨和平一直没有对老爹说起过。老爹临去世的时候,攥着杨和平的手说,你是个城里人了,我的孙子也是个城里人了,以后我老杨家祖祖辈辈都是城里人了,我这辈子就做了这么一件事,想想知足了,死了也值了。杨和平没吱声,只是揉着眼角对老爹笑。杨和平觉得对老爹的沉默,也许就是他能尽力做到的孝顺了。

## 三

　　杨和平所住的城市，与他老家的村子只有七十多公里的路程。老爹去世这几年里，每到清明节，杨和平都会早早乘车回老家，在老爹坟前烧几张火纸，磕几个头，默默地在老爹坟前坐上一会儿。村子里同族的叔伯兄弟们再去坟前祭奠时，发现坟头上燃烧过的灰烬，就猜测到是杨和平所为了。于是就有族人给杨和平打电话，责问他为什么到了村子就不回家坐坐？杨和平找不到合情理的解释，只能推说忙，时间紧。这样的推辞当然瞒哄不了族里的人，再和杨和平打电话时，话里话外，就透着刺儿了，有些责备杨和平成了城里人就忘本了。有时族人干脆说，我们不图你们城里人的东西，现在俺农村里什么东西都不缺，就想和你说说话嘛。杨和平听着，只能无声地笑，笑着笑着，也就把电话挂掉了。

　　现在，杨和平又坐在回老家的公交车上。这天不是清明节，杨和平回家的目的是种地。杨和平提前在村外下了车。老爹的坟头就在不远处的土岭上。杨和平绕着碎石枯草走上去。看见老爹的坟头，一屁股就坐下了。常年的风吹雨冲，老爹的坟头越来越小，只剩下一堆不起眼的土包了。杨和平对着坟头呆了一会儿，起身收拾了坟头上的碎石烂草。杨和平喊了一声爹，爹啊，我又回来了，我让你失望了，我当不好一个城里人，我还是回来种地吧。杨和平说着，觉得眼里热辣辣的。春日的阳光漫在土坡上，在杨和平泪眼蒙眬里，整个村子都浸泡得模糊不清了。

　　杨和平出现在村街时，显得有些拘谨不安。村里人对待他的态度很热情。杨和平和他们寒暄着，回答他们的问候。虽然村里人点头笑着，杨和平还是觉察到了村里人眼里的疑问。村里人是拿他和城里人作比较的，听着杨和平说话，看着杨和平的穿着举止，听着看着，等杨和平说出要回来种地时，村里人明显就把他的话当作一个笑话听了。

　　咱村里人都想着去城里挣钱，你怎么想着回来种地了？在村委会的办公室里，杨和平的三叔问杨和平。三叔是村里的村委会主任。

　　杨和平说，我觉得种地不错，有一分耕耘就有一分收获。

　　三叔哧着鼻子说，我看你是在城里闲得难受吧？

杨和平说，种地永远都是赢家，庄稼每时每刻都在生长，只要生长就有希望。

杨和平的话惹恼了三叔，当初你爹好不容易把你弄到城里，现在你这么做，你想想，你对得住你爹吗？

杨和平说，我刚才在俺爹坟头前，给俺爹说了，俺爹不会怪我了。

三叔愣怔了片刻，叹口气，抹抹嘴巴，对杨和平说，和平，我给你说句实话，现在农村的土地分配很紧张，这几年嫁到咱村里的小媳妇，还有刚出生的孩子，都还没有分到土地呢。这不是我一人能给你办的事儿。你虽然是咱村里的老户人家，可是你的户口已经迁走了，你是城里人了，你爹又不在了，就是有闲置的土地，我也没有充分的理由分配给你使用啊。

杨和平听三叔这么说，觉得头皮发紧，五脏六腑也跟着阵阵紧缩。杨和平咽了一口唾沫，张张嘴，又不知道该说什么，只得把那口唾沫咽下去，低头不吱声。三叔看他这副样子，叹口气说，你爹种了一辈子地，面朝黄土背朝天的滋味，你还不知道？你对种地还有瘾吗？杨和平抬脸不说话，直勾勾地看着三叔，看得三叔眼神转向了天花板，就不再劝说他了。

最后三叔说，你真想体验种地的滋味？这样吧，咱村里有不少长年在外打工的人，挣钱了，把自己的土地闲荒了，你承包人家的地，种一年试试吧。三叔揪着下巴想了一会儿，问杨和平，你还记得凤芹吗？杨和平愣了愣，才想起三叔说得这个凤芹和他是初中时候的同学。杨和平点点头，三叔说，凤芹家里的土地就荒着呢，你联系一下她，承包她家的土地种吧。

三叔说完又问他，"对了，你想种什么？不许种罂粟啊，国家政策不容许的。"

杨和平说，"我种什么啊？种庄稼呗。"

三叔哼了一声，找出了凤芹的电话，让杨和平自己和她联系。三叔告诉他，凤芹家盖了三间大瓦房，在农村里，房子是男人的命，是男人的地位象征，是一个男人功成名就的标志。农村的男人们，一辈子就在一次又一次建造新房子的过程里折腾着老去。凤芹的男人就是一个好强的男人，东借西凑，硬撑着盖上了三间琉璃瓦的大房子，欠下一屁股债，总是嫌弃种地挣钱慢，咬牙去了山西小煤窑。凤芹也不甘心在家闲着，带着孩子去城里打工了。只有到春节才回来过年，过几天就匆匆回城了。

上初中的时候，凤芹算是学校里屈指可数的美女。有很长一段时间，青春萌动的杨和平曾经暗恋过凤芹。现在，杨和平还记得，那时候凤芹的辫子长到细腰下，柳枝儿一样摇摆着，晃得男生们眼花缭乱。三叔说，凤芹的男人，就是当时比杨和平高一年级的焦柱，个子高大，脸色黝黑，整天在操场打篮球。凤芹怎么会和他结婚呢？

　　杨和平记得，那时候他临去城里上班的那天，曾经在村西的桥头上遇见过凤芹。两个人简单地打了几句招呼，凤芹扛着一把锄头说，这就走啊？杨和平说，嗯，就走。凤芹的眼神亮了一下，随即就暗淡下来，扭头走回村里了。杨和平走了几步，回头看她，发现凤芹也在回头，两个人的眼神相碰的那一刻，凤芹慌忙扭头，加快步子走了。一路上，杨和平都被凤芹的辫子摇晃得心神不宁。

　　按照三叔指示的方向，杨和平去了凤芹的家。果然是一处新盖的房子。红色的铁大门紧锁着，院子的墙头上长着枯败的草，的确是没有生息的模样。杨和平在凤芹家周围转悠了一圈，掏出手机，按照三叔给他的号码拨出去。电话接通了，杨和平听出了凤芹的声音。

　　凤芹的声音有着意外的快乐，"噢，是你啊，和平啊，你怎么想起给我打电话了？"

　　杨和平嗯了一声，"是我，我是和平，你在哪儿啊？我找你有点事儿商量。"

　　凤芹说，"我就在城里啊，我在菜市场卖菜呢。你不在城里吗？"

　　杨和平愣了愣，说，"在啊，我在城里呢，我去找你吧。"

　　杨和平回到城里，首先回家洗脸，仔细梳了头发，鬼使神差地偷偷摸出好几年没有穿过的西服套在身上。又从镜子里瞥了一眼，才下楼去菜市场找凤芹。

　　一路上，杨和平埋怨着平日里自己的眼神，整日去菜市场溜达，怎么就没发现凤芹在那儿卖菜呢？是自己没用心观察？还是凤芹见过他，故意躲避着他？杨和平按照凤芹提供的地址，七绕八拐，终于在菜市场的东边找到了凤芹。虽然快十年没见面了。杨和平还是一眼就认出，那个身前摆着一堆青萝卜的中年女人，就是凤芹。杨和平特地偏头看了看凤芹的腰后，不出所料，她的长辫子没有了。凤芹的脸色粗糙，不过却是很健康的样子，笑容里泛着红润。

凤芹的声音比电话里清脆一些，不停地笑。杨和平看出，凤芹的笑声是发自内心的惊喜。

凤芹打量了杨和平一眼说，"十年了，显老了啊。"

杨和平的手掏进裤兜里，又掏出来，好像没处可放似的摩擦着衣角说，"你来城里很长时间了吧？怎么不去我家坐坐啊？"

凤芹呵呵笑了，"俺一个卖菜的，去你家，不脏了你家的地毯吗？"

凤芹的这句玩笑话，使得两人之间的气氛活跃起来。两人闲扯了几句闲话，凤芹一边忙着招呼卖菜，一边和杨和平说话。等凤芹忙完了一阵子，杨和平靠过凤芹的菜摊，低声说出了来意。凤芹的嘴巴就张大了。

凤芹问，"你一个城里人，怎么想起回乡下种地啊？"

杨和平说，"日子不好混，我想着种地也不错。"

凤芹重新上下打量着杨和平，忽然说，"我还想指望你帮我找个好点的工作呢。没想你也没工作了。"

杨和平脸红了一阵，岔开话题说，"你想过没有，你现在在这儿卖萝卜，怎么就不想回家种萝卜呢？自产自销，不比现在贩卖萝卜赚钱吗。"

凤芹看了看杨和平皱巴巴的西服说，"我愿意在城里卖萝卜，不愿意在农村种萝卜。"停了停，凤芹又低声说了一句，"我现在和你一样，别管怎么说，我是在城里活着，我像个城里人一样在城里活着呢。"凤芹把"城里"两个字咬得特别重，好像是两块坚硬的石子，砸在了杨和平的脸上。

## 四

三天以后，杨和平在菜市场门口拿到了凤芹乡下家里的钥匙。凤芹没提土地承包费的事儿，只是说，我和焦柱打招呼了，我家里的农具都还齐整，你找人稍稍修理一下，接着使用就行了。就是地里荒了两年，怕是缺少肥料了，你要花钱好好整理一番。杨和平听着，还想和凤芹说说承包费的事儿，凤芹没等他开口，就折身回市场里了。杨和平看着凤芹的背影，这个没有了长辫子的女人，走路的样子显得有些踉跄不定，杨和平忽然觉得鼻子发酸。

杨和平让金铃拾掇了被褥和生活用品，背了满满一大包，回老家种地了。金铃给他收拾东西的时候，她的眼神从杨和平头顶上扫下来，一直看到他的脚跟。杨和平揉着鼻子问她看什么，金铃说，看看还不行吗？你是我的男人，我看看怎么啦？金铃瞪了他一眼，扭头折身进了卧室，倒在床上不吱声。杨和平跟进卧室里，看到金铃的手捂在脸上，身子一抖一抖的。杨和平俯身靠近金铃，伸手拨开金铃的手，看见金铃的脸上淌满泪水。

杨和平说，哭什么啊你？我愿意去种地，我觉得种地挺好的。杨和平说着伸手抹了抹金铃鼻子下面的泪水，金铃向床里动弹着身子，哽咽着说，滚吧你，别碰我！

## 五

杨和平终于回家种地了。他打开凤芹家的屋门，简单收拾了一下卫生，就铺开被褥躺在凤芹家的双人床上。杨和平顺着床头向上看，看到了墙上挂着一张装裱在相框里的彩色全家福照片。凤芹微笑着揽住一个扎着朝天辫的小女孩。女孩的笑脸有些紧张，挨着女孩的是一个留着平头、脸庞瘦削的男人。他的眼睛瞪得很大，粗直的眉毛竖立着，使得厚厚的嘴巴也有些张开了。男人近乎僵直的眼神盯着杨和平，好像对突然闯进来的杨和平有些惊讶和不安。杨和平认出这个男人就是那个当年喜欢打篮球的高个子中学生。

杨和平起身站到照片前，伸手抹了一下相框镜面上的灰尘。

二月里，下过一场春雨，村里人开始耕地了。杨和平跟在别人后面，询问别人今年打算种什么，大多数人今年都打算种玉米。因为去年的玉米行情曾经涨到九毛多钱一斤，并且玉米的投入不高，是一种好侍弄的农作物。凤芹家里没有手扶拖拉机，也没有喷灌机。耕地，施肥，杨和平全是借用了别人家的设备。当然不是白借用的，机器要烧油，还要搭上人力。一连忙活了三四天，等把地耙平了，杨和平付给了别人三百元钱。别人笑着说，看你也就是拿种地消遣心情吧，不能收你这么多钱。杨和平听着心里发笑。的确是，这时候的杨和平不是完全在乎成本的，他只想着有一天能看见绿油油的玉米齐刷刷地向上蹿。

村里的人种上玉米以后，男人大多趁着这段空闲时间去外地打工了。

等到七月里，玉米长成了，回来收拾玉米，接着种过冬的小麦。不料一连半个月都没有下雨，地里眼看着一天天干燥，玉米没有发芽的迹象。杨和平雇用了村里有农具机械的人给玉米浇水。这是一笔不小的费用，按照小时收费，每个小时三十块钱。杨和平没有细算过，他这一片玉米的收成，是否能够赚够这些额外的费用呢？老天像是故意和杨和平作对似的，就在杨和平找人浇地后的当天下午，忽然风起云涌，下了那年的第一场春雨。淅淅沥沥的雨水接连下了三天三夜，地里到处泛起水泡，杨和平愣怔着看满地流淌的雨水，兀自哭笑不得。

杨和平有时去街头和邻人们说说闲话，说说已经老去的人，说说城里的一些奇闻异事。邻人乐意和他说话，在他们眼里，杨和平回家种地，这件事就是一个值得说道的话题。他们反复问杨和平为什么回家种地，城里的钱不好挣吗？当个城里人不比来乡里下死力气好吗？杨和平知道和他们解释不清，解释清了他们也不会理解，连自己的老婆都不理解，还能指望别人理解吗？

就在那时候，杨和平心里忽然冒出了一个连自己都感到奇怪的想法，他决定从玉米发芽的那天开始，不刮胡子了。就让嘴巴上的胡子随着玉米生长吧，一直等到收玉米的时候，再刮掉胡子。万物生长，真好，杨和平摸着自己粗粝的下巴，暗自嘿嘿笑起来。

玉米终于开始发芽了，长出了嫩绿的叶片。那样的绿色细致得让杨和平莫名地心痛，莫名地热泪盈眶。心痛得让杨和平都不敢仔细面对这些娇弱而又细嫩的绿芽。天气越来越热，玉米越热越长。不容杨和平仔细品味玉米绿芽带给他的心痛的幸福感，玉米就长得几乎和杨和平差不多一般高了，叶片伸展开了，顶上冒出了黄色的穗，叶腋里，已经开始长出玉米的模样了。一粒种子，眼看就要换来满满一捧玉米了。杨和平真正觉得现在自己的每一天都不是虚度的，地里的玉米每时每刻都在给自己增加着惊喜。

杨和平对邻人说，我地里的玉米长出小玉米了！杨和平的惊喜语气几乎吓了别人一跳。别人愣怔着看杨和平嘴巴上越来越长的胡子，对着杨和平笑，那些眼神躲避着，又忍不住一次次地审视着，笑得杨和平都有些摸不着头脑了。刚开始邻人们都觉得杨和平这么蓄着长胡子，简直是在出洋相。后来就猜测杨和平的思维不正常了。当杨和平对着一群孩子说这话的时候，看着孩子们满脸懵懂惶恐的表情，杨和平兀自笑起来。

## 六

  玉米粒快要灌浆的时候,杨和平每天都要去地里照看玉米。成群的麻雀在半空中盘旋,时起时落,啄吃着正在灌浆的玉米粒。这些麻雀像是故意和杨和平做这样的恶作剧,杨和平吆喝几声,麻雀就飞起来,杨和平的话音未落,麻雀们就又落到玉米上,相互招呼着争吃玉米,它们完全蔑视着杨和平的恫吓。杨和平在地边上扎起了稻草人,甚至用鞭炮来哄吓麻雀们,不过麻雀很快就识破了杨和平的这些小伎俩,只是短暂的退缩,麻雀们就放松了警觉,愈加放肆地啄食他的玉米,边吃边叽叽喳喳地叫得更欢。杨和平实在想不出对这些麻雀们更好的惩治手段。只能来回围着玉米地跑,吆喝撵走和他兜圈子的麻雀。杨和平跑得气喘吁吁、身心俱疲。

  杨和平每天吃过早饭,就提着水杯去地里追逐麻雀。那天他刚走到村街上,就看见一个孩子慌张着跑过来,对杨和平喊,快去看看吧,一头牛正在吃你的玉米呢,已经吃掉好几棵了!

  那个孩子跑得气喘吁吁,好像牛吃了他家的玉米一样激动。杨和平扔掉手里的锄头就向村外的地里跑。街上的人问,和平你跑什么啊?杨和平边跑边说,牛吃我的玉米了!谁家的牛啊?谁家的牛吃我的玉米!杨和平跌撞着的喊声惹得人们笑起来,都说,瞧这个和平,不就是败坏几棵玉米吗?这么激动啊!杨和平顾不得搭理他们的话,甩着胳膊、昂着头向地里跑。人们的目光跟着杨和平的身影笑,满街的阳光披在杨和平身上,他跑动的身子像一棵迎风摇摆的玉米。

  杨和平跑到地边,歪头绕着地头转了半圈,一阵哗哗的声音在地头那边持续地响着。杨和平加快步子赶过去,果然看见一头黄牛正在啃着玉米,摇头摆尾,宽厚的舌头卷起玉米的叶片,扭头就把玉米拽倒了。已经成形的玉米被牛卷进嘴巴了,随着牛的咀嚼,咬碎的玉米簌簌地落在地上,简直就是菜刀剁在案板上的声音,玉米绿色的汁液顺着牛宽厚的嘴唇淌出来,杨和平觉得像是咬到他的心一样疼痛。

  杨和平绕着牛转了半圈,跺着脚大喊,牛,滚蛋!混账东西,滚!

  那头牛没有理会杨和平的叫喊,甩了一下尾巴,探身又拽倒了一棵玉米，张嘴大嚼起来。

牛！谁家的牛啊？杨和平边喊边向四周张望，杨和平愤怒的叫喊在辽阔的田地里回荡，没有一个人影。远远近近的，到处都是绿油油的玉米。可是这头牛为什么偏偏要来吃我的玉米呢？杨和平手足无措地围着牛转圈。这头牛太庞大了，杨和平使劲推了它一把，牛浑然不动，又摇了摇尾巴，继续咬住另一棵玉米。杨和平抬腿踢它的屁股，拽它的犄角，扳着牛头使出全身的力气向外拉它。

牛啊牛，别吃了，这是我杨和平种的玉米啊，求求你别吃了。杨和平第一次感到自己竟然是如此软弱，竟是如此无能为力。杨和平带着哭声捡起了地头上的一块石头，一手拽着牛的犄角，一手砸向了牛头。杨和平不忍心使劲砸牛，牛只是不满意地摆动着头，杨和平把石头砸到牛鼻子时，牛发出了一声低沉的叫声，摇摆了一下身子。一头撞在杨和平身上。牛角穿透了杨和平的身子，杨和平还没反应过来，就觉得自己的身子飞了起来，擦着大片的玉米，重重地摔在远处的玉米地上。杨和平清楚地听到身下大片玉米折倒时发出的痛楚声，剧烈的疼痛从肋下汹涌蔓延上来，一下子涌出了眼角。

半个小时以后，杨和平被邻居用农用车拉到城里医院。医生说，他的肋骨折断了两根，下身有淤血，需要住院治疗。杨和平在医院住了一个星期，村里的邻人们和三叔来看过他。三叔见了杨和平就说，在城里住着多好，你这是闲得难受，没事找事，这次老实了吧？

邻人们也说，不就是几棵玉米吗？本来就是喂牲口的东西，吃就吃呗！你犯得着这么犟吗？杨和平闷着头没吱声。伤情控制以后，杨和平坚持出院。金铃一直在医院侍候着杨和平，一直没提他种地的事。临出院的时候，金铃说，你的治疗费花了两千多块钱，你种玉米挣的钱，不够住院的呢。杨和平揉了揉鼻子，依旧保持着沉默。

## 七

杨和平在家里趴了两个月。天气渐渐凉爽了，身体一天天好起来。能吃能喝的，心情也不错，就是脑子老是走神，想着满地的玉米，早就该到了掰玉米的时候了吧？想着想着，就哀叹几声。金铃看出了他的心事，悄悄回了老家一趟。回来的时候，带回了一袋子玉米。她扛上楼，喘着粗气把玉米倒在阳台上，哗啦一声，黄澄澄的玉米棒子滚了一大片。

金铃说，这就是你种的玉米，三叔找人帮你收拾了，我带回来这点你看看吧。

杨和平靠在门框上，拿起一个玉米棒子，看着整齐排列的玉米，就像笑着的牙齿，杨和平觉得腰间又疼痛起来。

金铃对杨和平说，你就安心在家养伤吧，不用再想着种地了。凤芹回家了，前几天，焦柱所在的小煤窑出现事故，焦柱被砸死在小煤窑里。

金铃在老家里见到了凤芹。凤芹正忙活着找村里的男人们帮着安葬她的男人焦柱。凤芹听说焦柱出事以后，哭奔着去那个小煤窑见焦柱，又哭奔着回来了。她的眼泪都哭干了，嗓子哭哑了，也没见到焦柱。焦柱被埋在了几百米的地下，凤芹揣着赔偿焦柱三万块钱的存折，只身回到村子里。

凤芹听焦柱的工友们说，焦柱自从第一天下窑时，就没有刮过胡子。焦柱说过，他要等挣到三万块钱以后，把钱汇到家才刮胡子。可是一直到焦柱被煤石砸在地下时，也没有刮掉嘴巴上的胡子。村子里的人帮着凤芹给焦柱发丧时，骨灰盒里只放了焦柱的一身衣服，还有一把刮胡刀。

临埋上骨灰盒的时候，凤芹抓着一把玉米往墓坑里撒，说焦柱你个憨熊，你折腾够了吧，你折腾累了吧，你最后还是躺在你地里啊！这是你地里长出来的粮食，你尝尝吧。

杨和平听金铃唠叨着村里发生的这些事，一直没说话，整个上午，失魂落魄似的对着窗外发呆。

# 八

金铃把那些玉米晒干了，剥掉，细细挑选了饱满的米粒，找了郊区附近的一家磨面坊，把那些玉米磨成面粉，在一个中午蒸了一锅玉米面的窝头。金铃掀开锅盖，冒着热气的玉米面窝头闪着柔软的黄亮。杨和平觉得眼里一热，抬手摸了一把脸。金铃转头看着他问，你怎么哭了？杨和平揉着眼说，没事，热气熏得眼疼，你先吃吧，我刮完胡子再吃。

那个上午，想起带着一把胡子死去的焦柱，杨和平觉得憋屈极了。他说不上是为自己，还是为死去的焦柱，杨和平决定刮掉胡子了。他摸起刮胡刀，对着镜子刮胡子的时候，他听着刀片割断胡子的嘶嘶声，脑子里忽然冒出多年以前，老爹手持镰刀、弯腰收割麦子的情景。老爹手里的镰刀割在麦子上，麦穗发出嘶嘶的欢快声，大颗汗珠随着手腕的抖动簌簌滚落。杨和平觉得手腕一哆嗦，刮胡刀就把下巴蹭破了。杨和平从镜子看到，下巴上洇出的血丝，慢慢变成了绿色，就像麦苗一样绿色的汁液。

儿子放学回家吃饭，扭头咧嘴对杨和平的下巴笑了笑，摸起一个窝头，咬了一口，吐吐舌头就扔在桌子上。杨和平哆嗦着嘴巴冲儿子大声说，这是我种的粮食，这是咱家世代相传的粮食，你一定要吃下去。杨和平说完这句话，看着儿子惊愕的样子，他咂吧了一下嘴巴，才觉得自己也被这样恶狠狠的声音吓了一跳。那一瞬间，他才发觉，他刚才训斥儿子的声音，怎么和当年父亲的声音一模一样呢。

(原载《山花》2012年第6期)

# 石榴花开六瓣头

## 一

  我在准备叙述这个故事之前，曾去市里请教过一位德高望重的剧作家。当然那位剧作家和这个故事并没有直接的关系，只是故事的大致情节，是我和几位文友把酒小聚中听他讲述的。

  这个故事发生的时间已经很长了。那位剧作家依据自己的年龄来推算，应该是一九四八年的事。他说在他六岁那年，曾被父辈们拉扯着去山后王村的一片河滩上，目睹了枪决那个杀人犯的全部过程。这件在案发八年之后真相大白的案子惊动了四乡八里。当时正值隆冬，河滩上人山人海。西北风刮得人耳根生疼，杀人犯的头颅被子弹击碎后迸出一片鲜血，白乎乎的脑浆像一盆热豆腐扣在杀人犯的身上，冒着丝丝袅袅的热气。

  我翻阅过一本砖头般厚重的地方史志，里面记载了一九四八年前后的岁月里所有的天灾人祸。那几年，整个鲁西南地区干旱无雨，蝗虫横飞，农作物几乎全部失收。尚能庆幸的是，精疲力竭的中国人民解放军，刚刚解除了国民党残余部队的武装，建立了新的人民政府。

  县志记载，新的人民政府通过北海银行向各乡村分配了大量的纸币，让群众在硝烟还未散尽的土地上播下希望的种子。那些成捆的纸币从北海银行的柜台里迭次涌出，吸引了人们的兴致，地处县城东南山坳的葫芦村的财粮股长刘长贵尤其如此，不过他在隐匿那笔巨额救灾资金时，从账面上所做的手脚并不高明，身为新中国成立后第一任村长的李先河一眼就看透了隐情。

现在，我能想象得出，刘长贵在一九四八年里，他窝在他家那座黑暗的茅草屋里的神色和姿势。他蹲在低矮的门槛上一动不动，内心却如一架老式纺车快速运转。从那个尘封已久的春天里吹来一股干燥的冷风，我嗅到了刘长贵嘴里呼出的腌臜的气息。

## 二

我记得那时我家的杏树已经开花了，那些白得让人战栗的花朵在那个万木枯竭的初春里分外醒目，就像一群驻足枝头的鸟儿无声地歌唱。我蹲在门槛上眯眼凝神时，薄薄的阳光随风荡漾过来，像从我嘴里呼出的热气一样纤细，让我触摸到了一缕柔软的温暖。

我透过稀疏的栅栏，看见李先河从村西头走过来，他的步履踉跄，远不如粉刷在街墙上的抗战标语铿锵有力。他肩上挎的着那杆老式步枪吸引了我的目光，他整日扛着这杆枪，和他时时叼着的那杆肮脏的烟锅一样形影不离。他的头上扣着一顶破旧的黄色军用棉帽，散开的帽翅上下颤动，我只看了一眼就觉得心惊肉跳。

李先河进了我家门，就朝地上啐了一口痰，他开口说话，声音很大，惹得我家的大黄狗汪汪乱吠。他说，长贵你在家里做什么呢？你趴在家里孵什么鸟蛋呢？我起身打了个懒腰，对他做出一副慵倦的笑脸。我伸长胳膊的时候，能感觉掖在我腰间的那捆纸币，结实地贴在我的裤腰里。

我和他坐在木凳上，说了一些无关紧要的琐事。我故意岔开李先河欲言又止的话题。我说村东的王老头得了一种难治的病，快要死了。我说村西头的刘秃子的四闺女明天就要出嫁了。当我拿出解放军临走时送给我的一把铝制军用水壶向他炫耀时，李先河就打断了我的话头。他把烟锅朝鞋底上磕了磕，说，长贵，把那笔钱拿出来吧，全村人都急着买种子呢。我想不到他会这么简单明了地问我。他那副认真的样子让我不知道怎么回答才好，我说，天冷呵呵的，咱们喝几口酒吧。我说，你尝尝我从城里打来的好酒。李先河说，我不怪你，我已经向村里人解释了，我说这笔钱还没分下来呢。李先河说着又笑，钱算什么呢？钱不如人长。我眯眼怔了一会儿，对着他打了个喷嚏，我揉着鼻子说，先河哥，咱俩把钱分了吧，你一半，我一半。李先河听到这句话时，刚吸了一口烟，他的喉结跳了跳就吭吭地咳起来，他说，长贵，你净他奶奶的胡扯。

李先河能在我家喝酒，是在我意料之中的事。我知道他对酒精的嗜好和我对钱的偏爱一样。人总是这样，对自己喜欢的东西情有独钟又不能自拔。只是我对他此生中这顿最后的午餐深感歉意，桌子上只摆了一碟咸菜条。我只能诚心诚意地劝他多喝几杯，以让他能在自足自给的幸福里离开这个世界。

酒至半酣时，我觉得我该实施我的计划了，土窖里有我事先放好的几根白菜心。我说，先河，我忘了，白菜心那是下酒的好菜啊，糖醋凉拌，真不错。

我一再坚持去土窖取白菜，李先河跟着我来到门前的土窖前。土窖上盖着一块石板，我掀开石板，说，先河哥，我腰疼，还是你下去拿白菜吧。这是我精心设计的第二句台词。

李先河说，嗯，我下，我下。

李先河手脚并用地蹬着土窖两旁的凹坑缓缓向下。窖井里生着细如蛛丝的根须，白惨惨的，随着李先河的移落瑟瑟颤动，周围的土沫纷纷坠落，发出细碎的响动，我分明看到一只枯死的老鼠翻在土窖里的最底层，它睡得很安详，极力伸展着毛茸茸的四肢。

我说，先河哥，你的脸真脏，你应该好好洗一把脸的。

我说，先河哥，你不想抽袋烟吗？

我说，先河哥，咱俩把那笔钱分了吧，我只要一点就行，剩下的都给你。

我的嘴角不住地抽动，我的声音渐小，几乎连我自己也听不到。李先河快要下到土窖的最底层了，他显然没有听清我的话，只是似有似无地嗯了一声，像是从他嗓眼里挤出来的，伴随着粗重的喘息声。

那时候，我家的院子里溢满了油亮的阳光，将每个角落都浸得闪闪发亮。风从杏花上掠过，像一片透明的羽毛一样轻盈，有几只麻雀在长短不一的栅栏上来回跳动，弹跳出阵阵无人听懂的歌声，大黄狗正伏在灶台前闭目养神，它不时翻起厚重的眼皮窥视着院子里的动静。

我掀起那块石板，滚到土窖边沿上，李先河已经完全下到了土窖里，他拍打着手上的湿泥对我笑着,他的笑容像个孩子那样天真,眼里漾出亮晶晶的灿烂。

李先河说,奶奶的,白菜呢?哪儿有白菜啊?

我觉得我快要哭了,要哭的感觉使我全身发颤,我的手只是轻微的一哆嗦,那块石板就迫不及待地一头栽了下去。

我跌坐在土窖旁,闭上眼,极力感觉这个世界最后的动静,阳光变得混沌了,风也凝滞不动了,栅栏上的麻雀也在瞬间消失匿迹,我的身子一直是僵直的,内心分明感到流水样的波动。我试着弯动了一下手指,听到一声清脆的骨节声。

我睁开眼,看见我闺女刘爱在我身旁,她轻轻叫了我一声爹。

## 三

刘长贵杀人之后,把尸体填埋在房前的地窖里,又煞费苦心地在地窖上栽了一棵石榴树。那株石榴树长得很快,枝繁叶茂,八年之后案情真相大白时,石榴树都有碗口粗了。剧作家叹声说:"那时,葫芦村的人都说,正是因为地窖里埋了村长李先河的缘故,李先河的灵魂附在石榴树上鸣冤叫屈。有人亲眼看见,公安人员刨石榴树寻找尸体时,石榴树身淌出的汁液是血红色的。当然这是谣言,谁也不相信,不过当时,十里八乡的村人们都在恐怖里嗅到了血腥的气息。"

"这不是村人们的愚昧,"我说,"现在,我能体会到村人们惊悸的心情,尤其是流言四起的时候,大多数人都会六神无主。"

葫芦村和我老家相隔并不远,只有七八里的路程。剧作家笑着说,我同族里的一个二叔就认识刘长贵。过去的一段时间里,我和你现在的心情一样冲动,想写写这个故事。据我二叔说,刘长贵看上去很老实,少言寡语。他的珠算技能很好,远近闻名。刘长贵当上葫芦村的村长之后,曾经领着他的疯闺女刘爱去过我们村子,向一位老中医讨教过治疗精神病的偏方。

那时候,自行车算是个稀罕东西。它不单纯作为一种代步工具,还是身份与地位的象征。刘长贵骑着笨重的自行车来我们村里时,引起许多人的注意,都围着自行车啧啧称奇。我二叔过去和他说话,他还让我二叔骑自行车，不过我二叔忒笨，刚骑上去就摔了个大马趴。刘爱的神情痴呆，却总是无缘由地笑个不停。我二叔摔倒的时候，她笑得最响，声音尖利，让人毛骨悚然。当时有人问过刘长贵，这么俊的大闺女，怎么就是个疯子呢？刘长贵解释说，她是想念她死去的娘，想得厉害。

老中医开的药方似乎很有效果。那一年，刘长贵骑着自行车到过我们村里多次。每次都很客气，见了人先下车子，笑着问好，还掏烟让人吸。后来，他闺女的病治愈了。我二叔记得很清楚，那年县城里第一次招收工人时，刘爱也在其中。刘长贵曾经领着刘爱去村里谢过老中医。那时刘爱和原来判若两人，亭亭玉立的一个大闺女，大辫子垂在腰间，一说话就脸红。没过两年，听说刘爱在城里结婚后又疯了，不知怎么的，她疯了就把她爹杀人的事给抖搂出来了。

"如果你想认真写写这个故事，你有必要去一趟葫芦村，触景才能生情。"剧作家对我说。

## 四

我从来没有去过葫芦村，我是蹬着一辆破旧的自行车走出城里的。白亮的阳光像风一样阻挡着我的车速。我拐入一条低洼不平的乡间小道，才摆脱了小城的嘈杂气息。

山路像被人随意丢弃的绳子，散乱地跌落在半山腰里。

葫芦村和大多数的村子一样，重叠的山岭也没能阻隔商品经济的触角在这里蔓延。村街上挂满了家用电器和各类烟酒的广告横幅，墙上和树身上贴着专治疑难杂症祖传秘方的小广告。我在一家琳琅满目的店铺里买烟时，发现了一些假冒伪劣的名酒赫然摆在柜台里。没有鸡飞，没有狗跳，没有乌鸦的鸣叫，只有摩托车和农用车飞驰驶过。

我试探着向面色黝黑的店主人询问姓刘的人家。这个四十多岁的男人扫了一眼我那辆破旧的自行车，漫不经心地挥打着柜台上的苍蝇说，巧了，我就姓刘。

我说，我想找一位年长的刘姓老人，打听一些过去的事情。店主人接过我的烟叼在嘴上，他重新打量了我一眼，思忖片刻才说，那我把我母亲叫来，你问她吧。

店主人起身拉开后门，我看到他家院子里有一株翠绿的石榴树，红星状的石榴花闪烁其中，让我眼前一亮。

这是一位干净利落的老太太，满头的白发绾成一个小发髻，她满脸详和的笑意，让我想起多年以前的奶奶。她的背有些驼了，却努力想挺直的样子，仰脸看着我。

她显然以为我是调查赡养老人生活问题的政府官员，不等我开口，她就说，现在的日子好过了，不愁吃，不愁穿，儿女们也孝顺。她的嗓门很高，每说完一句话就嗯一声，稍作停顿，极利落地抬手抹抹嘴角，又倒剪背后。

关于刘爱这个名字，老太太显然已经忘记了。她偏着头盯着一片树叶愣了片刻，才瞪着混沌的眼睛打量我，用略带责备的语气说，"你问她干什么？"说完了又向四周张望了一圈，随即缄口不言。店主人从老太太身后闪出来，扶着她转回店铺。老太太走进院子里，又回头审视着我。

"进屋吧，"老太太冲我招手，小声说，"进屋坐吧。"

"我嫁到这个村里的第二年，刘爱就成了一个疯子了。"老太太捧着一把花生米递给我，抹抹嘴挨着我坐下。她说这些话时，声音很缓慢，"刘爱变成疯子都是他爹逼的，村里人都说是老天爷的报应。贪了钱能做什么呢？当了官又有什么好呢？好端端的一个大闺女，就给吓毁了。这件事到底该怎么说呢，他爹毁了刘爱，后来刘爱又把他爹给毁了。"老太太的神色怆然，长长的叹息像一片滞重的尘埃落在房间里。

老太太回忆说，那年春天，村子里一直笼罩着阴云，一直刮着很大的风，像有无数只小手抓挠着地上的碎草和枯叶，一个劲儿地向半空钻，硬生生地把厚重的云彩撕破了。太阳一出来，就像瓢泼大雨，让人猝不及防。村子里的人听说村长挟款持枪逃跑了的下午，只是稍愣了片刻，整个村子就乱了。不约而同似的，一窝蜂涌到李先河家里。有人牵了牛，有人捉了鸡，还有人掏空了缸里的粮食，后来有人去迟了，对着空屋寻了一番，觉得很失望，又不解气，就抓起桌上的一个碗摔了，啪的一声脆响，李家老婆的眼泪也跟着落下来了。

最后去李家的人是刘爱，她单薄的身子像影子紧紧地贴在粗糙的门框上。

在此后的一段时间里，很多村里人都不明白，刘爱为什么总是以各种借口去找李家老婆。有时她拿着一片纳了半截的鞋垫，去李家寻些花草或鱼虫的剪纸鞋样，有时她去借一把铁锨或一只水桶，一去就在李家磨蹭半天。当年老太太曾经多次遇见刘爱陪李家老婆去井边挑水，去河边洗衣服，帮李家老婆磨面烙煎饼。

"她俩像姐妹一样亲密。"老太太说，"还在一块通腿睡觉，惹得村里人在背后冲她俩翻白眼，刘爱却一点也不在意。"

那年夏天，刘爱和李家老婆去村里举办的扫盲识字班。她俩刚进去就遭到了村里人的谩骂和攻击，污言和秽语像一盆脏水在那间惨淡的屋里哗哗作响。李家老婆在识字班里待了一会，就低头逃了出来。她的肩膀撞在门框上，咣的一声响，让满屋的人爆出快活的大笑。

后半夜里，刘爱在李家老婆断断续续的啜泣中昏昏睡去。她梦见土窑上的那株石榴树开花了，手指般粗壮的花朵遍布树冠，张开的花蕊像溃烂的伤口滴着血红的液体，黏糊糊地贴在她脸上。刘爱惊叫着醒来，翻动身子时，就觉出被窝里的异常。她记得她是搂着李家老婆的双腿睡的。油一样黏稠的月光从窗棂里溢进来，淌在宽大的床上。刘爱扭头就看见了一团惨白的身影，像咬紧鱼饵的大鱼，在月光里颤动。

离床四五米远的地方，李家老婆吊在房梁上，身子向下坠着，显得脖子伸长了许多。几滴泪珠趴在她的脸颊上，似滴未滴的，晶亮。

李家老婆的裤带束得很紧，圆鼓的肚皮裸露出鱼肚一样的颜色，若隐若现的肚脐极像少女的笑靥。

"我现在想起刘爱的那声惨叫还觉得心悸呢。村里人把她背出来，她都不会说话了。"坐在我对面的老太太痴痴地盯着粗粝的水泥地面，双手交叉在膝盖上，像燃烧的木柴瑟瑟抖动。

"李家老婆死得很体面，穿着簇新的衣服。她像是把压在衣橱里的衣服都穿上了，屋子里弥漫着刺鼻的樟脑球味。"老太太抽搐着微微塌陷的鼻孔说，"我记得她只有在过年过节时才会舍得穿那些新衣服。"

老太太二十三岁那年，嫁到了葫芦村的刘姓人家，成了刘爱的远房嫂子。她目睹了刘爱变疯的过程。关于村长的失踪和他老婆的自杀，议论和猜测笼罩了葫芦村的上空，细雨一样密实的流言纷纷飘扬，污腥的恐怖气息侵蚀了那年槐花的清香，使年轻的她哀叹不已。

村里人像处理一条病死的狗一样草草埋葬了李家老婆。老太太已经淡忘了埋葬李家老婆的情景，唯对刘爱伏在薄薄的棺木上号啕大哭的情景记忆犹新。村里人抬着棺木向村外走时，刘爱抓着棺木不松手。那天下着大雨，泥泞和喧闹折腾得众人头昏脑涨，没人过多介意刘爱近乎无理的取闹，只有几个老人轻描淡写地指责刘长贵干吗要打刘爱两个耳光。

刘爱再次出现在村人眼里时，变得痴呆不语，走路时袖着手，勾着头，怯怯地瞟着众人，谁问她话也不吱声，问急了就哼一声，极轻极短促地怪笑，惹得村人一片叹息。

那年秋天，刘爱家的石榴树结满了拳头大的石榴，红彤彤的让人垂涎欲滴，村里的老少妇孺都去看个稀奇。刘爱站在石榴树下，对众人的啧啧称慕无动于衷。秋日的阳光落在刘爱脸上，像一群蝴蝶飞舞。当时众人都发现了刘爱头上最大的一个石榴，过度成熟，已裂开一条缝。露出鸡血一样凝重的颜色。刘爱双手托腮，仰脸痴痴地看着，忽然就嘿嘿地怪笑起来，她指着石榴籽对众人说："血，你看哪，石榴树缝里淌血了。"

"爹，你看哪，咱家的石榴树淌血了。"

她孩童一样肆无忌惮地傻笑着，兴高采烈地围着石榴树蹒跚乱跑。她笑着叫着，拽起长辫子有滋有味地嚼着，旁若无人地笑得浑身乱颤。

"她笑得比一个男人还要粗野，吓得众人拔腿就往门外涌。"老太太长叹一声，指着正在店铺里忙碌的店主人说，"那时，我儿子才两岁，我抱着他向外跑时，绊在门槛上，摔得胳膊都出血了。"

"后来呢？"沉默片刻，我忍不住问老太太。

"后来刘爱进城了，一直没有回来。"老太太说，"那时刘长贵为给刘爱治病，没少费了心力，到处寻医求药，后来真就治好了。没过一年，刘长贵就使本领把刘爱弄到城里百货公司上班了。"

老太太捡起桌上的一粒花生米放进嘴里，她嚼得很慢，像在刻意反刍过去的时光。

"事情都是人做下的。"老太太幽幽地说，"直到现在，我们村里的人都说，是刘长贵把他闺女给毁了。"

我扭头看看门外的那株枝繁叶茂的石榴树，朵朵星状的石榴花簇拥在树冠里，和四十多年前的颜色一样，红亮亮地灼伤了我的眼睛。

## 五

几个月前的一个中午,我趴在书桌前神志恍惚,随手摸起一本地方史志。我从简洁扼要的记述里,感受到平实的文字同样具有触目惊心的魅力。"劳动·人事"篇章里的一段记载引起我的兴趣:"一九五〇年十月,一批政治上可靠、社会关系纯洁、有工作能力、身体健康的社会青年,被吸引到县直各机关企事业单位,充实工人干部队伍。"

我从这几行尘封已久的文字里,看到了一丝闪着光亮的契机。在那个百废待兴的年代里,这无疑是一次千载难逢的人生际遇。我想,当时葫芦村的第二任村长刘长贵,听到这个消息也会怦然心动。他是以怎样的手段让有精神病史的刘爱脱颖而出呢?身处那个单纯、固执而又一贫如洗的时代的官员,面对貌似忠厚的刘长贵手里的半袋花生米或两只母鸡,一定会表现出无所适从的尴尬。

自以为是的刘长贵,把女儿打扮得像个如花似玉的新娘送到城里去工作,那时他怎么也不会想到,命运之神已对他开始了一连串的捉弄。一九五四年秋天,县内遭遇了一场百年不遇的暴雨。县志记载:"暴雨淹没耕地数万亩,泗河多处决口,漫溢。"与此同时,新政府的人民银行发行新版人民币在市面流通,旧币一万元兑换新币一元。

一连三天,皮鞭一样密集的大雨抽打着窗棂。刘长贵靠在门框上,眼巴巴地盯着此起彼伏的雨花,脖子发酸时,腿就软了。好像旧币会在这种潮湿的天气里变霉,腐烂。村人们都迫不及待地冒雨进城兑换新币,踢踢踏踏的脚步陷在泥泞里发出焦灼的声响,拉扯着刘长贵的神经,一跳一跳地生疼。刘长贵从别人手里见到了新版人民币,他拿过来握了握,凑到鼻孔边闻了又闻,对着光亮照了片刻,就嘿嘿地乱笑起来。他笑着笑着就淌出了眼泪,边抹眼泪边说:"不错,真好,真好。"众人呆呆地看他摇晃着向家里走,脚下一滑,他撞得门框哐当作响,众人就哧哧地笑起来,刘长贵转身幽幽地看着众人。

"很可笑是么?"刘长贵揉着肩说,"这是我这辈子做的最可笑的事。"

夜色像老人的口水不知不觉地淌出来了,又黏又湿,夹杂着沤腐的腥气。煤油灯的火苗忽长忽短。成捆的旧币摆在昏暗的灯光里,画面抽象诡秘,极像通往地府的冥币。李家夫妻在那里过得幸福么?刘长贵拆开封条,抽出一张纸币点燃了,火苗翻卷着,一缕青烟扶摇直上。雨水从房顶上坠下来,砸在他的脖子里,顺着脊背向下淌,凉飕飕的,一直凉到心里。

持续七天的阴雨天气逐渐停止,整个葫芦村沸腾着对老天的咒骂声。李家老婆的坟墓被山洪冲塌了,尸骨散了半个山坡。一行人顺着山路向上走,扛着镢,提着锹,踢得碎石当啷乱飞。刘长贵走在最后,袖着手,弯着腰,脑袋轰轰乱响。山路像是飘起来了,凑在鼻尖上乱晃,终于看见坟墓了,看见和石头一样的尸骨,刘长贵眼前一黑,就一头栽进山沟里。

刘长贵摔断了一条腿,被众人抬回家。刘长贵辞掉村长职务的那个早上,他的女儿从城里回来看望他的断腿了。刘爱身后跟着一个朝气蓬勃的年轻人,提着大包礼物。刘长贵抬脸看见年轻人满脸红彤彤的青春痘,就觉得鼻孔里发痒,接连打了几个响亮的喷嚏。

## 六

我在一条阳光斑驳的林荫小道上,遇见了那位老人。他刚从泗河岸边的公园里晨练回来。在此之前,我曾多次向别人探听过,这是他回家的必经之路。

他的面色红泽,齐短的白发根根竖立。他紧紧地抿着嘴角,细长的眼睛里漾着平和宽厚的笑意。

当我谨慎地向他提及刘爱时,我以为他会拒绝我,没想到他只是稍愣了一下,就给我一个意味深长的微笑。

他有着一口洁白整齐的牙齿。

我和老人坐在路旁的石椅上,背后法桐的树冠里响着鸟儿轻柔的叫声。老人凝神不动,他的胳膊撑在膝盖上,手掌托着下巴。一个鲜花般亮丽的少女从我们身旁轻盈走过,老人发出一声粗重的叹息。

"现在很少有人愿意主动了解过去的事情了,他们只认为目前的生活精彩纷呈。"老人的目光平直地盯着一片树叶说,"树叶的绿色只是暂时的,黄色才是它永恒的颜色。记忆也是如此,剥离了一些浮华和缥缈,难以忘却的只是疼痛和磨难。刘爱的精神病复发是由我引起的。当时,我作为警察,没有发现刘爱的异常表现。作为她的丈夫,我不愿再去想她病后的悲惨景象了。在此之前,刘爱是一个多好的女人啊,她那纯真的美丽和朴素的善良,深深地打动了我。我第一次见到她,看见她光洁的额头和清澈的眼神,心里就漾起一层波及一层的涟漪。那时候,我比你现在还年轻,正是人生爱做梦的年龄。"

老人用诗人的语言对我述说往事,语气滞重得像粘满露珠的树叶,他的声音嘶哑,像一部年代久远的黑白电影的配音,让我不得不凝神细听。

"那时候,我经常找借口去百货公司的柜台前和刘爱接触。刘爱表现出的矜持和羞涩让我怦然心动。乳白色日光灯下,刘爱像盛开的桃花娇艳无比。后来,她知道我从事的职业是警察时,曾一度和我断绝了来往。直到那年冬天的一个雪夜里,刘爱才重新和我相拥在一起。那次我站在冰天雪地里,等候刘爱下夜班。刘爱从百货公司出来后,我已经冻得不能言语。我咧嘴对她笑,她把我的手放进她的棉衣里,哭着说,她不记得有谁对她这样好过。"

浪漫的警察在三天以后,就收到了刘爱送给他的绣花鞋垫。那个美丽的村姑在城里工作和恋爱,她坚持用最原始的方式表达了最纯真的爱情。那该是她一生最幸福快乐的日子。在他们进行一段如火如荼的接触之后,刘爱提出让年轻的警察和她一起回葫芦村探望她的父亲。

那时,刚下过那场载入地方史志的特大暴雨,山路上一片触目惊心的景象,没有鸟语花香,没有叮咚作响的幽泉和翠绿的庄稼,只有片片裸露的山石突兀醒目。年轻警察和刘爱在仅可容足的羊肠小道上时走时停,满地碎石硌得脚板又热又痒。他俩出现在村街里,引起村人的窃窃私语,刘爱亲切地和他们打招呼,他们只露出拘谨的笑意。

"我没想到刘爱的父亲会是那样一副悲怆的模样。我握着他的手,就像握着一块铁。他像是有意地握紧我的手,眼神里流露出一股说不出的东西。"老人挽起膝盖,随手弹掉了裤脚的一处灰斑,轻咳了一声,"他给我的印象很不舒服,远没有想象的亲热和随和。吃饭时,他径自夹菜喝酒,对我拘谨的神态全不放在眼里,他那条断腿毫不介意地压在我鞋上。"

"警察是个很危险的职业。"刘长贵放下筷子,抹抹嘴,盯着一只空碗说,"那年我去县城办事,见过警察逮抢劫犯,真枪实刀地拿命拼。"

警察转脸看着刘爱。

"你们俩回来，是不是想告诉我，你们处对象了，想结婚成家了？"刘长贵打了一个沉闷的饱嗝。

"我们想把你接进城里过日子。"刘爱低头盯着地面说。

"我哪儿也不去，我都糟成一团抹布了，去哪儿都会招人烦。"刘长贵慢慢抽回断腿说。

"去吧，城里的条件总比这里好些。"警察跟着说。

"不去，我哪儿也不去。"刘长贵长叹了一声，自言自语似的说，"唉！我闺女真不错，我就这么一个闺女，她真不错。"

刘长贵黑白分明的眼睛在黑暗里闪烁着磷火似的光亮，他一直没敢正视刘爱的眼睛。

当天下午，年轻的警察就和刘爱回城了。刘爱临出家门时，扭头看了一眼房边的那株石榴树，她的目光像是粘在树上，她摇着头，好不容易挣脱似的，仓皇出了家门。石榴树上的叶子已经掉光了，密密匝匝的枝丫极力向上伸展着，像是无数手掌在风中无声地呼喊。年轻的警察想，倘若是在星罗棋布的晚上，又圆又大的月亮衬在枝丫后面，肯定是一幅美丽的景象。

刘长贵手持拐棍倚在门框上，泥塑木雕似的目送他俩远行。

年轻的警察和刘爱在那年元旦里结婚。他们的婚礼仪式简朴得近乎草率，足以让如今的年轻人瞠目结舌。一包糖块，两盒香烟，两把铁皮印花的暖水瓶和一面镂刻着毛主席语录的玻璃方镜是最高档的礼物。他们的爱情高尚热烈，带着浓重的政治色彩。

刘爱的妊娠反应起于临近春节的一个飘雪的早上。那时刘爱正在吃早饭，刚喝了一口米粥，就有一股又酸又热的感觉涌出嗓子眼。她还没来得及起身，就吐在饭桌上。她擦着嘴埋怨年轻的警察在米粥里放多了糖。

从那顿早饭开始，刘爱对酸性的食物表现出前所未有的嗜爱，警察从刘爱羞涩的神情里看出了属于他俩的秘密。他开始用心搜寻所有酸性的食物。

真难为他竟在冰天雪地里找到了几个鲜红的石榴。

他当时只是童心未泯地想营造一个惊喜的场面，他在见到刘爱之前，把石榴掰成两半，他怎么也不会想到，一个石榴会让他闯下了弥天大祸。

"不知怎么，当时，我也觉得那些簇在一起的石榴籽分外刺眼，就像在血水里泡过似的。"老人的嘴巴微微颤抖着说，"我悄悄踅到刘爱身后，拍了一下她的肩，她转过脸时，我就把石榴举到她面前。我看着她，想听她惊喜的叫声。她的目光落到石榴籽上，就触电似的一抖，她几乎是蹦到了一边，接着就歇斯底里地尖叫起来。"

"血，石榴里有血。"她边喊边抱头跌撞着奔出门外，带着哭声向半空里叫，"血，爹，石榴里有血。"

年轻的警察被刘爱突如其来的举动惊得目瞪口呆，他眼睁睁地看着刘爱在雪地里跳着叫着，长长的辫子像狂风中的柳条摇摆，厚重的积雪在她脚下发出麻雀一样的欢叫。一股鲜红的液体从她的裤管里流出来，滴滴答答地甩成一片刺目的血点。

"那一次，刘爱失去了理智，也失去了尚未出生的孩子。"老人的喉结蠕动了一下，他的眼角里噙着一滴浑浊的泪。

"听起来就像一个故事。刘爱和你认识，结婚，旧病复发，让我觉得是一段牵强附会的情节。"我小心翼翼地对老人说，"倘若事实果真如此，我宁愿认为刘爱找一个木讷憨实的农民，过一辈子幸福安康的日子。"

"其实生活有无数次这样的巧合，就算最卓越的小说家也不曾描述过。如果刘爱是一株静静等待的树，我就是那只前世注定要撞上去的兔子。"老人依旧盯着一片树叶，他仿佛从细如血丝的叶脉里看透了时间爬行的痕迹。

## 七

那是一个隐晦凛冽的冬天，持续不断的大雪像一件硕大无朋的天衣，把小城覆盖得缜密无隙，迷蒙的白色让人们窒息。偶尔有零星的鞭炮响起，惊得屋檐下的麻雀振翅乱飞。

年轻的警察再次见到他岳父的时候，是在大年二十九的中午。他和两个同事推着自行车来到葫芦村。村街上寂静无人。他们气喘吁吁地踏着厚重的积雪，笨重的棉鞋使得他们步履踉跄。

年轻的警察独自走进院子里，雪地白得耀眼，棉层一样松软平坦，麻雀的爪痕依稀可见。他抬脸看见房前的石榴树，枝丫上挂满了花花绿绿的纸片，冷风吹过，像无数巴掌噼啪作响。那两个同事悄悄尾随进来，他们也被石榴树上的奇异景象吸引，径自走到树旁，三人就愣住了。

"这不是原来的旧币吗？"同事小声说。

"就是这株石榴树。"年轻的警察幽幽地叹了声说，"就是这满树的旧币。"

他们推开房门，一股浓重的臊气迎面扑鼻，房间里满地狼藉，如遭洗劫。

刘长贵斜卧在房中间的地上，像一堆破旧的衣服，散发着腐烂的气息。房间里暗淡无光，只有他的眼睛闪着磷火似的光亮。他倦坐在那条断腿上，双手抱着一杆长枪。长长的枪口塞进嘴里，另一条腿极力伸张着，肮脏的脚趾勾着长枪的扳机。他笨拙又认真地保持着这样古怪的姿势，黏稠的口水从嘴角流出来，看上去像一个贪食鸦片的癫鬼抱着一杆烟枪。

年轻的警察倚在门框上，和刘长贵四目相对，刘长贵的嘴角开始抽搐，身子不住地颤抖。

"我这辈子，什么滋味都尝过了，现在我想尝尝子弹的滋味。"刘长贵缓缓地拨开枪口，对着地面说，"可惜这杆枪生锈了。"

年轻的警察走过去，俯身握住了刘长贵的手，他觉得掖在腰间的手铐硌得肋骨隐隐生痛。

"明天就是大年三十了，村里的闺女女婿都回来送年礼了，我早就盼着你来了。"

年轻的警察没说话，他伸手把刘长贵扶起来，弯腰把他揽在背上，低头走出房门。

又有一阵风刮过来，路旁的法桐叶纷纷飘落，在阳光里翻卷着，透出片片耀眼的金黄。

"我在每年秋天的时候，都要捡些树叶去刘爱的坟上。我认为树叶比鲜花更有意义，每一片树叶都有着细致入微的区别。"老人捡起一片树叶，转脸盯着我说，"我希望你在写小说的时候，不要把刘爱写成一个疯子。"

我不知道该如何回答老人，只对他做出一副似是而非的笑脸。老人的手掌轻轻地拍在我肩上。

## 八

  芥川龙之介说，一部好的小说中，必然性应该大于偶然性，同样，真正的生活中也是如此。这句话让我倍感沮丧。时间风一样逝去，我一直不知道该怎样叙述这个故事。那天我趴在阳台上，对着城南逶迤起伏的群山凝神呆思，没有树木，没有风，只有沉淀了千百年的寂寥。一家工厂的高大烟囱在山脚下突兀起立，缓缓升起的青烟，像一株树在不动声色地生长。我眨动眼睛，恍惚里看见我童年时的二姑，她是个美丽的少女，穿着的确良碎花上衣，咔叽布长裤，灯芯绒圆口黑色布鞋。光洁的额头，红艳的脸庞，她的牙齿又碎又齐，像玉米粒一样排列紧密。她总爱笑，走路刮风一样快。挑水的动作像跳舞一样优美。她喜欢用花手绢束起辫子，扎一个轻盈盈的蝴蝶结，像随时就要展翅飞走。

  我记得，她出嫁的那天我哭了。

（原载《西南军事文学》2011年第5期）

# 乡村里的集市

## 一

太阳出来了。

我和老丁一行五人挤在一辆双排座的农用车里,赶往县城东南山区一处叫甄庄村的集市。据开车的郑师傅说,虽然甄庄村地处偏僻,但集市上的人流量却不少,而且从来没有人去做过我们这种生意,此行准能出奇制胜,狠狠搂一把。郑师傅说这话的时候两眼放光,从他宽阔的嘴巴里喷出阵阵生蒜味,唾沫星子像石子一样啪啪地打在我脸上。

老丁咂吧着嘴说:"郑师傅,借你的吉言,今天咱们弄他个盆满钵满。"

郑师傅显得高兴了,双手几乎脱离了方向盘,连比带画地说:"你们听我的话没错。山沟里出俊鸟,这句话用在生意上,同样有道理。"

郑师傅是我们到达这个县城以后,临时从出租车市场上"抓"来的。这个人乍看面相老实,少言寡语,实际也是久经江湖,什么事一看就懂,属于那种见人说人话见狗学狗叫的老油条。他第一次随我们赶集,一场下来,就对我们做的生意看了个八九不离十。不过他一句话也没多说,甚至还不动声色地帮我们收拾道具,有时还耍点小聪明,对我们提些建议,介绍地方里的有关情况,让我们对他很满意。老丁说:"我们租你的车,价钱讲归讲,只要我们赚了钱,我们吃肉,也不能让你喝汤。"

老丁还说:"在家靠父母,出门靠朋友。"郑师傅就属于那种心有灵犀一点通的朋友。

## 二

农用车疾行在不算宽阔的林荫小道上，阳光透过稀疏的树冠钻进车里，斑斑点点，像一群蝴蝶跳跃在我们身上。凉爽的风灌满了车厢，吹起小艾额前的长发。她眯起眼，噘着嘴，掏出小圆镜察看口红的色泽。老丁对着车窗外随风起伏的麦田打了个哈欠，就把右肘顶在小艾圆鼓鼓的胸上。小艾挣了挣，用小圆镜磕了一下老丁的胳膊。老丁笑了笑，抽回胳膊，又打了个哈欠。他打哈欠的时候，就像驴叫的时候，很长时间才发出声音。

他毫无保留地展示了被烟熏黑的牙齿和糙黑泛黄的舌苔。

不知不觉中，农用车逼近了一片连绵起伏的山丘，开始爬坡了。发动机嗷嗷怪叫着，车子也跟着抖起来。我们像煮在锅里的饺子，各自调整着舒服的姿势。小丽转着身子，屈起膝盖，抵在我的腹部，没有一点避让的意思，就像她那双泼辣的眼睛毫无顾忌地盯在我脸上。我绷着嘴和她对视了片刻。

"别跟你姐学，你才多大啊？学点好行不？"我扭头瞥了一眼身旁的小艾，她已经被老丁揽进怀里，做出猫一样温顺慵倦的模样。

小丽抽了抽嘴角，索性屈起膝盖抵在我的双腿间，又用力向里顶了顶。

"觉着了吗？"小丽翘起嘴角说，她的眼睛里漾起邪邪的亮点。

我摇头叹了声，转脸盯着车外一晃而过的杨树。路上已有了行人，老少妇孺，形色不一。一辆锃亮的摩托车超越了我们，呼啸而过。

"这辆摩托车能值四千多块钱。"老丁叹口气说，"咱几个人攥上去，把那人一脚踹下来，骑着就跑，准没事儿。"

"可不，荒山野岭的，踹就踹了，谁知道？"郑师傅目不转睛地盯着前方说。

满车厢里的人附和着笑。

农用车开始下坡了，车速跟着快起来。前方出现了一个花枝招展的姑娘，车子超越姑娘时，老丁探头冲姑娘吹了一声口哨。

"你敢下去把她办了吗？"老丁扭过头问我。

"不敢。"我说。

"我就知道你不敢。就你那熊胆量,活八辈子也没多大出息。"老丁哼哼地笑着。

满车厢里的人跟着哈哈大笑。小艾从老丁怀里挣出来,擂了老丁一拳。小丽笑得浑身乱颤,她的膝盖在我腿间左右冲撞了几下。

"跟着我老丁,有吃有喝,每天开心快乐,多好啊。"老丁学着赵本山的腔调说。

"这人真不要脸,说话也不怕闪了舌头。"小丽笑着对我说。

"越老越不要脸。"我也跟着笑。

"山清水秀好风光啊。"小艾笑够了,大发感慨,"唉,江山如此多娇,昨天晚上我做了一个梦……"

"咄!闭嘴!"老丁勃然变色,"说你多少次了,生意人最忌讳早晨说梦。"

"滚一边去!"小艾翻起眼说,"咱这些人就你穷讲究,数你浑身虱子多。"

说着笑着,农用车在山岭上七绕八拐,眨眼皮的功夫,甄庄村就在眼前了。

是一个碧绿葱郁的村庄,袅袅炊烟正从村子里缓缓上升。

## 三

甄庄村的集市面积不大。几排水泥板散放在一片干涸的河床上,周围栽着杨树、槐树,粗细不一,几条小路像树冠的枝丫四散延伸至远方。阳光落在大小不一的鹅卵石上,显出湿漉漉的光亮,踩上去发出干燥的闷响。远远的,已经有人从四面八方聚集过来。肩挑,手提,赶着毛驴车,开着拖拉机。市场上开始热闹了。人们互相问候的喧笑声,拖拉机当当的尖锐声,牛哞,羊咩,几条短毛灰驴抑扬顿挫的吼叫宣布了一场让人哭哭笑笑的戏剧正在开始。

老丁让郑师傅把车停在集市旁。我们下车后,就收起嬉笑的神情,收腹挺胸作精神抖擞状。小艾和小丽姐妹俩撑着脚尖在鹅卵石上来回跳动,那些从我们身旁经过的男女们,都不自觉地扭头盯着袒胸露背的姐妹俩,露出惊诧的神情。老丁瞪了她们两眼,两姐妹反而更张狂了,小丽冲老丁扮出一副怪相,小艾则笑嘻嘻地冲一个面色黝黑的男人要烟吸。那个男人受宠若惊似的掏烟,双眼却直直地盯着小艾袒露的胸口。

"谢谢你,大哥。"小艾对那个和她父亲差不多年龄的男人说。

"你们是做什么的?"男人问。

"你看呢?你看我们是做什么的?"小艾冲男人吐了一个烟圈。

男人重新打量着我们,满脸迷惑地摇头。

"我们是为人民服务的。"小艾说。

男人立刻显出了讥笑的表情。

老丁面带笑意走过去,握住男人的手说:"老乡,你甭听她胡说,我们是潇逸化妆品公司的工作人员,来为我们公司的新产品做宣传。"老丁说着把男人拽到车厢前,压低声音说,"老兄,你是当地人吧?各种情况比较熟悉,今天你能不能帮我们捧场啊?当然,我们不会亏待了你,待会给你二十块钱,算作辛苦费。"

男人的眼睛亮了一下。"我能帮什么忙?"

"见机行事会不会?待会儿人多了,你只叫'好'就可以。"

"好。"男人犹豫着点头。

"大声说。"老丁拍着他的肩。

"好!"男人提高了声音。

老丁满意地笑起来,他扭头冲我们挤挤眼。"我看这个老哥就可以,挺实在。"

郑师傅说:"嗯,山里人实在。"

二十元钱可是一件好差事。那个男人脸上堆起满意的笑,掏出半盒廉价的香烟向我们分发。他把空瘪的菜篮塞到屁股下,盘起腿,不时和陆续经过车旁的人打招呼。

"歇会儿?"他说。

"你蹲在那儿干吗呢?老三。"路人打量着我们,大声问那个男人。

"帮忙。"本地男人老三浑然不觉地笑着说。

赶集的人像羊群一样络绎不绝。老丁抬腕看表,招手让我过去。我和老丁坐进车里。老丁说,"兄弟,今天这一场你'唱'行不行?"

"我不行。我还得继续向你学习。"我说。

"师傅领进门，修炼在个人。"老丁显得不耐烦，"你总是这样推诿，什么时候能独当一面？"

"台上一分钟，台下十年功。我现在真不行。"我觉得嘴唇开始哆嗦了。

"什么行不行，只要让别人心甘情愿地把兜里的钱掏给我们就行。"老丁肥厚的鼻翼张缩着，"甭管黑猫白猫，逮着老鼠就是好猫。"

我坚持拒绝。老丁无奈地叹口气，掏出二十元钱给我，他把钱甩得啪啪响，"喏，你还是跑'台下'吧。"临下车时，老丁又说，"咱这一班人啊，看你们个个挺能耐的，真离了我，怕是连西北风也喝不上。"

我满面羞愧，低头走到那个叫老三的本地男人身旁。老三仰起脸看着我，露出孩童般天真的笑容。

"从现在开始，咱俩就是一条绳上拴着的蚂蚱了。"我蹲下身，对老三说，"我们不能白给你二十元钱，你必须听我的话，待会开场了，我说什么，你就说什么。我怎么做，你就怎么做。"

"行，怎么都行。"老三的笑容有些僵硬了。

"你别害怕，没什么大不了的事。"我注意模仿老三的地方口音。

"我不害怕。"老三说，"我什么事没见过，我怕什么？"

"很好。"我拍着他的肩说，"很好。"

我叫了他一句三哥。

老丁和郑师傅已经开始在集市周围转悠，两个人指指点点的，不时附耳低语两句。老丁说过，选择场地很重要，既要能招揽行人，又要容易及时撤离。两个人在一处破旧的瓦房前停下来，四处打量一番，郑师傅走过来，把车开过去。小艾和小丽开始拾掇出扩音器搬出十几个纸箱，整齐码进车厢里。老丁接通电源，放进一盒磁带，港台歌手的歌声就在集市上响起来了。小丽像一只麻雀在车厢里蹦着，她将手搭成一个喇叭状对着我。我远远地看着她的嘴巴一张一合，却听不到她的声音，不过我懂她要表达的意思：演出正式开始了。

## 四

集市上已经搭起了成片的白色布篷,像地震后的避难所那样杂乱无章。我顺着鹅卵石小道走进去,一阵阵嘈杂的声音从地面上漫上来,钻进我的眼睛里、鼻孔里、耳朵里,让我不由打了几个喷嚏。布篷笼罩着各种粗俗的颜色,红的西红柿,绿的黄瓜,男人糙黑的面孔,女人灰白的脚踝。我沿着挂满各式衣服的通道走过去,小心翼翼地躲避着鸡鸭牛羊和摊在地上的各色粮食。山里人做生意总是这样,他们从不主动招揽顾客,神情悠闲地坐在矮凳上,相互饶有兴致地攀谈,彼此侧头低语,间或爆出一阵大笑。来集市上买卖东西是次要的,熟人亲戚相互聊家常才是主要目的。

我在一个烤炉旁站了一会儿,卖烧饼的少女勾起了我的食欲。她做的烧饼又大又薄,我买了两张,她拿纸包了递给我。我伸手接烧饼时故意攥着她的手指,在她手掌心里挠了一下。少女像是心有灵犀,红着脸低下头。我卷起烧饼,塞进嘴里嚼着,盯着手足无措的少女。她翻了我一眼,又迅速低头。

"小姐,工商所的李所长今天没来啊?"我伸着脖子咽了一口饼。

少女抬起脸,笑吟吟地看着我,仿佛受到莫名的鼓舞,她的眼神在我身上转了一圈。

"所长?你是不是说那个大个子,嗓门挺粗的?"少女偏头怔了怔,"他姓赵,赵所长。"

"噢,对,赵所长。"我记住了这个名字,"赵所长今天没来?"

"他一般不来,平常时只有两个'小兵'来收管理费。"少女显得从容了,"你找他有事?我认识他,他是俺村里的女婿。"

"没事,我只是问问,老伙计了。"我摆弄着手里的烧饼说,"技术监督局的人来吗?"

"不来,他们从来没来过。"少女对我偏执的提问失去了兴趣,低头忙碌了。我寻了一块空地蹲下。还好,山高皇帝远,万事大吉,我可以歇一会儿了。

背后有人在盯着我，我觉察到了，一股麻痒像虫子顺着脊背向上爬。我不动声色地扭过头，看到一个面色黝黑的老者，两手交叠，双膝并拢蹲在地上。他面前摊着一张脏脏的红布，上面画着阴阳太极八卦图，线条粗笨，像蜘蛛精心编织的网，老者蹲着的姿势像网中的蜘蛛。他眯起豆粒大小的眼睛盯着我。我偏着头，与他对视了片刻。

一只通体雪白的绵羊挣脱了主人手里的绳子，从我身旁仓皇逃去，肥硕的尾巴颠动着，抖出一串串屎蛋，引起一片叱责。

集市旁的大路上，老丁浑厚的嗓门响起来了，他说的是普通话，像风中呼啦作响的旗帜，断断续续地传过来，确实有几分吸引力。我听不清每句话，但我却能默诵出每一句话的腔调，其实我早已烂熟于胸了。老丁算得上是一个天生的主持人，在这样简陋的环境里，他凭着一张三寸不烂之舌，轻松自如地调动起观众的情绪，节制中不失张扬，含蓄里闪耀着光彩。

"亲爱的䲢庄村的父老乡亲们，你们好啊！"老丁的声音超越了集市上的嘈杂，像拍打着的翅膀在布篷上盘旋，吸引了无数人的目光。"我们是潇逸化妆品公司的工作人员，来为我们公司的新产品做广告宣传，每人免费赠送产品一份，请大家试用，免费赠送啊，机不可失，大家快来领取产品啊。"

老丁举着我们的"新产品"，印着美人头像的长筒塑料包装的洗发水，像发号施令的将牌。集市上有些人呆呆地看着，已经有些少女和中年妇女围过去，她们脸上堆着半信半疑的神情，看着老丁变幻无穷的表情。

我觉得老丁的唾沫星子飞过来了。

"年轻人，过来，我看看你。"老者两片嘴唇嚅动出瓷片一样的声音。
"看准了你别夸俺，看不准你也别笑话俺。"
我转过身，老者的笑容像裂开的苞米。
"你原来是吃公家饭的人，对吧？"老者的眼球转了转。
"靠前点，没事儿，我不要你的钱。把你的手伸过来。"
老者的手指像木柴一样干硬，他伸出手指在我手掌里比画着。
"你瞧，这是生命线，你能活到九十岁。"
"你的爱情、家庭很美满的，你媳妇是个很贤惠的人，相夫教子。"

老者煞有介事地摆弄着我的手,"噢,咱国家若不实行计划生育,你命里该有三男两女。"

"嗯,不过,你的事业不怎么顺了,年轻吃苦,老了肯定能享福。"老者揪着下巴上的几根稀疏的胡须作沉吟状,"我说一句你不爱听的话,你别生气啊,你今年可能要破些财的,不过也好,没什么大事,破财免灾。"

集市上的树冠里,有风一阵阵地刮,风就像惊慌失措的鸟群,搅得树叶哗哗乱响,响声坠下来,就被集市里的嘈杂吞没了,撕碎了,化成了丝丝缕缕的燥热。

人群已经把老丁围得水泄不通。集市上的人都翘首张望,陆续有人挤过去。人群把手举得高高的,像一簇簇掉光了叶子的枝丫。有人开始鼓掌,伴随着嘻哈的叫声,老丁脸上已经淌汗了,兴奋已使得他的五官有些变形。他总是能够深入浅出、不温不火地把观众引入一种忘我的境界,欲擒故纵,让人心甘情愿地把钱掏出来。他像一个技艺高超的厨师,恰如其分地掌握了火候。热情洋溢的人群都满脸通红,如热油爆炒的大虾。

"为了让大家掌握新产品的使用方法,好省快用,现在我给大家演示一番。"老丁将洗发水撬开封盖,将洗发水挤出,一股鼻涕状的液体在半空里飘荡了。小丽从驾驶室里蹬上车厢,提着一把暖瓶,对人群做出迷人的笑脸。我可以公开这个"商业秘密",暖瓶里是我们事先用水稀释的硫酸,不仅可以洗掉油污,血渍,就算铁锈也可以轻易除去。它的除污效果足以让任何人因此亢奋痴迷。

有人瞪大了眼,有人抽动着鼻子。

"我们新产品的正确使用方法是,先用温水将洗发水融化。当然,洗发水的每次用量不用太多,两三滴就会有奇效。"

老丁像小丽示意。小丽将洗发水滴进一只水杯里,将暖瓶里的"温水"倒进杯子,晃了晃,对观众做出一个优雅的造型。老丁将一条浸满油污的纱布放进去,摆了几下。

"大家看好了,纱布上沾满油污、血渍等最顽固的东西,现在我们轻易就能将污渍洗去,不用揉,不用搓,多省事。"

老丁将纱布提起又放下。

"一下。"

"两下。"

"三下。"

奇迹真的发生了，老丁手里的纱布露出了它原来的本色，湿漉漉地显示出了耀眼的白色，人群沉默了一会儿，便开始骚动了，发出一片叹息声。被老丁说定了的本地男人老三像是忘却了自己的任务，呆呆地大张着嘴巴。

"大家说，我们的产品好不好？"老丁高叫着，"泰山不是垒的，火车不是推的。实践是检验真理的标准，好就是好！"

"好！"人群齐声说。

"大声点！好不好？"

"好！！"气壮山河的喊声，几乎把满眼的阳光震碎了。

我快要笑出声了。

"告诉我你的生辰，我就能查出你将来的旦夕祸福。"老者拉了拉我的手，"咱说咱的，甭管别人。"

我从他怀里抽出手，冷脸看着他。

"你原来不是卖猪头肉的吗？怎么两年没见学会相面算术了？"我模仿着本地口音说。

老者的笑容凝住了。

"你再胡说八道，我把你揪到工商所里去。"我声色俱厉地说。

"我说你什么啦？你说我说你什么啦？"老者眼珠转了一下，伸长了脖子嚷起来，"我先知先觉，前瞻后瞩，信不信由你。"

"你知道我是干什么的吗？敢在关公面前耍大刀，你胆子不小啊！"老丁那边该我出场了，我没兴致再与他纠缠，唬他两句，"你的眼珠是泥巴捏的么？睁开眼好好瞧瞧。我是干什么的！"

老者的脸青一阵，白一阵，看起来沮丧，委屈，还有些气愤。

我扔给他一元钱，"买杯茶润润嗓子吧！"

老丁已经向集市里张望了，他显然在寻找我。我在卖烧饼的少女和相面的老者的眼神里走开，拐过一片水果摊，一个上了年纪的女人叫住了我。

"年轻人，捎几个松花蛋回家吧？"

老女人红润的脸上挂着些汗珠，花白的头发向脑后缩成一个小髻，她和蔼可亲地看着我，让我想起多年前的奶奶。我记得奶奶就是这样一副慈祥的笑脸。

老女人面前摆着一堆用草皮和黑泥糊着的蛋状的东西。

"微山湖的特产，个大，味美。"老女人的语气里充满了长辈的亲和力，我不由转过身。"多少钱一个？"

"一块钱两个，不贵呢。"

"买五块钱的吧。"我捏着表面粗粝的草皮和黑泥，想起小丽。

"买十块钱的呗。"老女人摸出一个食品塑料袋，"五块钱的吃不着。"

我掏出十块钱，看着老女人连同慈祥的笑容装进塑料袋里，然后她目送我向前走，就像目送离家远行的孩子。我觉得心里热乎乎的，我知道小丽爱吃松花蛋。待会我要悄悄地剥了松花蛋塞进她嘴里，就像有一天我会把我的舌头塞进她嘴里，让她被幸福的味道噎得翻白眼。如果老丁敢说半个不字，我会揍扁他的脸。

## 五

老丁已经开始分发洗发水了。免费赠送，天上掉馅饼的事，千年不遇。人群躁动了，都大张着嘴巴，焦灼地盯着老丁手里的洗发水。对于老丁和我们来说，关键时刻到了。每每这时，我总是想起小学时读过的一篇范文：在冰天雪地里，怎样用箩筐诱捕一群叽喳乱叫的麻雀呢？扫一块空地，撒一把秕谷，将箩筐用木棍撑着，远远地攥着一根绳子。鲁迅先生用简洁的语言描述了这个过程。我屏住呼吸，等待老丁拽起绳子。

有几个领到洗发水的人笑逐颜开地挤出人群，在众目睽睽中离去。

"快点，给我一个吧。"一张嘴巴说。

"我等半天了，给我一个吧。"另一张嘴巴说。

我挤进人群里。热烘烘的臭汗让我头晕。说实话，我喜欢这样激动人心的时刻，听到钞票哗哗的响声让我欢欣鼓舞。老丁发现了我，本地男人老三也发现了我，给了我一个茫然又谄媚的笑脸。

"现在，我决定不再赠送产品了。如此赠送下去，我们的公司就要送垮了。"老丁话锋一转，语气像一条平静的河面，水层下面涌动着汹涌的暗流,"父老乡亲们,说句掏心窝子的话,我的新产品市场价是每瓶二十八元钱。为了产品的宣传效果,我决定以每瓶十五元钱的成本价卖给你们,你们敢不敢买?"

人群寂静了,能听到粗重的喘息声。

"有诚心为我们公司做宣传的人,请掏出十五元钱证明给大家看看吧。"

开始有三三两两的人挤出人群,他们的肩挤在留下来的人身上,像撞在木桩上,人群一动不动。

"那些撤退的人,表明是没有诚心为我们公司做宣传的人,是在生活里众叛亲离的人,让他们走吧。现在留下的人,才是诚心诚意为我们公司做宣传的人,我向你们致敬!"

人群发出一阵低低的哄笑,挤走的人满脸羞愧,显得很狼狈。

"现在,谁愿意掏出诚心买我们的产品?"

人群里寂静无声。

"我买一瓶。"我大声说。

人群的目光像石子一样打在我脸上。本地男人老三抽搐着嘴角,怔怔地看着我。

"我也买一瓶。"老三颤着声说。

人群的目光折到老三身上。开始有人低语着,有人将手伸进衣兜里。

我把刚才老丁给我的二十元钱举起来。老三举起了他的菜篮。

"好,好。两位大哥,请到前面来。"老丁将话筒递到老三面前,"这位大哥,您贵姓?"

"免贵,姓张。"张三抓挠着头皮说。

"嗨,老张同志是好人,一辈子没有杀过人。"

人群又发出一阵哄笑。

"你花十五元钱买我们的产品心疼不心疼?"

"不心疼,十五元钱算个球。"

"后悔不后悔?"

"不后悔。"我说,"这么便宜的事儿,后悔什么?"

"好,现在,我将产品卖给你们,拿回家去,给老婆用,给我们的产品做宣传啊。"老丁拍着巴掌欢送我们。人群盯着我俩手里的洗发水。

"好,乡亲们,有诚心为我们产品做宣传的人,请把手里的钱举起来,我清点一下人数,因为我们带来的产品数量有限,请大家原谅。"

大约有二百人举起了手,几乎全是中老年妇女。

"我再问大家一句,心疼不心疼买我们的产品?"

"不心疼!"

"愿意不愿意?"

"愿意!"简直是在宣誓。

"不过呢,我丁某人说话是算数的人。我承诺送给大家一份新产品,我说到做到,现在,我仍要免费赠送大家一份,好不好?"

"好!"人群反应激烈,有人拍起巴掌。

老丁有条不紊地说着,小艾和小丽则开始收钱,秋风扫落叶一样,她们手里就攥着大把的钱了。接着开始分发洗发水,每人两瓶。许多人脸上浮出了欣慰的笑容。一个面色糙黑的中年妇女接过洗发水时,甚至对小丽说了一句"谢谢你,闺女"。

分发完洗发水,车厢喇叭里响起雄赳赳的革命进行曲。老丁笑容不改,冲人群挥手,"谢谢乡亲们惠顾,请大家走好,再见⋯⋯"小丽和小艾也在人群里送客,笑容可掬,"请大家回去正确使用,谢谢您为我们的产品做宣传。"郑师傅开始收拾道具。本地男人张三手足无措地愣在原地,显出了仓皇的神色。

人群散开了些,却驻足不走,彼此相互审视着,掂着手里的洗发水,迷茫地看着白花花的阳光。

我知道,可能要出麻烦了。

"嗨,不是说白送吗?怎么又让咱们花钱了?"终于有人醒悟了,尖叫了一声,像凌晨的鸡啼,一呼百应。

"对呀,不是说白送的吗?我们怎么掏钱了啊?"一些人自言自语似的,互相问着,仿佛别人能够回答。

一个脸宽唇厚的中年女人挪到老丁身前。"请问,经理,你们不是说白送我们的吗?"

人群跟着围拢过来。老丁冷冷地打量着一张张茫然失措的脸。

"说送就送了,我们最后不是白送了一瓶吗?"

"那⋯⋯那这一瓶?"中年妇女摊着手里的两瓶洗发水说。

"这一瓶不是你买的吗？我卖你买，没人强迫你，对吧？"

中年妇女张着嘴不说话了。

"我问你们愿意买吗？你们说愿意。我问你们后悔不后悔，你们说不后悔。"

中年妇女转着脸，求助似的看着众人。人群愣住了，都咬着嘴作苦思状，彼此掂着手里的洗发水互相打量，面粉一样的阳光飘下来，落在人群脸上，显出一层隐晦的颜色。

"噢，这样洗发水，在商店里只卖两块钱一瓶！"终于又有人醒悟了，尖叫了一声，人群混乱了。

"俺要退钱，不行就告你们去！"一个苹果脸的少女说，"这是假冒伪劣的产品，两块钱都不值！"

"你的嘴是不是嘴？说话不算数，拿我们开心是不是？"小艾抢过身，一扫妩媚的笑脸，柳眉竖立。

"货已售出，不退不换！"老丁旁若无人地挥挥手。郑师傅已经把车子发动起来，本地男人张三呆呆地盯着人群。

"哎呀呀，大嫂大姐们，这是正儿八经的新产品，咱们拿回家试试就知道效果了啊。"我挤进人群，对苹果脸少女说。

"就是嘛，咱回家试试，没错，十几块钱，有什么大不了的嘛！"张三也跟着进来，龇着牙说。

"滚你个坏张三，吃里爬外啊你，跟别人合伙欺骗咱乡里乡亲……"

"你看你这话说得……"张三摊着手说。苹果脸少女把洗发水扔到张三身上。

无数人把洗发水像扔石头一样砸到张三身上。人群混乱了，集市混乱了，叫声，骂声，混成一片。几个妇女则抓住了郑师傅的车厢。

"快走！"老丁冲郑师傅说，"快开车！"

农用车猛然向前一冲，苹果脸少女摔倒了，有人摸起脚下的鹅卵石砸进车厢里。车子拐进大路，本地男人张三跌撞着冲过来，他扒住车厢，伸开的手掌像一片荷叶。

"哎，老板，咱说那事？"张三说，"那二十元钱？"

"滚蛋！"老丁捅了他一下。

"呸！"小艾冲张三啐了一口，"不要脸！"

张三闪开身，想要再次扑过来，农用车加速跑起来了。张三在滚滚尘埃里捶胸跺足，我们都笑得乐不可支。小艾和小丽在后座里忙不迭地清点钞票，边数边咯咯地笑。

"今天这事儿有点悬，差点闹出事儿。"郑师傅说。

"人啊，哪有天上掉馅饼的好事儿啊，这叫赚小便宜吃大亏。"

"有这一回，他们会记一辈子。"

"回城以后，先进饭店撮一顿，"老丁说，"挣这么多钱，不花干吗啊？"

小艾和小丽忘情地唱起歌，"我们的田野，美丽的田野……"

## 六

农用车像一头山羊欢快地蹦跳着，路边风景如画，郑师傅吹着口哨，朝后视镜里看了看，又倏地扭头伸出车外，"坏了，好像有人追上来了。"

我们同时转头，后面果然有一辆白色面包车追来了，隐隐能听到警笛声在山路上回荡。

"加速，把油门踩到底！"

"我这辆破车，怎么着也不如警车跑得快啊。"郑师傅的声音发颤了。

后面的面包车愈来愈近，呜呜哇哇的警笛声钻进车里。前方出现了S形标志，郑师傅急拐，对面蓦然又出现了一辆大货车。郑师傅连叫："坏了，坏了！"农用车像一只受到惊吓的鸡，跌撞着冲向了大货车。只听得轰的一声巨响，我从车里飞了出来，那一瞬间，我想抓住小丽的胳膊，我的手在半空里挥了一下，只抓到她的一缕头发，便一头栽进路边的深壕里……

不知过了多长时间，我醒过来了，隐隐听到周围一片嘈杂的嚷嚷声、慌乱的脚步声。我扭头看了看，老丁和小艾不知到哪里去了。小丽像一捆干草趴在我身边，一股红色的液体从她耳朵里淌出来，花瓣一样绽在她脸上。我觉得我快要哭了。我挣扎着翻身，摸到了从集市上买的松花蛋，我用力捏了捏，粗粝的草皮和黑泥脱落下来。我终于看清了，攥在我手里的是一个鸡蛋大小的土豆，表皮鲜亮，长着和小丽脸上一模一样的雀斑。

(原载《长江文艺》2011年第5期)

# 矫揉造作的死亡

## 二　　娥

后来雨真的下大了,电视里的天气预报还真准呢。昨天晚上,我给井水拾掇行李时,天上还只是飘着牛毛一样的小雨,等鸡叫头遍,我出来小解时,雨就下得不分个了。雨点噼里啪啦地砸在锅盖上、灶台上、墙根的梧桐树叶上,砸得人心惊肉跳。

我前脚刚迈出门槛,雨水就淹到我脚脖子上了。我缩着头爬到床上,挨着井水躺下,故意用湿乎乎的手挠他的胳肢窝。井水猛地一动弹,粗粗地叹了口气,就伸手在我身上胡乱摸起来。我攘着他的手说,哎,醒醒,雨下大了。这个熊货不吱声,反倒一下子骑到我身上,手脚并用地折腾得更厉害了。我调整了一下姿势,随他弄出一身汗,歪在一边软得像摊泥,才喘息着问我,雨下大了?我说,改天再走吧。井水抚弄着虎子圆乎乎的脸庞说,看准了的日子,就是下刀子也得走。我说,你真舍得了俺娘俩么?井水吭哧了半天,披着衣服下了床,对着门外的雨发了会呆,又朝地上啐了口痰说,不就是年把的时间嘛,等我挣钱回来,咱就盖新房,盖咱村里数第一的大瓦房。

雨还在下着,哗哗的声音很响,像一群肆无忌惮的孩子无休止地哭闹。街面上的雨水汇成了水流,冲出了地瓜大小的碎石,黑乎乎的羊屎蛋子在水流里走走停停。这个可怜的熊货,第一次出门就挑了这么个熊天气,心急火燎的要去奔丧似的，拦都拦不住。我去西院老秀三家里借雨衣。老秀三刚起床，正提着尿罐子往墙根的阴沟里倒尿。我一进屋就闻到了一股骚味，这是老光棍身上特有的味。老秀三就是老光棍，五十多岁了还没混上个女人。村里的人当面都按辈分称呼他叔或者大爷什么的，转脸就叫他老光棍。

前几年，老秀三和刘栓他娘在一个被窝里摸了多半年。刘栓的爹刚咽气没两个月，老光棍就和刘栓他娘睡上了。后来村里人都知道这件事，都朝刘栓指指点点地戳他的脊梁骨。刘栓觉得脸上过不去，就在街面上把老秀三臭揍了一顿。当时，老秀三的嘴还真硬，他一边摸着鼻血一边满地找牙说，大侄子，我是打算攒俩钱娶你娘的。刘栓飞起一脚踢进他的裤裆里，老秀三才哎哟着不再胡说了。村里的人都说，刘栓打得对，刘栓他爹死了，刘栓他娘就该顺理成章地守寡。老秀三以前是光棍，现在也应该是光棍。老秀三从挨打后，像是矮了辈分，走路低着头不吱声，农忙时挨家给人当帮手。家里的什么东西都肯往外借，别人借了不还他也不怎么当回事，俺和他是隔墙邻居，我没少借了他的东西，他也没少帮了俺家，我觉得他是个好人，打了半辈子光棍也不容易。

老秀三五十多岁了，身子骨还那么结实，他光着湿漉漉的黑背，在屋里出出进进，动作利落得像个成了精的大耗子。春暖乍寒，他一点也没当回事。我说，大叔，用用你的雨衣行不？老秀三搓着黑背上的污垢说，井水今天走？我说，看准的日子，走就走吧。我前脚刚进家，老秀三也跟着来了。井水正蹲在门槛上愣神吸烟。老秀三走过去，也跟着蹲下。井水递过一支烟，老秀三吧嗒了半截说，你走的也不是时候，下了这场雨，地里的活儿也该忙了。井水说，那边的活儿也不等人，那边的活儿挣大钱。老秀三说，那你也不该走，庄稼人舍了地哪行呢。井水还是说，同样下力气，那边的活儿挣大钱。

井水就这么走了。他披着老光棍的雨衣，深一脚浅一脚地踩着泥水，踢着碎石头，绕着村外的水库长坝转了一圈，慢慢地就看不见了。我听到老秀三在我身后笑了一声，他的笑声很短促，像山林里潜伏的野鸟，嘎的一声就没了声响。

这场雨过后，村里就没了闲人。田里的地瓜打着懒腰伸胳膊拽腿地疯长，数不清的杂草也跟着欺人。一夜之间，就蹿到腿肚子那么高了。我领着虎子在地里拔草。雨过天晴，太阳显得更热了。火燎燎的针似的扎人。一上午的工夫，我才做了二分地的活儿，就累得腰酸腿痛，想想井水这个熊货，说不定这会正在哪里享福呢。

下午，老秀三跟着来帮忙。男人的手就是快。抡起锄头呼呼生风。我看他不歇气地干，真有些佩服他，井水年轻力壮，若比起他来恐怕不如他撑时候呢。我和他一前一后，说着笑着，没觉得多累地里的活儿就做了大半了。晚上，我切了一块豆腐，烫了一壶酒，又用香椿芽煎了鸡蛋。老秀三没怎么推辞，就坐下吃喝起来。老秀三吃东西的时候声音很响，咯咯吱吱的。豆腐那么软，鸡蛋那么酥，他干吗非得绷着腮那么费劲地嚼呢。我端着碗看着他，忍不住笑了一声，笑得老秀三差点把杯子里的酒洒出来。

那天晚饭时，老秀三说了很多话，我才知道平日里言行木讷的老光棍还那么善谈。刚开始的时候，他给我说村里的张三李四，地里的高粱谷子，最后就扯到了刘栓他娘身上，他说刘栓他娘得了一种很难治的病，恐怕活不长时间了。他说刘栓不孝顺，逼得他娘去闺女家里住。说着说着老秀三就掉泪了，他一边掉泪一边重复着刘栓他娘。开始时我还陪他唉声叹气，后来到了十点多钟，我就哈欠连天了。可是老秀三还是没有一点要走的意思。我打发虎子睡了，又陪他说话，屋里的灯光很暗，老秀三的影子映在墙上，模糊得看不清楚。我说大叔，你累了一天了，回去歇着吧。我说了一遍，又说了一遍，老秀三喝了一口茶，愣了一会儿，又喝了一口茶，才起身磨磨蹭蹭地走。他临走的时候瞪着眼看遍了这个屋里的每一件东西，最后盯着那台黑白电视机说，我明天晚上来看电视。我说，行，你尽管来就是了。

我把老秀三送到大门口，就赶紧闩上了门。老秀三踢踢踏踏地走到他门口，他家的门很尖利地响了一声，呀的一声就关上了。我侧耳听了片刻，西边院子里响起老秀三哗哗的撒尿声。我一直没睡踏实，半夜里醒了一回，我探头看见窗外的月光白森森的吓人，黑乎乎的树冠里有什么东西扑棱棱地响着，我赤身跑到院子里，摸起一根木棍，死死顶在大门上。

第二天，我本来不打算再让老秀三帮忙，我带着虎子来到地里，才看见老秀三早就在地里忙活起来了。我有意撵他回去。老秀三却说，你还把我当外人，我不愿意给谁家帮忙，请我也不去，我就这脾气。

那几天的气温真高，我不记得有过这样的天气，太阳像个巨大的烤炉，把地面上的水汽都吸了上去，若侧耳细听，我能听到水汽像条条火蛇一样带着吱吱的叫声向空中钻。我干了一会儿，就坐在地垄的阴凉处休息。虎子像只刚成虫的蚂蚱，一蹿一蹦地在远处的高粱地里时隐时现。水库平静得像一面镜子，我从这个镜子里看到井水的影子，那个熊货冲我龇牙笑着，美得像捡了个金元宝。我掐了一根草茎咬着骂他。这时我听到背后响起一阵细碎的声响，我以为是刺猬或者老鼠什么的，我最怕这些毛茸茸的小东西，我慌忙回头，老秀三不知什么时候靠在我身后，他半张着手，似伸未伸地迟疑着，他看见我转过头来便冲我笑了笑，他的笑是挤出来的，比哭还难看，他挠着头皮，指着近处的地瓜秧说，我发现了一个大蚂蚱，想逮给虎子玩。天啊，春暖还凉的天气，哪会有什么蚂蚱呢？我几乎是跳着站起来的，老秀三的眼神也跟着我向上跳，我顺着他的眼光往后找，我看见自己无意中露出的腰间，在阳光里白花花地耀眼。

　　从那一刻起，整个上午我都心神不定，咚咚的心跳撞得嗓眼生疼。我觉得老秀三的眼神始终盯着我，像尖锐的锥子一样盯着我，盯得我连走路都不自然了。老秀三也变得蔫头蔫脑的，抡着镢头也显得有气无力。后来我壮胆看了他一眼，正巧与他的眼神撞上，当时他刚抡起镢头，闪着光亮的镢头在半空里晃悠了一下，便软软地耷拉了下来，老秀三几乎要踉跄着倒下了。

　　那天晚上，老秀三没去我家吃饭，他低着头，早早回家了。我和虎子草草吃了几口饭，就用木棍顶住大门，和衣躺下。月光从窗户里透进来，淌在床上，静成一汪银水。我一点也不敢动弹，我生怕搅碎了这片平静。屋子里寂静无声，只有虎子纤细的鼾声像柳哨不紧不慢地吹。我盯着房梁，脑子里一遍又一遍闪着老秀三痴呆的眼神。后来我迷糊了一会儿，就被一阵细碎的声音惊醒了，那响声和白天在田里的响声一样，我一听心就狂跳起来。我偏着头听了一会儿，终于听清响声是从门外传进来的。我蹑足下床，顺着响声来到门后。门闩在一点一点地向后移动，像只笨拙的蜗牛移移停停又锲而不舍。当时我没怎么细想，就伸手抓住了快要滑掉的门闩。门闩不动了，我听到了门外粗重的喘息声，我捂住嘴，屏住呼吸等着喘息声消失，时间像被黏稠的月光粘住了。过了老大会儿，我听到老秀三说话了。

　　他说，虎子他娘。我没吱声。老秀三又说，二娥。

　　我听着就打了个寒战。我嫁到村里快六年了，头一次听别人叫我的名字。老秀三说,我睡不着,想进去看一会电视。

我低声说,大叔,天晚了,明天你再来看吧。

不晚,还不到十点呢。老秀三的口气硬得就像我手中的门闩。二娥,你开门。

我的手一哆嗦,就那么一哆嗦,门闩就掉在地上。十年以后,我在法院的判决书上也是这么轻微地一哆嗦,就划掉了我一辈子的自由和幸福。

我记得当时,老秀三只是推开了半扇门。他宽厚的身子挡住了外面的月光,我看到他黑乎乎的脸庞上,两只眼睛像猫一样闪闪发亮。他一进来就抱住了我,他张着双手和白天在田地里的姿势一模一样。开始时我在心里惊叫了一声,我想着大声呼救却怎么也发不出声。老秀三身上浓重的酒气、汗气、热烘烘的骚气像他的双手一样箍住了我。他抱着我转了半圈,就轻车熟路地把我抱到床上。我觉得不是他抱着我,倒是我反背了一个饱满结实的麻袋,他哼了一声,就压在我身上,就是这么一种沉重的感觉。

他把油腻的头顶在我的下巴上,粗硬的胡子像刷子一样急慌慌地扫着我的脖子和肩胛,他开始撕我的衣服,扣子弹掉的那一刻,我终于说出话来,我说,叔,我叫你叔呢。

老秀三说,去他娘的叔。

我带着哭声说,按照俺娘家的辈分说,我是你的表侄女呢。

老秀三说,去他娘的表侄女。

他的动作毫不迟疑又有条不紊,他在我上身摸索了一会,就很灵巧地解开我的腰带。我开始狠狠地咬他,我紧绷着双腿保护自己,其实我的防御是那么软弱无力,老秀三屈起膝盖,只那么一下就把我的双腿给撑开了。就像利斧劈开一块干柴,老光棍急不可耐地进入了我的身体。他开始猛烈地撞击我,他喷着酒气一遍一遍喊我的名字,他的声音越来越疲惫,最后他呻吟说,二娥,乖二娥。

我只记得虎子在整个床剧烈的颠簸中翻了个懒腰,又继续吹起呼呼的柳哨声。我眼睁睁地看着窗外的月亮晃了几晃,便一头栽了下去,就像一阵风刮灭纤细的火苗,霎时整个天地一片漆黑。

那天晚上的事情就这么结束了,那天晚上的事情就这么开始了。自从那天晚上,老秀三一头扎进属于井水的大床上,就像一只鼠头鼠脑的蝙蝠一样,每天晚上都扑棱着翅膀来这里栖息。他从西墙上翻进我家院里是那么从容自如，动作轻盈如猫一样悄无声息。他在我身上折腾一番后，还会踢踏着鞋子在外间里抽烟，伸着脖子很愉快地吐痰，有时还会拧开电视机，坐在椅子上跷着二郎腿看电视，直到屏幕上出现一片雪花，才翻墙离去。他这些明目张胆的举动就是从那天晚上养成的，那次他像是得到了很大的满足，他赤身裸体从床上下来就吐了一口痰，咕咚咕咚地喝了一杯茶。我一直在哭泣，老秀三做出很体贴的样子给我抹泪，他粗糙的大手像磨石一样摩挲着我的脸颊，他说，二娥。他只是轻声重复着这两个字，他说，二娥。

从那以后，老秀三就把我家当成了他那个散发着骚气的狗窝，有时他会割一块肉或者拎一块豆腐，倒剪着手来到我家，随手把东西扔在饭桌上，然后便坐下毫无顾忌地吃喝。他竟然人模狗样地站在我家门槛上，嘶嘶怪叫着擤鼻涕，悠然自得地坐在椅子上扳着脚丫搓脚泥，吃过饭后舀一瓢水咕咚咚地漱口。他这些肆无忌惮的举动让我难以抬头。虎子总是瞪着小眼睛看我，充满了惊奇迷惑。麦收时，虎子入学要交学费。当时我束手无策，正准备卖掉囤积的粮食，老秀三出去转了一圈，就把虎子的学费甩出来。我当然不要，老秀三说，拿着吧，不要白不要。他说这话的时候浮出一脸坏笑。虎子说，等我爸爸回来就还你。老秀三怪笑着说，你爸爸回不来了。我听着来气，当着虎子的面，第一次骂了他。我说，你放屁。

那天晚上，老秀三下死劲地摆弄我。他在我身上力所能及地显示了一个庄稼人的好活计，他像梳弄田里的地瓜秧一样把我梳弄了一遍又一遍。后半夜里，他变得暴躁起来，他一次又一次地跳跃，一次又一次地撞击，把满屋的月光搅得烂碎。后来虎子不知怎么醒了，他翻身怔怔地看着我，他瞪着小眼睛毫无睡意，他奶声奶气的声音是那么清晰有力，他说，不要脸。

后来，我在穿过村街时，就看到了蹲在树荫下乘凉的街坊们脸上异样的神情，听到他们交头接耳的窃窃私语，流言蜚语像墙角里又矮又脏的青苔一样层出不穷。那天我去水库堤坝上洗衣服，老远就从草丛里蚊子的叫声里分辨出那群女人诡秘的笑声，我走过去，她们就一声不吭了。刘栓的媳妇在水里拨动着她那两只肥白的脚丫，她饶有兴致地拨动了一会，就把脚丫很骄傲地翘起来，她说，虎子的妈妈啊，俺家刘栓也要去虎子他爸爸那里打工了。你有什么要捎过去吗？

我忽然想放声大哭。

## 井　水

　　我老远就看到了悬浮于村子上空大片的如烟花般绚烂的梧桐花。我一进村就闻到了一股异样的气味，酸溜溜的像醋，臭烘烘的像粪，又酸又臭的味道掺杂着甜兮兮的梧桐花的味，像腐烂的动物尸体。我想起老秀三，他身上就散发着这种令人作呕的味道。我在千里之外的异乡打工时，就时常想起老秀三身上独特的气息，如今我走在低洼不平的村街上，这种味道变得如此强烈，如风袭来扑面撩心，让我激动得浑身战栗，恨不能脚下生风。

　　那些蹲在树荫下乘凉的闲人们用长长的烟杆指点我，用诡秘莫测的眼神打量我，他们都站起来，可怜巴巴地望着我，好像我是刚从监狱里出来，硬要给我一些假惺惺的安慰。有人问，井水，回来啦？我嗯了一声，又有人说，井水，回来就好。我又嗯了一声。那些人便怯怯地蹲下，怯怯地看我，我走过桥头遇见了刘栓的媳妇，她正在托着两坨肥白的奶子给孩子喂奶。她对我说，井水，发财啦？我说，发啦，刘栓也发啦，女人便开心地笑起来，我低头向前走，听到她又说了一句，二娥……我扭头恶狠狠地盯着她，女人凝住笑脸说，二娥，她也知道你发啦。

　　二娥正蹲在灶台前烧火。她看见我进家，惊得差点把手里的半瓢米泼出来。她呆了一下，对我咧嘴笑了一下，又呆住了。她说，你真回来啦？我没吱声，扎进屋里。二娥也搓着手跟进来，给我倒了一碗像尿一样黄的茶水。她一声不吭地端到我面前，我就闻到那股又酸又臭的味道，我闻到了臊味里的秘密，我皱了眉头朝茶水里啐了一口痰，那口痰的分量似乎很重，噗的一下，二娥就把茶碗丢掉了。二娥张着空手说，井水。我不动声色地看着她。二娥哇的一声哭了，二娥哭着说，井水，你这个熊货。

　　那天晚上，二娥炒了几样很可口的菜，还烫了一壶酒，我一口也没吃，她可怜巴巴地看着我，呜咽着哭。她把酒杯端到我面前，我死死地盯着她，她就那么一直捧着，一直呜咽着看我。我说，二娥，你喝了它吧。二娥揉泪仰头就把酒喝了。

　　晚上，我躺在床上吸烟，二娥在里屋里洗澡。她站在铁盆里哗哗地往身上泼水，她用毛巾狠命地搓着身子。夜很黑，二娥的身子很白，二娥白花花的身子在我眼前晃动。我吭了一声，二娥像是得到了久违的暗示，她跳跃着过来，像条光滑的鱼一样钻进了我的被窝。她的身子凉爽清香，她紧紧贴着我，壁虎依附在墙壁上似的一动不动看着我。我默默地抽烟。二娥看了我一会儿，就小心翼翼地触摸我。她先是摸了我的脸、肩膀，后来就伸手揽住了我，接着她把头伏在胸上。我清楚地感到她的眼睫毛眨动了一下，就有一颗黏糊糊的泪珠滚在我身上，我动了动，二娥却使劲揽住了我。她说，井水。她的声音很低，我嗯了一声，就把她推开了。我推开她时费了很大的劲儿，我抬腿把她踢下床时却觉得很轻松，二娥的手在床上舞了半圈，就很利落地摔在地上。二娥哭了，井水，这事不怨我。真的，不怨我。

一连半个月，我没和二娥说一句话。二娥默不作声地洗衣、做饭、喂猪。从我把她踢下床以后，二娥就没有在床上睡过一夜觉。她在外屋里搭了地铺，每天晚上都缩在墙角里发呆。我大脑一片空白，我不知道我该怎么去见老秀三，一直想找他说说，至于说什么我也想不出，就是想找他说说话。老秀三趴在他那间骚气的狗窝里一声不吭，他家的鸡不跳，狗也不叫，像是所有的生命都无可避免地染上了瘟疫。每天晚上，我都能听见他披着湿漉漉的月光向村外走。我听到他家的大门响了一声。老秀三朝我家门口看了看，他缩着头的模样很卑琐。夜深人静，老秀三凌乱的脚步噗噗作响，他走路的姿势很奇特，像只肥硕的鸭子一样一撇一撇。

我尾随他来到水库堤坝上。他脱了衣服缓缓爬进水里，龟一样泡在水里怔怔发呆。我一直想叫他一声，却怎么也张不开口。后来我扔过去一块石子，几片水花在月光里忽闪。老秀三站起来，睁着大眼朝岸上看，水面没过他的腰，他宽厚的身体在月光里亮如大鱼。我从暗处站起来，走进月光里，老秀三看清是我，他动了动嘴角，便又蹲进水里。我希望他能说些什么，他的举动让我失望。我点了一支烟，歪着头看了他一会，抬手把他那双臭烘烘的鞋子扔过去。我扔得很远，鞋子在水面上打了几个水漂，便一头栽进水里。老秀三始终没说什么，他近乎痴呆地看着岸上的我。像一只濒临死亡的千年老龟一样一动不动。

后来我回到家里，把二娥从地铺上抱起来，二娥温热的身子微微战栗。我说，这事就这样算了吧。二娥很慌乱地摇摇头又点点头，她说，算了？我叹口气说，算了吧。

我以为这件事就这样算了，我认为这件事就该我说了算，我说算了就算了。我确实找不到解决这件事的方式。我在地里拼命地干活,当我累得气喘吁吁,躺在地瓜秧上时,我就想,也许算了就是最好的解决方式。

田野里到处都是明晃晃的绿色,连空气都染成了油亮的颜色。一阵风吹来,成片的庄稼就会发出咔吧咔吧骨节伸展的脆响。那年我家的地瓜长得特别大,像婴儿的屁股一样红彤彤的,圆润可人。我记得那个下午有难以数计的蜻蜓在田里飞舞。虎子哭着跑来告诉我一件事,我就知道,老秀三快要死了,他死了才是解决这件事的唯一方式。他会死于我家房梁上的那捆绳子和菜板上的那把菜刀。虎子说,老光棍偷看我妈妈洗澡呢,我妈妈把他骂跑了。虎子胖乎乎的小手指着村里,我看见村里丝丝缕缕的炊烟正在夕阳中袅袅升起。

记得我是从两米多高的土堰上跳下来的,我迈开双腿跨过无数条沟壑,大片的地瓜秧蛇一样快速向我身后退行。我沿着长长的堤坝往村里奔跑时,听到水坝上洗衣服的女人们像青蛙一样地欢叫。当时我的脸色一定很难看,我狂乱的脚步踢得碎石乱飞,噼噼啪啪地溅到水库里,惹得女人们张着大嘴啊咦啊咦地惊叫,先是刘栓的媳妇喊了一声,井水疯了!洗衣服的女人们都撅着肥硕的屁股说,啊咦,井水真是疯了!

我闭着眼撞开了家门。二娥正蹲在门槛上抱着头发怔,她的头发还未干,她看见我就哭了,我头一次见她哭得这么畅快淋漓。二娥哭着说,井水,你这个熊货,你这个该死的熊货。二娥的哭声让我心乱如麻,我垂头在院子里转了几圈,一只母鸡愣头愣脑地围着我转,我伸手就把它抓过来,像揉一团抹布一样几把就揉掉了它的头。我说,我得杀了他,我拍打着手上的鸡毛说,一点不假,我得杀了他。

从那天开始,我就开始预谋杀死老秀三的计划。

刚开始我设计了很多实施方案,又被我几经推敲后逐一推翻,那时我才知道,真正徒手画一个标准的圆圈并非容易。这不像杀一只鸡,你可以在众目睽睽下抓住它,拿刀抹脖子,甚至可以堂而皇之地拿到水库里开膛破肚。我在吃饭、睡觉、做活时,都无时无刻不在想着这件事。那些日子里我把杀字写熟了,在手掌上画烂了。我一动不动地抽着烟,想着小学里的一篇范文。我在竭力回忆那篇文章时,体会到常人难以体会的内蕴。怎样在雪天里成功地用一张箩筐诱捕一群麻雀呢?我从表面文字的童心童趣里窥悟到一种含而不露的预谋、温文尔雅的杀机。杀与被杀的关系是多么明了，又是多么错综复杂啊！那些日子里，我为能成功杀死一个人绞尽脑汁。大多数人会从猫的嘴巴上粘着的鸡毛判定它是不是偷吃了鸡仔。我绝不能留下一丝蛛丝马迹。

我是在秋天实施我的杀人计划的。我对每一个步骤都做了精心安排。对开始和结束都做了精心揣摩。我认为我的计划天衣无缝，直到后来，我在监狱里，还为自己精彩绝妙的表演暗自惊叹。那年秋天里，村里村外，到处弥漫着醉人的成熟气息，我知道，我和老秀三的事该有一个结果了。

每年的秋收都是一场看不见硝烟的战争。七月一过，秋雨就像老人的尿一样滴答个没完。我就是在这时候找到了老秀三。我找了一个恰如其分的借口，老秀三没有理由不答应我的请求。

我在晚饭后去敲了老秀三的家门。我听到他拖拉着鞋子走过来，踏踏踏踏的脚步彷徨无助。他迟疑着拉开了那扇油漆斑驳的木门，拉开了通往冥府的大门。老秀三看清是我，惊得半张着嘴，他嘴巴上稀疏的胡子很精神地支棱着，突出的喉结不停地上下移动，他没说话，只是呆呆地看着我。我走进屋里就闻到那股又酸又臭的臊味兜头泼来。我扔给他一支烟，我说，叔，你坐下。

老秀三不坐，他手足无措地站在屋子中间，好像我是这间屋子的主人，他是初次登门的造访者。我拍着他的肩膀说，叔，你坐下。

老秀三搓着手蹲下来，像解大便一样挤出一些生硬的笑容。我不紧不慢地吐着烟圈说明了来意。老秀三就显出受宠若惊的样子。他很愉快地拍着腔又摆动着肩膀，还很响亮地朝地上啐了一口痰。他说，井水，你还客气吗，咱是隔墙邻居，这点忙我还能不帮吗。他说话时伸长了脖子，很激昂地表现出义不容辞的邻里之情。我和他扯了很多不着边际的废话，说了很多鸡毛蒜皮的琐碎，后来我俩唾沫四溅地骂了一会儿狗日的天气。但是，我们始终没有说到二娥，没有提及我出外打工的那段日子。老秀三送我出门，他嘴角上的烟头闪烁，那一瞬间，我肯定了一种感觉，其实整个晚上，我都受到了老秀三不动声色的愚弄。

我回到家，便径直钻入厨房，那把菜刀在菜板上闪着清冷的光芒，我把菜刀掂在手里像一片薄薄的羽毛。我走进院子里，对着黄澄澄的月光眯了一会。我说，真是一把好刀。

那天晚上，我和二娥又恢复了半年以前的操练。二娥躺在床上，兀自掀开被子露出白花花的身子。我兴奋得接连打了好几个喷嚏，二娥极力的配合使得事情达到了前所未有的高峰。完事后，二娥出去撒尿，院子里响起无所顾忌的哗哗声。我起身下床，解下房梁上的那捆麻绳，试着打了各式各样的套结。我把打好的绳套摆在门槛里。二娥光着脚丫进来后，我躲在一边轻轻一拽，绳子就牢牢地套住了二娥的脚丫板儿。二娥说，你想干吗？

我说，你别管。二娥撕掉绳套说，你真想这么做么？

我说，你别管，有你的好戏看。二娥阴着脸说，算了吧，人命关天呢。再说他也没少帮了咱家的忙。

我把绳子摔在二娥身上，我恶狠狠地说，屁，狗屁，你还舍不得他？

二娥趔趔着退了几步，带着哭声说，你胡说么啊你？

我说，我非杀了他不可，我要你亲眼看着我杀了他。

我挥着巴掌朝半空剁了一下，压着嗓子说，咔嚓。

我和老秀三扛着镢头并肩走在街上时，遭到了村街上众口一词的非议。当时我的耳朵很灵敏，那些窃窃私语的议论像蚊群一样在我身后缭绕。我早就料到这一点，我听着真高兴，我要的就是这种招摇过市的效果。我故意笑哈哈地喊秀三叔，笑哈哈地和邻人们打招呼，我夸张的动作让众人嗤之以鼻。我说，吃了？我说，地里的活儿忙得差不多了吧？众人都斜着眼朝地上啐痰，转着身子不理我，我依旧厚颜无耻地说，老天爷帮忙，今儿天气真好。远远地听到刘栓的媳妇尖声尖气地嚷，她的嗓门像她的屁股一样圆润可人，她说，人要是活到井水这个分上，就不能算个人了。

我一溜小跑撵上老秀三，我乐呵呵地对他说，好，真好。老秀三奇怪地看看我问，什么真好？我乐呵呵地说，天气，天气真好。

地里的农活忙活了将近半个月，地瓜刨完了，擦成薄片晾干了，堆在院子里小山似的那么高。我无法精心来品尝丰收的喜悦，我始终被一股焦灼的痛苦折磨得寝食难安。那年的九月初一夜里，下了一场小雨，我听到老秀三的咳嗽声透过潮湿的空气传过来，吭吭哧哧地聒噪着我的耳膜，我揉着太阳穴想了一会儿，我想，就在今天终止老秀三的咳嗽吧，九月初一，下雨，是个很容易记住的日子。

吃过早饭后，我就指使二娥去集市上买菜，二娥忧心忡忡地问，井水，你想好了？你想明白了？我挥着手说，买肉，买鱼。二娥扯着虎子走到大门口。虎子靠在门框上，回过头来喊了我一声爹。他的语气那么生硬，他无缘故地叫了这么一声，好像只是肯定我本来就是他爹。

家里只剩下我一人了。我开始郑重其事地磨那把菜刀。我磨得很仔细，每磨一下都用了很大的力气。菜刀白森森地失去了光泽，磨成死鱼肚皮一样的颜色。不过我能感觉到菜刀的锋利，我的手指轻轻触在刀刃上，就感到锋芒毕露的锐利。

临近中午时，街上的人声嘈杂。农忙之后，村里的闲人又多了。都到街角里闲聊。他们不像我这样胸有城府，不像老秀三那样深居简出。他们只是热衷对村里村外西瓜大或者芝麻小的事情进行口无遮拦的传播。我提着一只鸡走出去正合时宜。我故意弄得肥鸡咯咯乱叫，我依旧乐呵呵地和他们打招呼，我说杀鸡，请秀三叔，闲人们哄哄地笑起来，像看傻瓜一样看着我笑，我煞有介事地说，杀鸡，请秀三叔，过几天他要去东北找井东佺子去了。我请他喝酒，送行。

我提着鸡不紧不慢往水库边走，就听到老秀三要去东北的消息像被秋风刮起的树叶一样响遍了整条村街。二娥买菜回来说，听人说，老光棍要去东北了？我愣了愣说，扯淡。

那天二娥躲在屋里一直没出来。门外又开始下雨了，淅淅沥沥的小雨飘扬着。我蹲在门槛上支着耳朵吸烟。我心平气和地等着老秀三来临，等待着三年后的那声枪响，等待那颗滚烫的子弹射进我的脑壳里……

# 老 秀 三

在我四十八岁那年，我才真正认识了女人，我才知道什么是女人。刘栓他娘就是一个女人。

我记得那年冬天，村子里没有一丝风，没有一丝柔软的潮气，到处都是石头一样生硬的寒冷。我无精打采地踢着街上的大小石子，听到石子滚动出瓷器一样的脆响。我贴着墙角往水库堤坝上走。那时候，我就知道，水库是终生依赖的地方。水库里结着支离破碎的冰，在阳光里映着鳞一样的光亮。有只水鸟从草丛里跃起，箭一般穿越水面，又射入另一片丛林之中。这只灰色的大鸟从我眼前飞过时，我看到它光洁的额头上，生着浓黑的眼圈，有着女人一样的妩媚。我顺着他落地的的方向走过去，然后我看到了刘栓的娘。

这个刚失去男人的老女人正坐在石板上凝神呆思。她把平时高绾的发髻散开了。我想不到这个老女人还有着如此迷人的长发。我从侧面看过去，长发遮住了她已经苍老的脸庞，丝丝缕缕的长发在冬天的阳光里泛着油亮的光泽，使我在一瞬间产生了一种向往。我过去和她说了几句话，我始终没看她那双晦涩浊黄的眼睛。我发现她和我说话的时候，脸上悄然泛起的红晕让我激动不已。

当天晚上，我就去敲了老女人的家门。老女人像是心有灵犀，我只轻敲了几下，她就把门打开了。她的眼睛在墨一样黑的夜里活力四射。我在老女人身上第一次真正认识了女人，她像一个循循善诱的导师一样向我打开了周游世界的地图。那天晚上，老女人表现出恰如其分的矜持和放纵，我在她那张干燥的大床上摸爬滚打，像误入深潭的孩子胡乱扑腾。最后老女人哼哼地笑了。她像个慈爱的长辈一样摩挲着我的头，她说，大兄弟，你真可怜。我喘息着说，二嫂，你跟刘栓说说，我要正儿八经地娶你。

村里人很快就发现了我和刘栓他娘的秘密，流言蜚语随着春天的柳絮漫天纷飞，连树上的麻雀也对我叽叽喳喳地群起围攻。就在我和刘栓他娘商量该以怎样的方式公布这件不算秘密的秘密时，愣头青刘栓就抬腿踢进我裆里。那天天气很好，二娥头一次抱着虎子在街面上闲逛，邻人们都围着虎子啧啧有声。当时我疼得大叫了一声，虎子也跟着哇哇地哭起来，我知道我那声惨叫吓着了虎子。这孩子从那以后就用仇恨的眼神看我，我像癞皮狗一样趴在大街上，邻人们无动于衷，好像我本来就是一条招人讨厌的狗。我爬着摸索被打掉的牙齿，我想找回属于我的东西，有个眼尖的孩子看到滚在石头缝隙里的牙齿，他惊叫着拾起来递给我，人群就哄哄大笑。我注意到只有二娥面带戚色地看着我，她过来挽了我一把，说，大叔，你回家吧，她就那么轻轻一挽，就把我感动得要哭。

刘栓他娘搬到十几里路以外的她闺女家住了。她受不了村里的闲言碎语，她说她没脸再待在这里了。她走的那天，正下着那个春天的第一场小雨。我早早在水库边等她，刘栓他娘蹒跚过来，我站起身说，二嫂。刘栓他娘呆呆地看着我，滴滴答答的雨水从她脸上滚下来，泪珠也滚下来，她说，兄弟，回去吧。

我哭着说，二嫂。

她说，雨凉，回去吧。

她说着转身就走，我看着她歪歪斜斜地沿着堤坝走，高高挽起的发髻一晃一晃地扎眼。这个我爱的女人一直没回头，如今我只记得她那高高绾起的发髻一晃一晃地扎眼。

我回到家躺了整整一个下午。我觉得疲惫至极，闭上眼就看见刘栓他娘在我眼里打转，她绕着长满野花碎草的堤坝转了一圈又一圈，却怎么也转不出我的眼睛。

傍晚，二娥来敲门，她端来一碗热腾腾的水饺。二娥的表情戚哀，说，大叔，吃了吧。我刚把饺子塞进嘴里，听到二娥又问，走了？

我觉得喉咙里被什么东西塞满了，眼泪啪啪地掉进碗里。二娥没说什么，只是轻轻地叹气。她走时我没送她，我怕我稍一动弹就会失声痛哭。我坐在原地没动。那时，我就知道，我和二娥注定要有一场足以致命的故事发生，我知道我从骨子里就是一个下贱的男人，我没有能力改变一场自古就有的悲剧在这个寂寥的村庄里上演。门外春雨如丝，团团缠绕在夜色里，如烟雾缓缓翻腾。我第一次闻到一股异样的味道，酸溜溜的像醋，臭烘烘的像粪，又酸又臭的味儿像腐烂的尸体从我身上挥散。

我听到井水要出门打工的消息，就认为世界上的一切事情，都由老天安排妥当了。老天安排井水出门打工是多么用心良苦。井水披着我的黄雨衣走出村子时，我就情不自禁地从心里发出了一声欢叫。

那天晚上，我独自喝了一碗白酒，清澈透明的液体入口时干爽凛冽，下肚后却如条条火蛇直蹿嗓喉，蓝色的火苗烧得我翻肠倒肚，我喝了三碗开水也无济于事，后来我赤足往村外狂奔，水库里的月光绸缎般闪亮，我一头扎进去，就被大片柔韧的水波团团包围，使我感到痉挛似的疼痛，我蹲在水里一动不动，我在刻意体会疼痛带给我的快乐，我想我会在水中溶解，像一条濒死的狗一样在奄奄一息中腐烂掉所有的筋骨。

我从水里爬出来已近午夜，整个村庄陷入了一片恬静之中。我像只蚕蛹在村街潮湿的墙根下爬行，我在忍受灵魂从肉体剥离的疼痛。我侧耳听到男人的磨牙声、女人的梦呓声，孩童的鼾声像柳哨一样忽长忽短。我在二娥家门口待了一会，就翻墙跃了进去，当时我的大脑一片空白，记得二娥家的院子里荡漾着油脂一样亮的月色，我踩在上面一弹一弹的，无法保持平衡。我抽动着鼻子嗅到二娥身上的味儿犹如夜来香阵阵袭人。我摸到了屋门上的门闩，轻轻一拨，门闩就很乖巧地向后退一下。门闩在我灵活的撬动下发出老鼠啃东西时的吱吱声。我从门缝里看到二娥裸露的肩膀。

我说，虎子他娘，你开门。

我说，二娥，你开门。

二娥没说话，我听到她慌乱的喘息，我想我坚持不了很久，我马上就要踹门而入了。只是发出一声不算响亮的断喝，二娥就把门打开了。

那天晚上，我再次体会到了久违的幸福。我固执地认为，二娥就是年轻时候的刘栓他娘，她们是同一个女人，是我这辈子见过的最美丽的女人。我从极度痛苦和幸福里摸索到死亡的触角，和一年后井水用绳子勒在我脖子上的感觉丝毫不差。

二娥从始至终没有叫喊，她只是紧咬着嘴唇无声地流泪。我翻身下床后，她就用被子捂严实身子不停地呜咽，她哭的时候肩膀不住地抖动，抖得被面上的牡丹花枝乱颤。后来二娥止住哭说，你觉得这样有意思吗？井水回来，我怎么面对他啊？我一听就接连打了几个喷嚏。我知道井水早晚会回来，他是这个故事里的主角，所有的观众都等着他回来把这出戏的剧情推向高潮。

井水千里迢迢回到村子里时，我就闻到一股灼灼逼人的杀机。我无奈安然地等待井水到来。我每天都在半夜里去水库里洗澡。我泡在凉爽的水波里，一遍又一遍搓着永远也搓不尽的藓皮和臭泥。水波温柔地舔着我的身体，天地如此静谧，白花花的月光洒在水面上，像一个打造精美的水晶棺材。那时我就有预感，这片偌大的水库才是我最终的归宿。

我贴在墙上倾听井水家的动静，只有井水霍霍的磨刀声在月色里嘶哑地响着，持续不断地钻入我的耳膜，一下又一下戳着我的神经。

那年秋天，井水终于对我发出了死亡的邀请。井水带着掩饰不住的杀气敲开了我家门，那是他回来后第一次和我说话，他皮笑肉不笑地叫我大叔。我和他心照不宣地说了很多不着边际的废话。我没考虑就答应了他的请求。我在众目睽睽的村街上，极力应和了井水拙劣的表演。我不能不佩服井水的厚颜无耻，他对村人们近乎激愤的辱骂不闻不问，这使我看出他要将我置于死地的决心。

我在井水的田里下死力气地收拾农活。我不知道自己是在赎罪，还是对活着的眷恋。当我气喘吁吁面对头顶上火辣辣的太阳时，就有了一种欲哭无泪的感觉。我坐在地瓜秧中歇息，井水阴沉着脸看着我。他扔给我一支烟，说，累了？

我耷拉着头不吱声。井水又说，累了就歇歇吧。

我听出井水毫不掩饰的恶意快活。在强大的天地面前，老鼠无法逃脱猫近乎肆虐的把玩。我想对井水笑一下。我想说说关于二娥的事情。可我刚一张嘴，就把自己弄出了一副哭的模样。井水看着我，忽然哧哧地笑起来，他摆着手笑得浑身乱颤。

我去井水家喝酒的那天，我特意修饰了自己的仪表，我换了一身还算新鲜的衣服。那身衣服在我箱子里压了十几年了。我记得我只穿过三次，我穿着这身衣服相过一个老姑娘和两个小寡妇。我站在镜子前就想到十几年的喜悦和羞辱，直到现在，我也不明白那些不算美丽的女人是看不上我的长相，还是看不上我的这身衣服。锋利的剃须刀划破我的下巴，血珠从刀口里渗出来。我舔了一下，没错，血是红的，牙是白的，我始终是无缘由地笑着的。

我锁好屋门，用塑料袋包裹了锁扣，从屋檐下抓了几把泥糊在门框上，我糊得很仔细，密不透风，我坚持认为，我这趟远行的时间不会很长，下辈子我还会投胎转世回到这个屋子里。

井水正蹲在门槛上闷头吸烟，他起身对我挤出一丝干巴巴的笑。我看见屋里摆着一张饭桌，上面堆满了层层叠叠的菜肴，一只光秃秃的烧鸡盘踞在盘子中央，弯腰盘腿做出酣然入睡的模样。当时我就明白了一个真理，任何一种生命存在的意义，就在于矫揉造作地死去。这只鸡死得很壮丽。我为此觉得从容自信。我与井水四目相对，井水说，喝。井水的眼睛在黑影里忽闪。

那天的酒劲特别冲，我没喝几口就软成一摊泥，歪斜在椅子上无力动弹。井水在黑暗里幽幽地看着我，待了一会儿，他开始拽我的胳膊。

叔，你喝多了，到炕上歇歇吧。

我扳着椅子不松手，井水哧了一下鼻子，便夹着我的头往屋里拉，我挣着身子向后退，井水低声骂了一句什么，抬腿踢中我的手，我痛叫了一声就跌落在地。

我被井水拖进屋里，就看见端坐在床上的二娥。她系扎一块白围裙，双手张开着，平整地放在膝盖上。她像是刚做完饭菜，有些疲惫地坐在那里休息。又像是坐了很长时间，专心静候我的到来。二娥端坐的姿势端庄淑雅，美丽得让我心痛。我趴在地上叫了声，二娥。

二娥没说话，她指着摆在桌上那把明晃晃的菜刀和那捆蛇一样盘踞的绳子。我就呜呜地哭了。我多么希望二娥能过来搀我一把，就像我被刘栓打掉牙齿的时候那样搀我一把。可是二娥一动也没动，就那么痴呆呆地看着我。

井水端着酒杯蹲下来。

叔，我刚才喝的是白开水，现在我陪你喝一杯。

井水抬手就把那杯酒泼在我脸上。

叔，别怪我。人早晚都有死的那一天，我想让你死，你不死我心里难受。

他说着就抓起绳子勒在我的脖子上。井水用力很平稳，绳扣越勒越紧，我觉得眼珠开始一点一点往外挤。舌头也在不自觉地向外伸。一股缓缓泛起的麻痛由上向下蔓延，像是湍急的热流从膀胱里蹿刺而出，来势汹涌，我估计我岔开双腿足以刺到二娥的围裙上。我刚用力嗯了一声，就觉得一片热乎乎的潮湿在裆里散开了。我的眼前一片漆黑，头脑却异常清醒，我能听到井水粗重的喘息声，二娥压抑不住的哭泣声，我能感到油腻的菜刀架在我的脖子上。狗日的菜刀很钝，像厚重的木头一下又一下地切割着我的筋骨，一下又一下地切割着我的肢体，所有的意识都随着血液潺潺流出。我的大脑一片空白，就像半夜里电视屏幕上跳跃的雪花，我不得不承认这样一个事实，一切表演结束了。

我就这样被井水杀死了，我的四肢被他拆卸得七零八落，像一堆永远也无法装配的塑料玩具。

## 虎　子

我记得那一年，我刚过完四岁的生日，我就知道，我长大了。

我满怀屈辱地走在村街时心事重重。我握着老秀三给我的钱就像握着我家的秘密。阳光很好，有许多闲人正蹲在村街的老槐树下闲聊。我贴着墙根走过他们身旁时，刘栓叫住了我。

虎子，你过来。

刘栓笑嘻嘻地冲我招手。我默不作声走过去，刘栓便把硕大的屁股撅到我面前。

虎子。你瞧我腚上是不是有毛刺？我觉得扎得慌。

我仔细瞧了瞧，没有啊。

刘栓低笑着说，你再仔细瞧瞧。

等我靠近他的屁股时，就听到一声响亮的屁响。闲人们爆出快活的大笑。我羞得拔腿欲走，刘栓却不依，拽着我说，老秀三晚上还去你家吗？

我冷眼看着呆张着大嘴的闲人。

刘栓说，我靠，这个小屁孩的嘴巴还挺严实呢。

我说，你过来，我悄悄给你说。

刘栓乐呵呵地靠过他那张茄子一样的长脸。

我啐了他一口痰。

我在经过村街上唯一的小卖部时，突发奇想，我认为我找到了毁掉这个秘密的最佳方式。我没怎么费口舌就买到了一包老鼠药。然后我又沿着村街向西走，熟肉铺里苍蝇成群，几只癞皮狗围着柜台低头巡目。满脸麻坑的郑屠户正伏在肉案上打盹。

我刚一进去就惊醒了他，他抹着下巴的口水给我切肉，我看着他把一个猪耳朵切成薄薄的片状，便把那包老鼠药递过去。

我说，拌一拌。

郑屠户打开那包亮晶晶的碎末往肉里倒，他便倒边说，我知道你们家里人口味重，爱吃咸。

我说，那是老鼠药。

郑屠户愣愣地看着我，脸上的麻坑慢慢向一块挤，挤出了一副哭相，虎子爷们，我这是小买卖，架不住这么折腾。

我说，给我。

郑屠户带着哭声说，虎子，饶了我吧。

我说，给我。

郑屠户把那包肉胡乱包起来，抬手扔到一旁的瘦狗前，搓着油腻的手，他搓了一会，才恶狠狠地说，我操你八辈哩，你爹回来就得扒了你娘俩的皮。

我走在回家的路上觉得头昏脑涨，我硕大的脑袋经不住阳光的炙烤，像块熟透的地瓜恹恹地歪向一边。我希望井水能回来，就算真的扒了我的皮我也愿意。他肯定比我强，他有能力用纸包住一团熊熊燃烧的火苗。我家的屋门紧闭，我贴在窗户下，能听到里面诡秘的喘息。我舀了一瓢水泼进去，里面就传出慌乱的细碎声，老秀三赤身打开门，笑嘻嘻地看着我，他一直没说话，就那么笑嘻嘻地看着我。

那天晚上，我没和二娥说话。二娥不停地翻动着身子，翻出一股成熟母牛的腥甜气息。我快睡着的时候，二娥叫醒了我，我转脸看见她眼里噙着亮晶晶的泪水，二娥咬着下巴说，虎子，我快要死了。你舍得我么？

我觉得她那副假惺惺的模样纯粹是无病呻吟，我剜了她一眼又扭头睡去。后半夜里，我听到二娥嘤嘤的哭泣，像窗外的夜莺一样断断续续。

井水在那个遍开梧桐花的春天蹒跚来迟。他在红云一样的树冠下穿行，脸上显出刀削似的冷漠。他摸着我的脑袋，我就有了要哭的冲动。他放下包袱就朝二娥端给他的茶碗里啐了一口茶。他咬着牙说，我要杀了他，一点不假，我非杀了他不可。

从那以后，井水就在每个月夜里打磨那把菜刀，他磨得很卖力，粗壮的胳膊随着菜刀发出的摩擦声有节奏地伸缩，我看他对菜刀的打磨到了痴迷的地步。他在流水一样的月色里徒劳地挥舞着菜刀，像一个怀才不遇的武士一样兀自念念有词，他一遍一遍地说，真是一把好刀。

在那个冷雨霏霏的秋天里，我嗅到死亡的气息随着潮湿的空气从酥软的地下弥漫上来，又臊又臭的腐烂味从老秀三屋里盈盈飘出。当井水提着一只鸡去水库里开膛破肚时，我知道，这个叫井水的男人终于要在乐此不疲的折腾里为自己寻个活法了。

井水故意在邻人面前弄得鸡咯咯乱叫，他招摇过市的拙劣表演蒙蔽了众人的眼睛。我跟着他到水库边，看他怎样笨拙地弄死了那只无辜的鸡。他像剁掉一块木头一样剁掉了鸡头，鸡血从扭动的脖子里战栗喷出，断了头的鸡在他手里振翅乱挣。井水揪住鸡毛狠狠地撕着，鸡毛脱离肉体时，发出阵阵撕帛一样的闷响，大块的鸡皮撕裂下来，露出血淋淋的鸡肉，井水一把又一把地撕着，鸡毛粘满了他的胳膊，鸡的挣扎越来越剧烈，让他难以把持，他一把将鸡摁进水里，水面上扑棱起大片的水波，四周霎时一片殷红。井水屏住呼吸摁了很长时间，鸡才逐渐安静下来。它像极度疲惫了似的，极力伸直了长满鳞皮的爪子，便凝滞不动了。

井水在杀鸡的过程里始终没说一句话，他在水里摁着鸡时嘴角翘出一丝笑意。他把鸡提上来扔到一边，撩着水搓着胳膊上的血迹。他的脸上血斑点点，平添了一些凶残。后来他摸起烟点火时说了一句很古怪的话。

他说，忘了带绳子了。

我呆呆地看着他摆弄着遍体鳞伤的鸡，他用刀刃轻轻一磕，我就看见了红红绿绿的内脏。我闻到了那股又酸又臭的臊味。死亡是一件多么容易的事，鲜血喷涌而出，一个鲜活的生命就此隐遁而去。我从草丛里拾起布满砂石和血迹的鸡头，它的眼睛还没闭上，黄亮的眼珠痴痴地与我对视着，和老秀三的眼睛一模一样。

井水杀死老秀三的过程和杀死那只鸡大同小异。那个潮湿的雨夜充斥着令人作呕的血腥气息。我贴在外屋的墙角里目睹了那场谋杀的全部过程。老秀三痛哭流涕，远没有那只鸡死得壮丽。他只是徒劳地挣扎了几下就被井水砍掉了脑袋。井水挥刀肢解老秀三的尸体显出了娴熟的技巧，他显然从杀鸡的过程里掌握了要领。他把老秀三各个关节骨臼剔得圆滑干净，他干得有条不紊，每一个动作都下刀有神。老秀三没有留下一句遗嘱，面对井水明晃晃的菜刀，他还没有选择意愿中的葬身之地，就被井水塞进了塑料口袋里。

那一夜，我做完了我这辈子该做的噩梦。

后半夜里，我听到井水在猪圈里挖坑。他穿着皮靴在粪池里转来转去，惹得正在酣睡的肥猪们哼哼唧唧地对他表示强烈的不满。第二天早上，我靠近猪栏，没有发现一点人为的痕迹。成群的苍蝇在粪池里飞舞歌唱。折腾了一夜的猪正在四肢伏地呼呼大睡。

井水还没起床，我蹑足进去，他就猛地醒来，转身用一种深不可测的眼神看着我。

虎子，晚上睡得好么？

房间里的摆设陈列有序，地上湿漉漉的，显然刚刚擦洗过，血腥味依稀可辨，我怔怔地看着神色疲倦的井水，一夜的时间，他就变得如此陌生，他的语气生硬遥远。

我说，我昨天晚上做了一个梦，我梦见老秀三被人杀死了。

井水伸了伸脖子，突出的喉结蠕动了一下，我听到咕的一声闷响。

他说，虎子，忘了这个梦。

我说，他被人剁碎了，埋进猪圈里了。

我刚要接着说下去，井水忽然大叫起来，他拍着被褥喊，虎子！我被他突如其来的动作吓住了，他拍得很用力，落在被褥上却显得软绵绵的，我以为他会跳下来扇我一巴掌，井水的叫喊戛然而止，他半撑着身子愣愣地看着我。

他说，虎子，你必须忘了这个梦。

我咬着唇没吱声，井水又用乞怜的声音说，虎子，我是你爹。

这句话像一块腌臜的抹布塞住了我的嘴，使我张着嘴巴说不出半个字。我转头看见二娥从院子里进来，她端着一盆刚洗完的衣服立在我身后，她的眼睛肿得像个烂桃，她也说，虎子，他是你爹。

那天晚上，天快亮时，我被一阵细碎的响声惊醒，房间里的灯像是亮了一夜，灯光忽明忽暗，二娥正为井水收拾行李，井水背着一摞煎饼，他拉开门要走时，我叫住了他。我对他哎了一声，井水立住看我，他的脸庞在灯影里暗淡无光。

我说，你要干吗去？我不想得到他的回答，我起身坐在被窝里迎着他的目光，二娥推了井水一把，她扭头对我说，你别管，睡觉。

我没理她，我指着井水说，你到底要干吗去？

二娥几乎是奔到我面前，哑着嗓子说，睡觉，祖宗，你睡你的觉。

二娥的声音低沉有力，像石头一样砸在我脸上……

我以为井水会像鸟儿一样远走高飞，他在七天之后折身返回是我没有预料到的事。他回来的那天下午，县里的邮差送来了一封信。当时井水正在村街上和邻人们讲述他外出七天的种种遭遇。他的神情沮丧，说话时却手舞足蹈，流露出掩饰不住的兴奋。他给邻人们散发着烟卷说，外边的钱也不好挣了，狗日的老板忒抠，一天挣仨瓜俩枣的钱，还不够买烟吸呢。

邻人们笑嘻嘻地对他说，出去也不容易，在家看好老婆比什么都要紧。

井水听了。脸上红一阵，皂一阵。也说，对对，种好地比什么都强。

老秀三从冥冥天府来信说，他已经平安到达东北了，他的侄子对他照顾很好，丰衣足食，就不准备再回来了。井水在村街上，当着众人大声读了这封信，他读得朗朗上口，众人听着，都笑骂老秀三，都骂老秀三不辞而别。笑着骂着，又扯到阴晴不定的天气，谁家的闺女又要出嫁了，谁家的猫咪生了几个猫崽子。笑着骂着，扯到了天边，老秀三就从众人的嘴里消失了。

井水拿着那封信回到家，我一眼就认出了写信人的笔迹。我对蹲在门槛上吸烟的井水说，哎，你写的字真不赖。

井水回过头，愣愣地看了我老大会儿。

他说，虎子，我操你祖宗八辈。

他说，虎子，你再胡说我就揍死你。

他说着蹦到我面前，捏着我的脸，他捏了一会，声音忽然变得低了。

虎子，没事了。这事就算过去了。他盯着我说，记住了，咱好好过日子，我给你盖大瓦房，盖咱村里数第一的大瓦房，井水的语气坚决，我从他褐色的瞳仁里看到了老秀三的影子，像血斑一样烙在他眼里。

第二年春节过后，井水要盖新房的决心像春天里的青苔一样愈长愈烈。村里的男人都以盖三间大瓦房为荣。新房是一个男人折腾一辈子的梦想，是一个男人功成名就的标志。井水从牙缝里抠出来的钱，差不多能使他扬眉吐气了。他在急不可待中点响了破土动工的鞭炮，他选了一个自以为是的时机。春耕播种的忙碌让村人们淡忘了那个消失了一个冬天的老秀三，一个老光棍的去留和一株树的生存没什么两样。

那天，井水兴冲冲地请来风水先生来家里指点迷津。老眼昏花的风水先生在院子里装模作样地转悠了半天，伸手就指到了臭烘烘的猪圈。

你要盖的新房必须拓宽到这里。风水先生说，信不信由你。盖房是件大事，你看着办吧。

井水送走风水先生后，蹲在猪圈外愣了半天，扭脸没头没脑地对二娥说，我要盖大瓦房，你别不信，我要盖咱村里数第一的大瓦房。

他朝地上啐了一口痰说，靠，谁也别想拦我。

那天晚上，井水又穿上了皮靴在猪圈里来回折腾，我趴在床上又听到了焦灼急促的碎响，我又闻到那股又腥又臭的腐烂味在春天的夜色里翻腾，一种久违的感觉让我激动不已。我想这个叫井水的男人这么乐此不疲地忙碌就是要为自己寻个活法了。那一夜我没合眼，我被勤劳的井水弄得毫无睡意。天快亮的时候，二娥从西偏房里推出自行车。井水把装着尸体的塑料袋驮在车后架上。两人一前一后出了家门，我赤足紧随其后。

春夜里薄雾荡漾，纸片样的月牙贴在星空，村街上湿漉漉的有些温热，像宽厚的牛舌舔着我的脚丫，惺忪的鸡啼断断续续，有气无力地此起彼伏。井水和二娥贴在墙根歪歪斜斜向村外走。自行车不堪重负，松弛的链条叮当作响。我尾随他们来到水库边。水库里一片茫茫白色。水天连接。井水拽着二娥融入白雾里。他俩晃动的身影依稀可辨。我趴在低洼处不敢动弹，咚咚的心跳撞得我头昏脑涨。井水拖着塑料袋子走下堤坝时失去重心，他摇晃了一下就跌入水里。

有水蛇，足有碗口那么粗。刚从我腿下钻过去。

二娥倒退一步说，你是疑鬼呢。

两人的声音轻如羽毛，裹在白雾里听不清楚。井水再次拖着袋子准备迈下堤坝时。我看到一个人影从他们不远的身后冒出来，剪影似的晃晃着向他们移过去。我听到人影的脚步迟疑踩在草丛里，发出湿漉漉的涩响。他没有发现我，他像一只游荡的野狗一样越过我身旁，我看清了是宰杀过无数猪羊的郑屠户。我刚想爬起来对井水喊一声，郑屠户就嘿嘿地笑了，他恶作剧似的笑声让人心惊肉跳，郑屠户像是在这里等了一个晚上，等着对井水和二娥发出这样肆无忌惮的嘿嘿乱笑。他偏着头认出了井水，他凭着职业的灵敏搜索到那股他熟悉的味道，他认定了井水塑料袋子里的是死猪。他没注意到井水慌乱的表情，乐滋滋地拨开井水的阻挡跳下堤坝，边解袋子边说，扔了多可惜，我给你俩钱多好，死猪没事，煮熟了照样卖钱。

井水和二娥被他突如其来的举动惊得呆若木鸡，等郑屠户拽出一条烂乎乎的胳膊，井水才愣过神来，抬腿就把郑屠户踢翻在地，他紧跟过去踩着郑屠户的胖脸，一字一句地说：

你别吱声，我给你十头活猪的钱。

那天下午，郑屠户就离开了这个村子。他带着老婆孩子，套上毛驴车，装满了锅碗瓢盆。村人们过来帮他拾掇东西，郑屠户一遍又一遍向村人嘟哝，我在咱村里杀的生灵太多了，罪孽太重了，我不能待在咱村里了。他说这话的时候泪汪汪的，肥大的脑袋摇得像个拨浪鼓。他见我躲在一旁看他，就过来摸了摸我的头说，虎子，给你爹说一声，就说我走了，放心吧，我走了。我咧嘴对他笑了一下，郑屠户就跳着避开了。

我家的新房盖得真快，架上大梁的那天，井水特意放了一挂鞭炮。燃放鞭炮时，鞭炮熄了好几次火，帮工的人都摇头说这不吉利。井水却不在乎，他像个猴子一样在屋梁上跳来跳去，兴奋得满脸通红，惹得围观的村人们嘻哈乱笑。这时门外来了一辆蓝白相间的小汽车，砰砰的关车门声引得井水接连打了好几个喷嚏。有四五个警察从人群里闪出来。

谁是井水？一个高个问。

众人的眼光齐刷刷地投在屋梁上。井水愣了愣，弓起身子就往邻墙的香椿树上跳，他跳跃的力气显然不够，他的身子刚离开屋梁，就一头栽了下来，我看到他黑红的胳膊在半空里挥舞了一下，就听到一声结实的闷响。我拍着手对高个警察说，他就是井水，他就是我爹。

众人都被井水突如其来的动作惊呆了。院子里一片寂静，只有火炉上的水壶嘶嘶怪叫着。警察们像拖一条饱满的麻袋把井水拖上小车，人群才发出一片嘘吁声。二娥从厨房里搓着围裙出来，竟是一脸平静。她凑近车瞄了一眼满脸死气的井水，转头对警察说，我也去么？

警察问，你叫二娥？

二娥点点头，警察很奇怪地打量她一眼，说，那你得去，一块去。

那天警察在村子里待了很长时间，找村里的人们挨个问这问那，问起老秀三，村人们都说，他不是去东北找他侄子去了吗？问起井水和二娥，村人们想了老大会儿，都觉得这是个非常难回答的问题，有人支吾了一会才说，井水是个男人，二娥是个女人。警察差点气歪了鼻子。整了整帽砍檐说，这不是废话嘛。

枪毙井水是在半年以后的事。那时二娥已经被判了无期徒刑，押进鲁西南最大的一所监狱，那个高个警察带我去看过一次二娥。二娥从铁窗里伸出手来摸我的脸，她先是睁着眼摸的，摸着摸着就闭上眼哭了。她抖着肩膀不住地呜咽，豆大的泪珠簌簌往下滚，她的手很凉，我的脸很热。临走时，她忽然问我，虎子，你恨我吗？我没吱声，她又说，恨你就说恨。我说，恨。二娥听着，嘴角一抽就笑了。她的牙齿很白，笑容很甜，让我一刹那间想起过去的诸多往事。

那天，我刚在刘栓家吃完早饭，高个警察就来村里找我。那半年里，我一直轮流在村里吃住，我用遍了每户人家的碗和筷子。刚开始我还不好意思，村里人都说，虎子，以前吃百家饭的人多了，吃百家饭的孩子聪明，长大了有出息。村里人对我这么好，我也就吃得心安理得了。警察说，明天处决你爹，你去送送他吧。

县城里人山人海，往年的物资大会也没有这么热闹。境内很多年没有出现过人命案子，枪毙井水的消息早在半个月前就传得沸沸扬扬。

　　临近中午时，大街上响起尖锐的警笛声，十几辆警车开道。视野尽头出现了一辆栏板大货车，立着一块白木板，上面鲜红的大 × 赫然醒目，车子临近时，我看见了立在栏板后面的井水，半年没见，他的模样没大改变，甚至还比以前多了一分干净，他被捆绑得像个结实的粽子，勒得衣领外翻。

　　他由东向西而至时，眼睛四处乱瞟，车子经过我身边时他瞟了我一眼，他刚转去又倏地扭头看我。他的眼睁得很大，死死地盯着我，我知道他已经看见了我，他的眼神与我相对的刹那间，他像是跳动了几下，挣着身子向后歪。车子越走越远，井水依旧挣着身子盯着我。我看到他脸上有了一片晶亮的东西，在阳光里熠熠耀眼。我觉得我的心被那片灼目的晶亮撞了一下，我使尽全力喊了一声爹。我不知道，井水能不能听见，我在他杀人后第一次喊他爹，我在他临死前最后喊他一句爹。

　　那天我回到村子，路过村外的水库，我站在堤坝上愣了老大会儿，水库波光粼粼，悄然无声，我对着水库撒了一泡尿，我的尿柱热气袅袅，在阳光里升腾。


　　　　　（原载《芳草小说月刊》2008 年第 7 期）

# 驴　　年

## 一

　　男人四十一枝花,这话是谁说的?大年初八早上,杨和平对着镜子刮胡子的时候,突然想起这句话,握着剃须刀的右手一哆嗦,差点就把下巴蹭破了。杨和平偏着头,看到镜子里的那个男人,头顶已经有些秃了的迹象,五官也开始萎缩,眼袋和喉结倒是越来越突出。想着绷起嘴巴找找过去的感觉时,偏头侧目,反倒愈发看出一股掩饰不了的忧郁和颓废。镜子里是一个面目全非的男人,杨和平几乎认不出自己了。

　　倘若非要用一枝花来比喻这个年龄的男人,说这话的如果是女人,排除虚伪的吹捧和善良的安慰,其实十足是用戏谑的心情说出来的。如果是男人说这句话,真就有厚颜无耻的自恋情结了。

　　过完这个春节,杨和平就四十五岁了。按照我们这儿的说法,男人到四十五岁,就属驴了,驴一辈子都是推磨赶路的苦命。属驴这年是个"腌臜"年,凡事都得小心翼翼。别人问起年龄,要么说四十四,要么说四十六,总之得忌讳四十五这个数字。杨和平早就听别人说起过关于"驴年"的种种说法。听得耳朵都起了茧子,听得心里惶恐不安的,听着听着,连走路和说话都有些左顾右盼,格外谨慎了。期待着,躲避着,杨和平的"驴年"还是不依不饶地来到了。

　　春节长假已经结束,单位开始正式上班了。杨和平临出门的时候,听从了金铃的话，趴在小客厅的桌子前，给用泥巴做成的观音菩萨磕了两个头，金铃陪着他磕头，嘴里念念有词，杨和平听见了，金铃啰唆着说让大慈大悲的观音保佑全家安康平安。其实，杨和平不信神，他上过学，当过多年的兵，信奉的是唯物主义。他趴在地上磕头，多少还是有些屈辱和不屑。金铃看出来了，金铃说，信则灵，多少高级领导和大老板出门就磕头，你一个小司机，磕个头也委屈不了你！杨和平急着去上班，懒得和她理论，爬起身哼了一声，拍拍膝盖上的土，摔门走了。

　　杨和平走在去单位的路上。阳光还有些冷，贴在脸上，麻木地疼。大街上偶尔响起零星的鞭炮声，就像恶作剧的咳嗽，总会吓人一跳。行人脸上还残存着节日里疲惫的喜悦，都像自个儿遇见什么高兴事儿，偷着乐似的，这样暧昧的笑，让人觉得难以捉摸。杨和平仰脸打了一个喷嚏，他揉了揉鼻子。接着又是一个喷嚏，杨和平还没来得及抬头，口水和鼻涕就沾在了下巴上。这时候，他还不知道，这一年的意外已经开始像口水一样黏着在他身上。

　　杨和平到了局里，才知道，王局长已经收拾好皮包等他了。杨和平满脸堆笑，问候王局长过年好。王局长点点头，说，好好，你也好。王局长说着挥挥手，省局有个紧急会议，赶紧发动车，咱们走吧。

## 二

　　杨和平开的是一辆黑色的帕萨特轿车，是去年王局长上任刚买的。单位里都有一个不成文的约定，什么事情都要论资排辈。杨和平作为十几年的老司机，总是第一个开新车的。从北京吉普到上海牌轿车，又开了几年普通桑塔纳。就像是女人，年轻的，新鲜的，总是让人心驰神往。单位里其他年轻司机都是开着杨和平开过的二手车，当然是眼红心热。杨和平不顾及别人的感受，有时候，闲着说话，杨和平还乐意刺激他们，说，汽车就和女人一样，首先你得会温柔，不缓不急，不轻不重，不温不火，假如你粗暴得跟强奸似的，就是进口的洋女人也受不了你这样的折腾。所以嘛，你们啊，还是先开着二手车败败火气，再和我较量吧。

　　王局长对杨和平的观点也表示认同，觉得杨和平在司机班里，做思想工作还是比较到位的。所以多年以来，杨和平一直是历届一把手的首席司机。刚开始，王局长这么表态，是想让杨和平教他开车，美国政府官员都开上直升飞机了，我却连最基本的汽车驾驶技能都不会。王局长在外地开会的时候，受到过同级领导的讥笑，因此郁闷过多次了。

去省城的高速路，不过八十多公里。杨和平上了高速没多远，王局长就打了一个漫不经心的哈欠，揉了一把脸说，杨师傅，停下车，我方便一下。杨和平知道，王局长患有轻微的前列腺炎，对在路上小便这样不太文明的行为特别偏爱。不过，最近几个月来，只要王局长一说停车小便，杨和平就知道，王局长又想过一把车瘾了。果然，王局长下车后，慢吞吞地掏出下身，断断续续地滴了几滴，无奈又幸福的模样。挺着身子愣了老大会儿，才系上腰带。不等杨和平分说，王局长就坐在了驾驶座上。

杨和平看着王局长系好安全带，启动机器，挂挡驶入正道。杨和平不说话，一直攥着手，替王局长观察路况，心里比自己开车还紧张。开了一会儿，王局长打破沉默，长叹一声，拍着方向盘，感慨地说，唉，老了啊，当年迎风尿万丈，如今迎风就尿湿鞋了。

杨和平会意地笑笑，忽然觉得一阵风从后面涌过来。凭经验，他知道，肯定是一辆大型车想超越他们。就像大海里的小鱼面对巨鲸还是趁早躲开为好。杨和平刚说了一句朝右打方向，就觉得那一阵风已经撞到了他们车子的后背上。只是眨巴眼皮的工夫，咣的一声巨响，王局长就把车子撞在了路边的护栏上。

谢天谢地啊，杨和平和王局长都没受伤，只是帕萨特的前脸撞烂了。就像一拳打在鼻子上，满脸开花，简直有些惨不忍睹了。后面那辆斯太尔大货车虽然是强行超车，但是人家没有碰着帕萨特的一点皮毛。交警鉴定后说，你们只能自认倒霉了，自己修车吧。

省城当然是去不成了。交警让人把帕萨特拖到高速公路下面一家修理厂，等候具体处理。王局长和杨和平蹲在地上，才算稍为定过神来。在汽修厂门口愣怔了片刻，王局长说，去他娘的死活，还是找个地方喝杯酒，压压惊吧。两人在附近找了一家餐馆。王局长递给杨和平一支烟，又端起酒杯给杨和平敬酒。杨和平开了半辈子车，给领导抬了这么些年的轿，这可是破天荒头一次让领导敬酒，杨和平真有些惶恐了。他摆着手推辞，听到王局长解释说，杨师傅，车坏了咱就修呗。真要是修不好了，咱就再换一辆新车。你别害怕,也别有什么顾虑。不过王局长话头一转,又说,事情已经发生了,这样呢,我考虑回单位后,对外人解释,就得说你开车撞坏的了,你想,我身为领导,这种事虽然比不得嫖娼赌博,但是传出去还是影响不好。你是专职司机,开车撞车,很平常的事儿,别人也不能议论你什么。

王局长还没说完,没想杨和平放下酒杯说,王局长,这事我不能答应你。我开了半辈子车了,从部队到地方,从来就没出过一点事故。要是说我开车出事,传出去,我这老脸可就没地儿搁了。

王局长不笑了,说,老杨,你好好想想,就算帮我的忙,我心里有数着呢。

杨和平说,我不用考虑,我都四十五岁的人了,我丢不起这个人,我不能晚节不保。

王局长继续愣了一会儿,接着就呵呵笑了两声,说,好好,我尊重你的意见,就不提这事儿了,我自己处理吧。接下来,两个人吃饭,谁也没说话,王局长胡乱吃了几口菜,摔下筷子出去了。

## 三

当天晚上,杨和平辗转回到家里。喘息未定,就向金铃说起这件事,金铃听着,就竖眉瞪眼说,你这个老拧熊,早上让你给观音菩萨磕个头,你还觉得冤屈,现在知道出事了吧。又说,遇上这种事,你不主动包揽过来,还先让领导求你,你还拒绝了!完了,完了,以后啊,在单位里,有你的小鞋穿了。

杨和平争辩说,这么好的车,撞坏了,我都心疼死了,他还往我身上扣屎盆子。我受不了这份冤屈,我也丢不起这样的脸!

金铃气得张口结舌,指着他的鼻子说,行啊,你就硬嘴吧,你就等着凌迟处死吧你。我要是领导,立马挖个坑活埋了你!

听着金铃满口诅咒埋怨,杨和平心里也有些后悔了。一个人歪在沙发上看了两集电视剧。扭头看看卧室里,金铃已经趴在床上睡着了。杨和平蹑脚进来,脱了衣裤,伸手摸在金铃身上。从少女到现在,快二十年了,金铃的乳房还像个苹果一样圆润结实,握在手里很合适。杨和平趴在她耳边说，配合一下，给我压压惊。金铃拨开他的手说，烦着呢，滚一边去。说着向床里钻了钻身子，继续打起呼噜了。杨和平哼了一声，缩回手，转身对着床边继续发愣。其实杨和平不是真心想和金铃亲热，这只是他对付金铃惯用小伎俩罢了。往常时候，他俩赌气闹别扭，杨和平都是这样哄她，极尽力气折腾一遍，金铃跟着出一身汗，喘着粗气，夫妻没有隔夜仇。纵是比海深的仇恨也就慢慢消失了。

　　对于床上这点事儿，四十五岁的男人早就没有多大的兴趣了。年轻的时候，杨和平浑身使不完的劲儿，隔三岔五，逮住金铃就是一顿大刀阔斧的折腾。金铃对他的表现也是比较满意的。现在慢慢就觉得老了，烦心事多了，真就把这事儿给放下了，有时候，一月甚至两月，杨和平都想不起碰金铃一下了。私下里，杨和平认为，他和金铃在床上的事儿，不叫做爱，只能算作运动吧。做爱需要浪漫和激情，那都是年轻人的词儿，杨和平只能偶尔奢望了。有时候，金铃心情好的时候，躺在床上暗示他，或者干脆钻到他怀里，像个小女人一样故作撒娇状，杨和平也会有情绪，想着尽心尽力让金铃满意一回，不过折腾不大一会儿，杨和平就觉得力不从心了，身子软得连自己都觉得羞愧。往往这时候，金铃被他惹得兴致高涨着，火烧火燎的，进退两难的，干脆就骂他，是不是在外边有人了？是不是想着别人了？杨和平就笑着发誓，说自己还有多少魅力，能让外边的女人看上啊？

　　杨和平说的都是实话，目前为止，他还真没发现哪个女人对他有过丁点儿的倾慕。杨和平因此郁闷过，他不能不承认，和金铃在一起的时候，关上灯，杨和平趴在金铃身上，脑子里想过别人的女人。比如青春时期的女同学，或者早期的电影女演员。这些女人的模样在他脑子里跳着，无声地张着嘴巴。杨和平就不自觉地进入了状态，可是听到金铃的喘息声，闻着金铃身上的味道，就像常年吃一盘味道相同的菜，杨和平就会情不自禁地软下来了。杨和平翻下身，只能作羞愧状对金铃说，不好意思啊，我不是真的老了吧？我觉得不行了。金铃听着他这样，刚开始也相信了，也觉得杨和平压力真是挺大的，你看连腰杆都不那么挺拔了。

　　杨和平说，你看，咱儿子都快比我高了大了，咱能不老吗！

## 四

按照金铃的意见，杨和平第二天没有去上班。他给单位的办公室主任打了电话，说感冒了，在家里休息两天。金铃对杨和平提出两个方案。先停两天再上班，等帕萨特修好了。让王局长消消气，再去也不迟。再说，咱要变被动为主动，等晚上买些礼物去王局长家里，表示看望慰问。既然你说错了话，覆水难收，就只能看王局长如何对你宽宏大度了。杨和平听着，也觉得金铃说得对，这几天去单位上班，让司机班的那几个小伙子知道了，只能任凭他们反戈取笑，又不能解释，还不如在家里以静制动为好。

吃过晚饭后，金铃去超市买了一些水果和饮料，等到天黑了，就让杨和平去王局长家里。杨和平怵头这样的事情，磨蹭着不愿意出门。金铃说，我知道你就是个窝囊废，我还怕你去了再说什么半吊子的傻话，我舍脸和你一块去。

王局长的家，杨和平当然是很熟悉了。每天下班都要送王局长到门口。现在两人在街上打了一辆的士。拐着绕着，很快就到了王局长的小区门口。王局长的家在三楼，楼洞里的安全门关了。杨和平不好意思按门铃，只能瞅准别的住户下楼开门的机会，让金铃跟着上楼去了。王局长门上贴了一个倒着的"福"字。杨和平定了一口气，按响门铃。老大会儿，听到里面响起细碎的脚步声，有人从猫眼里问了一句，接着拉开了门板上的小窗户。王局长的老婆脸上贴着一张面膜，只露出两只眼。杨和平说，嫂子，我是和平，我来找王局长说说话。

王局长的老婆转了转眼珠，噢了一声，回头看看房间里，说，老王不在家，你有什么事明天去单位说吧。杨和平愣怔着嘴巴，听到王局长的老婆又说，你还进来坐坐吗？老婆边问边把门板上的小窗户给关上了。杨和平扭头看看躲在身后的金铃，拉着脸没说话。金铃拽了一下杨和平的衣角，下楼了。

出了楼洞，凉风习习。吹得人脸上滑爽轻快。杨和平抬头看了看三楼上王局长家的后窗，恰巧看到王局长拉开窗户，探出头，咳嗽一声，朝楼下吐了一口痰，接着咣的一声，王局长就把窗户拉上了。杨和平低下头，看了一眼金铃，没想金铃低声骂了一句："给脸不要脸的小人！"说着翘起高跟鞋，快步走向小区大门。

那天晚上回家后，杨和平一夜没睡踏实。满脑子里晃动着帕萨特焦头烂额的样子。耳朵里老是响着帕萨特车前水箱漏水滴滴答答的像王局长撇着腿撒尿的声音，弄得杨和平心烦意乱，唉叹不止。仔细想想，杨和平从十九岁当兵，在部队开车，直到回到地方二十多年了。虽然吃过不少苦，受过不少罪，可是杨和平的工作地位却一直没有提高，反而越来越像一块西瓜皮，被人不当一盘菜了。如今到了这个年龄，爹老了，娘老了，自己也老了，儿子也会伸着手要钱了，这个日子过得啊，就像泡在醋坛里，浸得头昏脑涨，浑身疲软，真是没有咸鱼翻身的信心了。

杨和平在家里闲了下来。金铃说，邪不压正，咱沉住气，自有他王局长请你的那一天。如果他真是心存恶意报复咱，老娘我就豁出去了，我还就不信这个邪，共产党的天下嘛，总不能反了这些邪恶势力。惹急了我，我去上边告他一状去，大不了弄个鱼死网破，到最后看谁吃亏？

金铃说得趾高气昂，一脸泼相，杨和平听得头皮发麻，不过想想也是句句在理，长叹一声，也就心安理得地歪在沙发上看电视，小口喝茶，大口喝酒，身心都很舒服。有时候，遇见上高中的儿子放学回来，就板起脸教训儿子几句。给他说说人生观、价值观什么的，看着儿子一个劲地点头称是，真还找到了一些当领导的感觉。

悠闲的日子总是流水一样轻快。转眼就过完正月十五了，杨和平看电视看得心烦，双手托着下巴，趴在阳台上看楼下人群莫名的忙碌。想着下楼走走，找人说闷话。拿了外衣刚要开门，电话就响了。杨和平拿起话筒，还没来得及说话，就听得话筒里传出乡下三弟的粗嗓门，几乎都把唾沫星子从话筒里喷出来了。三弟说，大哥，咱爹的冠心病又犯了，正躺在床上喊你回来呢。你赶紧开车来，拉他进城里的大医院查查吧。杨和平听着三弟一口气说完，噢了一声，就把话筒扣了。

## 五

杨和平的老爹住在离城里不远的乡下老家，七十多岁了。娘死得早，老爹平时由两个弟弟和一个妹妹轮流侍候。每家住四个月，一年的时间平均摊开了。杨和平排行老大，本来应该带头侍候父母，只是父母说，住不惯城里的鸽子楼，空气不好，和儿媳挤在一起不舒服，一直睪着脾气不来。金铃不说什么，其实杨和平也看出来，金铃不乐意父母来城里住。不来就不来，可是谁家也不是白白替杨和平尽应该他侍候的义务。杨和平每年给父母两千块钱，轮到谁家了，杨和平就把钱送给谁家。也算弥补，糊住兄妹的嘴巴。

老爹的冠心病好多年了，说犯就犯，由着性子似的，老爹随时都可能捂住胸口，脸色蜡黄，大叫来人哪！老爹一犯病，脾气跟着也邪性，动不动就发脾气，年龄越大，就越怕死。原来犯病的时候，立刻吞进一颗速效救心丸，病情也就缓解了，只是最近几年，老爹好像特别爱惜生命了，不吃鱼肉，不吃鸡蛋，几乎要吃斋念佛了。用这样近乎自虐的方式来降低血脂和血糖，一旦又犯病了，恨不得马上插上翅膀去医院治疗才好。

当然来城里医院并不难，杨和平开车，高级小车不比翅膀飞得慢，老爹犯病了，弟弟们自然就把电话打来了。可是今天，杨和平搓着手，第一次因为没车犯难了。他找出电话簿，想着让几个有私家车的朋友，开车去把老爹接进城里。可是翻了几页，又觉得不好意思开口了。几十年了，开了半辈子车的老司机，还要借别人的车，这不是笑话吗？杨和平叹口气，摸摸口袋还有一些钱，就给金铃写了一张纸条，下楼去街上找出租车了。

当年，杨和平在部队时，老爹经常从农村给他去信，语重心长地教导杨和平说：和平我儿。机会来之，当惜之。先入我党，后学开车，喇叭一响，黄金万两矣。后来杨和平回到地方，单位安排继续开车。老爹又教导说，地位无贵贱之分，位卑未敢忘忧国，是金子在哪儿都会发光，司机也不错，一样为社会主义建设添砖加瓦。杨和平一直听老爹的教导，也是一直这么做的。只不过现在老爹老了，光顾得自己的身体了，很少再给杨和平讲这些大道理。

杨和平是他们家族里的荣耀，是家庭里的顶梁柱。一大家子人，只有杨和平在城里有些头脸。老爹以他为荣，兄弟姊妹四人，也不自觉地把杨和平当作最坚实的依靠。谁让你是当大哥的呢？老大就得拿出老大的力量。杨和平努力做到了大哥的榜样，却没有显示出大哥的威严。兄妹们找他办事，以为他们这个大哥整天跟着领导出入。肯定能有手眼通天的本事。前几年,物资紧缺时,就找杨和平买点便宜点的木材啦,钢材啦,彩电啦,只要是想买的,想办的事情,立刻就来找杨和平了。理直气壮的,有时还狮子大开口,给杨和平出更大的难题。杨和平没办法,每次只能舍着脸皮拐弯抹角地去找各个单位的熟人通融。事情办得利落了,兄妹当然高兴,倘若办不成了,就要拉长脸,话里话外,句句带着刺儿,透着杨和平忘本的意思了。所以每次杨和平都要咬着牙答应,咬着牙去求人。

按照兄妹们的话说,杨和平夫妻俩吃着皇粮,旱涝保收。钱总是花不完的。现在,杨和平找了一辆出租车把老爹拉到城里医院里,赔着笑脸找熟悉的医生,安排条件好些的病房,掏钱拿药,跑前跑后,兄妹们认为这就是大哥该做的事儿,谁叫大哥是大哥呢?谁叫大哥在城里混呢?活该!正是开春季节,农村里都该春耕播种了,兄妹们都忙着地里的活儿,没有谁来医院帮着杨和平照顾一下老爹。杨和平给兄妹们打了一回电话,得到的解释是,一年之计在于春,耽误了种地,以后吃饭可就是个大问题。杨和平听了头皮发麻,他可是不敢承诺承包兄妹们的吃饭问题。杨和平也听出了一层另外的意思。平日里俺们一年到头照顾老爹,这时候,也该是你当大哥的尽尽孝心了。杨和平还能说什么?除了点头称是。杨和平就只得白天黑夜守候在病房里,侍候老爹,吃喝,打针。老爹一住进医院里,貌似病情更厉害了。不是胸闷,就是气喘,大小便也不能自理,杨和平只能跟在老爹后面端屎接尿了。

## 六

杨和平一连侍候了老爹一个星期,身心俱疲,想着百日床前无孝子这句话,真是深有感触。金铃上班,儿子今年高考,都有各自的大事。杨和平对金铃说,当个好儿子真不容易,金铃反驳说,你以为当个好儿媳就容易?你总不能让我去照顾你爹屙尿吧?我愿意,你爹还不愿意呢?杨和平听着只能摇头,继续一人侍候老爹。有心想去单位看看帕萨特车的事情进展,也没有时间,单位里没有人给他打电话。杨和平的心里却越来越不踏实,愈发觉得事情不妙。

老爹的病情并不见好转,胸闷越来越反复。疼痛就像饭后的饱嗝,说来就来，老爹疼起来就憋得脸色通红，孩子似的大叫。杨和平去找医生询问的时候，带了一些火气，想着和医生好好交流呢，三言两语，杨和平就变成质问的口气了。恰巧主治医生是个和杨和平年龄差不多的女人，估计正处在更年期，正是一脸苦大仇深的样子，当然就不吃杨和平这一套的质疑，竖起柳眉说，你如果不相信医院的医术，建议你转到省城的大医院吧。

杨和平听了，也跟着上火，走就走嘛，不至于在这儿看你的脸色嘛！扭头出了门，正想着怎么办理转院手续，就接到城东派出所的电话，开口就自报家门，说是值班民警。杨和平没有和警察打交道的经验，有些不耐烦，还没问什么情况，那边的民警就问，你儿子叫杨青春吧？杨和平说是啊。民警接着说，你来一趟吧，杨青春涉嫌参与一起强奸未遂案件，现在正在我们这儿审讯呢。杨和平听了这句话，就觉得头轰的一下蒙了。

从医院到城东派出所，平日里坐车也就是半个小时的路程。杨和平打的去的时候，正是早上的上班高峰，车流汹涌，时走时停，出租车司机拍着方向盘骂娘。间或和杨和平说几句闲话。杨和平心跳都快涌出嗓门了，哪有闲情和司机说话，探着头张望大街前方，与司机搭讪，紧张得额头出汗，说话也不利索。好歹挨到多半路的时候，杨和平下车抄小道去派出所了。在派出所门口登记，杨和平把自己的名字写成了杨青春。被门卫讥笑着纠正过来，按照门卫指示的方向，快步跑到一楼东边的审讯室。一把就把门推开，看到了蹲在墙角里的儿子。

儿子低着头，窝在墙角里，像一团抹布，开门的声音没有惊动他。杨和平对警察点点头，过去弯腰瞧瞧儿子，接着蹲下来，儿子慢吞吞地抬起脸，杨和平看清了儿子的模样，扬起右手打在儿子脸上，啪的一声，坐在椅子后面的两个警察站起来，拍着桌子吆喝杨和平说，哎，你怎么在这儿打人啊？这儿不是打人的地方。杨和平说，我打了怎么啦？我打我儿子犯哪门子法啦？其中一个高个警察提高声音说，在这儿打谁也不行！你打儿子回家打去！另一个个子矮一些的警察过来拉住杨和平的胳膊说，你消消气，我们正在审讯，事情还没完全弄清楚呢。

警察说完这句话，蹲在墙角里的儿子忽然吭哧着低声哭起来。杨和平回头，重新仔细打量了一番儿子，才发现儿子身上沾满了泥土，头发上夹着一些干枯的草屑，他抬手擦泪的时候，杨和平看见了儿子脸上青紫的伤痕，还有几点干燥的血渍。杨和平忽然就觉得心里呼啦一下软了。勉强做出威严的样子，指着儿子说，哭什么用？到底怎么回事？老实给警察说出来！矮个警察对杨和平说，不要再嚷他了，该问的我们都问了，他也都说了，态度还不错。

根据矮个警察的叙述，杨和平听清了事情的经过。昨天晚上九点多时，这两个警察在值班室里接到报警电话。说是在市第二实验中学西行三百米处的小树林里，发生了一起流氓强奸女中学生的案件。警察迅速赶到现场，看见一个穿着白色毛衣的女中学生正蹲在路灯下哭泣，杨青春就在附近的公用电话旁边捂着脸发呆。看到警车过来，杨青春捂着脸，歪斜着走了，刚拐过路口，就被警察追上了。警察询问杨青春，他吓得脸色苍白，说，不关他的事儿，刚才还是他报警的呢。警察对杨青春的话将信将疑，不管怎么着，既然在现场，还是应该去派出所做笔录的。警察带着杨青春到了路灯下，那个受到伤害的女中学生看了看杨青春，忽然指着他说，刚才那一伙欺负她的人当中，就有这个男孩子。

在派出所隔离审讯时，杨青春和那个女学生的回答却完全相反了。女中学生说，当时，放学之后，她沿着这条大路回家，路灯很亮，到了那片小树林时，行人稀少，脚步声清晰，女中学生听到了身后不远有人跟着她，当时她很害怕，不敢回头看，只是加快步伐，低头几近小跑起来，拐进一片暗影里，她就听得身后一阵杂乱的脚步，从树林里蹿出几个黑影，伸手把她拉近树林里。女中学生刚大叫了一声，就被人捂住了嘴巴，接着有人撕扯她的衣服，她闻到了酒精和烟草的味道。女中学生挣扎着，听到树林里一阵杂乱，拳打脚踢的声音，像雨点打在树叶上一样沉闷又结实。像是一场殴斗开始了，几个黑影丢掉了女中学生，掉头蹿进树林深处。女中学生跑出树林没多远，就瘫软在路灯下。

面对警察的审问，杨青春显得慌乱失神，前言不搭后语。他说，当时出了学校门，沿着大路向西走，他跟在那个女中学生后面，走到小树林旁的阴影里，看到几个黑影蹿出来，把那个女中学生拉进了树林，他听到女中学生的喊叫，就跟着蹿进去，和那几个黑影厮打起来，他势单力薄，身上和头上挨了不少拳脚。不过并没有示弱，奋力与他们搏斗，最后几个黑影丢开他蹿走了。杨青春忍痛奔到大街上的公用电话亭，拨打了报警电话。然后在女中学生不远处，看护着她，等着警察到来。

杨和平听了警察的叙述，心里马上就有了一种可怕的判断，儿子向警察撒谎了。儿子放学回家,应该从学校门口向东走,这样才是最直接最正常的路线,可是他为什么要逆向西行呢?儿子今年已经十八岁了,如果这个强奸未遂的事实成立,按照儿子的年龄,完全可以量刑处罚了。如果真是这样,儿子这一辈子就算完了,他杨和平的后半生也就算陷入水深火热里了。

杨和平稍稍犹豫了一下,就对警察提出这个疑问。没想警察说,我们也是这样审问的,并且这个案件的疑问点就在这里,可是,杨青春就是不交代他为什么要逆行,为什么要跟着那个女学生,矮个警察叹口气说,现在,青少年的犯罪心态很不好捉摸,大多都是冲动的突发行为,没有原因,他们也不考虑后果。杨和平说,我儿子平日里不是这样的性格,近期也没看出他的异常行为。警察说,不如这样吧,你们父子单独谈谈,你心平气和一些,好好和他交流,看他能不能说出原因来。

## 七

杨和平回身进了审讯室,两个警察就拉开门出来了,留给他们父子足够的空间交流。杨和平蹲在儿子身旁,平静了一下心情,怎么说呢?儿子真是长大了,嘴唇上隐隐都冒出青草一样的胡须了,脸庞也变得有了棱角,杨和平这才发现,儿子的声音也发生了变化,眼神里也有了一些杨和平看不透的东西,儿子长得和他年轻时面目一样了。平日里,他和儿子的交流疏忽到懒得看儿子一眼的地步。这不是自己的责任吗?杨和平看淡了名利荣辱,只想安静地活着,可是现在,他连这点软弱的奢求都没有了。

杨和平叹口气,眼睛热辣辣的想掉泪,他还没在儿子跟前掉过泪呢,杨和平咬住嘴巴,咬得生疼了,我是他爸爸啊,我在谁面前掉泪,也不能在儿子面前掉泪啊?我做不了一个优秀的男人,可是我应该努力做个合格的爸爸啊。杨和平伸手摸了一下儿子蓬乱的头发,想摘掉儿子头发上的一片草屑,没想儿子抬手推开了杨和平的手,抬起脸来说,爸爸,我没做错什么,我想见见宋玉,我想把话给宋玉当面说清楚。杨和平愣了愣,问儿子,谁是宋玉?儿子说,就是昨天晚上的那个女中学生。

杨和平出门对矮个警察说了儿子的这个要求。矮个警察说,他俩见面可以，不过我们要在现场旁听监督。还有，我们已经通知女学生的家长了，估计正在路上，往这里赶呢，你儿子有话就快说，以免女学生家长来了情绪冲动，对你儿子做出不好处理的事儿。

高个民警从另一间房间里叫出女中学生。杨和平的儿子和她面对面坐到一起。杨和平特地看了看女中学生。这是一个容貌姣好的女孩子，扎着马尾辫，怯怯的眼神里透着一股清亮，看得出是一个充满灵气的学生，只不过脸色苍白，显得神情有些痴呆。她的毛衣被撕烂了衣领，身上也粘着一些干燥的泥巴。

矮个警察说，杨青春，这是你最后一次机会，该说的话，就实事求是地说出来，我们会酌情处理。杨青春低着头，瞄了一眼宋玉，低声说，其实，我跟着你，我是保护你，真的没别的想法。

宋玉开口说话了，声音很轻，你保护我？我不认识你啊？杨青春咬着嘴唇说，我真的是保护你，我知道你不认识我，可是，我，我已经保护你半年多了，每天晚上，我都跟到你家门口，然后我才放心回家。

杨和平看了一眼警察，问儿子，你不好好学习，谁要你保护这个女孩子啊？杨和平的话惹得两个警察笑起来，矮个警察说，噢，我明白了，你儿子原来是单相思，护花使者啊。儿子的脸上一阵腓红，低下头不吱声了。

警察说，说吧，你真的就是想保护宋玉？警察的问话，使得宋玉也低下头，羞得马尾辫都耷拉在脖子里了。愣了片刻，杨和平听到儿子说，其实，我昨天晚上，就是想把一封信送给她，这封信我已经写了半年了，就是不敢送给她。杨和平看到儿子的手在裤兜里摸索了一会儿，掏出了一封已经揉搓得皱巴巴的白色信封，怯怯地放在桌子上。

杨和平叹口气，转到那个女同学身旁，低头看着她说，宋玉同学，我替我儿子给你道歉，他太不争气了，妨碍了你的正常学习和生活。以后，我保证他不会再跟踪你了。宋玉抬脸看看杨和平，有些不知所措地点了头，接着又摇头笑笑。杨和平又问了宋玉的住址、家庭情况，他想无论如何要去宋玉家，对她的父母道歉。宋玉一一低声回答了，当宋玉说出她爸爸的名字时，杨和平愣住了，他没想到，宋玉的爸爸竟然就是他当年的中学同学。

## 八

杨和平在派出所里待了不到一个小时，就带着儿子出来了。警察说，如果你儿子真是说了实话，那就不是多么恶劣的性质，你回家和他好好沟通一下吧。不过呢，警察的话头一转，又对杨和平说，这件案子就先挂起来吧，等哪天逮着了那几个黑影，证实事情真是如你所说，才能最终结案呢。没什么大不了的事儿，该吃就吃，该学习就学习。杨和平巴不得警察少些啰唆，催促着儿子在审讯记录上签字走人。他有些顾虑，如果在这里见到多年未联系的老同学，双方都很没面子，杨和平想过几天，找个适当的机会和场合，好好和老同学解释，男人跟男人之间嘛，没什么解不开的疙瘩，说说笑笑，这件事也就过去了吧。

父子俩走在春光明媚的大街上，一前一后，各自低着头。走到一处十字路口，杨和平在红灯下站住了，他拍拍儿子的肩膀说了一句对不起。儿子低着头，小声说，爸爸，该我说对不起，是我让您失望了。我以后改正，不会再这么无聊了。杨和平说，儿子啊，刚才我打你的脸，这是我第一次打你。我年轻的时候，曾经发过誓，绝不会动你一手指头，可是，我怎么活着活着，就会打人了呢？我对不起你，真是对自己失望了。儿子听着杨和平一个劲儿地叹气，就把头埋进脖子里，一声不吭了。

杨和平和儿子回到家里，看见金铃，不待金铃问话，杨和平开口就说，咱儿子昨天表现真不错，在医院里陪着我侍候咱爹。这孩子长大了，懂事了，知道什么叫责任和义务了。金铃似乎相信了杨和平的话，笑着摸了摸儿子的头。儿子比金铃高出一头了，金铃翘着脚尖摸儿子的头，儿子扫了杨和平一眼，躲开金铃，钻进自己的房间里，倒头栽在床上，蒙上被子，不动弹了。杨和平过来，替儿子关上门。胡乱扒拉了几口面条，洗把脸，下楼去医院看老爹了。

杨和平坐在去医院的公交车上，觉得脑袋轰轰作响，好像有一盆沸水在脑子里喧哗。杨和平心里盛不下事儿，他的心比核桃还小，却没有核桃那么坚硬。他不习惯欠别人的，也不习惯别人欠他的。杨和平想尽早处理完儿子闯下的这个大祸，不正式结案，早晚还是一个祸根。大事化小，小事化了，了了就心安了。

杨和平下车的时候，想好了一个觉得比较妥善的办法，掏出手机给一个经常联系的老同学打电话。电话通了，杨和平听见老同学的哈欠声，大概又是打了一宿的麻将。杨和平和他闲扯了几句，话头一转说，最近越来越愿意想过去的人和事了，越来越想念过去的老同学了。闲着也是闲着，你不如牵头，搞个同学聚会吧。

老同学在那边听得漫不经心，哈欠连天地说，好啊，可以考虑啊，分头通知就是了。吃点喝点，在一起说说话，就是费用太大，不如AA制吧。杨和平说，不就是一桌酒菜吗，我承包了也没什么。杨和平这么一说，老同学的兴致高涨了一些，顺口说该喊谁谁参加，都是在社会上混得有头脸的人物。最后老同学终于提起了那个姓宋的同学，杨和平听着，终于松了一口气。

杨和平想在给老爹转院去省城以前，尽快处理好这件事。期间又催促了几次同学聚会的事儿，并且积极地联络了几个还有些交往的同学。别人的日子，貌似都过得比较舒心，杨和平说了聚会的想法，同学们听了，大多反应热烈，满口应承，几天下来，同学聚会的时间和地点就定准了。杨和平想好了怎么和姓宋的同学见面，如何委婉地化解这件事，这一切好像都在情理之中，杨和平才觉得心里宽敞了一些。

## 九

同学聚会定在了一个周末的下午。杨和平一早就去了预约好的饭店，检查餐厅的环境，精心点了十几个荤素搭配的菜，选了几样酒水。杨和平忙完这些，给金铃打了一个电话，说晚上有应酬，你去医院照顾咱爹吧。金铃以为杨和平请单位里的人，探听消息，疏通关系，满口答应了。半个小时以后，同学们陆续都来了，饭店门口停了一片轿车，从饭店茶色的玻璃门看过去，就像一片华丽的鱼在栖息。同学们都是事业有成的样子，彼此谦虚着，恭维着，比抽烟的牌子，比衣服的牌子，比汽车的牌子，这样的聚会，其实已经演变成了一个权钱力量的比拼赛。善者不来，来着不善，谁能示弱啊？杨和平眼巴巴地等着姓宋的同学来，可是等到快上菜了，姓宋的同学也没来，后来有人给他打电话证实来不来，回答临时有事，脱不开身了。杨和平想着在电话里和宋同学说几句话，人声嘈杂着，乱得耳朵发麻，杨和平握着手机喂喂了一声，听得对方就把电话挂掉了。

正准备入席时，听得一阵噼里啪啦的巴掌响，夹杂着年轻的口哨声，杨和平扭头看见，一个身穿一袭黑裙的女人进来了，头发染成了栗色，弯曲着披散在胸前，她的脸色白皙，细巧的鼻子上架了一副宽边的黑色眼镜，对着众人点头致意，简直就是风度翩翩的美女，很多人的眼神都僵直了。接着有人对她咋呼着，刘雅兰你也来了啊？早知道你来，我们就不点菜了，你这秀色可餐，可是让这些大男人引起暴乱，那就麻烦大了。

刘雅兰笑了，说，我来就是这个目的啊，谁做东，可是要谢谢我给他省下一大笔菜金呢。

刘雅兰的话让男人们更加起哄了，有人指着杨和平说，喏，杨和平做东，你俩三年同桌，惺惺相惜，刘雅兰今天真是给杨和平省钱了。刘雅兰偏头看了看杨和平，说，老了啊，在大街上相遇，怕是认不出来了。

杨和平笑着说，人生何处不相逢啊，今天遇见刘雅兰同学，太荣幸了。杨和平说着弯腰伸手握住刘雅兰的手，凑在嘴上碰了一下。刘雅兰笑得用另一只手捂住了嘴巴。杨和平的这个动作，一下就把现场的气氛刺激到高潮了。

该来的没来，不该来的却来了不少。杨和平挤在餐厅里，情绪有些低落，不过又不能表现出来，脸上堆着笑，与同学们谦让着落座。聚会本来就是高兴的事儿。老同学相逢，毕竟骨子里还是残存着昔日的率真性情。众人围着桌子转了一会儿，杨和平看出来了，这些男人一旦纯真了，其实也就表现出更幼稚的虚伪了，都躲避着和刘雅兰挨着坐，好像是谁挨着刘雅兰坐了，真就不吃就饱了。挤着让着，就有些人来疯了，也不知是谁提议的，同座找同座吧，干脆就把杨和平安排在刘雅兰身旁了。杨和平刚落座，就觉得座子下面的脚被谁踩了一下，杨和平刚想低头看看呢，就听到刘雅兰捂着纸巾轻轻咳嗽了一声，杨和平收回脚，瞥了一眼刘雅兰，转头对着餐桌旁的服务生说，开始上菜吧。

四十多岁的男人在一起聚会，对吃喝这些事儿，没有了多大的兴致，夹菜也显得有些漫不经心了。重要的是喝酒和说话，酒精的主要作用是能让人在酒后口无遮拦。几杯酒下肚，气氛高涨得像过节，有几个男人不避讳刘雅兰，争相卖弄着开始讲黄段子，众人笑，刘雅兰也跟着宽容地笑。酒越喝越多，有人开始叙旧情，说这些年过来的日子，碰杯，相互留下联系方式。说着喝着，脸红了，觉得头也变大了，就有人坐不住了。有人去洗手间呕吐，有人到隔壁的歌厅唱歌，不大一会儿的工夫，杨和平才发现饭桌旁只剩下了他和刘雅兰。刘雅兰偏着头，托着腮，像是在听隔壁的男人们唱歌。杨和平想着也去凑热闹时，刚要离开，就听到刘雅兰说，哎，过得好吗？杨和平站住了，看看刘雅兰，灯影里的刘雅兰散发着一股成熟苹果的味道。杨和平说，还凑合。你呢？刘雅兰说，好，一天天过日子呗。刘雅兰说着指指椅子，坐下啊，陪我说说话。杨和平坐下了，问，说什么？刘雅兰笑着举起酒杯说，说什么都行啊，就想和你说说话，多少年没和你说话了。

杨和平陪着刘雅兰喝了三杯啤酒，胡乱扯了一些过去的事儿。相互问起对方的家庭现状，刘雅兰说，她离婚已经三年了。她丈夫有钱，有外遇，协议离婚，她丈夫把家产全部留给了她和孩子，一个人提着包走了。

杨和平听刘雅兰说这些的时候，其实脑子里有些走神了，刘雅兰这样的婚姻经历，是一个很烂的故事，这样的故事和路上的落叶一样多。他在惦记医院里的老爹，隔壁房间里男人们仍在尽兴歌唱，似乎还要发泄一阵子。窗外的大街上，早已亮起了路灯，估计应该九点多了。杨和平犹豫了一会儿，转头问刘雅兰，天晚了，你回去吧，这些男人喝多了，不要再等他们了。

刘雅兰说，咱们正是顺道一起走的，走就走吧。杨和平先出了门，到吧台上结账，接过单子一看，居然八百多块钱。杨和平摸摸钱夹，肯定是不够了。正想向服务生解释呢，就看见刘雅兰过来瞄了一眼账单，从皮包里掏出钱来，放在吧台上。杨和平说，怎么让你结账呢，明天我还你吧。刘雅兰笑笑，掏出一把钥匙递给杨和平，说，你开车吧，我觉得头有些晕了。

杨和平替刘雅兰推开玻璃门时，才发现刘雅兰已经有些醉意了。她拎着皮包走下台阶，步子歪斜着，扭头对杨和平启齿一笑，黑影里的刘雅兰的眼神闪烁着细碎的光亮。刘雅兰指着远处的一辆红色轿车说，喏，就是这个，咱们走吧。杨和平走近那辆车前，正要用钥匙打开车门时，刘雅兰跟踉着跟过来，接着就趴在了车上，哇的一声吐了。

## 十

　　杨和平几乎是把刘雅兰抱进车后座的，刘雅兰的身子已经软得像一团棉花，像个孩子一样傻笑，含糊不清地唱月亮走，我也走，我送哥哥到村口……杨和平没想到刘雅兰会这么快就醉了。刘雅兰笑完了，探起身子摸了一把杨和平后脑上的头发，说，男人四十一枝花，女人四十豆腐渣。这话没错，杨和平你看帅着呢，你看你宽宽的肩膀，深邃的眼神，磁性的声音，你多好啊，你比那些青瓜蛋子似的小青年有味道呢。

　　杨和平想不能任凭刘雅兰这么说胡话啊，想着尽快离开这儿，哪怕是围着大街溜一圈，等刘雅兰清醒一些，就可以把她送回家了。离开饭店。绕着宽阔的大街行驶。行人稀少，路灯也显得暗淡了。走到一处十字路口，坐在车后座的刘雅兰忽然又嘿嘿笑起来，杨和平，我告诉你一件事，你信不信？我现在正在恋爱呢。杨和平说，这是好事啊，祝你早日重组新的家庭。刘雅兰笑得有些羞涩了，说，那个男人说要离了婚娶我。我没想到四十多岁的人了，还会有一见钟情的激情。他第一次看见我，就说爱我现在备受岁月摧残的面容。

　　杨和平噢了一声，说，原来这样啊，凭我感觉，这个男人是个流氓，有句话说得好，宁愿相信世上有鬼，也不能相信男人那张嘴。

　　刘雅兰继续笑，我相信他的话，只是不想让他离婚，我有离婚的痛苦经历，他离了，我也许会得到幸福，可是另一个女人就会和我原来一样痛苦了。

　　杨和平点点头说，这的确是很头疼的事，有些人离婚了，会变得极端，自私。有些人离婚了，会变得理智，有着比常人更多的善良。

　　刘雅兰说，这么说，你认为离婚的人就不是常人了？

　　杨和平还没说完，就觉得刘雅兰又伸手捏了一把他的脸。

　　刘雅兰的家在城西海马住宅小区里。杨和平知道那个小区的具体位置，不过十分钟的路程。刘雅兰似乎已经醒酒了。坐在车后座上，托着腮不再说话，两眼有些愣神地盯着车窗外。很快到了小区门口，杨和平停下车，对刘雅兰说，就在这里吧，天太晚了。我抽空再来拜访你，把今天的请客费用还你啊。黑影里的刘雅兰启齿一笑,说,行啊,随时欢迎你来。说着掏出手机,摁了几下,对着手机说,睡了吗?下来接我吧。

杨和平张了张嘴巴,问,谁啊?刘雅兰低声又说,他。杨和平噢了一声,拍拍方向盘说,你到家了。那我走吧,这么好的夜晚,我溜达着散散步,一会儿就到家了。刘雅兰看看小区里面影影绰绰的楼群,点点头说,也好,先这样吧,再联系。

杨和平打开车门就看见小区里面晃过一个人影来。踢踢踏踏的脚步声响在偌大的小区里。杨和平关上车门,冲车里挥挥手,转身闪到路边。杨和平走出十几米远,回头看看小区门口,一个细高的男人身影钻进刘雅兰的车里。杨和平愣在原地,看着车子无声息地开进小区里了。

十一

杨和平沿着去医院的方向慢慢走着,走过两个路口,就觉得步子有些沉了。他掏出烟点了一支,刚吸了一口,觉得手里的烟不知怎么变细了,又细又软似的,几乎捏不住了。他想起刚才在车上,刘雅兰捏他脸的感觉,想笑,没笑出来,反倒被嘴里辛辣的烟雾呛了几声咳嗽。他扔掉烟,继续低头走着,想起刚才刘雅兰摸在脸上的那只右手,脸上就生出了一种麻痒的感觉。有些疼,还有些陌生的温暖。杨和平想起软如玉这三字。嗯,没错,其实就是类似的感觉,像玉一样柔软,又有着玉一样坚硬的温暖。

这就是一只女人的手吗?杨和平活了四十五岁了,第一次有了这么细致的感觉。他把右手贴在脸上,细细地回忆刚才与刘雅兰在一起的细节,他有点舍不得把手从脸上拿下来了,他生怕右手离开脸,这么清晰细致的回忆场景就像梦一样消失了。杨和平轻轻挪了挪右手,把手凑在鼻子上,手指上除了干爽的烟草味,没有什么特别的味道。杨和平有些不甘心地抽动着鼻子,还是没有闻出他希望闻到的味儿。杨和平想留下刚才的一点印记,哪怕是一丝淡淡的味儿呢。杨和平一路走着,脑袋里反复想着这个晚上的点点细节。走到医院门口,才发现医院的大门已经关上了。

## 十二

杨和平给老爹办理转院手续的那天早上，楼上楼下，来回跑了几趟，总算才把手续办利索了。他打电话让金铃来帮着拾掇细碎的日常东西，顺便拿些钱来。忙完了一阵子，靠在楼道里歇息，想着老爹转院了，这不是一件小事儿，老爹又不是他一个人的老爹，怎么着也得给老家里的兄弟姊妹打个招呼啊，地里的活计大概也该忙完了，去了省城医院，大概不会三五天就能回来的，让他们知道，以后也能去彼此有个照应。

电话打通了，杨和平简单说了老爹的病情，二弟在电话里吭哧说，咱爹老了，怕是去哪里这病也就这样了。七老八十的人了，路又这么远，咱爹经得住这么折腾么？你说，万一在路上出点什么突发意外，大哥你担待得起这责任吗？

杨和平终于听清了二弟的意思，当时就气得浑身哆嗦了，对着手机大声说，老二，你的意思，就是不给咱爹治病了？让他这么这样等死？杨和平的声调激烈，二弟那边也跟着不示弱，说，大哥，你怎么这么说话哩？亏你还是当过兵、有教养的人呢？谁说不给咱爹治病了啊？咱爹就是治不好的病，尽到心就行了，你非去省城，你有钱你去吧，我们可是现在连买化肥的钱，都发愁呢。

二弟啰唆着一大通，杨和平听得耳朵都快冒火了，对着手机嚷，老二，你甭说了，咱爹就是我一个人的爹，这总行了吧？人活着都得有责任和良心！咱爹就是死在省城里，我就是背也要背回来！杨和平啪地挂掉手机，眼里一热，觉得泪汪汪的了。都是一个爹娘养活的孩子，怎么就不一样的心情呢？杨和平对着走廊的天花板，眼睛瞪得大大的，他不敢眨巴眼皮，他生怕自己一眨眼，眼泪就会滚出来，那样就会止不住地淌泪了。哭有什么用啊？眼前这么多的事情等着去做呢。杨和平咬着嘴唇，抽搐了一下鼻子，进病房招呼老爹出院了。

金铃还没来，估计正在银行取钱。去省城的班车下午就没有了，杨和平等不得了。想着先背起老爹下楼等金铃。偏偏病房大楼里的电梯出了故障。杨和平背着老爹从五楼下楼，下到三楼的拐角处，杨和平听到背后的老爹呜咽了一声，接着就有凉丝丝的东西淌进了杨和平的脖子里，杨和平停住脚，扭头一看，老爹红着眼，层层皱褶里挂着泪水，杨和平说，爹，你怎么哭啦？

老爹说，和平啊，难为你了。这么长时间，就你侍候着我，真是难为你了。杨和平心里一软，说，我侍候你，还不是应该的嘛，刚才我给老二他们打电话了，过几天，他们忙完了，就去省城帮我侍候你。老爹噢了一声，叹口气，骂一声王八羔子们比你差多了！杨和平没再吱声，继续迈步下楼，觉得老爹的身子真是沉重了。

去省城的路程不过八十公里，以前开帕萨特的时候，用不了一个小时，就到了。可是挤在公共汽车上，人声嘈杂，气味难闻，车子为了多拉些乘客，时走时停，摇晃不止。挨着杨和平的是几个脸色粗糙的民工，大口吐痰，大口吸烟，扯着嗓子不住嘴地骂他们的老板。汽车前面的电视里，偏又播放着热闹的香港警匪片，时而引起阵阵廉价的大笑。这些噪音钻入杨和平的耳朵里，钻得脑袋直疼了。杨和平看看老爹，老爹把一颗苍老的脑袋窝在衣领里，似乎熟睡了。杨和平忍着，憋着，心想就是蜗牛爬行的速度，今天总会到了省城的。可是，杨和平没有想到，去省城的路途可以忍耐，治疗老爹的病要用多半年的时间。

## 十三

经过省城医院医生的诊断，得出的结果是，老爹的病情用药物治疗已经没有效果了，如果要彻底治好老爹的冠心病，最佳的方案就是做搭桥手术。杨和平随口就说，来就是要治好病的，该怎么做就怎么做呗。医生说做这个手术至少要五万的费用。杨和平听着，咬咬牙说，五万就五万吧，反正治病没有不花钱的。医生详细给杨和平介绍了做这个手术的过程，前期要一个周期的观察疗养，才能做手术，后期还要半年的疗养。

杨和平听了，当时头就蒙了。他知道这不是说做就做的事了。半年的时间，单位里的事情……可是，既然来了，总得有个结果吧，总得对老爹和兄弟姊妹有个交代吧？退一万步说，杨和平你总得对自己的良心有个说得过去的理由吧？杨和平揉了揉鼻子，对医生说，听您的，该做就做吧。

当天下午，老爹就被安排住进医院了。

老爹前期的观察治疗不是很复杂，就是定期量血压，做心电图，每天打几瓶药水。饭菜都是餐厅里做，口味不错，只要有钱，荤素都很齐全。值班护士护理服务也比较让人满意，最起码杨和平不用每天晚上趴在床头照看老爹了。

几天下来，同病房的人彼此熟悉了，同病相怜，不用多说，都会相互有个照应了。杨和平给金铃打过几次电话，大体说了老爹的治疗情况，杨和平没想到，关键时候，金铃还是通情达理的，说，五万就五万，你兄弟姊妹不管不问，咱们也不能看着你爹受罪，该治就治呗，咱们省吃俭用点罢了。

杨和平听着心发热，觉得真是娶了一个好女人。夫妻之间，感激话都是多余的，杨和平听着，感动得鼻子发酸。问起单位里的动静，金铃说，你的工资倒是定期打在工资卡上。听说你们单位人事可能会有变动。要进行机构改革，几个副局长年龄到了，该退居二线了。金铃话头一转说，等你爹做完手术，你赶紧回来看看吧，别把你一起端了。再说，五万块钱的手术费，毕竟不是小数目，你回来，找找王局长，咱这半辈子了，没功劳，也有苦劳，就是不开车了，能帮助解决点住院费用也不错啊。杨和平听着，打断金铃的话说，他凭什么不让我开车？他就能一手遮天了？金铃听他说话又要犯犟脾气，好歹哄劝他几句，把电话挂了。

杨和平嘴上说得理直气壮，心里还是有些担忧。放下电话，想着在省城毕竟不是要住三两天的事情，还是节约一些吧，医院里的饭菜太贵，不如自己动手，多少还是可以省一些。这么想着，在医院附近转悠了半天，终于找了一处小房子。房租要比住在旅社里便宜多了，有一张床能睡觉，还能买些锅灶，给老爹做些饭菜，精打细算，也只能这样了。

## 十四

房子租下了，杨和平每天早上起来，去附近的菜市场买些青菜、鸡蛋什么的，变着花样做熟了，用搪瓷碗盛去医院端给老爹吃。日子一天天过去，转眼就要到给老爹做手术的日期了，杨和平想着该再给老家的兄弟姊妹通话了。毕竟，做手术，需要病人家属签字。杨和平思量了一会儿，生气归生气，老爹还是兄弟姊妹共有的老爹。通知他们了，如果他们再不来，那就真是畜生不如了。

用手机话费太贵，杨和平想着出去打公用电话。转到街头的电话亭旁，看见一个女人正低头在电话亭里拨号码，拨了一遍又一遍。杨和平有些急，故意咳嗽一声，那个女人回过头来，杨和平就怔住了，那个女人也张开嘴巴，打量着杨和平，接着无声地笑了，杨和平也跟着笑，挠挠头皮说，刘雅兰，你怎么来了？

刘雅兰说，这个世界真小，不是冤家不聚头啊。

杨和平倒退了一步说，瞧你这话说的，有点莫名其妙。

刘雅兰从头到脚看了一遍杨和平，说，哎，你瘦了啊？杨和平说，瘦点好，看你也憔悴了。刘雅兰呵呵笑了两声说，憔悴？瞧你这话说的，有点肉麻，这么矫情啊？真让人受不了。

杨和平揉了揉鼻子，随口问刘雅兰吃饭了没。没想刘雅兰说，没吃啊，我连昨天的晚饭还没吃呢。活该你请客吧。

附近就有一处快餐厅，杨和平扭头看了看，里面的客人并不多。杨和平说，要不，就在这儿凑合吃点吧？杨和平话音未落，刘雅兰已经搀下他进去了。

这家餐厅的餐桌不大，火车座样式地一排排并列着。杨和平问刘雅兰想吃些什么。刘雅兰坐在餐桌旁，漫不经心地瞥了一眼墙上挂着的菜谱说，什么都可以，只要有酒就行了。

杨和平扭头看着她说，大清早的，喝什么酒啊？

刘雅兰说，我想喝白酒，高度的。怎么，你舍不得吗？

刘雅兰的话让杨和平觉得心里猛地一沉，刘雅兰眼神里有一种奇怪的东西，像是面对一簇奄奄一息的火堆，暗淡得让人捉摸不定了。杨和平随便点了几个菜，接着要了一瓶小糊涂仙白酒摆在餐桌上。刘雅兰说，杨和平，你今天就是有天大的事儿，你先放下，陪我喝酒吧。

杨和平说，你怎么啦？

刘雅兰没吱声，拿过酒杯，倒满白酒，仰脖就是一大口。

刘雅兰说，喝啊！你不喝我喝！

接连几口，刘雅兰放下酒杯，盯着餐桌上的木纹说，杨和平，我什么都没了，我被他骗了。

杨和平说，什么啊？稍一愣怔，终于明白刘雅兰说的那个他了。杨和平说，到底怎么啦？刘雅兰抹了一下嘴巴，泪水就溢满眼眶了。

刘雅兰说，杨和平，我真傻，你不知道我有多傻，刘雅兰说着，就捂着嘴巴泣不成声了。杨和平说，你别哭啊，你一哭，我心里也难受呢。

刘雅兰擦了一把眼泪，咬着嘴唇说，他骗了我的钱，骗了我的身体。他拿走了我所有的积蓄，说是来省城炒股，一走就没有音讯了，连我的电话都不接了。杨和平噢了一声，想着劝劝刘雅兰，还没等张口，刘雅兰又举杯喝了一大口酒哭着说，杨和平，你别笑话我，我很久没哭了，我以为我活了四十多岁，遇到初恋了呢，我真傻啊，我以后再也不相信什么狗屁爱情了！

面对刘雅兰的痛哭流涕，杨和平实在不知道该怎么办才好，刘雅兰哭，杨和平就给他递纸巾，刘雅兰似乎越哭越带劲儿，杨和平劝她，反而哭得更厉害了。有那么一会儿，杨和平想伸手给刘雅兰捋捋她额前凌乱的头发，杨和平觉得，此刻的刘雅兰需要这样细致的安慰，他杨和平也有必要这么做，杨和平的手指在饭桌上抓挠了一会儿，伸出手指，他刚抬起来，在饭桌上举了举，又转换成一个挥舞苍蝇的动作了。

杨和平没有哄过女人，他没学过怜香惜玉的本事，更何况现在面对的是一个近乎歇斯底里的女人。杨和平只是觉得，女人万一疯狂起来，真是可怕。杨和平没想到，女人一旦遇到所谓的真爱，就会把生活折腾得一塌糊涂，昏天黑地，天王老子也奈何不了。他不明白，四十多岁的女人恋爱会是这个样子，还会伤到骨子里，还会飞蛾投火似的不顾一切。杨和平只能干巴巴地说，好了，别哭了，别哭了。杨和平这么一说，没想刘雅兰哭得更悲痛了。

## 十五

刘雅兰来省城已经三天了，她找遍了省城里所有的股票交易大厅。她不停地给那个男人打电话，可是那个男人就是不见他，后来干脆连她的电话也不接了。刘雅兰只好用公用电话打给那个男人。刘雅兰不想再从那个男人手里索取什么，她只想找到他，问问那个男人到底还爱不爱她。她只想问问那个男人究竟爱过她没有。女人对爱情的固执追求，往往是男人们不可料想的，就像站在一摊沼泽地里，女人宁愿一直眼睁睁地陷下去，哪怕是被爱情窒息了，淹没了，也心甘情愿，至死不悔。这样的女人，会让所有的男人感到恐惧，甚至不敢正视这样的女人，她们的眼神像深潭一样深邃，又像泉水一样清澈。刘雅兰就是这样一个让人觉得可爱又可怕的女人。对于女人来说，爱情就像空气。

当初，刘雅兰发现丈夫和另外的女人在一起的时候，刘雅兰没有大哭或者大闹，她选择了沉默，刘雅兰想在这种沉默里反思自己，也想给丈夫一个反思的机会。刘雅兰想试试自己的承受能力。面对丈夫像个女人一样趴在她怀里哭，刘雅兰也曾经试着原谅丈夫。她甚至想，受伤害的不是她，而是她的丈夫，是她疏忽了丈夫。当时丈夫哭得多伤心啊，好像已经伤到心肺了。丈夫拼命地洗澡，搓着自己的身体。丈夫再次靠近她，孩子一样乞求她。丈夫说，放爱一条生路，原谅我这一次吧。刘雅兰搂着丈夫，心里充满了慈爱和自责。可是当丈夫的舌头伸进她的嘴里，刘雅兰就觉得想呕吐了，刘雅兰受不了另外一个女人的味道，这种味道已经渗进丈夫骨子里了，淌进丈夫血液里了。刘雅兰推开丈夫，她趴在水池旁，一个劲地干呕，好像要把五脏六腑吐出来了。

当天晚上，丈夫就拎着一只皮包走了。丈夫轻轻关上了门，踢踢踏踏的下楼声，听起来凌乱而又疲惫。有那么一会儿，刘雅兰想喊住他，让他回来，刘雅兰想再仔细看看这个与他生活了二十年的男人，他们是少年夫妻啊，他们是患难夫妻啊，他们彼此在一起这么多年，爱过，恨过，哭过，笑过，有苦同当过，有福同享过，风雨同舟这么多年了啊。刘雅兰张开嘴，嗓眼里滚动着丈夫的名字，刘雅兰想使劲儿喊一声，可是刘雅兰张大着嘴巴，听着慢慢消失的下楼声，终于像个丢掉心爱玩具的孩子一样失声痛哭了。

面对刘雅兰带着泪水的叙述，现在杨和平知道，刘雅兰为什么总是乐意喝酒，总是一喝酒就醉了。刘雅兰说，我太自私了，我知道我是个自私的女人，可是，我做不到宽容，我宁愿让别人宽容我，可是，我却不能宽容别人。

刘雅兰一遍又一遍地自责，一遍又一遍地反复诉说着她过去的婚姻。

杨和平说,过去的就让它过去吧,包括现在,你来找这个男人,其实,也应该是过去的事儿了。杨和平话音未落,刘雅兰就低头吐了一口酒,呵呵笑个不停了。

刘雅兰已经醉得不能自理了。杨和平结完账,扶着刘雅兰出来。正是中午,大街上到处都是明晃晃的阳光,车流人流鱼群一样目不斜视,从他们身旁缓缓游弋,没有谁在意这两个举止都有些张狂的男女。杨和平问清了刘雅兰暂住的宾馆,打车送她回去。他想让刘雅兰好好歇歇,喝点水。杨和平实在有些疲于照顾这样一个醉酒的女人了。

从医院附近到刘雅兰所住的宾馆,路程不算远。杨和平扶着刘雅兰进了宾馆大厅,大厅里人不多,杨和平对服务小姐堆出一脸友好的笑,说了刘雅兰的房号。服务小姐看看刘雅兰,拿出钥匙的时候,给了杨和平一个表情模糊的笑。上楼开了房间,刘雅兰就一头栽在床上,呻吟了一声,软在床上不动了。她的头歪在枕头上,表情慢慢松弛下来,就像一朵花儿,红晕遍布了满脸。

杨和平站在床前,轻声说,刘雅兰,你把鞋子脱掉啊,你这样睡觉会感冒的。

刘雅兰没反应,依旧轻声呻吟着,那是发自她内心的痛苦,断断续续的,杨和平听着心里真觉得不是滋味儿。他愣愣地看着刘雅兰,又喊了几声,摊开被子盖在她身上,拿起茶杯给她冲了水,试着水的温度,端到刘雅兰身旁,小声叫她,刘雅兰像是已经不会张嘴了,杨和平把水杯靠近她的唇边,这是他第一次如此近距离地看一个除了金铃以外的女人。刘雅兰的眼角有了几道鱼尾一样的皱纹,下巴也有些松弛了,耳根的皮肤已经有了橘子皮一样粗糙的纹理。这是一个正在变老的女人。生活里还有多少像她这样的女人呢?杨和平觉得心里呼啦一下,好像有什么东西挣破了,瞬间又好像有什么东西坚硬了。

杨和平走进卫生间吸了一支烟,他决定要帮助刘雅兰找到那个男人,他想看看,究竟是什么样子的男人,能让刘雅兰爱到骨子里,又伤到骨子里。刘雅兰说,就是这个男人,他们在网络里认识,他们交流了几天,刘雅兰就感觉这个男人的神奇力量,一下子就把她的心填满了,现在一下子又把她的心给掏空了。缘分就像灾难,没有谁能躲得过去。这个男人从网络里走出来,来到她的面前,就是这么一根纤细的网线,传输给她春天般的缤纷感觉。可是，她没有想过，这根网线能不能承负现实生活里的重量呢？

　　房间里静得能听到刘雅兰的呼吸，刘雅兰似乎睡得很香甜了，也许她真的需要一场这样的酣睡。杨和平侧耳听着，接着听到了手机震动的声音，来自刘雅兰的床前。杨和平走出去，看到刘雅兰的手机摊在床前的桌子上，闪着蓝色的光。杨和平犹豫了一下，拿过来，打开看到一行字，缘聚缘散，保重。

　　杨和平知道，这就是刘雅兰所说的那个男人了。杨和平接着打过去，那边没人接听。杨和平偏头呆了一会儿，编写了一句信息："朋友，你还算是个男人的话，就接电话！"杨和平把信息发出去没多大会儿，手机就响了。杨和平看了看熟睡的刘雅兰，拿着她的手机出去了。

　　楼道里没有人，杨和平靠在拐角的窗台上，接通了电话。电话那边没有人说话，隐隐约约的电流声里，能听到一个人轻微的喘息。杨和平平静了一下嗓子，说，朋友，你为什么要伤害刘雅兰，你知道她已经是个离婚的女人了，她已经受到了伤害，你不应该再伤害她。我不清楚你们之间的细节，可是我知道，做人要厚道。

　　杨和平还没说完，对方打断了他的话，听起来是一个还算年轻的声音，那人问，你是刘雅兰的前夫吧？

　　杨和平说，不是，我是她同学。

　　那人呵呵笑了两声，噢，同学啊？我还是她同床呢。

　　杨和平觉得头猛的一下轰响了，杨和平长吁了一声说，刘雅兰看错你了，你是个流氓！

　　那人继续笑，说，你不流氓你找她做什么？打抱不平吗？无聊！

　　杨和平说，朋友，如果你敢见面的话，我想扇你一个耳光！

　　那人笑得更厉害了，说，哥们，咱们都是男人，你就别虚伪了。你说我伤害她什么啦？本来就是双方愉悦的事儿，本来就是这么回事，高兴在一块玩，不高兴就散呗，干吗非得这么认真呢？干吗非得像你一样吃这门子醋呢？

　　对方满嘴的痞子话，杨和平气得浑身都打哆嗦了，好吧，你不要再来打搅刘雅兰了，你他妈的死去吧！

　　杨和平说着把电话挂了。窗外的阳光照在墙上，杨和平从玻璃的暗影里看到自己表情，想着再打过去，继续和他理论，一连拨了几次，对方干脆就关掉手机了。

　　杨和平说不清这种感觉，杨和平放下水杯，弯腰开始脱刘雅兰的鞋子，杨和平不记得给谁这样脱过鞋子，刘雅兰的高筒皮靴系了很繁琐的鞋带，杨和平哆嗦着手指解开，他拿不准自己这是在帮助刘雅兰，还是一种对刘雅兰的不尊重。杨和平脱掉她的鞋子，把她的双腿抬起来，轻轻掖进被子里时候，感觉到刘雅兰好像配合了他的动作，他听到了刘雅兰一声轻微的叹息，接着又扭头睡过去了。

　　杨和平对着窗外的阳光眯了一会儿眼，刘雅兰打着轻微的呼噜声，她一定在做什么美好的梦吧？站在床前愣了一会儿，他真想过去抱抱刘雅兰，他想喊醒她，告诉她回去吧，不要再奢望那个男人再给什么真爱了。杨和平咬着嘴唇愣了片刻，拐进卫生间，打开水龙头，洗了一把脸，轻轻关上门走了。

## 十六

　　杨和平在自己的出租屋里睡了整整一个下午，他没有再去医院看望老爹。杨和平觉得头疼得快要裂开了，他现在什么事情也不能做了。杨和平在梦里和一些人赛跑，跑得浑身大汗，可是总是跑不过那些人，杨和平的腿发酸，跑着跑着鞋子就掉了，刚提上鞋，跑着跑着又掉了。那些人都扭头嘲笑杨和平，他们没有鼻子，没有嘴巴，只有哈哈的笑声钻入他的耳朵里。杨和平又气又急，他被这个梦里的笑声折磨着，听到一阵电话铃声，睁开眼，天色已经完全黑了。

　　电话是刘雅兰打来的。杨和平接通了，听到刘雅兰的叹息里还带着痛哭后的鼻塞音。刘雅兰说，对不起，杨和平，今天喝多了，连累你了，你不会笑话我吧？

　　刘雅兰的声音听起来已经清醒多了。杨和平说，不会啊，我怎么会笑话你呢。杨和平说完这句话，不知道再说什么了，刘雅兰那边也愣住了。杨和平能想到刘雅兰正伏在枕头上，眼睛应该还是红肿的吧。

　　杨和平说，多喝水，头疼了吧？

　　刘雅兰嗯了一声，说，其实我早知道会是这个结果，我就是一个爱发疯的女人，我发泄这一阵子就好了。停了停，刘雅兰又说，对了，你看过张爱玲的书吗？

杨和平说，我整天瞎忙，没看过她的书。

刘雅兰那边叹了口气说，张爱玲说过一句话，想想真是很经典，她说，这世上没有一样感情不是千疮百孔的。

杨和平笑笑，不知该怎么说，想着说句轻松的话，让刘雅兰开心一些。杨和平说，你的鞋带系得真复杂，我费了老大劲儿才解开呢。

刘雅兰那边愣了愣，接着就咻咻地笑了，她的笑声就像一小股旋风刮到了杨和平的耳边，杨和平觉得心里软软的，好像刘雅兰这么开心地笑起来，他也觉得轻松多了。刘雅兰笑着笑着，忽然就止住不笑了。话筒里只有丝丝的电流声，足有几十秒的时间，杨和平听到了刘雅兰的低泣声。

杨和平说，怎么又哭了啊？怎么啦？

杨和平连问了几声，才听到刘雅兰止住了哭泣，刘雅兰的声音低了下来，听起来遥远又模糊，像是从天边传过来的，不过杨和平还是听清了刘雅兰的话，刘雅兰说，杨和平，过来抱抱我吧。

杨和平张了张嘴巴，他从枕头上抬起头来，把手机从耳边挪开了。手机里清晰地传来刘雅兰的喘息声，热辣辣的，开水一样泼在他脸上了。

杨和平对着手机嗯了一声，然后直起身子，对着窗外说，哎，今天晚上的月亮真圆啊，你起来看看吧，我正在看呢。

刘雅兰那边停顿了，过了老大会儿，才说，是啊，今天已经是四月十六了，十五的月亮十六圆，这话没错呢。

杨和平接着说，你看见了没？月亮周围的云彩像不像一片丝巾？刘雅兰说，嗯，像丝巾，越看越像。

两人就这么边通话边看月亮，过了一会儿，刘雅兰叹口气说，共同看月亮的感觉真好，好多年没这么仔细地看过月亮了。杨和平，我这会儿好多了，谢谢你。

杨和平刚想说披上衣服，别着凉啊。他还没张口，听到刘雅兰那边把电话挂了。

杨和平对着手机呆了片刻，重新躺在床上，合上眼，脑子里乱哄哄的。杨和平想强迫自己睡下去，他辗转反侧，逼着自己数数，他脑子里满是刘雅兰的哭泣和泪脸，也许该去抱抱她吧，他不知道去是对还是错。杨和平想得头疼了，看看手表，已经十点了。杨和平拿起手机，第一个号码就是金铃的，杨和平拨通了，手机里嘟嘟响了一会儿，他听到了金铃惺忪的声音。

杨和平说，金铃，我睡不着，我想你了。金铃那边哧哧笑起来，杨和平你怎么啦？头一次说这样的话，我听着有点恶心了。

杨和平说，我就是想你了，想你想得都睡不着了。金铃说，行了，行了，我知道了，电话费这么贵，少啰唆吧。过几天，我去看看你吧。金铃说着打了一个哈欠，关掉手机了。

杨和平放下手机，对着天花板发愣，心里却烟雾一样翻腾着，扎刺刺的，真是心神不宁了。他的手不自觉地摸住了自己。这个动作对他来说，已经很陌生了，他记得只是在青春初期，有过这么几次，后来结婚后，自然就控制了自己，可是今天晚上，杨和平却不知道怎么啦，他觉得自己的手放在身上，怎么也挪不开了，杨和平为自己这个想法羞愧，可是他却怎么也抑制不了自己了。杨和平关掉手机，闭上眼，不由自主地温习了这个已经陌生了的动作，随着动作越来越剧烈，杨和平疲惫下来的时候，才发现不知什么时候流泪了，泪珠淌进嘴里，烟雾一样辛辣。杨和平终于熟睡过去了，对他来说，这是一个甜蜜的夜晚。第二天早上，杨和平醒来，看见手机上显示刘雅兰发来的一条信息，只有三个字：我走了。

# 十七

老爹的手术做得还算顺利。做手术的那天，杨和平的兄弟姊妹都来了。老爹推进手术室的时候，抬手招呼杨和平。杨和平俯在老爹耳边，听到老爹说，我昨天晚上，梦见你娘了。你娘叮嘱我，别害怕，能吃能喝就行了。

杨和平噢了一声，不知道该说什么，老爹停顿了一句，笑了笑又说，你娘说我像个驴，泼实着呢，她说让我再多活几年，再去那边找她。老爹的嘴巴哆嗦着，杨和平觉得老爹还是有些紧张。

杨和平说，俺娘的话都对，你身体好着呢，小手术，没什么大不了的。杨和平握住了老爹的手，觉得老爹的手里有一个硬东西，老爹松开手的时候，杨和平看见老爹手里攥着一个白色的耳坠，豆瓣一般大小。杨和平愣了片刻，才想起来这个耳坠，是娘戴过的，娘好像从年轻时就戴着这么一对耳坠，戴了一辈子。在杨和平印象里，好像已经长在娘身上了。杨和平记得娘死的时候，连同这一对耳坠都火化了，现在，怎么老爹手里还攥了一个呢？

在手术室门口等着老爹出来的时间里，杨和平和兄弟姊妹们，一直没敢松口气，杨和平小声问二弟，还记得娘活着的时候的样子吗？二弟瞥了杨和平一眼，反问他，你不记得了？杨和平揉着耳朵说，我不记得咱娘走的时候，耳朵上戴着耳坠没有？二弟又用奇怪的眼神瞥了一眼杨和平，闭上眼睛不吱声了。

老爹做完手术，大家都松了一口气。剩下的事情就是疗养了。大多事情都是由护士做了，杨和平和兄弟们也就是替换着端水、喂饭，活儿当然不轻松。病房里人多了，都围着床头团团转，也就有点手忙脚乱。一个星期下来，兄妹们都临时住在旅馆里，吃喝费用不是小数目啊。兄弟和姊妹显得有些心神不宁了。期间下过一场雨。兄弟们在病房里坐着，相互聊及的话题，就是地里该施肥了，该除草了。杨和平听着，兄妹们的意思很明显，该回去打理地里的活儿了。杨和平就说，你们都回去忙吧，我一人在这儿侍候咱爹就行。兄妹们推让了几句，也就各自回去了。

# 十八

天气渐热的时候，老爹的身体已经恢复得很好了。老爷子能吃能喝，没事就坐了电梯下楼溜一圈。看看花草，呼吸新鲜空气。杨和平陪着老爹，形影不离。大街上的车流来往不息，如一群群华丽的鱼。杨和平特别乐意看这些车子，有时候，接连几个车子从他身边驶过，无论从哪个角度，杨和平打眼一瞧，就知道这个车子是什么牌子，排气量是多少，车子的性能如何等等。杨和平看着，心里就会莫名地心烦，叹气。杨和平一直牵挂着他的帕萨特，他越来越觉得帕萨特撞烂的前脸就像一蓬草，在他心里滋生着，扎刺得他心烦意乱了。杨和平给金铃打过几个电话，问了儿子和家里的一些事。

金铃的口气还是不紧不慢的，临到快要挂电话的时候，金铃说，我在街上看到你们王局长了，他坐着一辆新车，和你以前开的帕萨特一样呢。

杨和平问，你看见谁开车没？

金铃说，我不认识，像是一个小青年。

杨和平愣了愣，挂掉电话，觉得浑身都软了。杨和平犹豫了一会儿，才对老爹说，天凉了，我回去拿几件厚衣服吧。

杨和平打算来去也就是两三天的时间。老爹已经能自由活动了，不应该有什么担心。杨和平临走时，叮嘱同病房的人，拜托照顾老爹。

老爹说，和平，你走你的，我又不是三岁的孩子，你用不着这么啰唆。杨和平走的那天上午，临出大门时，又扭头看了一眼老爹。老爹正倒剪双手，站在楼厅门口对着他笑得满脸幸福。有那么一瞬间，杨和平从老爹的笑容里看见了娘的影子。人都说夫妻相，夫妻越活越像，看来这话还真有些道理呢。杨和平冲老爹挥挥手，老爹也跟着抬了一下胳膊，转身向花坪的方向走去了。

一路上公交车时走时停，杨和平回到家里的时候，已经天黑了。吃过晚饭后，金铃对杨和平发了一通牢骚。抛去吃喝拉撒这些日常问题不说，金铃头疼的是儿子今年的高考成绩，还不到五百分呢，本科是没指望了。专科又没有好专业，毕业以后，工作不好找。金铃想着让儿子再复读一年，儿子的学习还有潜力，只要抓紧了，明年的成绩能达到六百分左右，上二类本科也凑合吧。金铃和儿子商量了几次。儿子就是不乐意复读，说去读职业学校，学一门技术，才是真正的铁饭碗。

金铃说，职业学校，毕业后找工作，这辈子也就是个工人了。地位卑微，又脏又累，注定也就这么点出息，怕是找媳妇也没有挑拣的机会了。

杨和平听着不舒服，反驳说，学技术不错啊，我不就是开了一辈子车吗？金铃呸了一口说，还真有你这么不知羞耻的人，你这技术好，现在连工作都没有了。金铃的话就像一块抹布，一下子就塞得杨和平说不出话来。杨和平在心里骂了句娘，明天说什么也得去找王局长理论个清白了。他现在有点明白为什么胳膊拧不过大腿了。他甚至想说得可怜点，哪怕丢点尊严呢，尊严是个摸不着看不见的东西，付出了，就能得到一些想要的东西，得到的这些东西可是实在的、摸得着看得见的。杨和平需要这些东西，他打算这么做了，有时候，人很有必要阿Q一下。哪怕是转脸来就骂娘呢。

这些日子没摸方向盘，手都有点痒痒了。王局长还真是个有阴谋的人，这么些日子，真就没给他一点音讯。也许帕萨特早就修好了，也许已经没有修理的价值，早就被王局长偷梁换柱，干脆重新买一辆新车了。杨和平只是想着帕萨特的事了，可是，他从心里压根就没想到，王局长已经把他的饭碗给端掉了。

## 十九

第二天早上，杨和平就跑到楼下的僻静处给王局长打了一个电话。王局长听清是杨和平，声音里多了些惊讶和亲热，说，老杨啊，回来了啊，我正想找你聊聊呢。听王局长这么亲热的问候，杨和平咂吧了一下嘴巴，也就跟着客气几句，挂掉电话了。

王局长没让杨和平去单位。王局长说，我家门口新开了一家茶馆，环境挺好的，咱们就在那儿说说话吧。杨和平按照王局长说的具体位置，骑着自行车去了，远远就看见王局长站在门口冲他招手。杨和平刚下了车子，王局长就上前握住了杨和平的手，连声说，瘦了，老杨瘦多了。杨和平对王局长挤出一脸笑，跟着进了茶馆。

茶馆里的环境果然不错，安静幽雅，透着一股淡淡的清香。两人进了一处单间，相对坐下。王局长给杨和平倒满一杯茶，问起老爹的病情、儿子的高考、金铃的工作。王局长好像对杨和平的家庭了如指掌，这样就显得关怀备至了。

杨和平嗯嗯啊啊地应付了几句，王局长抹抹嘴巴，突然探头吭哧着说，老杨，你年龄大了，体力差些，反应也慢了吧，开车毕竟是冒风险的活儿，我想呢，按你说的，以后别再真的晚节不保了。正巧咱单位传达室里的老王患糖尿病多年了，体力一直不行，你顶替他值班吧，很轻松的活儿，看报，喝茶。按时上下班。

王局长说着唉了一声，我哪天也能熬到每天看报喝茶的分上，我也就知足了。

王局长的话还没说完，忽然看见杨和平的嘴巴开始哆嗦了，他手一抬，就把满满一杯热茶泼在了他脸上。茶叶粘在他的宽边眼睛上，和着茶水滴滴答答地淌下来。

杨和平握着空茶杯，带着哭声说，我开了一辈子车了，我想开车，求求你,别再逼我了!

王局长抹了一把脸,摘掉眼镜,又抹了一把脸,甩着手上的水连声说,好,老杨,我没逼你,是你愿意这么做的,就这样吧,很好。

杨和平不知道自己是怎么回家的,他记得他走出茶馆的时候,推着自行车,脑袋乱哄哄的,转身上车的时候,一头就把自行车撞在路边的法桐树上了,咣的一声,杨和平摔倒了,他觉得浑身软得像一张纸,试着几次爬起来,又软绵绵地跌倒了,惹得路边的几个孩子哈哈大笑。

杨和平回到家,躺在床上,蒙上被子,木头一样不动。金铃以为他感冒了,过来摸了摸他的头,又给他端过一杯水。杨和平不理她,闭着嘴巴喘粗气。金铃哼了一声,丢下他去厨房里做午饭。客厅里的电视机开着,一群男女呜呜啦啦地怪叫,厨房里不时响起菜刀切在木板的钝声、煤气灶上火苗的嗞嗞声、勺子碰撞锅沿的砰砰声,一阵香气穿过客厅的时候,杨和平听到他的手机响了。杨和平动弹了一下身子,他实在起不来了,他觉得连翻身的力气都没有了。手机持续不断地响着,金铃踢踏的脚步声走过来,杨和平听到金铃拿起手机嗯了两声,接着就是一声尖叫。

杨和平被金铃这种变了腔调的叫声吓了一跳,他刚起身掀开被子,就听到金铃哭着说,省城的医生说,咱爹被车撞了。

# 二十

这是一个秋高气爽的下午,万里无云,天空湛蓝,像哨声一样嘹亮。杨和平和他的兄弟姊妹们赶到省城医院时,老爹已经躺在医院大楼最底层的太平间里了。老爹身上和脸上看不出一点受伤的痕迹。他的嘴巴半张着,皱纹里似乎还带着安详的笑。老爹原来住在这幢大楼的七层病房里,他像往常一样坐着电梯下来,到医院大院里散步,欣赏花草。他没想到这次下来,就再也不能上去了。杨和平的兄弟们哭闹着,强烈要求见到那个肇事司机。交警说,事情已经发生了,你们尽量调解处理后事吧。

那个司机是个和杨和平差不多年龄的男人,他开了一辈子车,大风大浪都见识过,从来没擦着别人一点皮毛,没想今天就把这个老人撞倒了。杨和平的二弟和妹妹扑上去厮打这个司机。杨和平呵斥住了弟弟和妹妹。

杨和平对他说，你别害怕，我也开了一辈子车，我知道开车不容易，你放心，我不会让他们打你一指头。那个司机吓得脸色苍白，只是抱着头发呆，听杨和平这么一说，那个司机对杨和平笑了一下，接着就掉泪了。

根据交警的现场调查和勘察记录。当时老人从对面的大街上返回医院的大门，正是下班时间，车流汹涌，老爹顺着斑马线穿越马路时，路上正在堵车，车子挨在一起，时走时停，老人在那些车子中间的缝隙里挪着步子，挨到这个司机跟前，司机摁了一下喇叭，老人倒退了一步，就倒下了。

老爹去医院对面的街上做什么呢？从医院大门向大街看去，对面是形色繁杂的店铺，有快餐店，发廊，报刊亭，时装店。警察在一家精品屋里调查时，一个年轻的女售货员告诉警察，当时，老人来过她店里，围着柜台转了一圈。因为很少有老年人光顾这里，所以女售货员对老人的印象很深。她记得老人还让她拿了一对豆瓣形状的耳坠，老人对着阳光审视了一会儿，问了价格，摸摸口袋，又让女售货员放回柜台里。那是一对古典造型的耳坠，仿白银的，价格很便宜，这几年已经过时，很少有人戴了。老人从精品店里出去一会儿，女售货员就听到了大街上一阵骚动，才知道那个老人被车撞倒了。

警察从老爹贴身衣兜里翻出了一个颜色陈旧的耳坠，给女售货员看，女售货员说，嗯，这个和我店里这一对差不多的样式。杨和平看清了，这个耳坠就是老爹动手术的那天，他手里一直紧握着的那个耳坠。

杨和平买下了那一对耳坠。

# 二十一

这起交通事故处理结果很快，经过交警认定和调解，肇事司机同意赔偿死者家属十万元。因为医院有监护病人的责任，虽然病人擅自出院，不过出于同情和人道精神。医院还是主动拿出两万元钱安抚死者家属，另外，免除了死者后期在医院的一切治疗费用。按照杨和平家乡的风俗，死者要入土为安，二弟和妹妹也要求把老爹和娘葬在一起。医院安排了运送死者的专车，临上车的时候，老爹被人抬起来，弟弟和妹妹又开始哭啼。

杨和平站在一旁呆了一会儿，上前拨开众人说，俺爹来的时候，是我背上车的，现在回去了，还是我把他背上车吧。杨和平过去背起老爹，他想起当初从家里来的时候，他背着老爹下医院的楼梯，老爹趴在他身后，眼泪砸在他的脖子里，现在老爹不会掉泪了，老爹的头耷拉着，似乎睡得很香甜。杨和平走了几步，觉得眼里一热，眼泪才哗哗地淌下来了。

三天以后，杨和平在老家里操持着办完了老爹的丧事。老爹临去火化的时候，杨和平偷偷把那一对耳坠塞进了老爹手里。老爹的手指已经生硬了，被杨和平掰开，就再也合不上了。杨和平轻轻卷曲起老爹手指的时候，觉得老爹的手指勾了一下他的手心。

杨和平在家里窝了整整一个夏天。儿子的高考成绩不到五百分，距离本科的成绩还差得远。杨和平对儿子说，考分就是学生的命根，你以后想活出个人样来，只能靠自己拯救自己了。儿子趴在卧室了呆了几天，就去参加高考的补习班了。临走的时候，儿子像个男人一样拍了拍杨和平的肩，儿子这么一拍，杨和平也就跟着挺直了身子。在儿子面前，杨和平始终想把自己的腰板挺起来。

金铃继续上班，日子看起来和往常没有什么两样。杨和平每天在家里对着电视机发呆，或者端着茶杯不吱声。忍字头上一把刀，一忍再忍，可是杨和平发现，还是自己的尊严把自己推到绝路上了，就连重回单位装孙子的机会都没有了。金铃说，此处不留爷，自有留爷处，咱们想想办法，调换一个单位吧。话说得容易，可是单位里都是一个萝卜一个坑，再说四十五岁的人了，哪个单位能愿意白白养着你啊。

金铃几乎动用了所有的社会关系，帮杨和平调动单位，当然不能只是动动嘴巴、跑跑腿这么简单的事，毕竟还要舍着脸皮，花些钱来疏通网络，来回几趟下来，并不见什么明显的效果。正在一筹莫展时，却又传出单位正式开始机构改革的消息，上边下来文件，务必要精简后勤人员，压缩财政开支。再托人打听，内部消息说，单位司机班可能只留下两个司机，并且特别强调年轻化。杨和平听了，就知道自己肯定是第一个要被减下来的人。按照文件规定，杨和平的工龄二十多年了，一次性补偿的工资，加起来也有十几万了。杨和平对金铃说，你了解我，我不是一个欲望多么强的人，我不想影响别人的心情，我只想过舒心的日子就好。

金铃听出了杨和平话里的意思，叹口气说，下来也好，本来也没指望你这个小司机有什么仕途。做个自由人，当然是比在单位钩心斗角心情舒坦啊。彼此都清楚是宽慰各自的话，但是说出来，总比闷在肚子里好。

## 二十二

进入冬天的时候，杨和平开上了自己从汽车出租市场买来的一辆二手轿车，七成新，开起来还算顺手。在城市的大街上来回溜达着拉客，一天下来，运气好的时候，刨去燃油等等费用，也能赚个百儿八十块钱。整天跟着一班在社会上混日子的司机，听着他们一些粗俗却又鲜活的俚语，不知不觉地，金铃发现杨和平的嘴皮子也磨得油滑了。有一阵子，杨和平似乎学会了一句口头禅，开口闭口就说，出来混，迟早是要还的。

有一次，单位的一个同事恰巧坐上了杨和平的出租车，一路上同事和杨和平聊天，就被杨和平的这句口头禅给惹笑了。同事点点头说，嗯，仔细想想，这句话有道理，经典！杨和平呵呵一笑，拍了拍方向盘说，那你见了王局长，把这句话捎给他，同事不笑了，问杨和平，你这是什么意思？威胁还是诅咒王局长？杨和平说，没有啊，只是同事多年，算是友情提示吧。

转眼进入了腊月。快到春节的时候，杨和平的出租车忙了起来，一天到晚，几乎没有空跑的时候。天黑时，杨和平收车回家吃饭时，穿过一条饭店酒楼比较集中的街道。这条大街林立着整齐的冬青树，数不清的小车停在人行道上。杨和平觉得眼皮跳了一下，路灯透过树叶洒在这些安静的车子上，杨和平一眼就认出了自己开过的那辆帕萨特。车前玻璃上闪着诡秘的花纹，杨和平眯起眼，觉得玻璃上的花纹波动起来，一点点凝聚着，杨和平看见了王局长那张白胖的脸，无声地对他笑着。

杨和平停下车，他想过去摸摸这辆曾经让他哭过笑过的帕萨特，就像共同患难经受风雨的老朋友一样握握手吧。杨和平走过去，这时帕萨特的车门开了，一个年轻的脸庞从驾驶座上探出来，神情紧张地盯着他，杨和平与他对视了一眼，默默掉头上车走了。

## 二十三

　　大街上路灯已经亮起来。行人提着大包东西，到了开始购买年货、相互送礼的时候了。侧耳倾听，风刮来了零星的鞭炮声、孩子们快活的尖叫声，年味越来越浓了，明天就是大年二十八了吧。

　　杨和平加速贯穿城里东西方向的大街，来到城东的护城河边，清冷的月光洒在厚重的冰面上，映出耀眼的光亮。杨和平停下车，弯腰摸起地上的半块砖头，奋力挥起胳膊，哐啷一声，砖头骨碌着滚向远处，很快就看不见了。杨和平对着白茫茫的河面呆了片刻，掏出手机，编写了"过年好"三个字，翻出刘雅兰的号码，按键发了出去。

　　杨和平跺着冻得发麻的脚，转身返回大街时，觉得衣兜里的手机震动了几下。杨和平掏出手机，看到了刘雅兰发来的信息：过年好，祝你越过越好。杨和平合上手机，抬脸看了看半空中的月亮，薄薄的云彩挂在月亮周围，像一片片飘动的丝巾，才发现今天晚上的月亮，和在省城的那天晚上一样明亮了。

　　　　　　（原载《鸭绿江》2009年第9期）

# 去 宋 镇

## 一

后来听我爹说,他开着那辆农用货车到达宋镇的那天早上,天色刚刚露明,小镇上正飘着零星的雪花。气温还不算很低,雪花落在通往小镇外的大路上,瞬间就融化成一摊泥水。我爹和李长明进入一家羊汤馆吃早饭时,听到饭店里传出收音机里的报时声,恰好是早上九点整。

那时候我正站在省城报社大楼的窗户旁,对着窗外阴沉的天空发呆。报社大楼下的绿化树在寒风中瑟瑟发抖。我听到主编的脚步声正从电梯里传出来,他站在办公室门外,脸上带着一如既往的微笑,低声对我说,小白,先放放手头的活儿,到我办公室来咱们说说话吧。

我离开电脑,走进主编的办公室,主编招呼我坐在软皮沙发里。窗外的天空阴沉着,办公室里的光线有些阴暗。空调的暖气很足,我觉得脸有些燥热。

主编和我并排坐在沙发上,抽着鼻子嗯嗯了两声说,小白,你来咱们报社实习快三个月了吧?没等我点头,主编接着说,你在咱们报社干得不错,业务能力很强,做事利索勤快,同事们对你的表现都评价很高。我作为咱们报社的领导,感谢你这几个月对报社付出的努力。

我对主编笑了笑,鼓足勇气说,主编,您不要这么说,我喜欢做和文字打交道的工作,我喜欢咱们报社这种文学氛围,以后还需要您多对我的工作批评指导……

主编摆手打断了我的话,小白啊,你千万不要这么说,你一个中文系毕业的高才生,我怎么能指导了你呢?说实话,你这么年轻,窝在咱们这个小报社里,做这些编稿校对的碎活儿,真是大材小用,我心里一直内疚。我听说你父母为供你这个大学生读书,还欠了很多债。可是咱们报社属于自负盈亏的单位,上级没有拨款,工资和福利待遇各方面就不尽如人意啊,我有心帮你吧,也是心有余力不足。我为你的前途良心不安呢。

主编说着轻叹了一口气,我终于知道主编和我谈话的意思了。可是我实在不知道该怎么回应主编的话,我不想离开报社,这三个月里,我已经习惯了和文字打交道的工作。主编偏头看着我,很有分寸地保持着嘴角和眼角的褶皱,看起来一直在对我微笑的神情,就像是一位和蔼可亲的兄长。

我挪动了一下身子,起身走到门口摁开了天花板上的吊灯,办公室里明亮起来,灯光落在主编的脸上,反而使得他的表情有些模糊了。我刚要坐回沙发上时,看到主编的嘴巴张开了,主编说,咱们报社就这么点琐碎活儿,人手现在足够用了,你看,你是不是再找个工作环境好一些的单位呢?这样有利于发展你的前途,我不能这么浪费人才啊,你说是不是?

我站在门口,张开嘴巴,过了老大会儿我才说,好啊,好吧。

这时主编跟着站起身,笑呵呵地走到门口,把他肥厚的手掌搭在我肩上说,小白,虽然你离开咱们报社,但你以后还是咱们报社的人,咱们报社能帮你的事情你尽管给我说,报社还是你的家,以后没事常来坐坐啊。

我对主编点点头,主编说得多好听啊,让我又不知道该再说什么好了。主编边说边笑着拍我的肩膀,可是我感觉到他手掌上已经不动声色地传递着朝门外推我的力量。我半个身子刚移出办公室门外,主编的手掌已经从我肩上挪开,变成对我摆手说再见的手势了。

主编说,我马上就通知财务科,你现在就可以去领这个月的工资了。

主编边说边朝办公室里缩回身子,他快要关上门的时候,我从门缝里看到墙上的石英表的时针正指在十一点的位置上。这是我人生第一次失去工作,也是我第一次遭受到那么阴险的屈辱,所以我对那天上午十一点记忆尤为深刻。

我回到办公室里的时候,才发现同事们不知从哪儿冒出来,都用一副绝望的眼神盯着我。我咧嘴对他们笑了笑,他们对我点点头,很快就各自低头忙活自己手头的活儿了。办公室里此起彼伏地响着敲打键盘的声音，噼里啪啦的敲击声就像阵阵欢快的掌声，让我觉得从未有过的刺耳。我想骂人，我想痛快地在办公室里骂一场。可是我能骂谁呢？窗外已经开始飘雪了。片片雪花从窗玻璃摇曳飘过，我盯着雪花的时候觉得眼里热辣辣的，我强忍着不让眼泪涌出来。我摸了一下办公桌上的鼠标，我强忍着不让眼泪涌出来。

## 二

我低头走出办公室的时候，我爹正坐在宋镇的羊汤馆里喝下第二碗羊汤。羊汤馆里热气腾腾，充斥着一股黏糊糊的膻气。昏暗的屋子里摆放着几张低矮的方桌，桌上摆放着一个塑料盒子，塑料盒子里面的格子里分别盛着味精、盐、辣椒面，还有干硬的羊油。

李长明坐在我爹对面，边吸溜着喝羊汤，边小声抱怨着羊汤馆里的老板给他们的碗里少放了羊肉。他大声招呼老板拿几张烧饼来，顺便再给他碗里添满羊汤。

李长明低声对我爹说，在这个宋镇吃饭最不划算了，这里做生意的人都贼精！我爹点点头，没有顺应他的话。出门十里就是外乡人，言多必失，少说多看。这是我爹第一次来宋镇，他对这儿的一切人和事都抱着警惕的态度。

如不是为了尽早还上购买那辆农用货车的贷款，我爹也不会来宋镇帮李长明拉化肥。因为李长明开出的运费价格太低了，我们老家附近村子的车辆拒绝给他拉化肥。不过我爹算了一笔账，抛去燃油维修费用，每趟只能赚到一百五十块钱，李长明的这个活儿固定，在即将到来的春季里，几个月下来，我爹依靠李长明这个活儿能赚到两千块钱。

李长明说，拉一次化肥就结一次运费，我绝对不会拖欠你一分钱。

我爹说，反正你知道我贷款买车，你看着办吧。

李长明说，你放心，万一路上有交警检查超载，罚款我替你掏。

我爹说，长明你仗义，知道我们跑车的不容易。

李长明说，来，多吃个烧饼，咱们回去没早晚。

我爹说，长明你也多吃个饼吧，出门在外，咱们就是一家人呢。

我爹吃掉一个烧饼，起身跟着李长明走出羊汤馆。他们要去宋镇最大的一家化肥厂。宋镇的很多人利用当地人力资源，打通和拉拢厂里的关系，提前从化肥厂里买下上百吨的化肥，再以批发的价格售给附近地区的农资商贩。李长明剔着牙对我爹说，咱们要赶快把车停在化肥厂门口排号，要是今天装不上化肥，咱们就得在这儿住一夜。

对于刚刚贷款买车的爹来说，这当然是很不划算的事，银行的贷款利息让我爹整天掐着手指细算，他现在恨不得把自己绑在这辆车上，黑白不停地跑起来，朝着脱贫致富的大道上飞奔。

上午十点多，我爹在李长明的指引下，开着他那辆崭新的农用货车来到了位于宋镇东北方向的化肥厂。果然不出李长明所料，化肥厂门外等待拉化肥的货车已经排了长队，弯弯曲曲的车队足有两里路长。李长明骂了一句娘，我爹也跟着焦急起来，这么一眼看不到头的车队，今天能够装上化肥的可能性很小了。我爹的农用货车缓缓靠近车队，他刹住车，熄灭了马达对李长明说，咱们这么远的路，在这里耗不起，你赶紧下车想想办法吧。

李长明答应着，对我爹说："你在这儿等着我，我去给厂里的保管员买上一条烟，看看能不能把咱们的车从后门开进厂里。"

李长明下车，跺跺脚沿着车队朝化肥厂门口走去。我爹也跟着下车检查货车轮胎的气是否充足。天上雪花还在零星飘落，落在车前的挡风玻璃上。

我爹从驾驶室里摸出一块抹布，正要擦玻璃时，远远看见几个穿着黄大衣的男人晃过来，他们低头看着车队的每一辆车子。等来到我爹的货车旁边，其中一个下巴上生满络腮胡子的中年男人低头看了看我爹货车保险杠上的车牌号码，对另外几个男人点点头。络腮胡子打量着我爹："你是和李长明一起来拉化肥的吧？"

我爹说："是啊，长明到厂里去了。"

络腮胡子说："这就对了。"

络腮胡子的话音未落，另外几个男人就围住了我爹的货车。他们的眼神就像几根僵直的棍子，直勾勾地戳在我爹身上。

络腮胡子伸手对我爹说："你把车钥匙给我吧。"

我爹说："这么快，现在就去后门装化肥？"

我爹的这句话让络腮胡子的嗓门高起来:"装他娘什么化肥啊!李长明从去年欠我两万块钱的化肥钱还没给我呢!"

我爹愣怔着看络腮胡子,他没听懂络腮胡子这句话的意思,不过却被他的高嗓门惊了一下。

我爹说:"长明呢?他不是去厂里找保管了吗?"

络腮胡子粗糙的大手伸到我爹的下巴上:"你少废话,赶快把车钥匙给我,我要开走这辆车!"

我爹瞪大了眼,他从络腮胡子愤怒的腔调里,觉察出危险已经包围了他。络腮胡子身旁的男人围住了我爹,他们伸出的胳膊就像几条结实的绳子。

"这是我的车!这是我刚买的车!"一片雪花落进我爹张大着的嘴巴里的时候,我爹终于大叫起来,"我只是给李长明来拉化肥挣运费!"

"我不管谁的车,只要是李长明来拉化肥的车,我就要扣下!只要李长明把欠我的两万块钱还上,我就立马放了这辆车!"络腮胡子仰头对着徐徐飘落的雪花说:"李长明这个王八蛋说话不算数,一次次来拉化肥,一次次骗我不还钱!他娘的李长明拿我当傻子耍哪?"

"我不骗你,这是我的车,这是我刚从银行贷了五万块钱买的车!"

络腮胡子抬手一拳打在我爹胸膛上:"伙计!你瞎叫唤什么?我告诉你,你这是在宋镇!这是老子说一不二的宋镇!你也不打听打听,谁敢在我张小六面前说个不字呢?"

我爹被那一拳捅在车上,他还没直起身子,张小六一挥手,那几个男人的拳脚跟着落在了我爹身上。我爹瘫倒在车下,他试着从拳脚中爬起来,抱头朝车后面爬着。他刚爬了几步,还没来得及直起身子,就被追逐上来的拳脚砸在了雪地上。张小六沾满雪水的鞋子踩在我爹的脸上,他喘着粗气说:"你傻啊,找打是吧?你说你能跑出宋镇吗?"

我爹吐出嘴里的泥巴说:"求你们了,我只是个开车的,你们去找李长明吧。"

张小六恶声说:"李长明答应把这辆车押给我了,不然我能知道这辆车吗?"

我爹带着哭声说:"我要报警!我要报警!"

张小六说:"你报吧,你觉得报警管用就报吧。"

张小六说着弯腰从我爹口袋里拽出了车钥匙。

张小六和那几个男人把我爹的货车开走的时候，宋镇上的雪花下大了。张小六钻进我爹的货车里，他掉转车头，加足油门，车轮迸起的泥水落在趴在地上的我爹身上。货车像一头疯了的牛蹿上了大道，转眼就被密集的雪花淹没了。

## 三

我走出报社大楼以后，在开始飘雪的大街漫无目的地走着，片片雪花落在地上，被川流不息的车辆碾压得没有踪影，路两旁的法桐树秃了叶子，只剩下细瘦的枝丫伸展向灰蒙蒙的天，好像极力要抓住什么似的。我伸手朝头顶上抓了一把，天空是空的，能抓住什么呢？

我经过街道两旁的时装店，旅馆，酒店，超市，广场，然后我转入了一条狭窄的小街。省城里的高楼大厦后面有着这样数不清的小街。拥挤的小楼房，嘈杂的街面，骑着自行车叫喊收破烂的小商贩，浓妆艳抹的异乡女子，门面暧昧的理发店，阴暗遮蔽的网吧。这是城市的背后，隐藏着狰狞的真实面目，住着数不清的像我一样在这个城市里打拼的年轻人。我们的理想就在这狭隘的空间里滋生和破灭，我们的意志在这里挣扎和消磨。我所住的地方就在这条街道的最深处，一间仅能够放下我身体的阁楼。

我在阁楼下的小卖部里买了一瓶廉价的白酒，外加一包花生米和一袋豆腐干。我拿着这些价值十块钱的食物进了我的阁楼。我关上门，靠着门板喝掉了半瓶白酒，花生米有些潮，咯得我的牙齿生疼，晕乎乎的感觉蹿遍了全身，我很久没有这么大醉了。大学毕业以后，我来到这家报社，很久没有喝过这么多白酒了。我躺在床上，刚闭上眼，枕头旁的手机就响了，我看出是老家地区的号码。我摁下接听键，我爹带着寒气的大嗓门钻入我的耳朵里。

"你抓紧回来一趟吧，出事了。"

"爹，出什么事啦？你有话直说啊！"

"天塌下来啦！你先回来再说吧！"

我爹从来没有对我这么着急上火，那时候，我怎么也想不到我家的货车会被我爹弄丢了。那是一辆承载着我全家生活希望的货车,嗒嗒的马达声是我爹活下去的动力。如果我爹在电话里告诉我这件事,我会连夜赶回老家。

放下电话后,因为酒精的麻痹,我进入了昏昏沉沉的梦乡。一直到第二天下午,我才醒过来。窗外还在飘着雪花,目力所及到处是一片银装素裹。大雪粉饰了这个城市的真实面目,让我的情绪更加低落起来,加重了我回家的恐惧情绪。那几天,我凭着报社发给我的最后一个月薪水,去阁楼下买了一大箱方便面,吃完就睡,睡醒了再吃。一个星期以后,发现衣兜里只剩下回家的路费,我才收拾衣物,坐上了通往老家的火车。

## 四

我坐了一整天火车回到家里的那天下午,我们村子的积雪还没有融化,街面上的积雪被人踩得斑斑驳驳,那些脚印重叠着,看起来慌张无措。我在走进我家门口时,看到了我爹那辆农用货车安静地停在家门口的老槐树下。我爹正蹲在车厢下面盯着车底。他完全是一副呆滞的神情,我踩着积雪的脚步声把他惊了一下。他侧开身子站起来。

我说:"爹,我回来啦。"

我爹抽了抽嘴角,他的喉咙滚动了一下,蠕动着嘴角没说什么,只是直勾勾地看着我。

我说:"爹,天冷呵呵的,你蹲在车底下干吗?"

爹说:"你怎么才回来啊。"

我听出我爹的嗓音嘶哑了,就像寒风撕扯枯树一样的声音。

我说:"爹,你嗓子怎么哑啦?"

爹说:"小白,咱家的车坏啦!"

我说:"坏了就修呗。"

爹说:"这车发动机坏啦!"

我说:"发动机坏了不能修吗?"

我爹跺着脚说:"发动机就是人的心脏,就像人得了大病,报废了!没救啦!"

我说:"怎么回事啊,怎么能这样呢?"

爹说:"小白啊,儿啊,你爹咽不下这口恶气,你爹憋屈啊!咱告他们!你写状子,咱告倒他们!"

我爹眼眶里闪动着模糊的泪花,他的手脏兮兮的,他伸到我面前的胳膊颤抖着,脸上的皱纹跟着哆嗦。那一刻,我才发现,我爹老了,就像他身旁的那棵老槐树一样苍老了。

我爹把我拦在我家大门口,他没有让我进家门的意思,只是急于对我诉说他和他这辆货车的遭遇。我娘听到我和爹的说话声,出来把我的背包从我肩膀上拽下来,拉着我朝家里走。我爹跟在我身后,抖着双手不住嘴地说,儿啊,我想好啦,你不是省城报社的记者吗?你把这事写写,咱登报让天底下的人都给咱评评理,你写状子,咱去法院告他们!

我爹说出记者这两个字的时候,我的心猛地一沉。这次回家,本来想告诉他们我已经被报社辞退的事儿,可是我现在却张不开口了。进入屋里,我对爹说:"你别急,到底怎么回事,你先从头给我说说吧。"

我爹搬了一个小板凳,指着板凳让我坐下。在他的儿子面前,我爹没有掩饰一点情绪。他紧挨着我,张开的双手随着他的叙说哆嗦不止,就像抓住了一根救命的稻草。这一星期里,对于我爹来说,简直是度日如年的日子。我爹的货车被扣押在宋镇的消息,在我娘凄凄哀哀的哭声里传遍了整个村子。我家本族的叔伯们商议,每人借给我爹三千块钱,赶紧去宋镇把车开回来再说吧。我爹听从了叔伯们的劝告,像一只仓皇逃窜的老鼠一样在亲朋好友中凑借了两万块钱。为了以防万一,又去村委会开了一张证明,白纸黑字,加盖了村委会的红印:"兹证明,车号******是我村村民白景喜个人所有财产,与其他人没有牵连。"

我爹揣着这张证明,和一个能说会道的大伯一起去宋镇交钱赎车。

我爹没对我说他和大伯如何在宋镇找张小六交钱赎车的过程,他好像对我刻意绕开了这里面的细节。他只是大着嗓门叙说他和大伯开车以后的遭遇。

我爹和大伯开着落满积雪的货车走出宋镇没多远,那辆货车就像喝醉了的壮汉一样吭哧了几声,就停在大路中间不动了。我爹招呼大伯下车,他疑惑地掀开发动机的盖子,一股热气就扑向了他的脸,他被一股焦煳的味道熏得闭上了眼。我爹凭着多年开车经验,知道车子出了毛病。等他用毛巾捂住发动机前面的水箱，打开水箱盖，水箱里已经没有水，只有突突的热气蹿出来。听到水箱盖的水嘴发出咕咕的声音，就像一个窒息的人有气无力地张合着嘴巴。我爹慌忙弯身朝车底下看，一股浊黄的热水正从发动机侧面淌下来，泼刺在雪地上。

"老天爷！怎么会从发动机的身子往外淌水呢？"我爹对着他的车子大叫了一声。其实那时候，他已经知道，他的车子出了大毛病。可是他不愿意承认，只是对着热气腾腾的水箱重复着这句话。他对我大伯说，怎么回事啊，怎么会从发动机里淌水呢？我大伯满脸茫然地跟着他说，是啊，怎么会从发动机里淌水啊？我爹说了一遍又一遍，最后他软软地蹲在雪上自言自语地说，发动机的机身冻裂啦！你想，这么冷的天，怎么能冻不坏发动机呢？

我爹说得没错，那天下午，大伯和我爹气急败坏地走了很长一段路，才在半路上找到了一家汽车修理厂。他的货车被拖进汽修厂时，几个汽车修理工都抱怨我爹说："这么冷的天，你怎么不把发动机的水放掉呢？"

我爹说："我忘了。"

我爹摆着手，绕着货车转圈说："我忘了，我真忘了。"

我爹没有再回宋镇追究派出所和张小六为什么没给他的货车放水。他不是不想去，他是不愿意去了，他想祸不单行，本来就够倒霉了，他不想再去宋镇自找麻烦了。

他想，倒霉吧，就他娘的自认倒霉吧。他不敢再去找那个一脸蛮横络腮胡子的张小六，那个赖皮根本就不是讲道理的人，弄不好那个赖皮还会用拳头对付我爹。

那个阴沉寒冷的下午，我爹蹲在他的货车跟前，双手抱头，兀自沉浸在自责和懊恼里不能自拔。后来汽修厂的修理工检查完货车损坏的程度，郑重告诉我爹，发动机机身是生铁铸造的，没有办法维修，只能换一个新的发动机。我爹张着嘴巴听修理工说，换一个新发动机至少需要四千块钱，就像被谁踢了一脚似的，他从地上蹦起来，围着他的货车转了一圈。

"不修啦！我不修啦！是死是活去他娘的吧！"我爹对着货车叫嚷着，他抬腿恶狠狠地踹了一脚货车，疯了似的蹿到修理厂外的大街上。他在雪地上转圈，像一个被人不停抽打着的陀螺一样转圈，他撞到路边的一棵树时，他恶狠狠地抬腿踢起那棵树，他不停地踢着，树冠上残存的树叶被我爹踢下来，随着飘落的积雪砸在我爹脸上。我爹不停地咒骂着，可是谁也听不清他在咒骂什么，后来他踢累了，抱着那棵树不住地哆嗦，就像一堆破烂衣服一样收缩成一团。

直到第二天下午，在我大伯的劝说下，我爹才像缓过气似的，让汽修厂的人帮忙找了一辆拖拉机，用一根钢丝绳拽住我爹货车的保险杠，把货车拖回了村子里。

## 五

我爹给我叙说拖车的过程时，泪水已经落在他脸上的皱褶里，他的声音哽咽，接着就咳嗽起来。我娘说："别说啦，活该咱家倒霉，你一个当爹的，就别当着孩子的面丢人啦！"

我爹粗暴地拨开我娘的手，把头探进我怀里，大声说："儿啊，咱们不能吃这口气，咱要告他们！我不告倒他们我死不瞑目！"

我说："爹你要告谁？"

爹说："告李长明！告张小六！告那些败坏咱家货车的人！"

我爹说着起身钻进里屋里，拿着一摞信纸和一支笔，他把纸和笔拍在我面前的桌子上。

爹说："你现在就写状子，你现在就写一篇报道，登在省城的报纸上！"

我对着纸和笔不知道该怎么做，我爹说："儿啊，你是堂堂省报的记者，写个状子不是很容易嘛！"

我低头对着纸和笔说："爹，我已经不是记者啦，我被报社辞退啦！"

我爹张开的嘴巴合不上了。他瞪着我，好像不认识我似的瞪着我。

"爹，我已经不在报社工作啦！"

"你、你犯下什么错误了吗？"

"没有，我没犯错误。"

"你没犯错误为什么要辞退你呢？"

我反问爹："我没犯错误为什么就不能辞退呢？我只是一个打工仔，你以为我是什么啊？"

爹的手又开始哆嗦起来，他说："你肯定犯错误啦！你不犯错误能开除你吗？"

我说："我没有。"我大声说："我真的没有犯错误。"

我爹的嘴巴哆嗦着，他脖子上暴露着的青筋也跟着颤抖。我爹的嘴巴张开又合上，过了老大会儿，我爹才又说出话来。

我爹说："儿啊，我和你娘一把屎一把尿拉扯你长这么大啊，我和你娘省吃俭用十几年供你上大学啊，你怎么这么作践你爹娘对你的希望呢？"

我说："爹，我知道，我知道你和娘对我的希望，我还会好好找份工作，我还会认真做事的。"

我爹打断了我的话："你必须回去给你领导道歉，你就说你错啦！即便是你没错，你也要说你错啦！你给你领导赔礼道歉，让你领导原谅你的过错！"

我说："爹，我回不去了，好马不吃回头草，我不能再回去啦！"

我爹说："你回去，你必须要回去！"

我爹说着扑通一声跪下了。他说："就算我这个当爹的求你啦！"

我爹下跪的动作像一把刀插在我身上。我哭着叫了一声爹。

自从我爹给我下跪以后，我就陷入了长久的沉默里，我在沉默里自责自己，如果我那天不接听主编的手机，如果我在主编和我谈话时，就像我爹对我下跪一样，我跪在主编面前乞求他，也许我不会丢掉工作，可是我不想这么做，我想男儿膝下有黄金，我怎么能随便就给人下跪呢。

那天傍晚，我爹不再说一句话，甚至懒得看我一眼。我看到他躲在里屋里，翻出一摞已经泛黄的发霉的报纸，一目十行地翻看着。晚上播放新闻联播的时候，我爹没吃一口饭，他蹲在那台黑白电视机前，瞪着眼盯着电视里出现的人物。

夜里九点多以后，我爹出去了一趟，他回来的时候，怀里抱着一摞报纸，继续翻看着。我正趴在桌子上，琢磨怎么写诉讼状。后半夜的时候，我被我爹的一声尖叫吓了一跳。

我爹大叫："快来看哪！我找到咱老白家当大官的人啦！"

我爹抖着手里的一张泛黄的报纸，对正在火炉旁打盹的娘喊："你快来看！咱老白家还真有在京城做大官的人呢！"

我娘揉着惺忪的眼皮，一脸茫然地看着我爹。

我爹说："我要去找咱这个当大官的本家！我要让他帮咱出口气！我

想他能帮咱出这口气！"

我忍不住插嘴说："爹，你别幼稚了好不好！天底下姓白的人多了，你以为人家都认得你吗？"

我爹冲我叫起来："天下白家是一家！这是板上钉钉的事！我明天就去省城找他！"

我爹像是等着我再次反驳他，他直勾勾地看着我。我不知道该再对他说什么。低头不再理他。我爹愣了一会儿又说："我明天就去找他！"

我没想到我爹真的会去省城，他真会去找一个素不相识的和我们家同姓的人。第二天一早，我起床时，才发现我爹不见了。我问娘："我爹呢？"我娘说："你爹去省城了。"他怎么会去省城呢？他去省城能做什么呢？

我对娘说："我要去找我爹，我让他回来，他有这个时间，还不如想办法修车赚钱呢。"

我娘说："我劝不了他，你知道他的牛脾气，谁也拗不过他。"

写好诉讼状的第二天，我对着院子的积雪呆了很长时间，我从寂静的雪地里听到我爹踢踢踏踏的脚步声，他的粗布棉鞋踩在通往省城的大道上，发出咯咯吱吱的涩响，针尖一样扎进我的耳朵里，让我坐立不安。我想该帮我爹做点什么，我该帮我这个家做点什么，我才能对得住我年轻的身体。我决定去宋镇一趟，我不知道我去了能做什么，我只是觉得我应该去一趟，只有我去了这件事情才会结束。

我准备把这个打算告诉我娘的时候，开口却说："娘，我想去找我爹。"

我娘坐在床头上满脸凄然地看着我，她听清了我的话，眼神里露出了期待。她说："去吧，眼看就该过年了，你去把你爹找回来吧。"

我娘说着起身下床，她挪着步子去面缸里舀了一勺面粉，兑了凉水和面，她把面粉揉成几个拳头大小的团儿，然后摊开面板，摸起擀面杖使劲压在面团上，使劲揉搓起来。面团很快被挤压成了一张张圆饼。她的身体随着擀面杖抖动着，额前的头发也跟着耷拉下来。她直起身子喘息，眼角里已经被一片泪花模糊了，她擦了一把眼，豆粒大的泪珠掉在了面饼上。

我想起多年以前我还读中学的时候，我每个星期天回家，我娘都要给我烙上一叠葱花油饼，让我带着去学校吃。我想替娘擦一把眼泪，我走到她身前犹豫了一下，我想还是去院子里的灶台前烧锅烙饼吧。

那天下午，我背着我的背包出了家门，背包里装着我娘给我烙的一叠葱花油饼，热乎乎地贴着我的后背，就像我娘热辣辣的泪眼一样盯着我。临出门以前，我把我的手机号码记在了床头的墙上，我说娘你有什么事，就给我打电话吧，我听到手机响，就给你打回来，这样你打电话不用花钱了。我娘对着墙上的那一串数字念叨了老大会儿，我说："娘你记下了吗？"

我娘犹豫着说："我记下了，家里也没什么大事，不用打电话，你走吧。"

我娘送到我大门前就站住了，她靠在门框上，双手揣在袄袖里，我扭头说："娘你回去吧，我找到我爹，就和我爹回来。"

我说："娘你放心，我一定找到我爹回来过年。"

# 六

宋镇和我想象中的小镇看不出什么细致的区别。我站在宋镇的大街上时已是下午。大街两旁堆砌着高矮不一的灰色房屋，街面上的积雪正在开始融化，成群的车子碾过雪水，溅起片片污黑的水花。我经过街面上色彩斑杂的服装店、震耳欲聋的音像店、形色暧昧的理发店、人群晃动的小型菜市场。我试图从这些嘈杂里找到我爹那辆货车碾过的车轮痕迹，可是满目晃动的人影让我沮丧，我爹那天在大雪里的哭叫和奔跑已经被满目晃动的阳光淹没了。我不得不承认我已经失去了辨别方向的能力。我在一处充斥着膻气的羊汤馆前停下脚步，一个面色肮脏的中年妇人大声招呼我，进来吃饭吧。

我低头进了这家羊汤馆，对着门口的一口大锅里滚动着颜色模糊的羊汤，膻气熏得我屏住呼吸。我要了一碗清水鸡蛋汤，解开背包拿出我娘的烙饼，泡着鸡蛋汤吃起来。饭桌对面的电视机里正在播放很久以前的一场足球赛，解说员叽里呱啦的叫喊塞满了我的耳朵，迫使我加快了吃饭的速度。

我囫囵吞下了那碗鸡蛋汤，吃掉我娘烙的两张饼。我对着嘈杂的电视机画面怔了片刻。我摸到了衣兜里居然多了二百块钱，我判定这是我娘悄悄装到我衣兜里的钱。我起身走到门口，招呼那个中年妇女付账。中年妇女把钱贴在眼前，对着门外的光亮仔细端详，然后给了我一个模糊不清的笑。

我喊了她一声大姐："您知道贩化肥的张老板家住哪儿吗？我想找他

买一车化肥。"

中年妇女说："你找哪个张老板，姓张的老板可多了。"

我说："就是那个络腮胡子的张小六张老板。"中年妇女语气平淡地噢了一声，探头冲门口张望了一眼，忽然对我大声说："瞧，张小六刚开车过去呢，你赶紧去追他吧。"

我跟着她手指的方向探身朝门外看，一辆黑色的别克车已经穿过羊汤馆门口，像一只贴地飞行的黑色大鸟一样偏离了我的视线。我说，张老板现在是去煤场吗？

中年妇女扭头看了看墙上的石英表，对我摇头说："这个时间，怕是开车去学校接他儿子吧？张小六生了三个丫头片子，最后才得了这个宝贝儿子，他心疼得了不得，真是捧在手里怕摔了，含在嘴里怕化了……"

我顾不得听中年妇女唠叨，抓起她找回我的钱，大步朝张小六的车子追上去。幸好那辆别克车没有驶出多远，我小跑了一阵，发现别克车已经停在了一所学校门口。我在距离别克车十几米远的地方止住脚步，努力平定喘息，然后靠在路旁的一棵槐树旁，静静地观察着车里的动静。

陆续有男女骑着车子围在学校门口，这些人显然都在等着接快要放学的孩子。那辆别克车夹在这些自行车和电动车中间，就像鹤立鸡群一样惹人眼目。足有一刻钟之后，学校门口响起一阵躁动，一群群孩子列队走出了校门，西落的阳光落在孩子们脸上，他们的脸蛋都像向日葵一样灿烂。这时别克车门打开了，一个满脸络腮胡子的中年男人从车里钻出来，挥手冲列队的孩子们招手。他的嗓门高亢，随着他的叫喊，一个虎头虎脑的男孩子从队列中钻出来，跌撞着扑向络腮胡子。他胸膛上别着塑料牌，上面清楚地写着，一年级四班，张小贤。

张小贤矮小的个头左右摇摆，挎在腰间的书包随着他的奔跑一下一下拍打着他的屁股。从人群发出的阵阵哄笑就可以知道，这是一个很可爱的孩子。

我听到有人喊："瞧，小贤长得越来越像他爹了！"

张小六对众人点头笑，他笑得满脸横肉都叠成皱褶。我不动声色地看着张小六把他儿子抱进车里，很潇洒地关上了车门，对着簇拥着的人群不停地摁喇叭。

我不动声色地看着张小六的别克车调转车头，重新驶向宋镇的大街，在熙熙攘攘的人群里扬尘而去。我记下了张小六的儿子叫张小贤。我记下了张小六的模样，就是这个男人抢走了我爹的货车，就是这个男人把他的鞋子踩在了我爹的脸上。这个男人生活在宋镇。

我顺着张小六车子驶去的方向走了一段路，夕阳刺进我眼里的时候，我猛然觉得眼前一亮，心里就有些莫名的心平气和了。我钻进了沿街一家五金杂货商店，招呼店主人帮我挑选了一把长柄刀子。

那时，我觉得需要这把刀子来帮助我完成一项使命。

那天晚上，我睡在宋镇一家简陋的小旅馆里。我挑选了一间窗户临街的房间，随时可以观察大街上的动静。房间里没有暖气，寒气冻得我浑身哆嗦，我早早钻进了散发着怪味的被窝，想着我爹的去向。我不知道，他现在是否走到了省城，是否顺利找到了能帮助他的本家大官。这种徒劳的猜想让我头脑昏沉，我睁开眼，发现天色已经大亮。街面上已经恢复了往日的躁动，车轮压在路面积雪的咯吱声，冒着寒气的叫卖声，老人的咳嗽声，孩子的哭啼声，宋镇上这些陌生而又熟悉的声音充斥着我的耳朵。我起身打了一个哈欠，我知道，我该起床了。

## 七

这天早上，宋镇的天气晴朗，阳光落在小旅馆的房间里，显出一股暖融融的味道。没错，这是一个适合出行的好日子。我穿好衣服，去小旅馆楼下的洗漱间里刷牙洗脸，我在擦脸时遇到了小旅馆的主人，我问了他一些貌似关于宋镇的无关紧要的问题。其中包括通往宋镇南北方向上午有几班客车，途经哪些乡镇和村庄。店主人殷勤地告诉我，宋镇距离最近的一座县城只有二十多公里，并且交通方便，半个小时即可到达县城。我记住了这些，我把刀子掖在了腰间。临出门时，我从墙上巴掌大的镜子里看到自己的脸，竟然有些陌生，我有些不敢面对镜子里的自己，这种感觉使我仓促下楼了。

我刚走到大街上，就听到有人大声招呼我。我扭头一看，是一个二十多岁的男子冲我招手，他坐在一辆带有篷布的三轮车上大声说："喂，伙计，去哪儿？坐出租车吗？"这个的哥被冻得紫红的脸庞，带着掩饰不住的朝气蓬勃。我说:"你们这儿没有好一些的出租车?"

的哥的口气里多了一些鄙夷,他提高声音说,我这辆出租车是宋镇最好的了。他的表情似乎证明了他说的是实话,这个弹丸之地的小镇,也许找不到真正的出租车。我冲他招手说:"那好吧,你带我去学校吧。"

的哥伸开一只巴掌说:"五块钱。"

我钻进三轮摩托的后车厢里,听着的哥发动起车子,轰隆隆地朝学校方向奔过去。只有两三分钟,摩托车就停在了学校门口。我下车叮嘱的哥,稍等片刻,我马上就回来。

正是上课时间,学校门口寂寥无人,隐隐传来琅琅读书声。门口的传达室里,一个秃顶的老头正偏着脑袋昏昏欲睡。我轻步走进校园,径直朝教学楼奔过去,读书声越来越清晰。我刚登上二楼,就看到了一年级四班的教室。我朝教室里望了一眼,伸手推门。讲台上站着一个三十多岁的男老师,他正捏着粉笔对着黑板写着一串拼音字母。

我说:"老师你好,打扰了,张小贤家里来客人了,让我带他回家。"

男老师瞪着鱼泡眼扫了教室下面,他的目光在张小贤身上停了停,又把目光折射到我身上。

男教师说:"你是谁?我没见过你。"

我说:"我是张小贤的表叔,也就是张小六的表弟,张小六的母亲就是我排行老二的姑姑,我爸爸比我二姑小三岁,今天我们全家都来了,就想看看张小贤。我表哥张小六忙生意,他让我来接小贤先去饭店……"

我控制着语速,尽量说得慢条斯理。男教师还是听得有些迷糊的样子。一直等到我说到要带张小贤去饭店时,男教师才有些不耐烦地对教室里的张小贤招招手,大声说:"张小贤,你可以跟着你表叔回家了。"

张小贤瞬间就回应了男教师,他从课桌上弹起来,像一只逃脱笼子的鸟儿一样朝门口扑过来。我伸手搭在他毛茸茸的脑袋上,我说:"小贤,快叫表叔!"

张小贤没理会我的话,头也没抬,挣脱了我的抚摸,朝楼下飞奔出去。

半个小时以后,停在门口的那辆三轮摩托车把我和张小贤带到了距离宋镇二十公里的县城郊区。我招呼三轮摩托车在县城的外环路口停下来,三轮出租车的哥冲张小贤吹了一声口哨,调转车头朝宋镇的方向奔去。

冷风搅和着阳光扑打在张小贤脸上,我仔细审视着他圆乎乎的脸庞,张小贤一脸茫然地看着外环路上呼啸而过的载重货车,又抬脸看着我说:"我想回家,我要找我妈妈。"

我说:"小贤听话,咱们先去城里的动物园看孔雀,然后再回家找妈妈。"

张小贤噘起嘴巴说:"我不要看孔雀,我想要妈妈。"

没等我再解释,张小贤瘪了瘪嘴巴,吭哧了两声,就啊啊大哭起来。

张小贤哭得号啕不止,呜呜哇哇的大哭贯穿了外环路两旁漫无边际的旷野,划破了飞舞的寒风和阳光。我拉扯着张小贤,穿过外环路的十字路口,躲到加油站旁的墙角里避了一会儿冷风。这时张小贤已经哭得上气不接下气,鼻涕和泪水涂满了脸庞。

我说:"歇歇吧,别哭了。"

张小贤不理会我,反而哭得更加放肆起来,他不再用语言和我交流,只用哭声来抗议我把他带到这里来。他爬着站起来离开了我,朝着对面的大路上跑过去。他跑得跌跌撞撞,断线风筝一般在大路上左右摇摆,一辆接着一辆的大货车从他身旁呼啸而过,对张小贤发出刺耳的喇叭声。

我起身追张小贤,我说:"快回来,危险,快回来!"

张小贤回头看了我一眼,他甩动着胳膊毫无顾忌地穿过大路,站在了对面的路旁,我紧跟着追上去,一把抓住了他的胳膊。张小贤再次挣开我的胳膊时,我想这个时候的宋镇,因为我和张小贤的离开,应该已经像一锅水一样沸腾了。

# 八

我和张小贤住在县城郊区的一家小旅店里。我身上还剩下了不到一百块钱,天色渐渐黑下来,我找旅店主人要了一壶开水,泡了两碗背包里的油饼。张小贤刚开始拒绝我让他吃饭的命令,等我囫囵着扒掉一碗油饼,转身去楼下洗碗时,回来发现张小贤已经趴在床头上睡着了。

我给他盖上了被子,走到门外,掏出手机拨打114查号台,我听到服务台的小姐用字正腔圆的普通话对我说了一声对不起,她说张小六的手机号码没有登记。我说那再麻烦你查查张小六老婆的手机号码吧。服务小姐反问我张小六老婆的名字,我愣怔了老大会儿,听到了服务小姐挂掉电话的嘟嘟声。我再拨过去，我说请你查查宋镇小学办公室的电话号码吧，服务小姐告诉我一串数字，我试着拨过去，足有一分钟的时间，我才听到话筒里喂了一声。

我对着话筒说："麻烦你们告诉张小六，他儿子张小贤在我手里，你让他带上两万块钱来赎张小贤吧。"

对方愣怔了一下，才大声说："你是谁？你疯了吗？"

我说："我没疯，我不会伤害张小贤，我只想要回我家的那两万块钱。"

话筒里沉默了一会儿，我听到对方挂断了电话。

我等着电话再次响起来，接电话的人肯定会马上告诉张小六，我握着手机，觉得心跳蹿到了嗓子眼边。我刚站起身活动了一下手脚，我的手机又响起来，我仔细看来电显示，是一串手机号码，我摁下接听键，听到一个男人用嘶哑的声音喂了一声，他说："你是绑架了我儿子吗？"

我说："我没绑架你儿子，我只是想要回我爹的那两万块钱。"

手机那边愣怔了一下，说："我知道你是谁了。现在我们整个宋镇的人都在议论，还没人敢给我张小六玩这个里格楞！"

我说："我是谁不重要，重要的是你必须把我爹的钱还给我。我去银行开个存折，两天之内，你把钱打到我存折上。"

张小六说："我想马上见到我儿子，我见到以后，咱们一手交人，一手交钱行不行？"

我说："不行，我不会像我爹那样任你摆布，你老实把钱打到我存折上。不然的话，这个年你都过不痛快。"

张小六的语气软了下来，不过还是对我带着恐吓的味道，这个一贯强势的家伙，显然没有意识到谁还敢侵犯他的安全，他叫了我一句伙计，说："我知道你现在就在城里，其实我完全有能力可以找到你。我劝你老实对待我儿子，要不我让你吃不了兜着走！"

这句话彻底惹恼了我，我打断他的话，对着手机大声说："滚你妈的张小六，我告诉你，现在我要想弄死你儿子，真比弄死一只蚂蚁还容易！我劝你听我的话，老实把钱打到我存折上。两万块钱，一分都不能少！"

我扣掉电话，才发觉自己已经被张小六的嚣张气得浑身哆嗦。我想我刚才忘了，张小六还要赔偿我爹冻坏的发动机呢。我爹说过，换一个新的发动机要四千块钱。等我再联系张小六的时候，一定要附加上这个交换条件。我只是想，该得到的钱，一分都不能少，不该得到的钱，我一分也不要。

　　黑暗的房间里很静，张小贤微弱的鼾声时断时续，哨子一样钻进我的耳朵，我强忍着不动弹，我逼迫着自己蹲在墙角里，闭上眼，耐心等待天明。黑暗像一块厚重的冰压在我身上，我觉得自己的身子在融化，一点一点地，随着黑暗悄然支离破碎。

　　我似乎挣扎了一下，我猛地睁开眼，天已经大亮了。

　　薄弱的阳光透过窗户漫进来，我扭头看了看还在熟睡的张小贤。张小贤在我的注视中动弹了一下身子，接着剧烈地咳嗽起来。我听出了这咳嗽的异常，起身走到床边，摸了摸张小贤的额头，才发现张小贤开始发烧了。显然是昨天他在寒风中一路不停地奔跑和大哭，把他折腾得感冒了。

　　可是现在我要去哪里给张小贤治病呢？在此之前，这个小县城我从来没来过。再说，我更害怕张小六会出现在县城的大街上，带着一班人寻找我和张小贤。我不能回家，更不能回附近的宋镇，那样做无疑等于自投罗网。而我能想起来给张小贤治病的地方，只有远在几百里之外的省城。我熟悉那个城市，就像熟悉我手掌上的纹路。再说，大隐隐于市，我觉得，没有比那个庞大的城市更适合我和张小贤隐藏的地方了。

## 九

　　那天早上，是这个冬天以来从未有过的好天气。万里晴空，阳光飞流直下，到处都是团花似锦的绚丽。一路上火车高速直奔，风和火车比赛着速度，连同我的心跳一起随风飘扬。张小贤和我坐在硬座车厢里，锵锵的车轮声扑打着我们的耳朵。

　　我在小旅馆里关掉了我的手机。现在我不能再和张小六联系，我目前要做的是给张小贤治病。我招呼张小贤穿衣起床时，张小贤就涨红着脸庞嚷嚷口渴，我灌了他一大杯开水，他还是不住声地叫着口渴，我摸了摸他的眉头，看了看他的舌苔，感觉他发烧已经很厉害了。

　　火车到达省城时已近下午。省城的大街车流汹涌，人群熙攘，大街两旁的门面楼张灯结彩，已经有了浓厚的过年气息。我和张小贤下车后，就直奔省城的儿童医院。到了医院挂号时，我才发现我身上只剩下了不到二百块钱。我一下子愣住了,除了背包里我娘给我那一摞油饼,我找不到其他能变卖到钱的东西。医生确认张小贤感冒以后,说这孩子气管发炎,需要住院治疗。

张小贤住进了儿童病房。也许是快过年的原因。偌大的病房里只有我和张小贤。傍晚,护士交班的时候,过来对我说:"你预付的钱不多了,明天赶紧再续上一些吧。"

我说:"还需要多少钱能治好他的病呢?"

护士说:"你先续上一千块钱吧,多退少补。"

我说:"我没钱了,我离家远,能不能先治病呢?"

护士有些不耐烦地说:"没有钱怎么能治病呢?你赶紧回家去拿钱吧,不然到明天下午,我们就只能给你停止治疗了。"

我说:"你们还治病吧,我明天就找钱去。"

我对着病房的天花板愣了老大会儿,想不起从哪儿借钱才好。这个城市里,茫茫人海,我平时很少有联系的朋友。除了我工作过的报社,我还能去找谁呢?我决定明天一早就去报社,无论怎样,我要从报社里拿到一千块钱。

我几乎一夜没合眼睡上一会儿。天快亮的时候,我掏出手机,想着联系报社主编,上班以后就去找他借钱。我离开报社那天曾经发誓再也不去见这个笑里藏刀的小人,我再也不会去求他。可是我现在实在没办法了,除了他,我想不出还有谁能帮我渡过这个难关。我翻出主编的号码,试着打过去,却听到我手机欠费停机的提示。手机话筒里的女声冷冰冰的,没有一点商量的余地。我拨打了一遍又一遍,那个女声还是重复着:"对不起,你的手机已欠费,请您续交话费。"

我把手机塞进衣兜里,决定步行去报社找主编借钱。我想,我的手机还能值几百块钱,如果主编不借给我钱的话,我抵押给他总可以吧。

早上八点多一点的时候,我走出了病房,迎面遇见一个脸色憔悴的值班护士,我告诉她我现在去报社找朋友借钱,拜托她照看张小贤。我悄悄走出了医院大门。那时张小贤还在睡梦里,我想等我回来借到钱了,顺便在街上给张小贤买回一点早饭。

## 十

我走到医院大门外的大街上,听到路旁的广播里播报的时间正是九点整。早上的寒风钻进我的鼻孔里,使我忍不住打了一个喷嚏。那时我还不知道,就在这个时间,我爹已经和李长明坐上了通往宋镇的火车。火车开出站台的时候,他扭头看见另一辆火车开进了车站,那辆火车里灯火通明,车厢里挤满了人,我和我爹都没有想到,张小六正坐在那辆火车里,起身准备下车。

这天早上,我爹带着李长明去宋镇找张小六,张小六坐着通往省城的火车来找我和他的儿子。跟随张小六来省城的还有宋镇派出所的两个民警。他们按照张小六的请求,协助张小六来省城解救他被绑架的儿子。

事情看起来就是这么简单。张小六以为只要找到我,就能找到他的儿子。我爹以为,只要到了宋镇,就能找到张小六,把他替李长明垫付的两万块钱要回来。一直到现在,我也不明白,张小六和宋镇的民警,是怎么能够如此迅捷地判定我已经带着张小贤来到了省城,并且他们还能轻车熟路地在儿童医院找到躺在病床上的张小贤。后来我在监狱里问过那两个办案的民警,其中一个高个民警对我说:"如果我们连这点办案能力都没有,那怎么能保护老百姓的一方平安呢?"我当时想了想,不知道该再对这个脸上掩饰不住得意神情的民警说什么。

我爹在省城的大街上游荡了一个星期,他晚上住在一个肮脏的小旅馆里,白天就拿着他从家里带出来的那张报纸,到大街寻找我们在省城当大官的白姓本家。他拖着疲惫的双腿去过很多单位,都是在门口就被门卫怀疑是以上访为职业的无业游民拦在门外。我爹指着报纸上的白姓本家解释说,他只是来找亲戚。但是没有谁相信我爹的话,人们从我爹脸上焦灼的神情看出了他的谎言,他们都像躲开一只苍蝇一样挥手撵走了我爹。

后来我爹站在省城大街上无数个十字路口,拦住行人打听那个白姓本家。可是没有谁停下脚步认真听我爹说一句话。我爹在寒风里体会到了绝望的滋味。就在昨天晚上,我爹沮丧地走进火车站,准备回家时,他在候车大厅的一个角落里看到了李长明。当时李长明正在低头啃着一块干硬的面包,我爹走到他跟前,迟疑着叫了他一声长明。李长明抬起头,他摸了一把粘在下巴上的面包渣,扭身就朝大厅门外跑。我爹在后面追他,我爹边追边叫,长明,你可把我害苦了。我被你害得家破人亡了!我爹追着追着就跌倒在地上呜呜大哭起来。

李长明跑到候车大厅门外,站在台阶上愣了老大会儿,才回过来把我爹扶起来。

李长明大声说:"我没想到会闹成这样子,我以为我出来躲几天,这事就过去了呢。"

我爹哭着对李长明说:"我操你奶奶!"我爹说:"你要是再敢朝前跑一步,我就一头撞死在墙上。"

李长明说:"好好,我不跑,我跟你回家,我就是砸锅卖铁也要把这事处理了,这总行了吧?"

我爹说:"我替你还了两万块钱啊,我的车还冻坏了啊!"

我爹在李长明面前,哭得像个无助的孩子。我爹说:"咱们现在就去宋镇找张小六,你有事说事,我只想把我的钱给要回来。"

李长明说:"错账来回,我还我还,做生意赊欠来往,这是很正常的事嘛!"

我爹擤了一把鼻涕,张口就把一口唾沫吐在李长明脸上。

那天晚上,我爹拽着李长明的胳膊,寸步不离开他。他害怕李长明会再跑掉。他说,他曾经在公用电话亭里,拨打过三次我的手机,让我赶紧来帮忙看着李长明。可是没想到我的手机停机了。

儿童医院距离火车站候车大厅只隔着一条大街。我没有听到那天晚上我爹愤怒的叫喊。而那天晚上,张小六正在宋镇派出所里气急败坏地对民警诉说他儿子失踪的过程。他一改往日的霸气和嚣张,满脸沮丧地对民警说我和他的通话内容,让民警分析我和张小贤的去向。那两个民警打着哈欠训斥张小六不该扣押我爹农用车的时候,已经是半夜了。

## 十一

那一夜,我正对着病房里的天花板为筹借一千块钱发愁,张小六和我爹也一夜没合眼。我爹拽着李长明的胳膊在售票窗口买票时，张小六也正在和那两个民警在宋镇火车站等待开往省城的火车。第二天上午，我爹和李长明走下火车，站在宋镇火车站站台上的时候，张小六已经和那两个民警走进了儿童医院。正向护士打听张小贤的名字。那时我已经步行到了报社门口，正和门口收发室的老头点头打招呼。

早上的阳光落在老头脸上，使得老头显出慈眉善目的模样。他大声招呼我，最近没见你啊？出门采访了吗？我点头说是，我问他，主编上班了吗？老头扭头指着停在草坪旁的那辆帕萨特车子说，车子在那里呢，应该是来了，你上去看看吧。

我点头说了句谢谢，沿着草坪走进报社大楼，大楼里暖融融的，充满着一股我熟悉的味道。我想生活就是这样，不会因为一个人的离去有什么细微的改变。我下意识地抽了一下鼻子，心里生出了一股说不出的哀伤。电梯门打开了，我低头钻进电梯，弯腰摁下楼层指示灯的时候，忽然觉得腰间有什么东西坠下来，当啷一声响，我看到那把长柄刀子砸在了电梯里。我怎么忘了这把刀子还一直掖在我腰里呢。这把刀子不合时宜地掉出来，我捡起刀子时，刀柄上还带着我身上的温度。眼看电梯到达主编的楼层，我慌忙把刀子掖进腰里。电梯门打开，我抬脸看见主编站在电梯门口。他张了张嘴巴，看到我叫了他一声主编时，才抬手拍在了我的肩膀上。

主编说："啊，小白啊，稀客稀客，来来，欢迎！欢迎！"

我说："主编您这是要出去吗？"

主编说："一个企业要开一个产品发布会，让我去参加。"主编说着抬手看了看手腕上的表，盯着我说："小白，你有事吗？"

我说："我有一件小事，想请你帮忙。"

主编边朝他的办公室侧身说："那好，进办公室说吧，不过，不好意思，我只有五分钟的时间啊。"

我跟着主编走进了他的办公室。主编招呼我坐在软皮沙发里。窗外的天空阴沉着，办公室里的光线有些阴暗。空调的暖气很足，我觉得脸有些燥热。主编摁开了天花板上的吊灯，办公室里明亮起来，灯光落在主编的脸上，反而使得他的表情有些模糊了。主编没坐，他抬脸看着我，我又看到了他脸上那种程序式的笑容。

主编说："小白最近忙什么呢？在哪里高就啊？我看你胖了啊。"

我摇摇头。主编挥着手说："你有事说吧。只要我能办到的，你说吧。"

我站起身对主编说："不好意思主编，我老家的一个亲戚得了急病，临时钱不够用，我想麻烦你先借给我一千块钱。"

主编的笑脸瞬间凝住了。

我觉得我使劲咽了一口唾沫，我说："主编，你帮帮忙，我过几天就还你。"

主编吭哧了一声："小白啊，你也知道，咱报社日子不好过，现在咱们账户上只有三百块钱，你说可怜不可怜哪！抱歉啊，这事还真难办呢。"

我说："算我借你私人的钱，我一定尽早还你。"

主编说："你应该知道我做人的原则，三不，不借钱，不吃请，不拿回扣。"

我说："这是救命的钱，主编。"我说着把我的手机掏出来，起身递给主编。我说："主编，如果您不放心的话，我把手机押在你这儿总可以吧？"

主编的脸上显出了厌恶的神情，他转身边朝门口走边说："我没钱，再说，我有钱也不会借给一个谎话连篇的人！"

我跟上了主编，说："主编，我没骗你，我现在的确需要一千块钱。"主编没回头，他走到门口，拉开门说："你走吧，我要开会去了。"主编说完这话先迈出了办公室，我跟在他身后，看着主编棱角分明的西装，闻到一股刺鼻的香水味道。我迈出办公室，门口对面的电梯打开了，我看到三个男人迎面走出来，他们穿着厚重的棉衣，裹进来一身寒气，迎面那个胡子拉碴的男人让我瞬间瞪大了眼。张小六偏头盯住我的时候，我朝主编背后躲了一下，主编也跟着侧开身子。

主编说："你们找谁？"

张小六说："我们找小白。他来过这儿吗？"

主编侧身指了指我，他的手指刚戳到我身上，我就一把把主编扳在我怀里。张小六和那两个男人朝后躲了躲，他们靠在了电梯门上。认出了张小六的同时，就觉察出危险已经包围了我。

张小六大声说："你就是小白吧？"

我说："你儿子在医院里呢，你们躲开，我不想和你们说话。"

张小六说："你绑架我儿子！"

"你们躲开！"我跟着张小六的喊声大叫起来，"你们躲开！"

我朝后倒退了一步，主编跟我的叫喊也大叫起来，他说："放开我！浑蛋！你放开我！"

主编的大叫让我加快了倒退的脚步，随着主编身子倒退的压力，我和主编退进办公室里，我靠在了主编宽大的办公桌旁，张小六和那两个警察一步步逼近着我，我觉得我的胳膊箍住了主编的脖子，腰间的那把刀子顶住了我的肋骨。

那一刻，我才觉得，我需要这把刀来帮助我。我移动了一下身子，抽出了那把刀。我把刀架在主编的脖子上，张小六身后的那两个男人冲过来，他们一起说："你想干什么？放下刀！"

我说："你们躲开，你们躲开我就放下刀！"

两个警察迂回着逼近我，他们在沙发旁撑开步子，瞪大眼睛盯着我，随时要扑上来的样子，我觉得我快要哭了，我说，你们赶快走，不然我就要杀人了！

我怎么也不会想到我能杀人，我想当时就连那两个警察也不会想到我会杀人，主编在我怀里喘着粗气说："小白，放开我，不然我饶不了你！你走不出报社大门！"

那两个警察一点一点逼近，主编还在叫："放开我，别以为我会怕你这把烂刀！"

我没想到平时一副娘娘腔的主编，那一刻会表现得那么像个男人。可是我手里拿着的不是一把烂刀，警察扑上来抓住我头的那一瞬间，我已经抬起手腕，把刀子插进了主编的胸膛里。我听到一声撕帛似的闷响，主编尖叫了一声，我跟着倒在地上时候，血已经沾满了我的手。

"杀人了！"

我听到办公室里回荡着这三个字："杀人了！"

这个充满血腥气息的早上，张小六和那两个警察把主编抬进电梯，我的思维陷在了漫无边际的空白里。我想不到，我是怎么把刀子插在了主编身上。后来在警察做笔录询问我的时候，也是反复问我一句话："你在宋镇买那把刀子的时候，想过要它来对付你的主编吗？"

我想不到，我根本就没这么想过。可是事实却是，我的确在宋镇买了这把长柄刀子，辗转来到省城，在众目睽睽之下，把那把刀子插进了主编的胸膛上。

## 十二

　　据医院里的外科医生说，幸亏这把刀子的刀片不厚，也许是我用力过偏，刀子插进主编胸膛的时候，刀片折弯了。带血的刀子顺着主编肥胖的胸膛斜刺下去，撕破了他中年发福的肚皮，才得以保全了他的性命。我爹跪在主编的病床前，用男人的眼泪和膝盖哀求主编。

　　主编忍着伤痛扒开上衣给我爹看，他的肚皮上被医生缝了三十多针，看上去就像一只硕大的蜈蚣贴在他的肚皮上。他对我爹说："你看看吧，如果你儿子能让我划上这么一个刀口，我就会原谅他！"

　　我爹哭得满脸眼泪和鼻涕，我爹说："你找把刀子，也在我肚皮上划上这么一刀吧。我愿意替我儿子承担所有的罪过。"

　　主编闭着眼睛，没理会我爹的哀求，他指使别人把我爹架了出去。

　　我知道主编不会原谅我，我从心里也没想主编能原谅我。主编反复对律师说这句话："就是因为我辞退了小白的工作，他怀恨在心，故意找我敲诈一千块钱，我没答应他。他就用刀子报复。"

　　我以故意伤害罪被判定三年的拘役。

　　我出事后的第二天，就被关进了看守所。那天早上，我爹赶到拘留所看我。他和我分别坐在一个隔着钢筋的窗户里。我爹绷着嘴唇，痴呆呆地盯着我。一夜之间，我爹的头发全白了，就像覆盖了一层雪一样白得刺眼。我从他的瞳孔里看到了我的影子。

　　我说："爹，你的头发怎么白了呢？"

　　我爹说："我的头发白了？"

　　我说："爹，你的头发全白了。"

　　我爹抬手摸了摸他的头，他粗糙的手掌顺着脸滑下来，搭在膝盖上，老大会儿没再说话。

　　我爹走后很长一段时间里，再也没有来看过我。我在监狱里度过了那年的春节。在此期间，我娘来看过我几次，每次来都是哭着来哭着走。我劝她不要哭，我越劝她她越哭得厉害。我从我娘的哭声里断断续续得知，我爹又修好了那辆农用货车，又开始了给人开车挣运费的日子。

一直到那年夏天的一个傍晚。我爹又来看我。我看到他剃了光头，他的神情沉默。我觉得他此时的模样，就是我年老以后的翻版。我和他默默无言地对坐了一会儿。我爹忽然开口说："你还不知道吧，我把李长明的左腿给碰断了。"

我爹说这话的时候，语气平静得像是在说别人的事。我说："你怎么能碰断了他的腿呢？"

我爹摇头说："我也不知道，我怎么会撞断了李长明的腿呢？"

我爹说，就在上个月一个下着大雨的晚上。他开着那辆农用货车从外边返回村子。刚拐过村西的拱形大桥，觉得车轮猛地颠簸了一下。然后我爹听到了一声尖叫。我爹知道事情不好，赶紧停车下来一看，李长明躺在货车的前轮上，他抱着左腿在泥水里打滚惨叫。

当时雨下得太大了，几米之外就看不到路面。我爹以为下这么大的雨，天又这么晚了，谁能在街上走呢？可是李长明偏偏就在那个大雨倾盆的夜晚，和我爹的农用车就像针尖对麦芒一样不偏不斜地遇见，被我爹稀里糊涂地撞断了左腿。

我爹招呼村里人帮着把李长明送进县城里的医院里。做了CT检查，在左腿的骨头里加了钢板，绑上了石膏绷带。李长明在医院里住了一个多月。每天注射止痛和消炎的针药。我爹去看过几次。想等李长明出院以后再多给他一些钱。我爹最近这次去看李长明的时候，曾经和李长明商量，要赔给他多少钱才满意。

李长明听出了我爹的意思。摇摇头说："算了吧。我欠你的还没还呢，以后再说吧。"

我问我爹："李长明欠咱什么？他已经不欠咱什么了啊。"

我爹抬手拧了一把鼻子，低头盯着我的脚，一句话也没说。过了老大会儿，我听到他嗯了一声，起身朝门外走。他的脚步歪斜在夏日的阳光里，腰间的钥匙串也跟着叮当作响，刺得我耳朵生疼。

(原载《星火中短篇小说》2011年第4期)

# 仇　　人

　　用了四年的手机，电池老化了。稍有空闲的时候，赵全就掏出手机看看是否又自动关机了。那天傍晚，赵全在宿舍里再次打开手机时，看到一条未读短信息，他摁着油漆剥落的键盘，看到手机屏幕上显示着四个字：周杰死了。

　　赵全瞪大了眼，侧着身子朝灯影里走，他把手机举到眼前，屏幕上的字就像飞起的石子一样打在了他脸上，没错，周杰死了。

　　周杰居然死了？赵全握着手机，偏头对着墙上的一张美人头像愣怔了片刻，才想起查看发来这条信息的手机号码。这是一串陌生的手机号码，赵全犹豫了一下，把手机贴在耳朵上，却听到了一个女声提示说，您拨打的手机暂时无法接通。

　　真他娘的见鬼，怎么会无法接通呢？赵全觉得心跳一下子蹿到了嗓子眼边，不会是有人作弄我吧？

　　赵全气急败坏地翻看着这条莫名而来的手机信息。这条信息发来的时间是下午四点十三分，那个时候，赵全正和工友们在砖窑里搬砖。平日里，因为砖窑里人声嘈杂，赵全给手机设置了近乎刺耳的铃声。如果那时他的手机没有自动关机，他肯定能听到信息提示的声音。宿舍门外响着工友们嘻嘻哈哈的吵闹声，在这个看似平淡如昨的傍晚，刚吃过晚饭的工友正聚在一起边打牌边谈女人。赵全在床边转了半圈，软绵绵地歪坐在床沿上。

　　周杰怎么会死了呢？他不该死。赵全沮丧地蹲在地上，握着他的老式诺基亚手机，觉得就像握着一块废旧的铁。可是手机里这条没有来由的短信，却实实在在地告诉他，周杰没经过他的同意，就这么轻易地死了。这个王八蛋，他居然说死就死了。

周杰是赵全这辈子最大的仇人，确切地说，赵全把周杰当成了他这辈子唯一的仇人。可是现在，他还没来得及找周杰报仇，周杰就死了，周杰用死这样决绝的方式让赵全失去了找他报仇的机会。

门外的天色渐渐暗淡了下来，夏夜的傍晚空气燥热，黏糊糊的气息在黑暗里攒动。在门口打牌的工友们吵闹得越来越响亮，有人大声吆喝，赵全，赶快拉开灯！赵全强打精神站起来，拖着步子走到门口拽了一下灯线开关，门外的光线亮了起来，成群的蚊虫围着昏黄的灯影缭绕飞舞。

赵全靠在门框上，呆呆地看着正在打牌的工友们，他们赤裸着胸膛，肆无忌惮地摔打着手里的纸牌，毫无遮拦地相互指责和嘲笑。赵全走近了一步，对着他们手里的纸牌说，周杰死了。

似乎没人理会赵全的这句话。赵全揉了一把鼻子，提高嗓门说，周杰死了，有人发短信告诉我，昨天周杰死了。

赵全的大嗓门止住了他们的吵闹，工友们抬头看着赵全，像是等待着赵全再次说话。

周杰是谁？我不认识他。睡在他上铺的刘长利扭头看着赵全，说着噘起嘴巴，用征询的眼神看另外同样和他发怔的工友们，那几个工友们像是得到了刘长利的回应，学着刘长利的样子相互摇摇头。

周杰是你亲戚吗？刘长利挥了挥手里的纸牌问。

赵全对他摇摇头。

那周杰是你的朋友？另一个挨着刘长利坐着的小个子工友问赵全。

赵全蠕动了一下喉结，忽然觉得不知道该再说什么了。他这才想起，在这个几百号人的砖厂里，除了他赵全，没有人认识周杰。没错，在这个离家三百多里路的砖厂，没有人知道周杰是他唯一的仇人。

赵全弯腰蹲在门口，伸手对刘长利说，我的手机坏了，我用你的手机打个电话。

刘长利犹豫着从腰间掏出他的手机递给赵全。他看着赵全拨了一串号码，把手机贴在耳朵上。

我操！这个电话老是无法接通。赵全挂掉手机对刘长利说，你说，是不是有人拿这事捉弄我？

不会吧？谁能拿死人的事开玩笑呢？刘长利接过他的手机，盯着赵全的脸说，你脸色不好，这个周杰死了，你是不是很难过？

赵全说，我不难过，他是我的仇人，我恨他！

刘长利说，你的仇人死了，那你该高兴才对啊。

赵全说，我不希望他现在就死，我不高兴。

刘长利又奇怪地盯了赵全一眼，抽了抽鼻子，扭头又和工友们甩牌了。

我想回家一趟，我想回家看看周杰到底死了没。赵全托着腮帮，盯着夜空中显出的星星说，我非得回家看看周杰死的模样！

月亮升起来的时候，赵全离开了砖厂，徒步走到了那个城市的火车站。他换上一双半新的运动鞋走出宿舍门口的时候，工友们收拾好纸牌，准备洗刷睡觉了。赵全对工友们说，我要回家了。工友们都扭头看他，说赵全你回家就是要参加那个死人的丧事吗。赵全说，是啊，我要回去看看他，我要看看他到底死了没有。睡在他上铺的刘长利穿着一双拖鞋送赵全到砖厂门口，拍着赵全的肩膀说，你可要想好了，你走了你的工资就没有了，老板肯定也不会再让你回来了。

赵全说，我想好了，我不会再回来了。

刘长利说，人死了就一了百了，你一个大活人还回去看一个死人有什么意义吗？

赵全说，我必须要走，我必须要看看我的仇人到底死了没有。

刘长利叹气说，那好，以后常联系吧，换手机号的时候提前告诉我一声。

赵全说，我回到家就联系你，我会有好消息告诉你。

赵全说着抬手拨开了刘长利搭在他肩膀上的手，扭身走进了月光里。

从这个城市没有经过赵全老家那个小镇的火车，赵全只能在老家的县城火车站下车，再坐客车周转回到小镇上。赵全买了火车票，临登上火车以前，又在候车大厅外的公用电话亭里打了两个电话。他再一次试着拨了给他发信息的那个手机号，还是暂时无法接通。

车厢里的旅人不算太多。赵全买的是一张硬座票，他摸索着找到了车厢，坐在座位上，低头闭上眼，哐当哐当的撞击声敲打着他的耳朵。赵全没有一点睡意，周杰的脸从他的脑子里凸显出来，愈来愈清晰。赵全使劲甩了甩头，脑子里的周杰瞬间膨胀了一般，满登登地塞满了整个脑袋，让他忽然觉得头疼了。

赵全和周杰曾经是中学时期三年的同桌同学，那时候，赵全的父母是普通的工人，每月能拿到的只是仅够温饱的那点工资。而当时周杰的父亲已经是在小镇上分管农业的副镇长。两个人家庭背景地位的悬殊在他们同桌三年里也有着明显的对比。

那时候的周杰就曾经摆出一副故作看透人情世故的姿态，不止一次对赵全说过，一个人这辈子能走多远，他的事业工作能达到什么样的高度，其实很大程度取决于你的起点有多高。就像跳高，你站得高，当然就跳得高。

赵全记住了这句话，他也记住了周杰说这话时的骄傲神情。赵全在周杰面前感受到了自己的自卑。周杰不时拿出钱财来散布挥霍，拉拢那些同样的纨绔子弟，周杰理直气壮地让赵全帮他完成应付老师检查的作业，指使赵全拿着他的钱去学校食堂里开小灶，让赵全帮助他联络和他一样的捣蛋孩子逃学去镇上的饭店抽烟喝酒。

刚开始赵全不愿意跟着周杰逃学，他觉得这么做就是父母给他说过的荒废学业。可是后来他不自觉地跟随周杰游乐时光，不仅仅是因为周杰平时给他的琐碎的小恩小惠，更多的是他摆脱不了周杰对他盛气凌人的逼迫。

他记得第一次学着抽烟的时候，是高二那年一个晚上。周杰让赵全陪他去厕所解手。那时候周杰的头发就一丝不苟地朝后梳着，整天抹着一层黏糊糊的护发膏。他的举手投足，都在拙劣地模仿着《上海滩》的发哥。

他俩挨着蹲在便池里，周杰窸窸窣窣地掏出了一支烟，叼在嘴上，啪的一声打开火机，点着了那支烟。赵全惊讶地看着时亮时隐的烟头，闻着烟卷的味道，他好奇这种味道，然而又恐惧着这种味道钻到他鼻子里。他扭头捂住鼻子的时候，听到周杰叫他，他转头看见周杰已经把一支烟伸到了他的嘴巴上。

周杰说，抽一支，很好。

赵全说，我不抽，我爸说，吸烟有害健康。

周杰说，屁话，抽烟提精神呢，你看我抽烟架势像不像《上海滩》的许文强，多有派啊！

赵全只得跟着他说，许文强比你差远了，你比他更帅。

周杰说，那你就陪我抽一支，你跟着我混，就得学会抽烟。

赵全说，我不抽，我要是抽烟，我爹娘会打死我。

周杰瞪起眼说，你要是拒我的面子，现在就把我屙的屎吃掉。

赵全看着周杰，没敢再吱声。他看着周杰把那支烟塞在他的嘴唇上，然后打开了火机，点着烟。

周杰说，大口吸，你别不识好歹，老大我给谁点过烟啊，让你抽烟，我这是看得起你。

赵全刚吸了一口，就剧烈地咳嗽起来。

周杰抬手一拳打在他身上，骂了他一句，熊样，真没出息！

自从那一晚在厕所抽烟，赵全断断续续地学会了抽烟，并且渐渐吸上了瘾。高三毕业的那年，赵全的衣兜里已经开始偷偷地装着五毛钱一盒的廉价香烟了。赵全背着父母和老师吸烟，大口吞吐烟雾，学习成绩直线下降。

周杰知道考学无望，就基本不在课堂里浪费他自以为奢侈的青春了。周杰虽然离开了赵全，却还控制着赵全和他的一帮小弟兄。一天晚上放学后，赵全被周杰堵在了学校门口。周杰说，我看上了一个高二的女生，她长得像许文强的老婆冯程程。周杰让赵全写一封情书送给那个长得像冯程程的女生。周杰说，我爱上她了，我要娶她当老婆，你告诉她，此生我娶不到她，誓不为人。

赵全没写过情书，又不敢推辞周杰。苦思冥想了好几天。最后只得照抄了普希金的一首情诗，踅摸到那个"冯程程"的教室门口，瞅准了一个人少的机会，把情诗扔到"冯程程"的课桌上，扭头就跑。赵全没想到，当天下午，他的班主任孙老师就把他叫到办公室。赵全看到孙老师办公桌上放着他写的那封情书，当时就腿软了，哆嗦着嘴巴说不出话来。他没想到那个"冯程程"会做出这么决绝的行为。

孙老师说，那个"冯程程"是掉着眼泪来找他的，她说这封情书是对她的侮辱。她要求严厉惩罚那个写情书的男生。

赵全辩解说，他不喜欢冯程程，那封情书是他替周杰写的。

孙老师把那封情书拍到赵全面前，厉声说，你撒谎，你说你不喜欢"冯程程"，为什么信纸下面的写信人是你的名字呢？

赵全瞪大眼，孙老师说得没错，信纸上白纸黑字，的确是写着"赵全"两个字。

这是怎么回事呢？难道是自己写信时太投入了，不自觉地写下了自己的名字吗？赵全想不出到底是怎么回事，他只是用哭声哀求孙老师能原谅他一次。可是他的眼泪没有打动孙老师，反而让孙老师看出了他的"虚伪"。

孙老师说，把你的父母叫来，我要认真和你父母谈一谈。

赵全根本不敢让父母知道他在学校里做出这种丢人现眼的事。他不是害怕会遭到父亲的暴打，他只是不敢看到母亲难过的眼泪。母亲似乎把全部的生活希望寄托到了赵全身上。在母亲眼里，赵全只能通过学有所成来改变他以后的命运，她和赵全的父亲当了一辈子的虫子，含辛茹苦，千叮万嘱，就是希望赵全能成为一条龙，只有赵全能给这个家庭带来根本性的转变。

孙老师给赵全三天的期限，如果他的父亲或者母亲不来学校，就不要再来上学了。赵全宁愿不再上学，也不敢当面对父亲说出真相。赵全在学校外溜达了多半天。再次遇到周杰时，赵全哭了。

赵全说，我完蛋啦，我不能上学，也不敢回家啦。赵全哭着把他的遭遇告诉了周杰。

周杰死死地盯着赵全，半响才说，你还有脸说这事呢？现在全学校都知道了，你竟然抢我喜欢的女人，你竟然在背后里做这样龌龊的事！

赵全说，我没有，咱们是患难弟兄，我怎么会这么做呢？

周杰阴着脸没吱声，后来他拍了拍赵全的肩膀，你记住，女人如衣服，兄弟才是手足。这次我相信你，你等着吧，我要替你出这口气。

赵全怎么也不会想到，第二天晚上，周杰就纠集了一帮社会上的无业青年，闯进了学校，把正在上晚自习的孙老师从教室里揪了出来。那天晚上，孙老师在那一帮气势汹汹的无业青年面前，彻底丧尽了为人师表的威严风范。当时教室里很安静，只有日光灯的电流发出嘶嘶的声音，孙老师在倒剪着双手，踱着方步在教室里巡视埋头自习的同学们。

咚的一声响，孙老师和同学们都惊得扭头看，几个臂圆腰粗的年轻人风一样朝孙老师逼过去。就连当时正坐在教室后排课桌上的赵全也惊呆了。孙老师本能地朝后躲着，他倒退了几步，就被逼到了墙角里。他极力朝墙角里缩着，想要钻进墙里才好。那时候同学们也像是集体失语，眼睁睁地看着那几个动作凶猛的青年伸手把孙老师从墙角里揪出来。孙老师挣扎着，他的身子趔趄了一下，被拖倒在地上的时候，孙老师终于开口说话了。

孙老师说，朋友们，有话好好说，你们放手，咱有话好好说。

孙老师完全是一副哀求的声音,他的眼神看起来软弱无助,他的哀求没有得到那几个小青年的回应,反倒遭到了一阵拳脚。孙老师惨叫起来的时候,教室里有胆小的女生开始呜呜地哭出了声。

谁也不会想到,平日里昂首挺胸的老师会被人像拖一条狗一样拖出了教室。教室里出现了瞬间的沉寂。周杰站在了教室门口,他梳着大背头,叼着一支没点火的烟,与平日不同的是,他的脸上多了一副墨镜。周杰转头看了一圈目瞪口呆的同学们,突然伸手指向赵全。

周杰说,你出来。

赵全站起来,他半张着嘴巴,用近乎绝望的眼神看着周杰。同学的眼神集中在他身上,他听到周杰说,赵全,你出来!

赵全扶着课桌走在课桌之间的走道里,他的脚步拖拉着,一步一步的,像是走向深渊的感觉。赵全走到门口,周杰抬手拍了拍他的肩膀,像个兄长一样揽着他走出教室。透过教室里透出来的灯影,赵全看到,孙老师蹲在窗台下面的墙根里,他缩着头,被那一帮小青年围了半圈。周杰拨开他们,拽着赵全靠近了孙老师。黑暗里的孙老师面目模糊,赵全只能看到孙老师一直在抬脸看着他。孙老师没说话,就那么一直抬脸仰望着赵全。

周杰指着班主任,对赵全说,来吧,兄弟,使劲揍他,我替你出气。

赵全缩着身子没动弹。

周杰说,来啊,使劲揍,揍死了我负责。

赵全摇头说,我不,我不会揍人!

周杰的牙齿在黑暗里一闪,似乎是笑了一下。周杰说,我教给你,就这么揍!

周杰说着抬腿踹在孙老师身上,孙老师痛叫了一声。周杰说,别叫,再叫我就弄死你!

来,赵全,揍他!使劲揍他!

周杰把赵全拽到孙老师面前,厉声说,揍啊!你不揍我就揍你了!

赵全哆嗦着身子挪到班主任跟前。班主任朝墙根缩了缩身子,赵全听到孙老师带着哭声说,赵全,我求你了,我求你别打我的脸……

班主任的话音未落,那一帮小青年围过来,人影晃动里,凶猛的拳脚砸在了班主任身上。孙老师没再叫喊,他只是缩着身子,双手抱头,像一个麻袋一样闷不作声地承受着数不清的拳脚。

赵全靠在墙角里，捂着嘴巴，眼泪哗哗地淌满了脸。

周杰和那帮无业青年被派出所拘留的当天上午，赵全就被学校宣布开除学籍了。那一天下着入春以来的第一场小雨。淅淅沥沥的雨水被风刮着，带着冷气，斜斜地落在人脸上。赵全从教室里收拾好书包，低头朝外走时，没有人送他出门，赵全能感觉到同学们的眼神都在背后盯着他，他不敢回头，他害怕自己一回头就会掉下泪来。

赵全低头走在学校的青砖小路上，路旁的树已经开始冒绿了，绿色的嫩芽上挂着雨滴，星星点点的绿色刺得人眼疼。正式上课时间，校园里很安静，沙沙的雨滴声使得整个校园有一种安详的感觉。谁能相信，就在这个静谧的校园，昨天晚上竟然发生了一场血腥的暴力事件呢？没错，就连现在低头疾走的赵全，也都怀疑昨天晚上的殴打和尖叫是一场梦。

赵全刚迈出学校门口，就和从医院回来的孙老师碰了个对面。孙老师被他的老婆用自行车驮在后座上，他看见背着书包的赵全，马上招呼他老婆停车，瘸着腿朝赵全奔过来。孙老师的脸上缠着绷带，鼻子和眼窝上带着青紫的伤痕，最明显的是他的嘴唇，肿得翻卷着，露出牙龈，看上去竟然有几分滑稽。他招呼赵全的时候，口水从他的嘴唇里淌出来，赵全听到他不时疼得吸着凉气。

孙老师说，对不起，赵全，不是我开除的你，是学校做出的决定，你别抱怨我啊。如果你还愿意上学，我可以找熟人，给你转到别的学校去。

赵全掉泪了。

孙老师说，以后，只要我能帮你的事，尽管来找我，虽然我是一个穷老师，可是，我还是有些能量帮助你……

孙老师的老婆愤恨地盯着赵全，眼神里几乎快要冒出火来，她一把拽住孙老师的手，大声说，行啦，别再和这个小混混啰唆啦！全学校的老师，谁还比你窝囊呢？

孙老师被他老婆拽得趔趄着，还扭过头来对赵全喊，你告诉周杰，没事，我不恨他。十年二十年，只要我活着，我家的大门永远为你们敞开……

赵全对孙老师点点头，很快又摇摇头，他不敢再看孙老师挣扎着对他说话的样子，撒腿朝大街上跑。

赵全踏进家门，就朝父亲跪下了。父亲说，畜生，你还有脸回家？

母亲哭着说，儿哎，你让我以后怎么活啊，我没盼头啊，我不想活了。

赵全不吱声，他做好了承受一切暴打和责难的准备。可是事情没有像赵全预期的那样。父亲把自己关进卧室里，一整天没出来，母亲失魂落魄似的盯着一语不发的赵全。

天黑的时候，母亲幽幽地叹了一声说，你不上学了，就等于长大了。赵全泪汪汪地抬头看着母亲，听到母亲又说，以后你再跟那个周杰联系，我就死给你看。

三个月以后，赵全以待业青年的名义，去了父亲单位一家下属的实业公司去上班。一年以后，父亲给赵全弄了一张招工的名额，赵全离开那家实业公司，去另一家国有企业上班了。从那以后，赵全没再联系过周杰，在赵全的耳目里，周杰好像是自从被关进拘留所的那天，就随着那场雨水从这个小镇上蒸发了。

赵全二十三岁时，母亲开始不动声色地张罗着给他找媳妇，母亲就像在市场上买菜一样，精挑细选，讨价还价，终于给赵全找了一个看似门当户对的媳妇。赵全没提意见，在那几年循规蹈矩的国有企业生活里，赵全似乎过早地抹去了青春的棱角，他变得沉默寡言，开始意识到自己的人微言卑，所有和赵全接触的人，没有谁会相信，他是因为参与殴打老师被开除的坏学生，在所有人眼里，赵全是个标准的好人。

赵全结婚那年，正赶上国有企业改制，好像一夜之间，企业说垮就垮了。迫于生活压力，赵全去了一家私人食品加工厂打工。

这家企业虽然待遇高，工作环境却不错，活儿也不累。赵全在食品厂里待了三个月。

有一天赵全的老婆给他打电话，他的手机没电了。赵全去了办公室，恰巧办公室的电话正被人占用。赵全蹚了一圈，看到办公桌上放着一个手机，想也没想拿起来拨了老婆电话。他刚和老婆说了没两句话，手机就被闯门进来的老板夺下了。老板瞪着眼说，没教养的东西，谁让你随便动用别人的手机？

赵全说，我只是打个电话。

老板挥手劈了他一巴掌说，奶奶个熊，我这个手机价值一万多，你弄坏了拿命来赔啊？

赵全捂着脸，缩着头说，我错了，我道歉。

老板指着门外说，你滚吧，滚得越远越好！

赵全平白无故挨了老板一巴掌，一气之下，卷起铺盖回家了。回来和老婆解释，没想老婆不耐烦听他倾诉冤屈，三言两语，夫妻二人反目争吵起来。两人越吵越凶，气急败坏的赵全摔碎了一个茶杯，摔门出去了。

赵全挨打之后，又在一个船舶制造厂做了五年焊接工人。刚开始跟着船厂的老工人打下手，做一些零碎的活计。三年下来，赵全才有机会摸焊枪，领的是计件工资，收入和待遇才有了改变，每个月给家里汇五六百块钱，余下的几百块钱，仅够自己的吃穿费用。那年春天，赵全花一百块钱买了一部旧手机，第三天突然就接到了来自老家小镇上的一个电话，听起来是一个中年男人的声音。

赵全问他，你是谁？

中年男人说，我叫孙武，你不认识我，可是我认识你。

赵全的确想不起来，这个叫孙武的男人是谁。

赵全说，你找我有事吗？

孙武说，我想问问你，你现在还跟周杰联系吗？

赵全说，我早就不和他联系了。你认识周杰？你找他干什么？

孙武说，我不认识周杰，可是我父亲认识你们。

还没等赵全说话，孙武那边又说，我父亲是你们中学时候的班主任。

赵全愣怔了一下，才说，孙老师还好吧？

孙武说，我父亲去年就去世了。

赵全张开的嘴巴又合上了。那一瞬间，他不知道该对孙武说什么才好。话筒里孙武的声音低下来，赵全把手机贴近耳朵，才听到孙武断断续续的话音：父亲临死的时候，老是念叨你和周杰。本来我不想打扰你的，可是昨天晚上，我父亲又托梦给我了，他说他想见见你们……

赵全说，好吧，我尽快找周杰，我和周杰回去一趟。赵全想说节哀顺变，可是这几个字在他喉咙里滚了几下，终究没有说出来，他挂掉手机，才觉得心里难受极了。一阵一阵地疼痛，像是被人恶狠狠地揪了一把。

也就是从孙武打电话的那天起，赵全心里萌生了尽快找到周杰的愿望。那些日子里，赵全一闭上眼睛，十年以前那个充满拳头和哀叫的夜晚就从黑暗里跳出来，无声无息，没有颜色，就像一部年代久远的黑白电影。孙老师那张哀求和恐惧的脸庞缓缓放大在赵全的脑子里，他的嘴巴无声地一张一合，赵全听不到班主任的声音，可是他看懂了孙老师正在说的话：赵全，我求你了，我求你别打我的脸⋯⋯

这几句话似乎化作了一股看不见的烟雾，在赵全身上蔓延，不停翻腾着，聚成一团，结结实实地塞满了赵全的胸口，赵全觉得再这样下去，他就要被这种窒息的感觉憋死了。

赵全几乎给小镇上所有他认识的人打了电话，可是没有人能确切地告诉他周杰现在的行踪。刚开始有人说，他好几年没回来了，就连春节也没回来过。后来有人告诉他，周杰的父亲和母亲早就从镇上退休，离开这里了。

赵全给一个当初叫瘦猴的同学打电话说，咱们孙老师去年死了，你怎么不告我呢？

瘦猴反问，孙老师死了？我不知道这事啊，我要是知道这事能不告诉你吗？

赵全说，死了，我听他儿子说，孙老师去年就死了。

瘦猴说，都是去年的事了，他专门告诉你这些干什么？

赵全说，我不知道，他只是让我帮他找到周杰。看在咱们同班同学的分上，你就帮我问问周杰在哪里吧。

瘦猴说，他找周杰干吗？想报仇吗？还是你想找周杰报仇？

赵全听到瘦猴这句话，忽然觉得像一记拳头打在身上，报仇？赵全使劲甩了甩了头，他想甩掉这两个字，他不想找谁报仇，也没有谁和他有仇。

可是在接下来的几天里，报仇这两个字却不时从他的脑袋里跳出来，让他心惊肉跳。他想，我是要找周杰报仇吗？我只想找到周杰，然后去孙老师坟头上，跟孙老师说说话，他甚至想，如果周杰愿意的话，他们应该跪在坟头上，给死去的孙老师磕个头。

一天晚上，赵全梦见了孙老师。对于赵全来说，那是一个怪异的梦。孙老师的脸从一片模糊不清的黑暗里显现出来，眼神里带着祈求对赵全说，赵全，我不想死，我害怕死，可是我死了，我真的死了。孙老师的脸就像随波漂浮的水草时隐时现。

赵全在梦里抽搐了一下身子，他觉得他在奔跑，像一阵风一样四处逃窜。可是孙老师不依不饶地追逐着他。

孙老师脸上缠着白色的绷带，鼻子和眼窝上带着青紫的伤痕，最明显的是他的嘴唇，肿得翻卷着，露出牙龈，孙老师瘸着的双腿一跳一跳地尾随在赵全身后，让赵全怎么也摆脱不掉他的追赶。赵全跑得精疲力竭，上气不接下气。他跑着跑着就跌倒在一片泥泞里，他想挣扎着爬起来，可是他的身子却软得像一团被水浸湿的棉花。赵全绝望地哆嗦着身子，他觉得孙老师的手搭在了他的肩上，他听到了班主任哧哧的笑声。

没错，孙老师的确是在赵全的梦里发笑。赵全睁开眼，发觉自己已经通体大汗淋漓。

赵全给孙武打电话，开口就说，我不瞒你，相信你也知道，周杰打过孙老师，我浑蛋，我一直后悔这件事……

孙武那边沉闷了老大会儿，才说，我记得这件事，那时候，我们都小，我只是隐约记得这事。

赵全说，那你恨他吗？

孙武说，当时我恨他，现在我们都长大了，我现在能接受这件事了，虽然他打了我父亲。

赵全说，我想证实一下，孙老师的死是不是和这件事有关系？

孙武说，我父亲是病死的，他得的是胃癌，发现时已经是晚期了。

赵全说，那孙老师是不是因为这件事得病了？

孙武说，不是。我父亲的病和这件事没一点关系。孙武停顿了一下又说，我父亲临死的时候，老是念叨你和周杰，当时我找不到你和周杰，所以我一直想联系到你们，我没别的意思。真的，你别内疚，也别误会。

赵全说，兄弟，你放心，我一定找到周杰，我一定和周杰去孙老师的坟头上，给孙老师磕个头。

孙武说，没必要这么做，你忙你的吧。等你回来的时候，咱们见面说说话。

孙武告诉赵全，他如今在县城的公交车公司里开车，混得还算可以。你回来的时候找我吧。孙武说了他的电话号码。赵全脑子里乱得像一锅沸腾的水，还没等他记住孙武的号码，孙武就把电话挂断了。

赵全乘坐的那辆火车到达他老家的县城时，天已经亮了。在火车上的多半夜里，赵全靠在座位上，迷迷瞪瞪的。这一路上，他琢磨最多的还是他下火车以后该怎样去见已经死去的周杰。他该怎样才能找到周杰。

在昨晚收到那条周杰死了的手机短信以前,这十多年里,赵全对周杰的行踪一无所知。他现在唯一知道的周杰的消息,就是他死了。已经死去的周杰在哪里呢?他是否已经火化了呢。还是已经埋在小镇外边的那片坟地里呢。或者是周杰的尸体还没被处理掉,正等着赵全来向他告别呢。

赵全打着哈欠走出火车站,忽然被眼前远远近近气势逼人的高楼大厦惊了一下,面前俨然是一个现代化的城市了,看不出十年以前那个猥琐脏乱、小手小脚的县城模样了。赵全顺着火车站东西方向的大街走了一段路,他本来想下车以后,第一件事就是在火车站附近一家叫作赵记豆腐脑早点摊位上,喝一碗热腾腾的豆腐脑。可是当初赵记豆腐脑的那个位置,已经被大片绿化带和平整的大理石地面替代了。好像是赵记豆腐脑被遮盖了,潜入地下了。赵全试探着打听了几个早起晨练的老人,他们都对赵全提起的赵记豆腐脑一无所知。

此时的赵全已经觉得饿了。他顺着大街茫然地走了老长一段路,身旁的高楼稀疏了一些,大街两旁被一望无尽的林立着的广告牌遮挡了,那些近乎刺目的广告牌画面上充斥着灯红酒绿的都市繁华假象,显得街面变得狭窄起来,就像走进了一条胡同里,让赵全怀疑自己是否提前下车错误地来到一个陌生的城市里。这个小县城和所有的小城市一样,正在有预谋地疯狂掀翻往日的时光,毫无顾忌地颠覆过去的一切景象。

他走到大街的十字路口时,隐约听到一阵叫卖早点的声音,脑子里旧时的印象才一下子活泛起来,没错,就是这样高亢直接的吆喝声:豆腐脑喷香,油条焦酥……

吆喝声是从那些广告牌背后传出来的,赵全顺着吆喝声加快脚步,阵阵豆腐脑的香气飘散过来了。赵全蹑摸到广告牌背后,看到十几个横摆在乱砖碎石上的小饭桌。一对看上去夫妻模样的中年男女围在炉子旁,低眉顺眼地挥着筷子炸油条。

赵全招呼了一碗豆腐脑和几根油条,坐在靠近广告牌的小饭桌旁。他端起碗喝了一小口粥,才发觉没有了以前小米的黏稠香气。赵全抬头想问问那个正在炸油条的男人,是不是原来的赵记粥铺。他刚扭过头去,突然被广告牌上的画面牵住了眼神,在一行炫目的广告词下面,是两行黄色的字:宏发房地产公司总经理周杰,向全县父老乡亲致以最诚挚的问候。

赵全的目光钉在了那两行字上，没错，周杰，正是这两个字。

赵全只是瞬间愣了一下，就觉得自己端着碗的手哆嗦起来，他扭头盯着不远处正在低头炸油条的那对中年夫妻，他们身旁的油锅里正冒着丝丝袅袅的香气，随着中年男人手里挥动着的筷子，油锅里发出吱吱啦啦的碎响。赵全忽然觉得，这种声音刺耳极了。

这个周杰是谁？赵全指着广告牌，大声对中年男人说。

中年男人抬头看了看赵全，眼珠随着赵全手指的方向看过去。

那上面不是写着吗！开发商，周杰总经理。

你认识这个周杰吗？

我一个炸油条的，怎么会认识这么一个大老板呢？中年男人对赵全做了一个友好的笑脸。

赵全的眼神从中年男人脸上移开了，他低头盯着碗里白乎乎的粥，仰脸长出了一口气，把碗放在小饭桌上，起身对中年男人说，来，老板，结账！

中年男人走到赵全身边，搓着油腻的手接过赵全手里的钱时，赵全恶狠狠地抹了一把嘴唇说，你知道去这个宏发房地产公司怎么走？

中年男人没抬头，边数着手里的钱边说，我也说不上，你打个三轮车拉你去吧，最多五块钱就能到了。

十分钟后，赵全站在了宏发房地产门口。

这是一个靠近城西郊区的地方，四周的土地已经被圈了起来，一眼看不到头的土地里散乱着野草和垃圾。宏发房地产的小黄楼就横摆在这大片的土地旁边，靠近通往省城的大道上。

赵全刚走到大门前，就被一个身穿保安服装的小伙子拦住了。

找谁？

我找周杰，你们的总经理。

你是谁？

我，我是他一起光腚长大的伙计。

你和周总预约了没？

没有。有人告诉我，周杰死了。我来就是参加周杰的丧事，才赶了好几百里的路回来。

赵全的话音未落，小保安疾步赶过来，抬腿朝赵全的肚子上踹了一脚。

小保安说，我操！我看你是疯了！竟然敢诅咒我们周总，别逼爷们打你!赶快给我滚。

赵全捂着肚子离开了宏发房地产公司门口,在那座小黄楼附近转悠了多半天。小保安的那一脚使足了劲,赵全咬牙骂了一句娘,忍着疼痛躲开了小保安的追逐。他坐在大街的路沿石上,眼巴巴地盯着进出小黄楼的车子。

一直快到下午的时候,赵全看到一辆黑色的车子从大路上开过来,无声息地从他身旁开过去,在小黄楼的门口停住了。那个小保安奔出来开门,弯腰对着车子里的人说话。赵全听不清小保安说什么,他只是看到小保安拉开车门,表情激动地抬手朝他蹲着的方向指点着。一个身宽体胖的男人从车子钻出来,偏头朝赵全这边看。

赵全眯眼看着那个男人。那个男人转身朝他走过来,迈着不紧不慢的步子,锃亮的黑色皮鞋在阳光里闪着亮光。那一刻,赵全觉得心跳一下子快起来,他忽然预感到,朝他走过来的男人就是周杰。随着沙沙的脚步声,男人走到赵全身旁,赵全没有站起来,他蹲着仰脸看着男人,那时候,他不得不承认这个男人的确就是十多年前的周杰。

虽然这是一个正在变老的男人,赵全还是从他的眼神里看清了少年时代的周杰的影子。

我是赵全。

赵全使劲吞了一口唾沫,才说出这么一句话,他想挣扎着站起来的时候,才发现双腿已经蹲麻了。

噢。周杰的胸膛起伏了一下,赵全听到一声浑厚的笑声。赵全,如果你不自我介绍,我还真不敢认你呢。

有人告诉我你死了,我来看看。我是来参加你的丧事的。赵全双手撑地站起身子,搓着手掌的灰土对周杰说,实在不好意思,我不知道你还活着啊,可是有人给我发短信说你死了。

周杰说,没什么不好意思的,我知道,很多人都巴不得我早死,可是我却死不了,你告诉给你发短信的那个人,我现在还活得很滋润。

赵全说,我不是那个意思,我只是想如果你真死了,我说什么也得见你最后一面。

周杰说,让你白跑一趟了,可惜我没死。

周杰伸手搭在赵全肩上,从头到脚扫了他一遍才说,你还能想着我,我很高兴。真的，我很高兴。

赵全坐在周杰办公室里的沙发里，手脚不自觉地蜷曲着，他觉得手里端着的白瓷茶杯有些沉。茶水是铁观音，可是赵全喝着却觉不出什么滋味。周杰坐在他对面的老板桌后面，他宽厚的身体陷进皮椅里，他和赵全相隔着十几米的距离，周杰居高临下的眼神从这十几米的距离射过来，就像那已经过去的十几年光阴，赵全不得不承认，此时此刻，他在周杰面前，还是感到从前那种莫名的局促感。

周杰没问赵全现在生活怎么样，也没问他这些年都干了些什么。赵全埋头喝茶，他也不想问周杰的状况，周杰的生意能做到这么大，能当房地产公司的老总，这些都是在赵全意料之中的事。好像是周杰天生就该有比赵全强势的命运。

赵全喝完一杯茶的时候，周杰才开口说，你要是混得不好的话，就在我这里做事吧，我这里正需要人手呢。

赵全说，我混得还行。

周杰点点头，伸手摸了一下桌上的鼠标，忽然说，人活着不能凑合，咱们得做人上人。咱们是发小，你在我面前不要客气。

赵全说，我没装，我说的全是实话，我现在很满足。赵全停顿了一下，才说，你还记得咱们的班主任孙老师吗？

周杰偏过脸看赵全，我知道，孙老师去年死了。

赵全说，他死的时候一直念叨咱们。

周杰说，这话是他儿子孙武对你说的吧？孙武这话你相信吗？

赵全说，我相信。

周杰说，我去孙老师坟头上看过他，昨天我还去过呢，在孙老师的坟头上见到了孙武。

赵全说，我也想去看看孙老师，这几年我老是梦到他。

周杰盯着赵全，老大会儿才说，好，你去看看吧。你见到孙武，咱们下午请他吃顿饭，聚在一块说说话吧，我有话对你们说。

周杰说着又抬手拍了拍赵全的肩膀。咱们活着，要有当英雄的梦想，不能当狗熊。这些年，我一直在朝着英雄的目标打拼，你看我在很多人眼里，已经是个英雄了。

周杰说着，抬脸对着天花板哈哈笑了两声。

赵全拒绝了周杰派专车送他回小镇，他一个人乘坐客车来到了小镇上的车站，在出站口，赵全遇到了堵在门口卖水果的那个瘦猴同学。瘦猴大声叫住了赵全，把一片削好的菠萝递到赵全面前。

瘦猴看着赵全咬了一口菠萝，才迟疑着说，你是因为参加周杰的丧事才回来的吧？

赵全说，周杰没死，我上午还见到他了呢。

瘦猴说，奇怪，你见到周杰了？怎么咱们小镇的人都传说周杰死了。

赵全说，昨天也有人给我发短信说周杰死了，可是在城里我见到周杰了，他活得好好的。他说他知道很多人都巴不得他死，可是他还活着呢。

瘦猴满脸疑惑地打量着一脸倦态的赵全，愣了片刻才说，那你还回来干什么？

赵全说，我想去孙老师的坟上去看看，你陪我去吧？

瘦猴噢了一声说，我知道了，你是周杰派来的说客对吧？

赵全说，说客？我听不懂你说什么。

瘦猴说，装吧？既然都见到周杰了，他还没给你说？

赵全说，他没给我说什么，他只是让我找咱们这帮同学吃顿饭。

瘦猴露出疑惑的神色，他上下打量着赵全，忽然伸手把赵全拽到他的水果摊后，拉过一只马扎把赵全摁在马扎上，瘦猴蹲到他面前，左右看了看，才低声说，你真的不知道，周杰要扒了孙老师的坟？

赵全瞪大了眼，周杰要扒孙老师的坟？他疯了吗？

瘦猴说，周杰是疯了，他是被钱折腾疯啦。

瘦猴说着使劲拧了一下自己的鼻子。周杰是去年回来的，那时候咱们小镇上的人谁也不清楚周杰在外边发大财啦，他究竟是怎么挣的钱谁也不清楚，反正他在外边赚了大钱才回来的。我见过他，他坐在豪华的小车里，摇下玻璃对我挥了挥手就走了，我知道越是有钱人越忙着挣钱，他没和我说话。后来我才知道，周杰在县城里拆了很多城区的老房子，盖了很多商品房，他已经成了一掷千金的大老板。

当然那是他的能力，和咱们这个小镇无关。可是谁也没有想到，周杰赚足了城里的钱，竟然又回来开发咱这个小镇了。他看上了咱小镇后面的那座叫采臣的山地，你应该知道，那一片采臣山很有看头，山上绿树成荫，山下有泉水，应该说是横看成岭侧成峰吧。自古以来就被人看作风水宝地，也不知道是哪个浑蛋指点了周杰，周杰竟然要在采臣山上大兴土木，要在山腰上建造一片号称五星级的度假村。

赵全说，在那里建造度假村也不错啊，多少能带动咱们镇上的经济发展嘛。

瘦猴挥手止住了赵全，提高声音说，可是孙老师就埋在采臣山的半山腰里。你不知道吗。咱们孙老师生前就喜欢去采臣山，他写过很多关于采臣山的散文和诗词。后来孙老师死后，我才听他儿子孙武说，孙老师一直把采臣山当作他的人生后花园，他叮嘱孙武说，他死了就埋在采臣山上，他要做采臣山的一棵草。孙武花了一大笔钱，才给孙老师在山上买了一块墓地，可是孙老师的尸骨未寒，周杰却要扒了孙老师的坟。

赵全说，周杰真扒了孙老师的坟吗？

瘦猴摇摇头，长叹一声说，周杰以为他开发采臣山会易如反掌，他拆了山下村民的房子，赔偿了村民们一些钱。可是他没想到，会在孙老师的坟前遇到阻拦。他想不到孙武会以死相拼来保护他父亲的坟。周杰托很多人和孙武交涉过，答应赔给孙武多于拆迁村民房产十倍的钱，在采臣山背面重新给孙老师安坟，并且立碑纪念。但是孙武拒绝了他，孙武说不是钱的事，多少钱也不能打扰他父亲的安身之地。后来周杰亲自出面和孙武交涉过，谁知周杰却和孙武闹得更僵了。周杰也找过我，托我去找孙武，我迫于压力去找孙武时，孙武对我的态度还算和气，他说别人扒他父亲的坟头可以商量，但是唯独周杰不行，因为他父亲的死就是因为周杰，是周杰当年打了孙老师那一拳，孙老师才因此心情郁闷，积郁成疾，后来得了胃癌。

赵全说，孙武曾经和我打过电话，他说孙老师的死和周杰没关系，怎么现在又说是因为周杰死的呢？

瘦猴说，我不知道，现在的孙武几乎是疯了一样，二十四小时守在他父亲的坟头上。

瘦猴说着摇摇头。后来我去找周杰说这事时，周杰骂了我，他说我办事能力太让他失望了。他指着我的鼻子说，你回去告诉孙武，我周杰还没遇到过用钱办不到的事，还没有谁敢拒我周杰的面子，谁惹急了我，我可以出一百万找黑道上的人办了他。

赵全说，周杰疯了，他是被钱指使疯了。

瘦猴说，我现在才知道，这个世界上还有很多人不会向金钱妥协。孙武是这么一个人。你别看他只是个开大客车的司机，可是这次他却真和周杰摽上了。周杰没想到孙武成了他的一块绊脚石。

赵全说，现在孙武怎么样了？

瘦猴说，这事变得更糟糕了。现在孙武买了一大桶汽油，吃住都在孙老师的坟头上，他扬言只要周杰敢动他父亲坟头上的一把土，他就点火自焚。周杰曾经派很多人哄劝孙武，也叫过一些地痞流氓恐吓他。镇上的人都劝说孙武，胳膊拧不过大腿，还是趁机多给周杰要点钱算了。可是孙武以死相拼的姿态，谁也不敢轻举妄动，现在周杰因为拆迁投入了几百万的费用，看来他也是进退两难。不过这事早晚要解决。这么下去，周杰要是狗急跳墙，恐怕要闹出大事来。

赵全看着瘦猴又气又惊的神情，脑子里却有些走神了。依照周杰狂妄自负的性格，他会不顾一切，用更加极端的行为掠取他的利益。

赵全起身对瘦猴说，你现在能联系到孙武吗？我想和他说说话。

在镇上一家叫作封印的小饭店里，赵全和瘦猴见到了从采臣山上下来的孙武。他的个子不算很高，身材略显瘦弱，头顶上横七竖八的长头发黏成了一片，嘴唇干裂着，隐约能看到一道已经凝结的血口子。他整个脸庞蒙着一层灰白的尘土。孙武主动和赵全握手的时候，赵全还是从他的眼神里感受到一股坚硬的东西，孙武的手故意用力握住了他的手。那一瞬间，赵全不能判断，孙武的这种暗示是想把他永不妥协的力量传递给他呢，还是故意向他施加压力，甚至是主动对他挑战呢。

孙武坐在饭桌旁的椅子上，大口喝了一杯茶水，才扭头问瘦猴，这个人就是赵全？

赵全赶忙俯身对他说，是，我就是孙老师的学生。

赵全从孙武眼里看到了孙老师的影子。

孙武停止喝茶，盯着赵全说，你和周杰从小就是铁哥们对吧？你也是来替周杰说事的对吧？

赵全说，我不是来替周杰说事的，你的事我刚刚听瘦猴说了。

孙武咬了一下嘴唇说，如果你也是周杰的走狗，咱们就不要谈话了。

赵全说，我发誓，我真不是替周杰来的。

孙武说，你别发誓了，我刚看见你，就觉得厌恶你，我只是个开车的大老粗，说话直来直去，你应该知道我为什么烦你。

孙武的这几句话像一阵猛拳打在赵全脸上，赵全想不到，这个神色疲倦的男人会对他毫不留情地说出这番话。孙武说完这几句话，扭头转向窗外的大街，他的眼神里瞬间消失了愤怒，眼眶涌满了晶亮的泪水。赵全不知道自己该再说什么才合适。下午的阳光透过窗户折射在饭桌上，两只苍蝇在饭桌上腾展挪移，肆无忌惮地飞起飞落。整个房间里散发着一股模糊不清的油烟味，阵阵辛辣钻进了赵全的鼻子里。

我错了，这些年我一直被自己犯下的这个错折磨着，我待会就和你去孙老师的坟上烧香磕头。赵全说，我不求九泉之下的孙老师能原谅我，这是一件永远不能原谅的事，我会谴责自己一辈子。

孙武盯着赵全，他的眼神阴郁，一言不发。

瘦猴从厨房里出来，像是对赵全和孙武的谈话浑然不觉。他一屁股坐在赵全身旁的椅子上，看着孙武说，我刚点了四个小菜，咱们喝点白酒还是啤酒？

没有人回答瘦猴的话，停顿了片刻，瘦猴又自言自语地说，不然咱们喝点白酒吧，我很长时间没喝酒了。

四盘荤素搭配的小菜摆在饭桌上，瘦猴刚招呼孙武喝酒时，孙武忽然看了一眼瘦猴说，咱们都快四十岁了吧？都到了不惑的年龄了。这些天我在山上守着我父亲的坟头，我一直在后悔上学的时候没有好好听我父亲的话，没有认真刻苦学习，现在我只能当一个没出息的司机。

孙武说着看赵全。你后悔吗？你这些年也是一直在外奔波，给别人打工挣那几个小钱。

赵全说，我哪能不后悔呢，可惜时光不再了，我们都开始老了。

孙武说，你还记得"冯程程"吗？就是当年你替周杰送情书给她的那个"冯程程"。

赵全愣怔了一下才说，记得。她这些年怎么样？过得还好吧？

孙武说，我也好几年没听说她的消息了。我只记得，你们中学毕业的第三年吧，"冯程程"去我家里看过我父亲。她向我父亲打听周杰的消息。当时我父亲也对周杰和你们的消息一无所知。她在我家坐了一会儿就走了。

两年以后，我在县城里见过一次"冯程程"，那时候她已经成了一个精神病人了，经常在大街上独自游逛，她浓妆艳抹，衣着艳丽，神情却喜怒无常，经常无缘由地对着街上的男人发笑。据说很多男人都用一点小恩小惠勾引过她，她也好像乐于跟那些男人鬼混，简直就是破罐子破摔的姿态。

后来我才听别人说，"冯程程"曾经在一年前去西部的一个偏僻城市找过周杰，那时候周杰正在西部的一个地方跟人合伙开铝矿，赚了不少钱。当时谁也不知道是"冯程程"主动去找周杰的，还是周杰想法打听到"冯程程"的消息。据知情人说，"冯程程"被周杰包养了，周杰给"冯程程"专门弄了一间别墅，当时冯程程就像一个笼中鸟一样在那个别墅里待了半年多。

纸里包不住火，后来周杰的新婚老婆把"冯程程"和周杰堵在了别墅里。他老婆怒火中烧，对"冯程程"又打又骂，后来觉得不解气，又逼着周杰打"冯程程"。她老婆说，我就要看着你亲手打这个婊子的脸。周杰没敢吭声，她老婆气急败坏，冲到"冯程程"跟前，把"冯程程"的嘴角都给打得出血了。"冯程程"一直没还手，她看着周杰，一直看得周杰低下头。"冯程程"忽然擦了一把嘴角上的血就笑了，她笑得很放肆，旁若无人似的笑得浑身哆嗦，笑得眼泪都淌出来了。

从那开始，"冯程程"就疯了。那一次，我见到她的时候，我说你还认得我吗。"冯程程"倒退着只对我说一句话，求你了，别打我的脸……这句话让我一下子想起了周杰，我知道肯定是周杰伤害了她。因为我永远也忘不了，我父亲临死的时候说，别打我的脸……

孙武说着闷头不吱声了。饭桌上再次陷入了沉闷里。赵全偏头怔怔地看着饭桌上的菜，想着给孙武说句宽慰的话，他还没张开嘴，饭店门口突然响起一阵急促的脚步声，一个神色慌张的男人闯进来，对着孙武大喊，你还在这里吃饭呢？我看见好几辆挖掘机朝你父亲的坟头上开过去了。

饭桌上的三个人同时愣住了，片刻之后，瘦猴大叫起来，坏了，调虎离山计，我们被骗了！

孙武尖叫了一声，他从椅子上弹起来，像一股旋风蹿出了门外。

瘦猴跟着去追孙武，他俩咚咚的脚步声溅起大街上的灰尘，就像一把锤子一样击打着赵全的身体。

赵全愣在椅子上，瞬间大脑一片空白。他努力想爬起来，可是他却觉得他的双腿已经废掉了，尾巴一样软绵绵的没有一丝力气，整个身子已经哆嗦成一团，不是疼痛，也不是害怕，只是痉挛似的内心剧烈地收缩着，他觉得自己的身体在这种收缩中越来越小，即将像一只蚂蚁一样被淹没在这个午后的阳光里。

其实孙武还没跑到他父亲的坟头前，就被一伙人在采臣山的半山腰拦住了。瘦猴对赵全说这话的时候，镇上的天色已经黑透了，那时候赵全正走到小镇西边通往县城的大道上，他被歪斜着奔过来的瘦猴拦住了去路。瘦猴的脸色像纸一样苍白。他手里提着一个沉重的塑料袋，坠着他的胳膊。

这里面装的是孙老师坟上的土。你看看吧，这里面就是孙老师的骨灰。瘦猴把塑料袋朝赵全有气无力地举起来，朝着赵全晃了晃。

赵全对着塑料袋哭出了声，我对不起孙武，我对不起你们，我想不到周杰会给我使这么阴毒的招数。

瘦猴摇着头说，孙老师的坟被铲平了，孙武也找不到了。

赵全说，我要杀了周杰，我要杀了他。

赵全看着瘦猴的神色，愤怒、哀求和绝望在他脸上纠结着，随着脏兮兮的汗水从他的脸上滚下来。

瘦猴说，都怨我，都怨我不该把孙武叫下山来和咱们吃饭。

瘦猴和孙武在靠近孙老师的坟头不远处被人堵住了去路。十几个身材粗壮的男人从路旁的一块大石后蹿出来，他们的胳膊拦在路上，就像一根根结实的绳子。孙武叫了一声爹，他的叫声凄厉，就像受伤野兽的吼叫和哀嚎，在山林里回荡。孙老师坟头前的铲车发出一阵高过一阵的轰鸣声。

孙武对那些胳膊说，躲开！快点躲开！

一个胳膊上刺着蟒蛇的中年男人逼近了孙武。他指着孙武的鼻子说，你待在这儿别动，马上就好了。

孙武说，我求你们了，我求你们不要扒我爹的坟。

蟒蛇胳膊指着孙武的额头，对孙武大叫，如果你再反抗，我就把你埋到你爹的坟里你信不信？一条人命不就是几十万块钱吗？我告诉你，谁阻挡我们这个工程的进度，都没有好下场！

孙武叫着冲向那些男人的胳膊，他在那些胳膊里冲撞了几下，就被那些胳膊结实地捆住了。蟒蛇胳膊冲铲车一挥手，铲车的车链滚动起来，咯咯吱吱地碾压在了坟头上。随着呼的一声巨响，坟头上的土被挖开了。那些胳膊捆住了孙武的手脚，把孙武摁在地上，孙武剧烈地挣扎着身子，他的嘴巴一张一合，却发不出一点声音，瘦猴只看到泪水从他眼里冒出来，淌进他的嘴巴里。

孙老师的坟头瞬间被削去了一大片。孙武坚持了两个多月的阵地就这么被周杰手下的人给摧毁了。

赵全听着瘦猴的叙述，觉得自己的身子正缓缓朝地下陷进去。此时他脑子满是孙武的哀嚎，刀子一样扎进他的脑袋。

赵全蹲下身说，孙武呢？现在孙武到哪里去了？

瘦猴抱住那个盛满坟土的塑料袋说，孙武跑了。那帮人铲平孙老师的坟头以后，那个蟒蛇胳膊把一份打印好的协议书拿到孙武面前，逼着孙武签字摁手印。

孙武摇着头不看协议书，蟒蛇胳膊就指使那些男人把孙武的手指拽过来，拿着一盒红色的印泥，使劲把孙武的手指朝印泥里摁，孙武挣扎着大叫，可是他一个人怎么对抗得过这么多野蛮力量的挟持呢。孙武沾着印泥的手指被蟒蛇胳膊挟持着，嘴巴也被人捂住了。

我看到他的那根手指哆嗦着，就像被火烧的木棍一样瑟瑟发抖。一点一点朝那张白纸黑字的协议书上探过去，他手指上的印泥摁在纸上的时候，我看到孙武的眼泪也落在了协议书上。大颗的、无声的眼泪砸湿了那张协议书。

瘦猴说着从衣兜里掏出那张协议书，赵全看清了协议书上的内容。

甲方：宏发房地产公司（以下简称甲方）
乙方：居安镇村民孙武（以下简称乙方）

为了加快居安镇土地还耕，加快城镇建设步伐，根据宏发房地产公司和居安镇村民委员会达成的协议，宏发房地产开发公司组织施工人员对采臣山脚（我镇范围内）进行挖掘开发，在挖掘过程中涉及迁坟问题（经双方商议决定，对村民孙武的祖坟进行安置处理）。现经双方共同协商，签订协议如下：

一、乙方有坐落于采臣山上的坟墓，现自愿同意让宏发房地产协助迁移。

二、迁坟安置费用：宏发房地产公司给予 65000 元，以及迁坟需要赔偿的其他费用 25000 元。合计 90000 元，由甲方一次性付给乙方。

三、待乙方迁坟完毕后，甲方一周内一次性付清安置费用。

四、本协议一式两份，甲乙双方各执一份。

甲方签字（盖章）：宏发房地产有限公司

乙方签字（盖章）：孙武

你看吧，这帮流氓就这样以法律的名义强拆了孙老师的坟墓。瘦猴说着把塑料袋里的坟土抓了一把，攥在手掌里，他的手哆嗦着，干燥的土末从他手指缝里漏出来，簌簌地落在地上。

那天晚上，赵全住在靠近车站附近的一家小旅馆里。他本来要当夜返回县城去找周杰。瘦猴拽着他的胳膊不让走，坚持要赵全明天和他一起找孙武。孙武的手机早就停机了。他说他现在最担心的就是孙武会出什么事。孙武和他父亲不一样，他是一个有血性的男人，说不定会做出什么极端的事情来。

赵全说，孙武能做出什么事来呢？

瘦猴说，你应该能想得出来。换作你是孙武，你该怎么做呢？

赵全说，你是说孙武去找周杰报仇了？

瘦猴说，我觉得他应该去了。

赵全在小旅馆里浑浑噩噩地折腾了一夜。天色开始发亮时，赵全给瘦猴拨通了手机，赵全说，我也要去县城找周杰。

瘦猴说，我知道拦不住你，你要去找他，我和你一起去。

赵全挂掉了手机，起身穿衣走出了小旅馆。天色还早，镇上的大街上寂寥无人。赵全经过一家专卖五金杂货的商铺门口时，拍门叫醒了杂货铺的老板，买了一把水果刀。他走到汽车站大厅时，发现瘦猴已经在售票窗口等着他。

瘦猴说，我想跟你一起去找周杰。

赵全说，我要杀了周杰，你敢和我一起去？

瘦猴打量着赵全。赵全拍了拍背包说，我刚买了一把刀。瘦猴的眼瞪大了。赵全顿了顿又说，水果刀。

瘦猴的嘴巴又合上，他看着赵全掏钱买了车票，扭身朝候车大厅的座椅上走时，瘦猴才说，很好，你们都算得上一条汉子。

赵全说，你们，还有谁？

瘦猴说，你，还有孙武。

赵全不再和瘦猴说话，他们坐在候车椅子上等车。离上车还有十分钟的时候，赵全去了一趟厕所。瘦猴打着哈欠等赵全回来以后，一起检票登上了车。他俩并排坐在靠近左边窗户的位置。车厢里人不多，只有几个赶早进城做生意的人，大多低头昏昏欲睡。瘦猴对着车窗外怔了一会儿，掏出手机摆弄起来。赵全目视前方，一言不发。

瘦猴咳嗽了一声，探头悄悄问赵全。待会你见到周杰，想对他说什么？

赵全说，对一个畜生还说什么？直接白刀子进去，红刀子出来。

瘦猴说，如果他要有话对咱们说呢？如果他哀求咱们，知错认错，重新做人，咱们能不能原谅他？

赵全说，我觉得你说的是屁话。我现在只想杀了他。我这么大老远回来了。本来就想看看他死人的样子，没想到他没死，还在无恶不作。早知道他没死，我就不回来了。本来我以为他死了，可是他没死，我心里接受不了他还活着的这个事实。

客车慢腾腾朝前行驶，发动机发出憋闷的声音，路边一棵棵杨树朝后倒退。过了一会儿，瘦猴哆嗦着嘴巴说，我刚才和周杰发短信了。我告诉他你要去杀了他，现在正在去找他的路上。

赵全瞪大眼，你什么意思？干吗要告诉他？

瘦猴说，我想给你们俩一个机会……我想给你们一次活着的机会，我不想看到谁死。

赵全打断了瘦猴的话，大声说，你这个浑蛋！我早知道不会带你来！

瘦猴的脸上堆满了哀求，对不起赵全，刚才在车站上，你去厕所的时候，我把你买的刀子扔了。

赵全拍了一下自己的背包，探身站起来，冲司机喊，停车！师傅停车！

赵全愤怒的声音变异了腔调，司机显然被赵全的喊声吓住了，猛然刹住车。赵全推开瘦猴，从座位上挤出来，朝车厢门口奔过去，瘦猴紧跟着他下车。赵全跳下车子，张望了路边附近的房屋，折身朝镇上的方向跑。瘦猴赶过来，一把抱住了赵全的腰。

赵全说，放开我，我要去找那把刀！

瘦猴说，求你了，我求你了。

赵全说，放开我！王八蛋！我想不到你会是吃里爬外的内奸！

瘦猴说，我不能放开你，除非你先弄死我。

客车上的人探头看着这两个在路上不停转圈的男人。赵全想不到身体弱小的瘦猴会有这么大的力量，他的两条胳膊死死地箍住赵全的腰，就像两根被水浸湿的绳子一样结实。赵全挣扎了一会儿，却被瘦猴拽倒在路边。赵全歪在地上，大声怒骂着瘦猴，他的手在地上盲目地抓挠了几下，摸到了一块靠近路沿石旁的半截砖头。

瘦猴压在赵全身上，喘着粗气说，你用砖行不行？用砖也可以砸死周杰，可是砖不算凶器。我都是为你好，求你了赵全，你听我的话吧……

瘦猴试探着松开了赵全。赵全跟着爬起来，他握着那半截砖头，恶狠狠地对瘦猴说，从现在起，你要是再提周杰，我就先一砖拍了你！

两个人重新上了客车，却分开坐了。赵全在后，瘦猴在前，谁也不再说话。客车继续朝前行驶。快要进入护城河大桥时，客车停下来，前方的车队排起了长龙，司机们不停地摁着喇叭，不时有行人从车辆夹缝中小心穿过。赵全和瘦猴在客车里等了十多分钟。才听刚下车去探路的司机回来说，出事了，听说一个搞房地产的大老板的轿车掉进护城河里了。

瘦猴盯着前方的汽车长龙说，轿车掉河里了？有人伤亡吗？

司机坐回驾驶座上，闷声细语地说，车子开得太快了，一头就扎进河里了。估计人是没救了。

车厢里没有人说话。

周杰的确是死了。这个消息在第二天下午终于得到了确认。赵全和瘦猴在大桥上守了一天一夜，才不得不承认，掉进护城河里的的确是周杰的车子。

有几个目击者对正在指挥打捞的交警讲述了当时事发的经过，他们看到一辆黑色轿车自西向东正常行驶，经过大桥中间的地方时，忽然就撞向桥边的护栏上。其实那辆轿车的速度并不快，车子撞在护栏上向后弹了一下，又再次加速撞过去。黑色轿车在众人的惊呼中颠簸着越过被撞烂的水泥护栏，在众人的惊呼中，一头栽进了水里。

后来又有一个钓鱼的人补充说，当时他正在桥头上准备朝桥下抛鱼饵，他看到一辆黑色轿车缓缓驶过来，轿车靠近钓鱼人的时候，驾车的人一手扶着方向盘，一手握着手机，像是在低头查看手机的模样。只是一瞬间，车子就急转冲向大桥的护栏，钓鱼人吓得扔掉鱼竿朝路对面跑，他刚跑出没几步，就听到咚的一声巨响。车子就像一匹受惊的马一样蹿下了大桥。

钓鱼人摇着头说，除非鬼使神差，谁能想出这样的自杀方式呢？

事发不到半个小时，周杰公司的人很快就赶过来了。他们告诉警察，老板的家眷在大西北的一个城市里，飞机晚点，老板夫人最快也要明天才能来到。老板夫人已委托公司人员，一切善后工作先由他们代办。

交通警察动用了县城里专业的水下救助人员，在水深十米多的大桥附近搜索了一整个上午，只打捞到一些颜色模糊的水草和动物腐烂的尸体。后来请示了水利和政府的相关部门，在护城河上游的堤坝拉下水闸，分别在大桥附近插入五个抽水机械，力求用最快的速度来抢救还困在轿车里的伤员。

直到第二天下午，周杰的黑色轿车才浮出了水面。一个年轻的交警一眼就看清了是周杰的车牌号。因为周杰的车牌号太好辨认了。后面是00666，这个车号是全县城绝无仅有的，应该是花了大钱才能得到的车牌号码。

周杰的尸体被人从轿车里拉出来，警察隔离了尸体附近的现场，把死者平放在了大桥栏杆下面的水泥平台上。午后的阳光落在周杰脸上，他的脸庞白净，衣服穿戴整齐，全身看不出一点受伤的痕迹。后来有细心的人看到，周杰手腕上的那只名牌手表上的秒针还在移动。他左手还握着手机。只是手机被水浸泡了，看不到手机里面的内容。

在警察动手把周杰套进白色的尸体袋子里的时候，赵全从围观的人群里闯进了隔离带，在距离周杰尸体不远的地方交警抬手呵斥了他。

交警说，你想干什么？退回去！

赵全说，我想看看周杰，他和我是从小光腚长大的兄弟。

赵全扭身指着人群里的瘦猴说，我同学可以作证，我们在这里等了一天一夜了。三天以前，我就从几百里以外的地方赶回来，就想看看他死去的模样。

交警说，三天以前？

赵全说，三天以前，就有人告诉我，周杰死了。

交警疑惑地侧开身子，让赵全走到周杰的尸体旁。赵全轻轻拉下尸体袋上的拉链，他终于看清了周杰的脸，没错，尸体袋里的周杰浑身散发着水腥气息，神态安详，这就是那个从小就一直梦想当英雄的男人，他现在像个孩子一样睡着了。

赵全咬着嘴唇，小心把拉链拉严实。他把周杰的头轻轻抬起来，探手从他的背包里掏出那块砖头，垫在了周杰的脑后。

交警走过来，问，你垫砖干什么？

赵全说，我看他这么睡觉的姿势别扭，给他垫个东西就舒服了。

赵全站起身，忽然觉得眼里热辣辣的，眼泪在眼眶里打转。泪眼蒙眬里，赵全看到大桥上人影晃动，一个长发女子在人群里闪了一下，朝大桥西边走过去，她的步子不缓不急，一直没再回头。赵全的脑子一闪，他终于确定这个长发女子就是十几年前的"冯程程"。她走到路边的法桐树旁，悄然靠在树下，她仰脸看了看头顶上的树冠，忽然抬手紧紧捂住了脸。

赵全走出隔离带，想朝"冯程程"走过去的时候，觉得衣兜里的手机震动起来。赵全摁着油漆剥落的手机键盘，看到灰蒙蒙的屏幕上显示着五个字：周杰快死了。

赵全转头看了看他身后的尸体袋，挥手把手机扔进了大桥底下。

（原载《山东文学》2012年第5期）

# 后　　记

　　编辑出版《文学鲁军新锐文丛》，是省作协按照中央和省委省政府关于促进文化大发展大繁荣的部署要求，为繁荣发展山东文学事业确定的一项战略措施，是围绕"多出精品、多出人才"的中心任务，为发现文学新人、扶持青年作家实施的一项系统工程。《文学鲁军新锐文丛》第一辑于2001年组织编选出版，入选的10位青年作家由此脱颖而出，得到文学界广泛关注，已经成为"文学鲁军"的中坚力量。十多年来，山东的文学队伍新人辈出，青年作家的优秀作品引人注目。为集中展示山东青年作家的新气象和新阵容，省作协决定编辑出版《文学鲁军新锐文丛》第二辑。

　　省委及省委宣传部领导对《文学鲁军新锐文丛》的编选工作非常重视，省委常委、宣传部长孙守刚多次听取汇报，对编选工作作出重要指示，并欣然为"文丛"第二辑作序。省委宣传部副部长刘为民亲自担任编委会主任，对编辑出版"文丛"提出指导性意见，给予了大力支持。

　　为确保《文学鲁军新锐文丛》第二辑编选工作的高质量和权威性，省作协组建了由有关领导、专家等组成的编委会。编委会对入选青年作家的人员构成、文学导向的宏观把握、题材和体裁的合理布局、风格形式的丰富多样以及总体设计的协调统一等方面，进行了认真研究，确定了编选方案。

　　在各市、大企业文联作协和有关方面广泛推荐的基础上，省作协组织专家评审委员会对申报作品进行认真审议论证，经向社会公示后，最后确定10位青年作家的作品集入选《文学鲁军新锐文丛》第二辑。这10部思想性、艺术性、可读性俱佳的优秀作品，是对我省近年来涌现的优秀青年作家及其代表作品的一次集中展示和重点推介。这里需要说明的是，我们在征集作品时确定，已入选中国作家协会和中华文学基金会编辑出版的《21世纪文学之星丛书》的作家原则上不再编入本"文丛"。《21世纪文学之星丛书》是为发现、扶植文学新人而创办的一项具有跨世纪意义的文学工程，它以年卷的形式，为文学创作方面取得显著成绩的40岁以下的青年作者出版第一本文学专集。自1994年首卷至今，已出版了157位青年作家的作品集，山东有15位青年作家忝列其中。为了展示山东青年作家整体形象，特将入选该丛书的作家作品名单作为《文学鲁军新锐文丛》第二辑的附录，同时我们将入选《21世纪文学之星丛书》之后创作成绩特别突出的作家纳入"文丛"第二辑的评选，但要求重复收录的篇目不得超过五分之一，除了过去发表的代表作外，其余全为新发表作品。经研究，已入选《文学鲁军新锐文丛》第一辑的作家，不再进入第二辑。由于第一、二辑出版的时间相隔较长，加之近年来我省文坛涌现出的创作成绩突出的文学新人比较多，遗珠之憾肯定在所难免。好在我们已将《文学鲁军新锐文丛》编选工作确定为一项制度化、常规化的文学工程，固定出版周期，持续定期地编辑出版下去。我们愿与广大青年作家一起努力，不断提高"文丛"的文学品位和艺术水平，把"文丛"打造成一个响亮的文化品牌。

省作协领导班子成员和有关方面专家参与了《文学鲁军新锐文丛》第二辑的编选出版工作。省作协主席张炜对"文丛"的编选工作提出了具体指导性意见；省作协党组书记、副主席杨学锋主持了"文丛"的策划、评审与编辑出版工作；省作协巡视员王兆山，党组成员、副主席刘海栖，党组成员、纪检组长李军，副巡视员杨发运参与了"文丛"的策划、评审与统筹。省作协副主席赵德发、李广鼐、苗长水、谭好哲、许晨、李掖平等对"文丛"的编选提出了许多建设性意见和建议。王延辉、朱建信、陈文东、王耕夫、杨文学、孙书文等作家、专家参与了"文丛"书稿的评审工作。省委宣传部文艺处对"文丛"的编选工作给予了指导，省作协创联部的全体同志承担了"文丛"的统稿和通联工作，省作协办公室的同志承担了编委会的会务工作。为了保证"文丛"的质量和水平，省作协还邀请刘玉栋、赵月斌、马兵、张丽军、何志钧、张艳梅等作家、评论家担任"文丛"的特约编辑，对入选书稿进行了认真审阅和编辑。山东文艺出版社对"文丛"的出版工作给予了大力支持和帮助，社长李宁、总编辑张海珊参与了编辑出版的统筹和策划工作，责任编辑李燕、林蕙、王玲玲、李玉玲、冯晖对书稿进行了精心编辑和校对。在此，对所有为《文学鲁军新锐文丛》第二辑编选出版工作给予大力支持和付出辛勤努力的单位和个人，表示诚挚的谢忱。

编　者
2012 年 10 月

**附录一：**

**入选中国作协"21世纪文学之星丛书"的山东青年作家书目**

张　继　《玉米地·玉米地》（1994年卷·小说集）
路　也　《风生来就没有家》（1996年卷·诗集）
陈　原　《祖父是一粒粮食》（1996年卷·散文集）
凌可新　《老白的枪》（1999—2000年卷·小说集）
江　非　《一只蚂蚁上路了》（2004年卷·诗集）
瓦　当　《去小姨家》（2004年卷·小说集）
蓝　野　《回音书》（2005年卷·诗集）
邰　筐　《凌晨三点的歌谣》（2006年卷·诗集）
张锐强　《在丰镇的大街上号啕痛哭》（2007年卷·小说集）
徐俊国　《鹅塘村纪事》（2007年卷·诗集）
东　紫　《天涯近》（2008年卷·小说集）
徐　颖　《面包课》（2009年卷·诗集）
简　默　《活在时光中的灯》（2009年卷·散文集）
赵月斌　《迎向诗意的逆光》（2011年卷·评论集）
方　如　《声铺地》（2012年卷·小说集）

## 附录二：

## 《文学鲁军新锐文丛》第一辑书目

张　继卷　《村长的耳朵》（小说集）
凌可新卷　《避邪》（小说集）
王方晨卷　《王树的大叫》（小说集）
路　也卷　《我是你的芳邻》（小说集）
刘玉栋卷　《我们分到了土地》（小说集）
老　虎卷　《潘西的把戏》（小说集）
陈　原卷　《大地的语言》（散文卷）
王黎明卷　《贝壳说》（诗集）
张宏森卷　《战争笔记》（电视文学剧本集）
吴义勤卷　《目击与守望》（文学评论集）

图书在版编目（CIP）数据

水煮水：柏祥伟卷 / 柏祥伟著 .—济南：山东文艺出版社，2012.11
（文学鲁军新锐文丛 / 山东省作家协会编）
ISBN 978-7-5329-3983-1

Ⅰ.①水… Ⅱ.①柏… Ⅲ.①中篇小说–小说集–中国–当代②短篇小说–小说集–中国–当代 Ⅳ.①I247.7

中国版本图书馆 CIP 数据核字（2012）第 251982 号

# 水煮水
柏祥伟卷

山东省作家协会 编

---

| | |
|---|---|
| 主管部门 | 山东出版集团 |
| 集团网址 | www.sdpress.com.cn |
| 出版发行 | 山东文艺出版社 |
| 社　　址 | 山东省济南市英雄山路 189 号 |
| 邮　　编 | 250002 |
| 网　　址 | www.sdwypress.com |
| 读者服务 | 0531-82098776（总编室） |
| | 0531-82098775（发行部） |
| 电子邮箱 | sdwy@sdpress.com.cn |
| 印　　刷 | 山东临沂新华印刷物流集团 |
| 开　　本 | 680 毫米 × 1000 毫米　16 开 |
| 印　　张 | 17.75　插页 / 2 |
| 字　　数 | 258 千字 |
| 版　　次 | 2012 年 11 月第 1 版 |
| 印　　次 | 2012 年 11 月第 1 次印刷 |
| 书　　号 | ISBN 978-7-5329-3983-1 |
| 定　　价 | 30.00 元 |

版权专有，侵权必究。如有图书质量问题，请与出版社联系调换。